王牌主持人

The Best Miephone Controller

今波 著

上海文艺出版社

目录

1	第一章 星光乍现
56	第二章 非常新人
109	第三章 爱情来了,还有收视奇迹
131	第四章 抉择
182	第五章 困顿
243	第六章 转型
322	第七章 新的尝试
412	尾　声 人生若只如初见

第一章　星光乍现

王牌综艺

新城电视台1000平方米的演播大厅，一派忙碌的景象。

巨大的舞台上，一大排灯光架子正缓缓升起，归进数不清的聚光灯、回光灯、散光灯、造型灯、角光灯、par灯、电脑灯的灯阵中。主灯光师一手不停地用对讲机指挥场工调整各种灯的位置，一手在调控台上尝试各种灯光的组合效果。

调音师紧张地核对曲目播放流程的顺序，把一支支音乐和伴奏录入到播出硬盘中。

舞美师在舞台上下四处巡视，不停地呼喊工人搬这挪那。

一个穿着新潮、扎小辫子的男导演，手持话筒，嗓门很大地指挥各路人马，时不时地骂骂人。

"大屏幕，给我切到开始画面。对，对，就这一帧画面，定住了。唉？怎么又跑了，你黄油手啊？"

"那个舞蹈演员，你位置是怎么站的？我都说了几遍了，请问你妈生你的时候给你装脑子了吗？"

"追光，给我跟住了。怎么又跟丢了？你他×干什么吃的！"

在电视台，骂人是综艺导演的标配。不管业务水平如何，只要骂得够狠、够损，导演范儿肯定是足了。这风气在台里很盛行，以至于新来的小编导，什么都没学，就先学骂人。随着资历加深，骂功也会日渐深厚，各种花式骂法张嘴就来，出口成"脏"竟然也会带着"文艺气息"。

好在，各工种的场内工人和环节演职人员，早已习惯了各种骂，都是面不改色心不跳，在各环节负责人的调度下满场跑动，该干吗干吗。

还有两个小时便是《星光现场》第三季的总决赛直播了，无论是节目组工作人员，还是参加节目的种子选手，都在做着最后的准备工作。

《星光现场》，是新城电视台两年前推出的王牌综艺节目，也是全国首档明星才艺真人秀。节目让娱乐圈明星在直播现场进行才艺和游戏的比拼，并以现场得票数来决定淘汰和晋级。

这档节目因为竞争激烈甚至残酷，拥有高人气和高收视率。娱乐圈明星参加，不但可以展示自己的才艺，更因为得到媒体不断曝光与关注，从而提升自身人气。于是，节目不但吸引着三四线明星的积极加入，从第三季开始，更是连一些天王天后级的老牌明星，也逐步加入进来。

虽然这种模式一经推出，很快被各台跟风模仿，但没有一家能与"本尊"媲美的。而新城电视台的当家主持人高飞，更是凭借这一节目再次成为媒体圈的焦点，继续占据综艺一哥的王牌地位。

这次是第三季了，众人出奇地镇定，虽然忙碌，却秩序井然。

"不好意思，不好意思……"

实习生林思思，一张巴掌大的小脸上五官精致匀称，清瘦文静，戴着黑框眼镜，扎着马尾辫，很是秀气。她手里拿着Costa的咖啡，一面跟各路工作人员打着招呼，一面迅速穿过忙乱的人群，钻进后台。

新城电视台，作为国内电视台中的"超级航母"，每年都有众多的大学生削尖了脑袋想进来实习。无论如何，电视台的工作，在社会上还是非常风光体面的。然而真能来实习的学生，基本都有一定的背景，区别无非是背景大小。谁都知道，只要能进来实习，其间没被带教老师打个差评什么的，将来基本上都能留下来。

跟林思思同一批进台的实习生多数都是女孩儿，他们的父母不是电视台的，就是有关部门领导，或是跟电视台有业务往来的企业高管。这些背景深厚的年轻人也都不简单，有的嘴巴甜，有的会做人。

反倒是林思思显得文静低调，从来不对外解释自己是什么来头，只是老老实实地将部门安排的工作做好。

《星光现场》的导演助理，看着风光，其实对于实习生而言并不是什么轻松差事。实习生没经验，去现场也无非是承担一些跑腿的杂事，端茶倒水，传信递话不说，还可能要做些搬搬弄弄的体力活，怎及得上在办公室里吹着空调，对着电脑写文案舒服。

同一部门的实习生做半天现场的工作，不是想办法调回办公室，就是请假外出，或者找个隐秘的角落偷偷懒。只有话不多的林思思，四处都能看到她的身影，现场让干什么就干什么，虽然生涩但却努力。对她来说，不管哪个岗位都有可学习的东西。一来二去，倒也慢慢娴熟了起来。

林思思推开化妆间大门，只觉得一股混杂着各类香水、化妆品、发胶的怪异气味，几乎将手中的咖啡味道盖过去。

"怎么才来啊？"

一个穿着横条格纹的胖女孩站在化妆镜子前，看着身边一个化妆师正在给一个气色欠佳的女子化妆。

看着那张苍白、肤质不太好的脸庞，思思觉得有些眼熟，应该是在一部最近新上映的古装片里出现过，似乎是个骄横公主。就记得她那有些夸张的大笑，其他情节都已模糊不清了。

胖女孩儿显然是个随行助理，看见林思思进来，扑上前接过咖啡，看了一眼，皱起眉头："怎么是 Costa，不是让你去买星巴克吗？"

林思思想解释，台里只有 Costa，还没开口便被打断了："我们家黎黎不喝 Costa。重新去买，星巴克美式无糖！"

林思思想接过咖啡去换，却见胖助理已径自喝了一口，又突然尖叫一声跑到化妆师身边："No！No！No！……我们家黎黎最近皮肤特别敏感，你得先……"

林思思有些无语，转身思量着电视台两条街外的那家星巴克的位置，又被胖助理叫住："那谁，麻烦叫高飞老师来一下，我们家黎黎有事找他！"

"不知找高老师什么事？我也好转达。"

"跟你说不清，等高飞来了，我们自己跟他说。"

林思思推门出去，四处张望了一下，没看到高飞的身影，只得去找执行制片人沈娜。

沈娜本来隶属于新闻频道，因为在大型新闻直播中表现出色，被调来跟高飞合作综艺直播节目。只见她身形纤细，瘦而不弱，浑身透着一股力量，一看就是勤于健身、注重自我管理的人；线条分明的面庞，虽然架着一副无框眼镜，却遮不住一双大小适中的美目；干练的齐耳短发，黑白职业套装，手提对讲机，有条不紊地指挥着现场。声音不大，语速平缓，却思路清晰，自有一股女强人的气场。思思很崇拜她，实习期间一直努力向她学习。而沈娜也喜欢思思的乖巧，时常将她带在身边，随时调教。

"思思，什么事？"沈娜一边翻看着流程台本，一边问。

"娜姐，黎黎说要找高飞老师，您看到他了吗？"

"就这样吧……"沈娜安排好一个工作人员，抬头看了下四周，皱了皱异常秀气的眉头，低头看了下表："我也没看到，这个点儿他应该来了……找高飞有什么事？"

"我也不清楚。我问了，她助理没说。"

沈娜微一沉吟，"我跟你去看看。"跟现场导演交代了两句，沈娜带着思思往化妆间走去。没走几步，手机响了，显示高飞来电。

"喂，飞哥……"沈娜停下脚步，接通蓝牙耳机，"啊？在医院？嗯……要紧吗？……哦，我知道了……嗯……好，这几个人我去联系，确认好，短信你！你安心休息，这里有我！……好，就这样！"

"思思，你跟我来。"

思思觉得有点不对劲，努力想从沈娜脸上看出点什么。两人快步来到主持人专用化妆间，推门进去，高飞的搭档，新城电视台当家花旦宋婵正在化妆镜前温习着流程和对白。

新城电视台一姐宋婵，因为容貌绝美、聪明伶俐、反应机敏、台风大气而赢得了极高的人气，是当前综艺界炙手可热的王牌主持人。

宋婵并不是节目的创始主持人，而是从第二季开始才和高飞一起接手主持的。也就是从第二季开始，《星光现场》的收视率迅速攀升，甚至紧随高飞制作的老牌节目《超级周末》之后，成为排名第二的综艺节目。

作为宋婵的铁杆粉丝，林思思虽说经常能在演播厅见到自己的偶像，但每次都会忍不住多看宋婵几眼，因为她觉得这长相实在太过惊艳！说实话，用任何小说中对美女相貌的描述都难以形容宋婵，因为那完美的五官和标致的组合方式，再难用其他事物去参照。非要形容一下，那只能是——挑不出毛病！身材高挑，长发及腰，秀丽中一种气质高雅的雍容，为同龄人中罕有；肌肤如同翡翠中的冰种，都有些透明的质感了。林思思每每思量，如此美人，难怪一众男人都把她想成梦中人呢！此时的宋婵，一身时尚新潮的礼服，还没有最后定妆，即便没有聚光灯，已是光彩照人。看到沈娜和思思进来，她展颜一笑，恰到好处的笑容如春风中绽开的花朵。

"娜姐，有事吗？"

沈娜没有回答，转身将门关好，坐在宋婵的身边："飞哥刚来电话，他现在医院，今晚应该来不了了！"

"什么？！他怎么了？"

沈娜按住宋婵的手，声音依然清冷："身体应该问题不大，但当前的状态肯定是没办法主持直播的。现在的关键问题，是需要找到合适的男主持人代班。他给了几个人选，我想跟你商量一下！"

宋婵深深吸了两口气，原本有些紧张的身子放松下来，漂亮的大眼睛看着沈娜："嗯，他怎么说？"

沈娜见宋婵冷静下来，说了几个名字，都是娱乐频道成名的男主持，两人开始逐个电话联系。

"好，我明白了。没事，我们再问问其他人……"

名单上最后一个人也拒绝了，两人沉默下来。临时救场原本就是难度极大的事，更何况直播。成功了也不是自己节目，失败了却属于播出事故。而且有综艺一哥高飞的高度在那儿摆着呢，除非能一举超越他，不然只会砸了自己的牌子。这样想来，会拒绝也在情理之中。

"能想到的都找了，还是向罗总汇报吧！"宋婵放下电话，轻轻靠在椅背上，"不行就我一个人上吧。"

"不急，"沈娜抿了抿嘴，缓了一下，说："高飞还提到一个人……"

毅然救场

城东体育场上，一个体态微胖，戴着眼镜，面相老成，头发已现稀疏的男子，全身大汗淋漓地坐在草地上，一手后撑一手往嘴里灌着矿泉水，看着场内奔跑的身影，猛然翻身跳起来吼道：

"我靠，单刀……上啊！上啊！老郑，射啊！……好球……牛叉！"矿泉水瓶被瞬间捏扁，水倾洒出来，浇湿了他身边的草坪和两个运动行囊。

那个单刀带球的身影展开双臂，向场边跑了过来。近一米八的个子，身材挺拔，体态健美，宽松的足球服也难以遮盖肌肉的线条，奔跑间，一头浓密的黑发如火焰般跳动着。俊秀的脸上，堪称经典的五官，会让人自然而然地联想到章回小说中的描写：目似朗星，鼻若悬胆，两道剑眉修长浓密，面庞棱角分明，英气逼人。如此样貌，本可以被定义为"小鲜肉"的，但他却丝毫没有娘娘腔，气宇中充满了男人味。

他慢了下来，步履轻快，嘴角带着微笑："怎么样，老杜，服了没？"

"服你妹，狗屎运！""老杜"笑着抓起一瓶矿泉水扔了过去。

"老郑"笑着一把接过，拧开瓶盖喝两口，又对着头往下浇，矿泉水顿时混合着汗水一起流满全身。他放下水瓶，走到运动行囊边，发现已湿，连忙打开，从里面抢出一本繁体字版《道德经》，见只是硬皮封面略湿，松了口气。拿出毛巾小心擦拭干净，放回背包深处。

"漫天纷飞的花雨，落在春的泥土里，滋养了大地……"运动包里响起《春泥》的手机铃声。老郑丢下矿泉水瓶，一边拿起老杜递过来的毛巾擦拭头发，一边接过电话："喂，娜姐，我是郑易……哦，有时间啊，跟杜宇踢球呢……啊……哦……嗯嗯……成！娜姐开口，万死不辞！半小时到！"

"老杜，下半场你自己踢吧，我要去趟台里。"

"你不是休假吗？啥事啊？"

"江湖救急！"

主持人化妆间里，宋婵看着这个被沈娜叫来的男子，嘴角始终挂着微笑，浑身上下洋溢着活力和自信，似乎根本不知道今晚的任务有多么艰巨。

"小婵，"一向清冷的沈娜，看到郑易的时候，眼睛也微微带着笑意，说道，"这就是我说的'郑大胆'，我们新闻频道的主播郑易。"又对郑易介绍，"这是……"

"宋婵老师，鼎鼎大名，我当然知道。今晚还请多多指教了！"

宋婵礼貌性地握了一下郑易伸过来的手，一触即放："哪里，感谢帮忙救场！'郑大胆'的事迹，娜姐也没少跟我提。今晚拜托了！"

"郑易，这是宋婵刚才整理出来，原本属于飞哥的对白。时间有限，尽快熟悉一下。"沈娜递过资料，又对宋婵说，"有什么细节补充，回头可以跟郑易直接说，不用跟他客气！我先去给领导打个电话。"

"好，我先看看，有需要再向宋老师请教。"郑易接过厚厚的资料，双目一凝，精神便集中在稿本上了。宋婵本想交代些什么，但看到郑易旁若无人自顾自地研究了起来，张了张嘴，就不出声了。

约莫半小时，沈娜又一次推门进来。

"郑易，觉得怎样？有什么问题吗？"

"没什么问题，大致清楚了。"

"嗯，好。领导那里我沟通过了，今晚主持，就看郑大胆的了。我们去和节目组宣布一下，还有思思，你也跟我过来。"

演播大厅现场，沈娜走到舞台中央，从现场导演手里拿过麦克风：

"所有人，现在暂时停下手上工作，安静一下，看我这里！

"现在有一件重要的事要宣布，高飞老师突然生病，现在医院里。他、宋婵老师和我商量下来，决定由新闻频道著名主播郑易担任今晚的代班主持，请大家照常配合工作！"

"哇哦……"突如其来的变化让全场顿时议论纷纷。

郑易上前一步，接过话筒："大家好，我是新闻频道郑易。非常感谢台领导、飞哥、宋老师、娜姐与在场诸位老师的信任，我愿意与大家一起并肩作战，做好今晚的直播！"

洪亮自信的声音。

"对了，"郑易扬起笑脸，露出整齐洁白的牙齿，"可能大家对我还不熟悉，我在台里有个绰号，叫郑大胆。其他没什么，就是胆子大。大家再怎样盯着我看，我也不会脸红哦！"

宋婵和沈娜看着郑易爽朗的笑容和俏皮的玩笑，不知道为什么，心里也安定了不少。也许今晚不会有太大问题吧！

"郑大胆……哦，他就是郑大胆！"

"你知道他？"

"对呀，没想到比电视里还要帅！"

"为啥叫郑大胆呀？"

"是呀，是呀，为什么呀……"

"我跟你说哦……"

……

幕后戏多

沈娜看着台下大家的窃窃私语，已少了刚开始的不安，微微一笑，再次接过话筒："救场如救火啊，非常感谢郑易老师火线支援！那么接下来，大家继续干活吧！少八卦，多做事！"

下得台来，沈娜叫过林思思："思思，接下来你就跟着郑易，给他做助理。"

林思思道了声"是",对郑易道:"郑老师,我是林思思,有什么需要,请跟我说。"

"成,辛苦你了!"郑易对着思思笑笑,转身与宋婵并肩往主持人化妆间走去。他洁白的牙齿看得林思思有些眼晕,不敢直视,轻呼一口气,快走两步跟上。

"郑老师,有个事,黎黎前面找高飞老师有事,您看现在……?"

"黎黎?我不熟啊!"

"哦,是我们这次请的嘉宾。"宋婵见郑易不熟悉,连忙大致介绍了黎黎和其他几位嘉宾的背景。

"哦,她说了什么事吗?"

"我也不清楚,但是她的经纪人挺事儿的,要求见高飞老师。"

郑易微一沉吟,侧头问道:"宋老师,黎黎你熟吗?"

"嗯,她前两次来我们节目都挺努力的,如今第一次参加总决赛,人气不错。"宋婵笑道,"她也算是我们节目的老朋友了,我们去看看有什么能帮忙的吧。"

说着,三个人快步走到了演员化妆间门口,看见编导小叶皱着眉头翻看台本,一脸为难的样子。

"小叶,其他演员都化好妆了吗?"宋婵上前问道。

"林风和于曼刚来,准备化妆了。黎黎那边正闹情绪呢……"小叶还想说什么,看见从化妆室里走出来的工作人员一脸愤怒,打着电话,嘴里骂骂咧咧:"什么人啊,还真把自己当人物了!"

宋婵和郑易对视一眼,推门进去。

"我们黎黎专程从剧组请假过来的,就半天,晚上还急着回去拍戏,安排第一个表演不算无理取闹吧。再说了,独立的化妆间,让她休息一会,也不过分啊。"

一个节目编导微弯着腰,站在胖姑娘旁边,略带惶恐地解释说,流程已经事先确定好了,不好再更改。胖姑娘不理,没好气地哼着,找了个位置坐下来。身上刺眼的横条图案像缠绕的电线似的,叫人一阵眼晕。

化妆师黄佐佐坐在后面的椅子上修着指甲，冷眼旁观着一切。见宋婵走了进来，扭动身子迎了上去，撇撇嘴，给她使了个眼色，大声说道：

"宋婵啊，这节目还要不要录啊？要是不录，我回家补觉去了。上午帮范冰冰化妆，她可什么话都没说。"

宋婵明白他在指桑骂槐，笑着说当然录，然后很快绕过胖姑娘，在她旁边的位置站定。

"宋婵啊，高飞呢？"胖姑娘看了看林思思，毫不客气地说，"不是让她去叫高飞来的吗？"

"黎黎，你来了啊！"宋婵突然把声音扬高，像看到来赴约的闺蜜一样欣喜地叫道。

椅子上正假装闭眼养神的女孩，抬起一张因疲劳而显得浮肿苍白的脸。

"宋婵姐？好久不见了。"黎黎直起身子站起来，脸上瞬间堆起笑容。

"你最近在拍的电视剧《后妃传》关注度很高啊，什么时候杀青？"宋婵寒暄道。

"这个月底。都快累死了，天天赶戏。"黎黎身子一扭，又坐到旋转椅上，眉头微蹙，手肘支在椅子上，右手握拳抵着太阳穴，然后娇嗔地嘟起涂着口红的小嘴。

宋婵想她出道才六七年了，一直不温不火，总在三四线徘徊。但自从参加了《星光现场》之后，混到了二线的位置，比很多人的运气都要好。有人愿意捧她，大大小小的影视作品里也常能见到她，一会儿刁蛮媳妇，一会儿抗日女英雄，一会儿都市白骨精。脸儿倒是熟了，可并没有拿得出手的好作品。

她的这般娇嗔在别人那里受用，到宋婵这儿，完全没有了用武之地："连夜拍戏是很累，大家都这样。"

"可你看看，你们导演安排的流程。我说要第一个表演，他们就是不让。"黎黎撩了撩头发,"我晚上还要赶回片场呢。"

宋婵笑了笑,"这个也没办法,都是事先排好的流程,一改动,就全部要调整了。"

"对了,给你介绍一下,"宋婵想带过这个话题,笑着介绍郑易,"这是郑易,新闻频道的名主播。飞哥有点事,这次由郑易主持。"

"高飞不来?"黎黎眼睛一转,把手伸出来,跟郑易轻轻握了一下,嗲声道,"那小女子就拜托咯,今晚让我先出场呗!"

郑易在边上已经看了一会儿,见黎黎依旧不依不饶,还转向自己,略感不耐,笑道:"这个,我也得听宋老师的。"

"第一个节目,林风和于曼已经彩排好了。"一个编导在一旁说道。

黎黎瞪了导演一眼,继续望着郑易,秋波流转。郑易想扭头走,又怕她难堪,只得低头看自己手中的节目流程表。

"你的表演就紧接着主持人出场,录制完后正好可以休息一下,准备晚上工作。而且播出时,这个点位会有最多的观众看我们节目,你一表演,就更能吸引大家注意力了。我们编导主要是考虑到这点。"

"这么说,我倒成你们收视率的保障了?"黎黎仍旧摆出一副生气的样子,但显然这一番恭维她很受用,语气缓和了些,"不过,小游戏我是做不了的。"

顺着她手指的方向,郑易看到台本中,《星光现场》经典的"抢占麦克风"游戏,这才注意到黎黎今天穿了一套乳白色抹胸短裙,外面披了一件厚的紫色大衣,他能想象脱下外套,那背后一定"风光无限"。穿成这样,她难不成把上综艺节目当成走红毯了?郑易心里瞬间浮出些许厌烦,以前虽有耳闻,但今日才算真正见识了某些艺人的做作!无奈事已至此,让她参加这个游戏,是当务之急。

"你声音这么好听,唱歌一定特棒。"宋婵笑嘻嘻地劝道。

"不行不行,不像你们,都是出过专辑的。我就一乐盲,唱歌老跑调,不像这次舞蹈表演,那是因为有小时候十几年的功底啊。"

跑调了,节目才会出效果。郑易邪恶地想。

"我们出专辑，也就是图个乐子。你呢，是不想出，就想专攻影视这一块。你要想的话，还不是随时的事。"

"瞧你说的，哪儿那么容易？这次舞蹈我就没少花时间。我以后啊，还是安守影视剧表演的本分吧。"

"不过我觉得这游戏你应该玩的，得让观众知道你既能演戏，又能跳舞，还能唱歌啊。况且就是个游戏，观众最主要是看你在场上展示真实可爱的一面，唱歌本身其实是次要的。"

郑易看着宋婵面对一个做作矫情的二线演员，依然以大局为重，不急不躁地好言相劝，不由得心里给她点了个赞。这个如瓷瓶般精致的女孩儿，能在娱乐频道走到这个程度，可真不只是靠美貌。

"可我这衣服……"黎黎言语中有些松动。

"杨导，你去叫服装老师给黎黎姐准备几套衣服，让她挑选。"宋婵没等她说完，就朝身边的编导挤了挤眼睛。编导点头，转身叫身边的实习生帮忙联系服装老师。

"花色不能太艳，我不喜欢；还有不能是黄色、黑色，会显得我肤色不好。"黎黎不紧不慢地说。

"您肤色好，穿什么都好看的。"黄佐佐在后面搭了腔，接着头也不抬，继续修他的指甲。

"是啊，你们的服装助理是哪一位，叫他跟着过去？"宋婵问道。

身后一个头发挑黄的男孩撑着个大皮箱，应了声，却未见动静，杵在那儿。

"那你就跟着去吧，看仔细点。"黎黎一脸无奈，好似受了极大的委屈。郑易看着她脸上一波三折的变化，心想，她是把演戏的天赋全用在这地方了吧。

"我们服装库衣服还是很丰富的，尺寸也齐全，绝对能找到合适的。万一不行，还有品牌店嘛。"宋婵说道。

"哎呀，不用这么麻烦，随便挑一件就行，不然搞得我像耍大牌似的。"黎黎突然又一个大转弯。

郑易见她又显露出娇羞的神态，很不适应，不是大牌而耍大牌，还称自己随意亲和,这种做派让他有点反胃。

"这该有一颗多么坚强的心脏啊!"郑易看着身边依然微笑得跟春桃一般灿烂的宋婵,实在是佩服。郑易有点庆幸自己是做新闻的,这次只是来救场,不用常常跟这些艺人打交道。

"节目安排同意了,游戏也同意参加了,化妆间总该答应我们了吧?"条纹衫胖助手的声音不失时机地从后面传来。

郑易吓了一跳,一时没反应过来。

"化妆间?这就是化妆间啊!"

"宋婵姐,你看这化妆间,这么多人。我们黎黎也就只能在化妆的时候休息一会儿,好歹也给安排个单间吧。"条纹胖助理说道。

"演播厅这边就两个化妆间,这间比较大,另一间特别小,平常就我用,现在应该是林风或于曼在用。"宋婵心里知道黎黎害怕素颜示人,但四周也没有多少人,舞蹈演员都化好妆了,只偶尔会有人不小心闯进来。

"为什么林风和于曼就能在那边化妆呢?"胖助手继续嘟哝着,"就因为他们名气大吗?我们黎黎也是节目请的嘉宾。"

"林风和于曼来得早,就先安排了。这不直播快开始了,我们看这边化妆都结束了,着急帮您化,就只能先到这了。"一边的编导有点着急,声音中带着怨气和委屈。

"不安排我就不录了!我这都答应你们两个要求了,现在就这么小的要求都得不到满足?"黎黎突然发飙,凤眼圆睁,用手紧了紧身上披着的衣服,身子往边上一歪,作势要走。

门口一个舞蹈演员伸脑袋往里看了看,又立马缩了回去。宋婵也有点不耐烦了,但又没有办法,总不能叫林风让位置吧。先后之分不说,论名气、人气、实力,这个黎黎和林风、于曼根本就不是同一级别。娱乐圈本来就势利,红毯上、活动中,闪光灯永远只追随最耀眼的明星。假如你没有名气,再搔首弄姿,出位取宠,也只会成为别人的笑料,头版永远不会属于你。而女明星的境况更是如此!

宋婵身处娱乐圈,自然懂得这个道理,已然渐渐看淡。但要碰到像黎黎这样不识时务，又骄横难缠的，宋婵一时半会还真不知该如何是好。

僵局中，门口一阵响动，还伴随着尖叫声。"吱"——门打开，沈娜和于曼走了进来，几个舞蹈演员拿着已经签好名的本子，欢欣地跑向同伴。

"小婵——"于曼快步向前，给了宋婵一个大大的拥抱，她们是多年的好朋友。虽然一个在内地，一个在香港，碰面的机会不多，但每次见面，两人都感觉分外亲切。

于曼也友好地向黎黎打招呼。两人交流了一下近况，接着礼貌地终止了客套。

"于曼姐，来我给你介绍一下。"宋婵笑嘻嘻地搂着于曼的臂弯，道，"这是今晚决赛的主持人郑易，新闻频道的才子哦。飞哥有点事，这次他来帮忙。"

"郑易，你好，我在新闻直播里看到过你哦。真人更帅啊！"于曼微笑着跟郑易握了手，"今晚就拜托啦！"

"别看帅哥啦，赶紧化妆吧，马上就要直播了。"宋婵对于曼说。

"林风还没化完，我正等他出来呢。"

"宋婵，要不让于曼姐就在这儿化妆吧。也没人打扰，正好和于曼姐对一下台本。"郑易慢腾腾地走到宋婵身边，貌似随意地开了口，声音不大，正好可以让宋婵和于曼听到。

"郑易，说什么呢？怎么能让于曼姐在这里化妆？"宋婵看了一眼郑易，轻轻勾住于曼的手臂，"于曼姐，郑易之前在新闻频道，不是很清楚娱乐圈的规矩。"

于曼抬头看向郑易，郑易微微侧身，正好让于曼的视线看见在那边一脸不开心的黎黎。于曼怔了一下，看了看宋婵，又看了看郑易，嘴角微微一弯，"可以啊，哪里化妆都一样。"她招呼自己的化妆师，挑了把椅子坐了下来。

宋婵见于曼竟然同意了郑易的提议，立马心领神会，冲着郑易笑道，"郑易，你看于曼姐多好！我出去看演播室那边准备得怎么样了，你就负责照顾好我们于曼姐哦!"郑易明白宋婵在感谢自己,眨眨眼睛,示意她可以放心走了。

于曼坐了下来,和导演对着台本,发型师开始上手做造型。一旁的黎黎,闭着眼,噗哧噗哧地呼吸,像是刚刚运动完毕,身上的大衣也裹得更紧了。郑易知道她在生气,但又无处可发。于曼都可以在这里化妆,她要再坚持单独用一间化妆间,就太矫情了。

"谁给黎黎化妆啊?黎黎还等着呢。刚才我只顾着和黎黎聊天,把正事都耽搁了。"胖助理上前还想说什么,黎黎抬手阻止,叫了一声身边的化妆师,怏怏地起来在他耳边嘀咕了几句,又坐回到椅子上。

郑易假装没看见,即便不是娱乐圈的人,也知道事情解决得差不多了。女人间争斗,若哪方一开始就示弱,注定会输掉。黎黎还是懂得这个道理的,她相信自己的容貌和气场能撑得起场,所以在气势上不能让。等事情有所缓和,大家都找个台阶下,也就算过去了。

光影交叠,郑易觉得脸上的妆油油的,镜子里的自己,似真似假。而周边的艺人们各怀小心思的对话行为,让郑易觉得有些无聊,让他再次庆幸自己只是过来临时救场,就当一次体验和挑战吧!

"时间差不多了,我去准备一下。于曼,黎黎,等会见了!"郑易起身,叫思思给自己倒了杯Expresso,推门而出。

演播现场的音乐声渐渐传了过来,看来机器设备都准备就绪了,郑易看了眼时间,还有十五分钟。他调整好呼吸,仰脖一口喝干Expresso,缓步往主持人通道走去。

郑易是新闻主持人,之前出过外景,做过采访,但大舞台的经验并不多,只主持过几次台内联欢晚会。可是,他丝毫不觉得紧张,反而有隐隐的兴奋和期待。

一路上,急匆匆的剧务人员,花枝招展的舞蹈演员,已停止玩游戏正说悄悄话的两个小男孩,每个人脸上神情各异。他觉得声响越来越大,而自己的心却越来越静。

不远处通往舞台最暗的一块地方,是候场区,郑易走过去静静地站在那儿，脑海中异常清明，只翻过几遍的流程清晰地浮现着。

宋婵轻轻来到他身边："没问题吧？"

"没问题！"郑易看着舞台前的重重人影，那便是陆续进场的现场观众。他有一种冲动，想如白衣挂帅的书生一样，站在人群前，一句话，一个表情，举手投足间便能牵动台下万千的情绪。

此时的后台，已经完全静默了。突然，宋婵小声问道："对了，郑易，之前飞哥给你交代过一些事情吗？"

郑易诧异道："什么事情？高飞没有联系过我。"

宋婵紧接着问道："那沈娜和你说了吗？"

"她和我对过台本的，交代了很多事情。"

"宋老师，"宋婵正要再说点什么，那个扎着小辫子的现场导演急匆匆地快步走到后台口，打断了他们的谈话，"有个情况要和你商量一下。"接着就把宋婵拉到了一边……

直播危机

千人演播厅里热闹非凡。《星光现场》的舞台已经调试完毕，现场导演们已在演播厅各个关键位置就位，舞台监督和嘉宾导演则在候场区，和嘉宾选手进行着最后的沟通。一个嘉宾的粉丝举着牌子，靠在休息椅上，很疲乏的样子。

娱乐频道总监罗越，也兼任《星光现场》的总导演。他一直有个习惯，就是每逢直播，必至现场督战。在这个他奋斗了多年的大演播厅里，罗越有固定的座位，就在导播室和灯光音频控制台的通道边上，最靠近第一现场导演的地方。这里，是他认为最方便沟通各环节的位置。出了问题，他只需要5秒钟，就能迅速跑到导播台，下达处置命令。眼下，他安静地坐在这里，微闭着眼睛，手里连对讲机都没有，心中却已牢牢掌控着现场的一切了。

离直播开始只有5分钟了，现场导演最后一次对观众宣读注意事项，之后便开始指导观众练习各种鼓掌，什么礼貌性的、中度热烈的、高度热烈的、激情四射的，个别配合度高的观众还被安排在合适的位置,以便在现场导演的指挥下进行领掌。这些观众明明知道自己成了传说中的"掌托儿",却也乐在其中!

练完鼓掌,接着喊节目口号:"《星光现场》,闪亮四方!"观众很是配合,很快,就能够异口同声了。这是他们再熟悉不过的口号了,只是这一次,他们将亲自参与,让这句耳熟能详的口号从自己嘴中喊出来,传到千家万户。

现场导演开始倒计时 30 秒,观众不再交头接耳,静息凝神……

倒计时 20 秒,各工种环节的人员全部停了下来,静静地等待着……

接着,一位显然经过专业训练的现场导演,猛然气沉丹田,爆发出强有力的美声腔,洪亮的声音瞬间充斥全场每个角落:"全场注意,倒计时 10 秒,9,8,7,6,5,4,3,2,1……"

观众掌声起,灯光亮,音乐响,舞蹈演员上场,一曲劲爆的开场舞之后,郑易和宋婵从舞台正面的显示屏幕下走了出来。

站定,两人齐声喊道:"星光现场——"观众配合默契:"闪亮四方。"

"大家好,我是宋婵。"

"我是郑易!"

"大家注意到吗,今天站在我身边的不是高飞,是……"宋婵笑着歪头看向郑易,郑易也作势紧了紧领带,"一位熟悉的陌生人。说是陌生人,是因为他第一次出现在《星光现场》的舞台上,说是熟人,因为每天晚上 8 点都能看到他。他就是,我们新闻频道著名主持人郑易。"

现场热烈的掌声。但大部分观众还是显出了诧异的表情,谁都没想到男主持竟然不是高飞!

"大家好,我是郑易!无论如何,在综艺的舞台上,我是新人。这次非常有幸能来给高飞老师代班,主持人气这么火爆的节目,还希望大家多多指教!"

"郑易,第一次来我们的节目,感觉如何?"

"老实说……压力挺大的！"

"紧张？"

"紧张！"

"为什么呢？"

"真要说？"郑易表现得支支吾吾。

"说呀！"宋婵接着梗，问道。

"不好意思啊……"

"有什么不好意思的？"

"好吧，那什么……你太美了，我紧张啊！"

哈哈哈……台下观众一阵爆笑。

"郑易！你还是新闻主播呢！"宋婵一边娇嗔，一边眼角露出笑意，见郑易那么放得开，也放心了不少。

"没办法！台里都知道，我这人是很害羞的。"

"少来，郑大胆害羞，谁信啊！不闹了，让我们欢迎这次总决赛的七位明星选手！"

舞台上七个区域亮起，已然站定的七位入围总决赛的嘉宾，在精心设计的造型灯光照耀下，星辉尽显。镜头扫过林风、于曼、邱毅、叶紫、张越、郭容和黎黎的面容，众人微笑着对镜头挥手摆pose。

接下来的热身游戏"抢占麦克风"进展顺利。林风、于曼高度兴奋，玩得十分尽兴，虽说偶有狼狈之相，但却越发可爱；叶紫、张越不甘落后，拼命争夺，表现也非常抢眼；郭容、邱毅本来就是实力唱将，只要抢到麦克风，就会有一番表现，迎来阵阵掌声；就连之前最让人担心的黎黎，也被这种氛围感染，渐渐地放开手脚，卖力地抢夺起来。甚至在几次失败之后，她还把郭容拉到一边，耳语一番串通好，在麦克风悬于空中还没落下时，突然由郭容抱起自己，从众人头顶摘得话筒，然后和郭容一起二重唱，把观众逗得前仰后合！

郑易刚一上来，对这种热闹的综艺现场还有些不太适应，但宋婵很好地掌握着节目的流程和节奏，让他不必为生疏的环节而疲于应付，很快就放松了下来。本就擅长评论的他，之后屡屡抓住嘉宾的搞笑出糗之处，即兴发挥，爆出了几个效果不错的笑点，又给节目增色不少。

现场热火的气氛，终于让沈娜皱紧的眉头渐渐舒展开来。之前经历了换主持人、后台艺人不合作的风波，她认为今天的节目肯定不会顺利的。但眼前的景象远远超过了她的预期，让她终于松了一口气。

"好了，经过两轮比拼，各位明星嘉宾的人气值非常接近，让我们来看一下……"

"接下来，让我们进入决赛的主打环节，终极才艺秀！"

"主持人……"

正当宋婵准备进入最终环节的时候，突然看到邱毅举手示意要说话。邱毅早年是歌手出身，后来进军影视圈，慢慢淡出歌坛。两年前，由于影视方面的成绩乏善可陈，而又有了重返歌坛的计划，于是从第二届起便参加了《星光现场》，也因此再次进入公众的视线。

"怎么了，毅哥？"

"宋婵、郑易，我能说两句话吗？"邱毅满脸笑容地问道。

"可以，当然可以！"

"因为这段话很重要，所以我写在稿子上了。"邱毅说着从口袋中掏出一张早已准备好的文稿，"也没经节目组同意，就发这么段感慨，抱歉耽误大家时间！"

郑易感觉有点不太妙，往台下现场导演望去，却见导演凝视着邱毅，拿起对讲机，欲言又止……

"两年前，《星光现场》找到了我，我很佩服、也很感激《星光现场》节目组这几年的努力，我也因此重回歌坛。在这个舞台上，无论是对我的音乐、还是对我个人，都有很大的帮助。说实话，我满足了，我的父亲、我的母亲，也都满足了……"

这段话一起头，郑易后背的冷汗就下来了，他万万没想到自己第一次做直播综艺节目，就碰上了主持人最怕遇到的突发状况！

"……我很开心！我要谢谢《星光现场》，让我能继续我的音乐之路。而我,作为这里年纪最长的哥哥,看到那么多的弟弟妹妹,都跟着节目成长起来,一步一步靠近自己的梦想,我也很高兴、很欣慰。而我也想将更多的机会留给弟弟妹妹们,因此我决定,退出这次决赛……"

"哗……"虽然大家都猜出邱毅有退赛的意思,但是当他亲口说出"退出"这个词的时候,依然引起现场观众的一片哗然,其他几位选手也露出不可思议的表情。

郑易蒙了!明星选手在总决赛直播现场单方面宣布退出比赛,事先没有一点征兆,一旦处理不当,将引起连锁反应,很可能在百万观众面前毁掉一个明星节目,成为重大的播出事故。他看向身边的宋婵,发现她正聚精会神地注视着邱毅的举动,似乎并未采取应对举措。台下的导演们,包括沈娜和罗越,也是一样。

"对不起,我没有经过节目组的同意。"邱毅对着宋婵、郑易连连合十鞠躬,"我希望观众和节目组,能成全的我心愿!谢谢大家!我会坐在这里给大家加油的!谢谢!"而这时,台上台下已乱作一团,人们都在交头接耳地议论着……

郑易觉得无论如何也该采取一些措施了,可此时却觉得喉咙干涩,手中的话筒似有千斤重,压得他一句话都说不出。他本能地望向台口的导演,等着他尽快给自己指令,但赵导却在凝神听对讲机,一手拿油性笔,正准备写下一条命令……

整个演播厅的空气似乎固化了,声像俱停,只有显示北京时间的电子钟毫不客气地跳着数字。

就在此时,郑易的声音突然响起。

"毅哥,我来说两句吧。"

抛出一个重磅炸弹的邱毅似乎还挺得意,忽听郑易搭话,赶忙道:"好啊,请讲……"

"毅哥,谢谢你如此坦诚地对我们所有人说出了自己的决定!但是我特别想问一下,您此时此刻说的每一句话,都是您所思、所想,都是真心的,都是你深思熟虑,拿定主意的观点吗?"郑易的语速明显放缓，可是每一字都清晰、明确。

"是的，我说的绝对是我真实的感受和想法。我觉得我来到这个舞台，收获了很多很多，已经足够了，我很开心！尤其是我的伙伴们，我的弟弟妹妹们，他们应该有更多的机会，拿更好的成绩……"

邱毅面对镜头，尽力表现着自己的真诚。但是郑易其实并不在意他说了什么，他知道自己只是需要争取点时间。虽然不动声色，但脑子飞快运转，为舞台危机寻找合适的处理方式。

台下的导演如梦初醒，突然紧张起来，已写好了"打断，进广告"的指令板，正准备举起给宋婵看，却被来到台口的沈娜拦住了。她和宋婵交流了一下眼神，用手指了指郑易，示意让他说下去。

"好的，我明白了！"郑易暗暗吐了一口气，努力压制对邱毅不满的情绪，一边慢慢说，一边梳理思路，"虽然，今天我是第一次来到这个舞台，但是既然来到这里，拿起了这个话筒，就要做一个主持人该做的事。"

郑易知道，台下千余名观众，电视台的领导以及电视机前观看《星光现场》的无数观众，正关注着自己的一举一动，自己就好比走在万丈悬崖的钢索上。但他没有时间紧张，就好像面对着扑来的门将、不断封堵追赶的后卫，他虽然单刀突进，但唯一想的只是进球！

"首先，我想请导播帮我准备三五分钟的广告，谢谢！我待会儿会有用。"郑易其实并不知道，与新闻直播处置突发状况的方法不同，综艺直播永远都会准备一段由广告和宣传片组成的五分钟备播带的。他转头看看宋婵，发现她并没有很惊讶的表情，而是用期许的眼神看着他，让他突然有了反客为主的感觉。

"我接下来说的这段话，仅代表我个人的观点，并不代表新城电视台的立场。"郑易的表情虽然凝重，但是语气依然沉稳。

看到宋婵并没有插话，台下的导演似乎也没采取进一步的措施，郑易知道自己该进入正题了。但是具体如何解决，说实在的，他还没理出清晰的思路。可是，已经不能再拖了。

"我从22岁便进了新城台，先是记者、编导，后来做了新闻主持人。台里,熟悉我的朋友,都叫我郑大胆,所谓的'大胆',包括没事不惹事儿,事儿来了也不要怕事儿……"

说着,郑易侧头向宋婵笑了笑。宋婵此时的神情突然显得有点慌乱,想插话,又没找到合适的气口。一时间,她只能讶异地看着郑易,知道如今的局面,已不是她能主导的了。

这番独白,没有过多的修饰,没有情绪激动的表演,只是平淡的讲述,但透露出的自信让整个演播室安静下来,千余双眼睛一起看着台上这个英气逼人的男子。

台下的沈娜发现了这点,立即通过对讲机,示意导播开始抓拍现场观众情绪变化的镜头。看电视的观众面前出现了一双双眼睛,或许有期待、或许有失望、或许有幸灾乐祸,但是却都不由自主地侧耳倾听着。

"作为一个主持人,在这么重大的直播节目现场,有这么一位重量级的明星选手,歌坛顶尖的歌手,从上届开始,与《星光现场》一起成长的顶梁柱,突然宣布退出决赛,我想,我是摊上事儿了,而且是摊上大事了!"

郑易略带低沉的声音,轻轻地扣动着众人的心弦。大家扪心自问,若是自己碰到这样的情况,或许都不知道如何是好,不由自主地对郑易产生了些许同情。而现场的邱毅,从原来的笑容可掬,表情渐渐变得有些僵硬,只是一味鞠躬拱手。

"但是,说实话,我的内心一点也不害怕。因为一个成功的节目,通常有两个重要的元素。除了我们舞台上的七位选手外,还有电视机前的亿万观众和现场的这么多观众。我之所以不害怕,是因为你们还真诚地坐在我们面前,我们还可以从你们期待的眼神中,读到你们对即将上场的几位选手以及他们即将表演的节目的期许……"

掌声稀稀落落地响了起来,慢慢地汇合,配合着郑易逐渐高昂的声音:"我还可以从各位的姿态中,感受到大家内心的那股力量。这股力量,真实地在那里,给毅哥,给林风大哥、于曼姐、容哥,给叶紫、张越,给黎黎,给所有热爱这个舞台、热爱这个节目的嘉宾,送上千万次的掌声和祝福！毅哥不信，你听……"

话音刚落，山呼海啸般的掌声欢呼声响了起来。

宋婵的眼神中充斥着讶异，也混合着感动，这个男人的话，已让自己眼睛湿湿的。而几位女选手也没有好到哪里去，有的已经开始抹眼泪了。沈娜更是及时指挥摄像导播，迅速抓住现场几个眼睛含泪、热烈鼓掌的观众的镜头。

"这是我说的第一层意思。正如英国作家伊夫林·霍尔在《书信中的伏尔泰》里说的，'我不同意您的说法，但我誓死捍卫您说话的权利。'"郑易与宋婵对视了一眼，"所以，刚才您在读稿的时候，我和宋婵并没有打断您，虽然我们可以这么做。"

郑易挪了挪脚步，调整了身体的姿势，脑子中的思路越来越清晰，语速也加快了一些，语气更加坚定："其实每一位演员，在面对舞台时，都有权利选择来或不来。您也有权利选择，在您认为对的时刻，依着自己认为对的心情，做出这个离开的决定。我们应该尊重一位成熟男人，在这一刻做出的决定！"

郑易透过现场大屏幕，看着脸色越发难看、却还要保持微笑的邱毅，心里竟邪恶地产生了一丝快感："当然我们这里还有一个请求，就是希望您以一个观众的身份，继续坐在台下，来看你所爱的弟弟妹妹，向着本季冠军的宝座进军。"

"我也相信我们现场一千多名大众评审，已经做好了准备，会用掌声来接纳这位不期而至的观众。"郑易嘴角露出一丝一闪即逝的笑容，"不信你听……"

全场观众，如同得了军令一般，立刻爆出热烈的掌声。幕后的林思思看着台前闪光灯下的郑易，在众人的掌声中如此潇洒霸气，眼睛早已经充满迷离的泪水。这一刻，她再也忘不了！

郑易知道全场的情绪已经被掌控，于是以快刀斩乱麻的速度说道："那么接下来，作为主持人，还是临时代班的主持人，我没有那么快的速度，也没有那么大的权力来重新调整比赛规则。但因为一个嘉宾退出，比赛规则势必要做相应的改变。所以，宋婵，我们是不是应该商量一下呢？"

一直插不进话的宋婵，沉浸在现场的情绪和掌声中，被郑易递过来的话给惊醒了，她立刻接上："请导播现在播放宣传片，我们要跟导演团队商量一下赛制的调整。电视机前的观众朋友们，真的不要离开，小小的变故说不定会带来更多的惊喜，我们广告后见！"

掌声中，郑易和宋婵迅速下台，与沈娜汇合后一起赶往后台。

走红微博

"老郑，这次你可火了！"杜宇戏谑地看着郑易又一次满足了走上前来想要合照的粉丝的愿望，"下次再出来吃饭，可不敢叫你了。"

"老杜，少来，郑爷……"郑易话还没说完，看到又一位茶餐厅里喝下午茶的顾客朝自己走来……

"得嘞，老郑，你先顶住，我去买单，风紧，扯呼！"

两人逃离了茶餐厅，来到了他们经常踢球的球场看台上。由于是工作日下午，球场显得空旷，只有半个场地上有十几个少年在踢练习赛。

"还是这儿清静！"郑易伸直了腿，双手往后撑着身体，仰头看着午后的碧空，很是舒服。

"好了，别刷屏了。"郑易看着兴致勃勃地翻看手机里微博、微信朋友圈转帖的杜宇，无聊地踢了他一脚。

"嘿，这标题好！看看……'郑大胆名不虚传，霸气侧漏挽狂澜'，绝对是标题党啊……哟嗬，这个有意思，'郑大胆名字的由来'，哈哈，你那点破事都被人肉出来了……"

"老杜，差不多行了啊，有意思吗？"

"有意思啊，特别有意思！你说你好歹做新闻主播那么多年，也没见多少人知道你。现在可好，整个一网红！说好了得请客的啊！"

郑易没好气地看了自己死党一眼，回想当时代班节目的时候，也没考虑那么多，只是出于主持人的本能，想解决当时出现的问题，下台后回过神来，才发现冷汗把内衣全湿透了。好在当晚的直播，收视率不但没有下降，反而还上升了。不求得到台里的嘉奖吧，总算节目没砸在自己手上。

谁知过了一个晚上，当时自己在节目现场的视频迅速在微信、微博、百度贴吧甚至脸书等社交媒体传开了，郑大胆之名也广为人知。以前自己走在公众场所，虽然也有人认出，但无论是频率还是热情程度，都跟这两天不可同日而语。

郑易觉得这一切来得太突然，一时还不适应，有点吃惊，有点开心，有点得意，也有点蒙，像做梦一样。

"我靠……"郑易突然听到杜宇爆了句粗口，并在自己耳边惊呼起来，"老郑，过来看这条，女神都向你表白了……"

郑易懒洋洋地探过身子，朝杜宇的手机望过去。

视频里是"四小花旦"之一的白若音参加台湾一个知名访谈综艺节目的画面。她可不是黎黎这种二三线演员，近年来几部热播电视剧里她都是女一号，是电视剧的收视保障。在一些知名导演的电影里，也频频出现她的身影。与另外三小花旦比，她形象气质最好，走的又是清纯、高雅的女神路线，很少有绯闻，在年轻观众中人气极旺。

"下面一个问题，是我们代替广大男生问的！大家都知道您一直单身，如果要交男朋友的话，会找个什么样的男生呢？"问话的是台湾一个很有才名的作家主持人。

画面中的白若音略带羞涩地浅浅一笑："其实，这两年我一直在忙事业，这问题还真没有怎么想过。"

主持人追问道："或者这么说吧，有没有比较欣赏的男性形象呢？"

白若音想了想道："其实我读书的时候，还蛮欣赏历史上那种温文尔雅、但又能做到泰山崩于前不形于色的才子，有'气度恢弘、雅量高致'的古风，有担当，给人安全感的君子最好。"

"哦，看来若音也读了不少书啊！"主持人有些惊讶，"不过，现代生活中这样的男子不多见吧。若音有遇到过吗？"

"其实也有啦……"白若音略一犹豫，低下头有些不好意思地说，"之前，我看到微博上转的一个视频，有个电视主持人，叫郑易，给人印象蛮深的！他的消息在微博、微信上都搜得到，蛮多的！"

"哦？导播，麻烦搜一下……"台湾主持人像发现了重大新闻一样，迅速安排导播将郑易的那段视频切到节目现场的银幕上。

"……台里，熟悉我的朋友，都叫我郑大胆，所谓的'大胆'，包括没事不惹事，事儿来了也不要怕事儿……"郑易熟悉的独白出现在台湾谈话节目的屏幕上。

"哇喔……不得不说，这位主持的应对，我个人也佩服！"台湾主持人看完视频后露出惊讶的表情。

"是啊是啊，我第一次看的时候，也很佩服。临危不乱，谈吐得体机智，舞台掌控很棒！"白若音一改之前的羞涩，显得有些兴奋。

"这样的男子确实有古风，像若音你说的那种泰山崩于前而不形于色，是吧！"主持人感受到了白若音的情绪变化，笑着问道。

"是啊，太帅了！"

"那像郑易先生这样的男子，若有机会交往了解，若音应该不会拒绝咯？"

"呃……嗯……"白若音反应过来主持人的用意，脸色微红，"如果真能认识他，那是我的荣幸！"

"哗……"配合着音效，全场发出惊叹声。

视频到此为止，而转帖的抬头赫然是"郑大胆霸气，白若音动心"，再看转帖次数，已经上了七位数！

"我说你咋突然这么火，连女神都表示求交往了！不行，请客至少得去海鲜酒楼，否则杜爷可不答应啊！"

郑易没搭理他，自顾自掏出手机打开微博，猛然发现自己原本五位数的微博粉丝数，不知道什么时候突然涨到了六位数，且还在不断增加。郑易暗自窃喜，翻看着杜宇转给他的视频帖。视频是从台湾访谈节目官方号转出的，还@了自己跟白若音，很多人应该是从这个链接加粉自己微博的。

更让郑易吃惊的是，白若音居然也已经粉了自己。

"哈！白若音还真关注你了！"杜宇一把拿过郑易的手机，"女神求交往，你就自动躺倒吧！"说着，直接点击与白若音的微博互粉。

"老杜，别闹，手机给我……"郑易翻身爬起，想取回自己的手机，却被杜宇用背挡住，同时还打开与白若音的私信对话框，"别急，让我帮你跟女神说声 Hi！"

两人正在玩闹间，杜宇突然停了下来，郑易一把取过手机，朝屏幕瞧去，就担心这个损友替自己乱发什么信息，却猛然发现，白若音发了一个"hi"过来！

两人怔住了，没想到白若音竟先向郑易打来了招呼。杜宇虽然在开郑易玩笑，但是两人都知道娱乐圈和新闻圈，几乎是两个没有交集的圈子。那些娱乐谈话节目的对白大都是设定好的，用以炒作，不能当真。

"郑老师好，我是若音！"

"关于节目中那段话，希望没有给您带来麻烦！"

……

两人还没有反应过来，又收到来自白若音的连续几段留言。

郑易回道："白老师好，我是郑易，我应该感谢支持才是！"

"我还在台湾，先不多聊了。希望回大陆后，有机会跟您多学习！"

"哪里哪里，大家相互学习，您先忙。"

"88！"

"88！"

郑易刚放下手机，杜宇就一胳膊搭在他的肩膀上："这是来真的呀！不行，除了海鲜大餐，再来瓶好酒。另外，你们要见面的时候，不许瞒着杜爷！"

"走开，是男人吗？这么八卦，跟个娘们儿似的！不过就是打个招呼嘛！"

"哥是不是爷们，不用你管。你要是不抓住机会，就真不是男人了!"

"去你的……"

王者高飞

城市灯红酒绿,人影幢幢,新城的文化地标——东方大剧院里,第十届电视节目榜中榜的颁奖晚会正在举行。颁奖礼已经到了高潮部分,即将揭晓最佳综艺节目主持人的奖项。

灯光暗下来,紧接着重又亮起,颁奖音乐尾随而至,追光灯从舞台侧面跟着一男一女,男的穿着格子上衣,下半身却穿着西装短裤,露着两条光溜溜的粗壮白腿,女人一席曳地长裙,一看就是出自高级定制,但脚下的漆黑"恨天高"走路时若隐如现,显得极为不搭。

"小天,作为一个演员,你想过转行当主持人吗?"

"主持人可不好当,也没哪家电视台邀请我啊。"

"那你觉得一个好的综艺主持人需要什么样的条件?"

"我觉得嘴皮要溜,反应要快,能唱能跳能演能闹,还有形象也要过得去,可不能像老罗那样。"

灯光扫到舞台下,一个身材发福的中年男子正咧嘴傻呵呵笑着。观众席中起哄声四起,间或混杂着口哨声。

"你是在嫉妒老罗吧。"女人不加掩饰地大笑,花枝乱颤。

男人忙一本正经似要辩解:"老罗,别生气,我除了比你好看,其他方面还真都比不上你。"

"接下来要颁发最佳综艺节目主持人的奖项。估计你再干个十年,也拿不到。"

"好吧,我认命了。"

这本来是个梗,但男主持人竟然没有接住。短促的沉默,事先准备好的颁奖脚本突然卡了壳。

还好,女明星脑子机灵:"咱们闲话不说了,来看一看今年的获奖者是谁——"她打开了密封的获奖信封,递给一旁的搭档。

男明星这会儿也机灵了:"第十届电视节目榜中榜,最佳综艺节目主持人是——"

舞台上的两人相视而笑,大屏幕上,刚才的尴尬表情已经没了踪影,只见快完成任务时,一脸即将解脱的愉悦。

"——高飞。"他们脱口而出。

"恭喜高飞。"

掌声雷动,又听见口哨声。

灯光打到嘉宾席,一位成熟儒雅的男子淡定地坐着,仿佛这热闹与他无关。若美玉雕成的俊脸上,犹有傲气的神情,透着一种异样的沧桑和睿智。喷着发胶的分头一丝不苟,格子衬衫、自由结成的窄款领带,外罩裁缝考究的西装马甲,手里把玩着一个烟斗,带着一抹雍容而闲适的浅笑,正是之前因病住院而缺席《星光现场》第一场总决赛的名主持高飞。

高飞在嘉宾席第一排坐着,并没有站起来。鼓掌继续,口哨声越来越响。高飞整个人还是坐在原位,旁边的宋婵推了推他,台上的女明星又喊了一遍"有请高飞",观众席中传来轻微的诧异声。

时间并没有静止,滴答滴答仍在流逝。高飞终于站了起来,低着头,若有所思,转身挥手向后边的观众致意。

从台下到台上,他走得并不快。零零散散洒着鲜花的红毯,做成巴洛克风格的金色楼梯,贴满赞助商 LOGO 的颁奖台,灯光炫目刺眼,《超级周末》节目的音乐响彻整个剧院,儿歌式的旋律,高飞欢快的声音,某位女嘉宾夸张的笑声,声浪渐强,不知什么时候,金字塔形状的奖杯已经拿在了他的手中。

剧院又瞬间安静了下来,高飞开始发表获奖感言:

"这是我第三次拿这个奖了,并没有感到心安理得,而是觉得惭愧!我做综艺节目已经整整十年,这十年里,我要感谢观众对我的支持,要感谢新城电视台给予我成长的舞台。但我也感到很忧虑!如今,综艺节目变得越来越同化,千篇一律,让人厌倦。电视,似乎离普通大众越来越近,却也越来越远。对我们这些从业者来说,真的需要些新鲜的东西了。谢谢。"

高飞一口气说完，便匆匆走下舞台。台下有人点头，有人摇头。先是一片寂静，继而响起一片掌声。

灯光愈发闪亮，晃得人眼晕。

一摞报纸搁在新城电视台台长李东然的办公桌上。《高飞：获奖感言背后》《高飞因病流露退隐之心》《高飞的去与离?》《谁来接班〈超级周末〉?》……　标题一个比一个惊人。细看内容，都是高飞想退出电视圈，有可能离开《超级周末》的诸多猜测。还有好事者，甚至细数高飞这些年来的绯闻八卦，大肆揭露新城电视台的旧事传闻。

李东然浏览一番之后，表情淡然地放下报纸，起身，走向落地窗前，远望，沉思……

新城电视台20楼《超级周末》办公室里热闹非凡，每年年末都是节目组最开心的日子。三天带薪假期加一个红包，这是高飞节目团队的惯例。

自从九年前《超级周末》创立以来，高飞就给节目组设了一个小金库，作为工作人员的奖励基金。每到年末，都会根据大家的工作表现，准备一笔数目不菲的红包，分发给节目组工作人员。

"飞哥再见！"

"拜拜飞哥！"

"老大，先走了！"

"再见！"

高飞含笑点头送走了众人，轻轻关上会议室大门，重新坐了下来。同样留下来的，是《超级周末》"铁三角"的另外两位，宋婵和钱瑾。《超级周末》高飞不但是主持人，同时也是制片人；宋婵作为高飞的黄金搭档，已经共同合作五年了；而钱瑾更是从九年前便是《超级周末》的制片主任，管理财务的一把好手，节目组小金库也由他打理。

"老罗找过我了！"高飞用烟斗轻轻敲了敲桌面。

"罗总监怎么说?"钱瑾问道。

"他真以为我会放弃《超级周末》吗?"高飞阴沉地压抑着怒火。

《超级周末》是台里的王牌节目,风光了九年,一直到现在,还是各大电视台竞相模仿的对象。虽然现在仍是全国排名前三的电视综艺秀,但这两年的收视率已不那么稳定了。而且全国各台推出新节目的周期越来越快,再加上新媒体的冲击,《超级周末》的压力越来越大了。

原本高飞除了担纲《超级周末》外,也会兼任不少节目的主持,但这两年为了维持《超级周末》的地位,他推掉了不少节目。

包括《星光现场》。两年前台领导找到高飞的时候,他也想推掉,后来领导力劝,便不好再推。却没想到当年的新节目居然极受欢迎,发展成新城电视台仅次于《超级周末》的明星节目。

这虽然巩固了高飞新城一哥的地位,但是对他来说,《星光现场》却是鸡肋般的存在,甚至还对自己一手打造的《超级周末》形成了冲击。

"今年《超级周末》还是全国排名前三,但跟第四名比,只差0.2%,收视率比去年同期下降了16%。而今年《星光现场》收视率跟去年同期比却增长了18%,跟《超级周末》只差0.6%。"

高飞停了停,眼睛扫过宋、钱,似乎在等他们消化这些数据,又接着问道:"老钱,有赞助商对明年的《超级周末》表示意向吗?"

"有几家在接触……"

"哪几家?"

"呃,至高科技、优诺食品之前表示想聊一下,还有几家……"

"继续跟进,不能等着台里招商,我们自己要先谈。"

"嗯……"

钱瑾点头答应,可心里有点犯难。随着这两年《超级周末》的地位受到冲击,赞助商的态度也更趋于观望。

要知道,电视台最主要的变现方式就是广告赞助。投那么多钱做的节目,在外行看来是谋求高收视率,但实质是为了抓人眼球,吸引全民注意力，制造社会影响力，产生宣传价值和效应，从而吸引广告主投下广告费，达到宣传目的。宣传效应越好，客户投广告的意愿才会越强烈，广告价格也会越高。所以，王牌节目，不仅要好看，更要有超强的"吸金"能力。作为多年的"吸金大户"，《超级周末》的广告收益指标始终如逆水行舟，只能上去不能下来。一旦下来了，不光经济受损，更重要的是客户意愿会衰减，就会形成恶性循环，节目的商业价值便会大打折扣。

然而，类似《星光现场》这样的新锐节目，人气收视率都接近《超级周末》了，赞助冠名费又低，自然得到更多商家的青睐。当然，最终赞助商选择哪个节目，也不光看收视率和广告价格，还有更多的因素，只是不能拿在台面上说罢了。

"所以……"高飞的烟斗一下一下地敲，似乎敲在人的心坎上，"《超级周末》的现状，不容乐观啊！"

"罗总还说了什么？"

"老样子，还是拿《星光现场》举例子，依然是创新、改版、新形式那些说辞，老生常谈了。也不想想，当初要不是我们接手主持，《星光现场》也做不起来。"

"他不是第一次提到了。"

"是啊……"

会议室又陷入了沉默。

"小婵，你怎么看？"高飞将烟斗放入嘴巴，抬头看了看合作多年的搭档。想起五年多前第一次见宋婵，她刚从学校毕业，见到自己的第一句话是，"高飞老师，我特别喜欢您的主持，我来新城电视台都是因为您啊！"

五年前，《超级周末》的前女主持突然离开了，宋婵在高飞的支持下，接棒上岗。她和高飞的主持风格形成绝佳互补，配合非常默契，加之平日里认真用功，人美嘴甜，观众缘极好，从而赢得了人们的认可和喜爱，很快成为电视综艺界当红的王牌女主持。如今的宋婵，正值女人最美的年华。退去青涩的她，有如清雅绽放的梨花。

"飞哥，我觉得确实该变了，要么考虑改版，要么就重新创造个新节目了！"

宋婵明亮的眼睛看着高飞。她知道《超级周末》这个节目，是高飞多年的心血。从创意到模式，开创了明星真人互动的先例，从十年前单纯的明星舞台表演，到现在访谈脱口秀加互动的形式，已然成为业内的神话。

只是这两年，面对包括其他电视台的搬抄模仿以及新媒体的出现，节目收视率不可抗拒地出现了下滑。虽然大家都很努力地维持，可依然难逃衰退，优势不再明显。

娱乐频道总监罗越，早就力主本频道各节目要大胆创新，也多次找过高飞，但碍于高飞的资历和地位，他只能暗表，不好明说，都被高飞以软钉子碰了回去。毕竟这个节目是高飞的"亲儿子"，又怎肯轻易让别人插手？

这两年，台里也推出了一些新节目，但收视率并不一定好。像《星光现场》这样成功的也只是少数，大都效果不佳，只得通过改版的方式不断调整。可按照惯例，被勒令改版两次收视率还上不去的节目，就要被淘汰了。

其实，大家都知道，《超级周末》作为已经做了九年的老牌节目，改版是早晚的事，可谁都不愿意在高飞面前提出来，也就是宋婵作为老搭档，才在三人会议上说起。

高飞没有表态，看向钱瑾。作为同样搭档多年的制片主任，钱瑾原本的资历和年纪都在高飞之上。刚创办《超级周末》时，两人还时常发生摩擦。时至今日，他俩一主内、一主外，再加上宋婵，成为稳固的"铁三角"，无论是信任度还是默契度，都不是外人能轻易改变的。钱瑾在电视台的深厚人脉和良好人缘，为高飞提供了安定的支撑。为团队提供奖金的小金库，也是高飞拜托钱瑾一手建立起来的。

"大势所趋啊！与其被人要求，不如主动一点。"钱瑾喝了一口茶，又接着道，"至少，具体怎么做，还是我们说了算的。"

"嗯。"高飞靠在椅背上，垂下眼帘，他也早知道改版是逃不掉的事。只是背负着光环的他，已没有了新人的冲劲。如果改版成功，那是理所当然，因为他是高飞，是王牌主持人，金牌制作人；如果改版成效不理想，或许就会像自己的前辈一样，被人称作"江郎才尽"吧。

这些年，别看待在新城一哥的位置上，风风光光，顺风顺水，其实不知道有多少双眼睛盯着他，只等他出错。高飞突然发现，他有点想不起当年刚进台时，那个受众人追捧的老牌主持人的模样了。当时自己还笑对方"只知守成，不知创新"，现在却开始有些理解那人了。

年轻真好，高飞脑海中闪过视频里那个年轻代班主持人的画面，那股锐气跟当年的自己太像了！

不是感叹的时候，还是回到眼前的问题吧。高飞压下脑海中乱七八糟的念头，坐直身子，看着眼前的左膀右臂，沉声道："好，既然大家都赞成，那么我们三个先来讨论一下到底是改版还是创新节目吧。"

宋婵看着目光炯炯的高飞，心里有点开心！从只会仰慕地看着他、受他庇护的小女孩儿，到如今跟他并肩作战，宋婵在台里最美好的青春岁月，便是与这个男人一起度过的。作为搭档，她如何不知近几年高飞所承受的压力。但如此高压之下，眼前这个男人依然沉稳、自信、斗志昂扬，这点让她非常欣赏！

"我先开个头吧！"宋婵说道。

"嗯。"高飞一边听，一边思考着，"你有什么建议？"

"现在都是粉丝经济，不只是明星有粉丝，主持人有粉丝，甚至普通人，通过自媒体和社交圈，都会有粉丝。我觉得粉丝才是保证收视率的必要因素！飞哥，你想想，有多少人其实就是冲着你来看节目的？我都是你的粉丝哦！"说到这里，宋婵冲着高飞俏皮一笑。

"对啊！对啊！我的宝贝女儿，还有她的同学，也是你粉丝！上次你给她的十几张签名照，拿到学校里，分分钟就被抢光了！"钱瑾也附和道。

高飞谦虚地笑了笑，但心里还是十分受用："好啦，这么多年了，你们还这么虚情假意！小婵，继续！"

"90年代的小虎队、红孩儿，00年代的F4、S.H.E，到10年后韩国不断推出的各类少女组合，最大的特点就是，他们的团队成员配比，能满足受众不同的口味，所以尽可能地将粉丝力量集中起来。我们是不是也可以往这方面考虑？"

"你的意思是，我们也要满足多种口味，组一个主持人团队？"

"嗯，跟韩国歌手组合一样，不同风格，不同造型，不同性别，不同才艺技能，符合不同观众口味！"

"这是一个思路！"高飞没有否决这个点子，"组合最大的挑战，应该是人选吧？"

"是的，每个主持人都需要有自己清晰的风格定位。例如飞哥，你是走儒雅睿智路线的！我嘛，算是知性路线吧。"宋婵有点自嘲地笑笑，"如果我们要做组合，最好再有两到三个不同风格的主持人加入。"

"你有合适的人选吗？总不见得用新人吧？这样培养磨合需要比较多的时间。而且最好是主持人自带粉丝，可以迅速增加我们的收视率。"

"我这里能想到两个！"宋婵见自己的意见得到高飞的认可，展颜一笑，"一个，是田菲儿。"

"田菲儿？哎，她确实很有特色！"高飞点头道。他也很熟悉田菲儿，不但因为她是人气仅次于宋婵的女主持人，同时也因为她是少有的谐星主持。她长相一般，但是身材极好，擅长自我调侃，依靠夸张的表演和厚脸皮，形成独树一帜的主持风格，拥有大量的女性粉丝。高飞跟她有过合作，也算认可她夸张的风格。

"第二个呢？"

"郑易。"

"新闻频道郑易？"

"嗯，他这次表现不错！不过，他可是新闻频道的顶梁柱啊。"钱瑾道。

宋婵抿嘴一笑,没有说话,只是用明亮的眼睛望着高飞。

"郑易……"高飞对这个颇像自己当年的年轻主持人有着不错的印象,有潜质、有魄力,反应谈吐都是一流,可惜在新闻频道,发挥不出他善于临场应变的特质。

高飞对宋婵笑了笑,看见那双明亮的眼睛里流露出少许的羞涩。他瞬间读懂,这神情背后是宋婵对郑易由衷的欣赏,心里竟泛起了一丝嫉妒。

"他确实有潜质,是个人才。"

"新闻频道老严会放人吗?"

"回头跟老罗聊聊,他应该会支持的。"

"嗯,频道内部不是正好在选拔主持人吗,又是周副台和老罗负责的,李台也很关注。能不能借此机会……"

"嗯……"

一纸调令

新城电视台,新闻频道总监办公室。一摞报纸搁在总监严建东的办公桌上,还有两份文书,一份标题赫然是红字,是关于新闻频道主持人郑易至娱乐频道部门工作的调令;一份是郑易参加电视台娱乐频道主持人内选的推荐信。

而报纸上有《郑大胆霸气,白若音动心》《新闻主播郑易,娱乐节目机智救场》《邱毅离场、郑易上场》《新闻主播临危救场》等等标题,仔细阅读,都是这次娱乐频道节目上,本频道郑易代班救场的事。

自从电视台推出收视率考核机制以来,其他频道为了收视率的比拼各种折腾,严建东却一直以新闻频道秉持新闻本色态度而自豪。郑易在新闻频道工作多年,台风正气严谨,严建东对他颇为赏识。

这次,郑易去《星光现场》代班的事,各大媒体炒得沸沸扬扬,他当然知道,起初不以为然,还想着这小子的表现,真是给新闻频道大大长脸。可没想到,现在娱乐频道的老罗居然把脑子动到自己这儿来了,直接挖人,连红头文件也下了。

严建东翻看着报纸，厚厚的眼镜背后，有着让人琢磨不透的神情。等最后一份报纸看完，叠好，他抬头看了看墙上的圆形石英钟，拿起了电话……

电梯一层层往上，门打开，进来一个女孩，梳着马尾辫，干净利索。"郑老师好。"她声音甜美，冲着紧挨电梯墙壁的郑易礼貌地问好。郑易向她点头致意。

"郑易老师，《星光现场》里您好帅！"女孩脸颊带着红晕。

"哦，是吗？"郑易朝她笑了笑。自己新闻节目的收视群一般都是较为成熟的专业人士或中老年人，像这个年龄段的女孩极少，现在只上了一次《星光现场》，连台里都开始出现粉丝了。

"嗯，我爸爸常看您的新闻直播，不过没想到您主持娱乐节目也那么棒！"

"哦……"郑易还想说什么，电梯门开了，进来几个人，都和他打招呼，他一一答应。

电梯间里，郑易和女孩一前一后站着，距离很近。那个女孩儿还不时地偷眼看看郑易。郑易突然有点小虚荣，这种感觉做了那么多年新闻都未曾有过。新闻受众大都比较理性，在咖啡馆或者餐厅认出自己，也最多有目光接触点头示意，或者礼貌地问声好，不会像这样的年轻女孩儿冒昧上前打扰自己。

一向不太在意外形的郑易，不由得看了看电梯镜子里的自己，确实挺帅的！

电梯里的人越来越多，都和自己打招呼。一句两句的赞扬笑笑就好，一多了，郑易就觉得有点不好意思了。

16楼终于到了，郑易走了出去，迎面是浅蓝色的墙面，这是新城电视台的视觉主色调。硕大的台标图案镶嵌在墙壁中央，"X"的缩写，鱼儿游动的形状，因此，新城电视台又有"小鱼台"的昵称。

"或许，这就叫如鱼得水吧！"郑易心里想。

门禁卡刷开门，他径直走向新闻频道总监严建东的办公室。

他敲了敲门，等到里面应声，推门走了进去。

严建东正在办公室的电脑前,见郑易进来,抬头道:"小郑,稍等,我马上好。"

郑易一愣,说道:"严总不急,您先忙。"他走到沙发旁坐下,一眼就看到了桌上的调令和推荐信,再看边上报纸,几个斗大的字中自己的名字赫然在列,一下就明白老严找自己来的原因了。

未及细想,就见严建东将一个泡着绿茶的玻璃杯放在自己面前,然后坐到了旁边的沙发上。

"严总,我……"郑易有些局促,开口想说什么,被严建东打断了。

"哦,你的那个视频我也看了,那段话说得很好。"

"一时情急,胡乱瞎说的。"

"不错,没丢我们新闻频道的脸。"

说到这里,严建东一向严肃的脸,露出一丝笑容。

"严总……"郑易心里有些感动。

严建东收起了笑脸,指着文件说:"调令你先看看,还有推荐信。这次台里内部选拔主持人,周副台亲自点你的名。以后去了娱乐频道,也好好做,记住你是我们新闻频道出去的!"

"严总,这……我在这儿做得好好的,没想离开新闻频道啊,能不能不去?"郑易有点激动,他是真心没想过换频道。虽说这次娱乐节目让他"一夜成名",但在新闻人的眼里,娱乐圈并不怎么上眼。热闹归热闹,品位和档次就差了点。更何况,自己当年在传媒大学读新闻的时候,曾经立志要为新闻献身,可是这新闻理想怎么说被灭就灭掉了!

"郑易啊!"严建东看到郑易的反应,露出一丝笑容,"你不想走,我们也不想放人。只是周鹏程副台长亲自点名了,你呢,就先去试试。如果你真想回来,以后我再找机会把你调回来。"

郑易突然有种牵线木偶的感觉,自己在台前表现得再怎么好,在幕后也只是一枚可以随意调配的棋子。

"严总,周副台在办公室吗?我去找他问问情况!"

"他应该在的。不过郑易，领导也是为你好！娱乐频道历练几年，对你也会有很大提升的。"

"谢谢严总，我先出去了！"

郑易拒绝了严建东再喝一口茶的邀请，转身告辞。他快步走入电梯，来到大楼顶层台级领导的办公区域。

这里异常安静，除了哗哗啵啵不知哪来的电流声。走到拐角处周鹏程的办公室，郑易停下来思考了一会，然后轻轻敲了敲门。他推门进去，视野顿觉开阔起来。原来，一块落地玻璃正对着打开的门。阳光灿烂，照进屋内。窗外，是整个城市最繁华的地段。

"郑易，你来了啊。有事？"正埋头翻阅文件的周鹏程热情地招呼着。

郑易心想，这不是明知故问嘛："是关于这次岗位调整的事，我觉得台里是不是可以再考虑考虑。"

"你说来听听。"

"您看，我是学新闻专业的，进台后一直做记者、编辑、新闻主播，也积累了一定的报道经验。而我个人呢，也喜欢研究评论各种社会现象，不论是好的还是不好的，都要维护观众了解真相的权利。至于，娱乐节目，这个……我真的不太擅长！"

周鹏程专注地听着，时不时点头，待郑易讲完，他才不紧不慢地搭腔："你说的这些，我们都考虑到了。新闻是我分管的，在新闻频道，你的表现大家有目共睹，做得非常好，老严也一直很欣赏你。只是，你也要知道，现在台里提出了'娱乐强台'的口号，这是我们在未来几年要不断加强和贯彻的。你这次的表现，台里领导都非常满意，甚至算得上重大发现，觉得你是一个可塑性很强的主持人。娱乐频道现在需要更多的新鲜血液，来巩固和加强我们台娱乐节目的优势。台里相信你，换个岗位也能做好自己的工作，甚至挖掘出更大的潜力来。相信你也不会辜负台里对你的期望！"

郑易一听到"娱乐强台"就觉得可悲！当收视率成为唯一的考核指标后，娱乐大众，就成了电视台制作节目的最大动力。这个话题，郑易没少跟损友杜宇吐槽过。

"周台，我这人骨子里特别严肃，是真的不会娱乐别人啊！"

这话似乎并不中听！周鹏程的笑脸没挂住，瞬间顿在了那里。"这次内部选拔，是不错的机会，台里很看重。不但有各部门的内部推荐，台里有兴趣的年轻人都可以报名。当然，不是说去参加了就能上岗，大家要公平竞争。郑易，你很有潜质，但也得好好准备！"

郑易知道和周鹏程已经没什么可说的了，他很快让自己的情绪平复了下来。走出周鹏程办公室的时候，他突然觉得有点讽刺，之前还在跟杜宇吐槽娱乐节目一味娱人，现在却要参加娱乐频道主持人内部选拔。

远远的，他看见走廊尽头吸烟处有一个男人的身影，他没在意，继续往电梯口走。刚到电梯口，后面传来声音。

"郑易……"声音浑厚，亲切自然。

郑易转头，原来是李东然，新城电视台的台长——最大的老板。

"李台好。"郑易很少能见到李东然。他这人神出鬼没，治台出招时也常出其不意。

"你看对面那工地，三年了，才刚刚挖好地基。"

"是啊，开头永远比中间难。"

"《星光现场》那期我看了，表现不错！主持人内选，一切顺其自然。你这次过去，是机遇，也是挑战，但台里对你有信心。"

郑易明白他话里的意思，点了点头，等他继续说。

"你有没有想过，如果有一天你不做主持了，还能做什么？"

郑易没想到他突然换了话题，但迅速恢复了镇定："我本身也不是播音主持专业的，假如真不做主持了，我可以做幕后，做记者、编导、制作人，都行。"

李东然认真地听郑易说完，不再说话。偌大的阳台，两人站在那儿，望向窗外，若有所思。远处，城市高楼林立。夕阳下，一幅巨大的广告布正被扯下，也许明天会有一个新的吧。

宝莱纳，魔都出名的酒吧，以酒类品种众多出名，可以在这里找到世界各地的知名啤酒和洋酒，也是郑易、杜宇的最爱。

"什么？让你去娱乐频道参加内部选拔？"杜宇猛地转过头，"老严答应了？"

"嗯，推荐表都上去了。"郑易啜了口杯中的伏特加马提尼，让苦艾酒刺激着味蕾。酒吧昏暗的灯光，随着杯中酒液，流转着让人眩晕的光芒。

"你有什么打算？"杜宇一口干掉手上的皮尔森拉格，"美女，再来杯美式琥珀拉格！"

"还能怎么办？"

"已经定了？"

"老严已经让我做交接了，小于接替我，你认识的。"

"哦，就是那个电力局副局长的侄子？"

"嗯。"

"这么快……"

"他挺聪明，上手挺快的！"

"算了，老郑，娱乐频道也挺好的，毕竟台里更看重娱乐，机会更多。"

郑易没有回答，只是一口喝干杯中酒，努力咽下去。

"老杜，我有点后悔，真不该去《星光现场》代班。服务员再来一杯，Dry！"

"老严可对你不错，怎么就舍得放你走啊？"

"是周副台长的意思。"

"那就去找周台呀！"

"去过了，周台说在任何岗位都是工作。"

"可不是，都是螺丝钉……都是为人民服务嘛！"

"嘶……"郑易接过服务员递来的酒，一碰杜宇的酒瓶子，一仰脖子大力喝了一口，火辣辣的酒带劲地滚入胸腔，人好受了些。

杜宇没有劝，也陪着喝了一口。

"知道进哪个节目组了吗?"

"不知道,先要去参加内部选拔。服务员,再来一杯。"

"哟,不错唉!"

"你也觉得不错?"郑易抬头看了杜宇一眼。两个人是同所大学的,从毕业就相互陪伴着在电视台扎下根来,都有同一个理想,就是将新闻做好。所不同的是,郑易做了新闻主播,而杜宇做了出镜记者。两人私下里可是约好的,将来要一起打造一个有想法的新闻节目。

"是啊,我听说这次选拔出来的,都会进入台里几个新栏目组担当主持。可惜都是娱乐节目,如果有新闻频道开新栏目,我也想试试。"

"你凑什么热闹?"郑易没好气地翻了白眼。

"娱乐频道那里,具体哪几个栏目在招主持,你知道吗?"

"我怎么知道?"

"说不定是看你这次表现精彩,已经留好了位置,让你替代高飞主持《星光现场》!那你跟宋婵就是荧屏搭档了,至少可以在一起工作。我听说她可一直是单身,进台到现在都没谈过男朋友。回头记得介绍认识认识呗!"

"要不你去得了。"

"成啊,只要领导同意。"

"所以不做新闻,也可以?"

杜宇沉默了下来,拿起酒瓶跟郑易碰了下杯,陪他又喝了一口。

"郑易!杜宇!"两人顺着话音抬头望去,一个高挑的身影,万年不变的黑白色系的职业装、高跟鞋,两人不用看脸就知道,是沈娜来了。

沈娜比两人大两岁,也是同一个大学毕业的学姐。两人新入台的时候,沈娜也在新闻频道,正好负责带新人,算是他们的领路人,所以两人一直叫她"娜姐"。

和宋婵一样,她也单身。但宋婵一直追求者不断,而沈娜的强悍作风却让很多爱慕者望而却步。

其实，沈娜的美丽虽然不如宋婵般惊心动魄，但是秀气精致的五官，自律生活造就的良好体形，再加上清冷自信的气质，放在任何一个行业也是女神级别。但她自己，似乎从来不在意两性问题，一心扑在工作上，干练、高效的作风，让人往往忽略她的性别，只会留意到她极强的工作能力。

"你好，请给我一杯鲜榨橙汁。另外给我一杯白水，不加冰，谢谢！"沈娜拉开酒吧椅坐下，动作轻巧、利落、好看。

"娜姐，老郑被推荐参加娱乐频道主持人内部选拔了。"

"我知道。"沈娜接过水杯喝了一口。

"你知道是怎么回事吗？"

"嗯，我听说，是娱乐频道罗总向周副台申请要的人！"

"是他？"郑易眉峰一挑，回头看了眼沈娜，"干吗找我们做新闻的，他们娱乐频道没人了吗？"

"谢谢！"沈娜接过酒吧服务员送过来的鲜榨果汁。

"老郑，罗总、周台什么意思啊？是有什么大动作吗？"

"管他什么大动作！"郑易仰脖子又干掉一杯酒，杯子重重地往吧台上一顿，带着些许醉意，"我只知道，我们都是螺丝钉，都是棋子！想我们怎样就怎样！也不管我们怎么想。"

沈娜一伸手拦住了郑易叫酒的动作，略带嗔意地扫了一眼杜宇，杜宇耸耸肩，啜了一口啤酒，手指比划了下，意思是喝了三杯。

"给他一杯温水。"沈娜吩咐道。

"我没事！"郑易推开白水，望向酒吧的电视机，里面正好在重播《星光现场》的节目，"我真的有点后悔，答应你去救场！"

"你是不是有点怨我？"

"娜姐！"郑易抬头看了看身边这个女子，清冷若兰，可是入台以来，对自己跟杜宇像姐姐一样照顾。

"先喝口水，缓一缓，你喝得急了。"沈娜轻轻地将水杯又推到郑易面前。

郑易默然，拿起水杯，如喝酒般一饮而尽。

"我记得你跟我说过，你跟杜宇的梦想，是希望以后能做属于自己的节目。现在还这样想吗？"

"当然！"

"如果留在新闻频道，你准备怎么实现自己的目标？"

"呃……"郑易被这个问题噎住了。这些年，他在新闻主播岗位上做得如鱼得水，可是离拥有自己的节目，看着很近，仔细想想，似乎又很遥远。前路，像蒙着一层薄雾，看不清楚。

"努力工作，累积经验，等待机会！"杜宇在旁边插嘴道。

"要达到一个目标，无非是看清原点在哪里，终点在哪里，路径怎么走。而怎么走，又取决于有什么，缺什么。"沈娜的语气淡淡的，却能让郑易和杜宇凝神静听，"就拿经费为例，郑易、杜宇，你们告诉我，打造一个节目，需要多少经费？"

"呃……"郑易听到这个问题，有些语塞。

"这个……咱还真没算过。一百万吧！"杜宇硬着头皮，胡乱掐了个数字，"如果有一百万经费，我们跟老郑一定能做好一个新的节目！"

"好的，一百万。"沈娜看着杜宇有些闪烁的目光，又瞥了一眼在低头沉思的郑易，"那么两个问题：一，这一百万怎么用，用在哪里？二，这一百万，预计收视率能达到多少？"

"这个……"杜宇终于被堵得说不出来了。

"不好意思！我不是刻意为难你们，这些问题是领导一定会问的。"沈娜略有深意地看着郑易。

"还有，娱乐节目是所有节目中资源和关系最复杂的类型，不仅仅是要把电视台里的事情处理好，最难搞的是演艺圈各路人马的关系。就像郑易你代班主持那次，出了多少状况！而且当时有人退赛的环节，那背后有多少利益关系在博弈？幸亏有准备，不然就麻烦了……"

"等等娜姐，你说什么？"

"哦……呃……那什么,我是说幸亏你发挥出色,不然就麻烦了……"

"吓我一跳!"

"娜姐,我明白你的意思了,其实我们最大的问题是,根本不知道怎么做一个节目制片人!"郑易猛然抬起头,用力呼出一口气,似乎要将郁闷都排出体外。刚才沈娜的话,看似轻飘飘的,却让自己出了一身冷汗,连那少许的醉意也挥发了。

沈娜点了点头,欣慰地抿嘴笑了。

"所以,你赞成我去娱乐频道,也是这个原因吧?"郑易突然灵台清明起来,思路也清晰了,"你是觉得,在新城台,娱乐频道是学习节目制作最好的地方?"

"对了。而且我听说,这次调你参加娱乐频道内部选拔,是因为台里即将推出一些新的节目,需要储备一批好的主持人、制片人和主力导演!"沈娜见郑易理顺了思路,举起果汁,"来,预祝郑易这次转型顺利!"

杜宇举起酒瓶,与郑易、沈娜碰在一起,三人相视而笑。杜宇突然发现,一向清冷智慧的沈娜,笑起来原来也可以那么好看,那么女人!

内部选拔

1000平方米演播厅,候场休息区里,站了一水儿的帅哥。人人都是精心打扮,名牌衬衣、铮亮皮鞋、油光头发,浑身打扮得一丝不苟,个个都希望一出场就能吸引聚光灯。角落里,郑易不动声色地看着眼前的一切。他穿了一件简单的灰色休闲西服、蓝色牛仔裤,白色运动鞋,就像是外出旅游刚回来的样子,在一大群人中间,倒素净简朴得有点突出。

在他的右前方,台里一个老牌娱乐主持人正在跟旁边的两个年轻小伙絮叨着过往:"你不知道我们当年的情景,很少有人想做娱乐节目,觉得不上档次。可是现在不一样了,娱乐就是王道。"

"您说得对！像您在台里这么多年，能够一直做到现在，真是受人尊敬。我们都纳闷，您还用选拔啊？所以今天您绝对稳操胜券，我们呢，也就是打打酱油罢了。"旁边一个小伙露出谄媚神情。另外一个男生也凑上前，做出认真倾听的样子。

"我就这样了，哪里像你们年轻人，前途无量啊！"老牌主持人嘴上虽这么说，脸上却浮出一派自得，仿佛在那一刻，他又回到了自己最辉煌的时候。只是很快，身后传来的争吵声，把他从往昔回忆中拉了出来。

"你这人怎么走路的啊？这么冒失，还想做主持人？以后上台可不是要出洋相。"说话的人身材高大，穿着一件白中带粉的花衬衫，紧身裤子包着又大又圆的屁股。远远看过去，一片花团锦簇下，似乎偷偷藏起来两个皮球，带着廉价的"妖娆"，甚是瞩目。

在他旁边，是一个相貌清秀的男孩，正连声道着歉："不好意思，是我刚才走得太急。"

说完，他弯腰开始捡拾地上散落的材料，尴尬和委屈隐藏在平静里暗涌。郑易看见他眼睛里一闪而过的忧伤，混杂着纠结不清的愤怒。

"我自己来吧，等会你给我弄乱了，我还得重新整理。"那男人也蹲了下去，一屁股就把正在收拾东西的男孩挤到了边上。男孩来不及反应，一声惊呼过后，人已经狼狈地坐到了地上。

周围的人忍不住笑了。有人开始打趣："陈贵人，你这是虎躯一震，威力无穷啊。"

"少调侃我，小心我一屁股坐你头上。"此人真名叫陈贵仁，但他似乎很是享受大家变着宫廷腔调叫他陈贵人。地上的材料很快就收拾妥当，他站了起来，瞄了一眼旁边略显局促的男孩，"你是哪个频道的？叫什么？"

男孩愣了一下，有些迟疑，但还是开了口，声音很轻："我叫张扬，导视频道的。"

"导视？导视现在都有主持人了啊？"陈贵仁上下打量起男孩，半晌，开了口，"难怪这么冒失，在导视做节目一定就是念念节目名录什么的，没见过这样的大场面。"陈贵仁夸张地摊开双手，指指周遭。

叫张扬的男孩满脸通红，支支吾吾，一时沉默了。

"话都说不清，还想参加主持人选拔呢？怎么台里初评这么不严格啊，什么妖魔鬼怪都能来？"陈贵仁愈发尖酸刻薄起来。

"你怎么能这样说话？这次选拔，机会对大家来说都是公平的。"张扬总算从惊愕中恢复如常。

"机会是公平，可也得看资质能力成不成。"陈贵仁说完，瞥了一眼张扬，接着埋头迅速翻查起手中的材料，"怎么少了一张？我来之前明明数过了的啊，一共有二十张，现在怎么只有十九张呢？"

"少了一张？"一旁的张扬也紧张起来。

郑易看到不远处局促不安的张扬，整个人又一次陷入到难堪的窘境里。陈贵仁二十页的材料，让他觉得不免过于大张旗鼓，里面一定贴满了各种彩照和精彩说明。

"你还不快帮我找找！"陈贵仁对张扬吼道，说着双手抱胸，一脸不悦。张扬感到意外，但又觉得自己有错在先，只得再一次蹲下来找寻。

"早知道我就装订成册了，都是那个打印店的小姑娘，说文件夹夹着更好看。好看是好看了，可也禁不起人的一撞啊……哪去了啊？你是叫张扬吧，瞧你干的好事，如果这次选拔我出了什么差错，你可是要负责任的。你知道我为了这次选拔费了多少心思吗？就因为你这一出，把我的整个节奏都打乱了，彻底打乱了……"

陈贵仁不顾旁边的诧异眼神，忘我地喋喋不休，没有人敢上前劝阻，都很聪明地躲避到一边，以免招来不必要的麻烦。

郑易心里升腾起一丝不悦！他看着张扬脸上哭笑不得的表情，心想碰上这样的人，是该自认倒霉还是奋起反抗，也许现在张扬还没有选择权。郑易决定帮他解围，刚要上前，后面有人拉住了他。

"别急，好戏还在后面呢。"

郑易回过头："杜宇，你怎么来呢？"

"这事回头再说，你这是要去打抱不平啊？"杜宇一身深灰色西装，比起电视上做出镜记者时的休闲装扮，颜色看起来略微浓重了些。

郑易朝他打量了一番，差点没笑出声来。但很快，他就又被那边陈贵仁的叫嚷声吸引了过去。

"还没找到啊？你要我怎么办？真是倒了霉了，怎么会碰上你这样的人，导视就是导视的……"陈贵仁似乎已经嘀咕出了感觉，一发不可收拾。

"看不下去的话，你就去吧。"杜宇见郑易按捺不住，满脸都是愤怒，"这个给你。"

郑易接过杜宇递过来的东西，看了一眼，不禁会心一笑。

陈贵仁感觉后面有人在拍他，打扰了他抱怨的节奏："谁啊？干吗啊？"

"这个是你的吗？"郑易举起手里的纸，上面有一个男人的照片，在一群孩子中间，他正在专心扮演树干的角色。

"哎呀，是我的。"陈贵仁一声惊呼，想要伸手去拿，不料却扑了个空。

只见郑易把那张纸凑到眼前，装作认真细看的样子，然后又抬头看了看陈贵仁："真是你的？不像啊。"

"怎么不是我，那是我年轻的时候。"陈贵仁有些恼怒。

郑易似乎还是不相信，他把杜宇拉了过来："你觉得像吗？"

杜宇摇头。

郑易转过身看着陈贵仁："我说嘛，像您这样有气质的主持人，怎么可能会在儿童节目里扮演一棵大树呢？"

陈贵仁涨红了脸："你是谁啊？"

郑易收敛起脸上的诧异，眼神笃定地望着他："新闻频道郑易。"

"新闻频道怎么了？做综艺节目可不是写新闻稿哦。"陈贵仁仍然表现出一副不屑的模样。

"这个，我当然知道。我呢，既不会娱乐大众，也不会讨孩子喜欢，所以也就是来凑个数。像这样的选拔，必定是您的强项嘛，想扮演啥就能扮演啥，放得开，豁得出去。我脸皮薄，不行。"郑易说完，把那张纸递给了他，转身准备离开。

陈贵仁还想发作，低头看了一眼手里的照片，再看旁边的人对照片充满好奇，齐刷刷地探看过来，只得强压住怒火，愤恨地看了一眼郑易，扭头走向隔壁另一间休息室。

围观的众人作鸟兽散，一切又恢复了平静。

张扬来到郑易和杜宇这边："刚才的事谢谢你！"

"举手之劳，不用客气。"郑易笑道。

"没想到会碰到上这种人，真是狼狈！"

"以后还会碰到更多，这次就当是演练好了。"一旁的杜宇插上话。

郑易抬手揽住杜宇的肩膀，对张扬说："他也是新闻频道的，《我在现场》著名出镜记者，杜宇。"

张扬连声说久仰大名，伸手与杜宇握了握。见他一副应接不暇的样子，三个人对视了一眼，轻松地大笑起来。

郑易突然想起了一件事："杜宇，你来干什么？难不成你也来参加选拔？"

"我可不凑这个热闹，综艺节目与我，就是两条没有交集的平行线。你们选拔完了之后，是《我在现场》新主播的遴选，你走了嘛，总要有人替的。领导要我来试试，正好今天有空，我就来了。"杜宇说得随意，但郑易一听就知道他应该已经做好了充分的准备。做新闻主播，一直是杜宇的梦想，他怎能轻易放过这个机会？

"加油！"郑易拍了拍他的肩膀。

"你也加油！"杜宇微笑着回应道。

录影棚已经准备就绪。舞台正对着的观众席上，台长李东然，副台长周鹏程、王灿，总监罗越等人正襟危坐，似乎在等着观看一场厮杀惨烈的决斗。在这里，已然没有了娱乐该有的自由自在，那些本该流淌在血液里属于娱乐的随性、无拘无束已经被遮蔽，即将登台的人们，也不是来娱乐观众的，而是要以娱乐的本领来拼掉对手，让自己留下来，成为最终站在舞台中间的人。

"李台，这次的选拔，大家都很踊跃，希望我们能够找到合适的人！"分管娱乐的副台长王灿拿起手中的一沓材料，翻阅着。

"人不在多，在精。每年都有选拔，可惜没见到几个真正的人才。"李东然倒显出几分淡然。

"台长，您一定要有信心，这次选拔比前几年都声势浩大。我听说各个频道也都积极配合，先在内部搞了一次预选。"一旁的罗越说道。

"我知道你们的努力，不过选拔人才的事不能操之过急，有能力的人是需要伯乐的慧眼，但璞玉再怎么深藏，也掩盖不了它的光芒。"李东然话一说完，摆摆手，示意选拔可以开始了。

灯光骤然暗下去，剩下微弱的场灯和中央的一排追光。

候场区的人一阵骚动。虽然他们在台里都不是新人，也经历过不少大阵仗，但是，这毕竟是决定前途的选拔，总会有淘汰和晋级，紧张的气氛开始弥漫。

"你有舞蹈表演？"郑易看见身边的张扬换上了一条紧身的皮裤，上穿紧身白色背心，外罩休闲西装，将身形修饰得高挑挺拔。

"是啊。"换了一身装束的张扬，与刚才判若两人。

"帅！"郑易羡慕地感叹道。

"以前去韩国学过点舞蹈，也不是什么稀罕的才艺。"张扬没想到会有竞争对手赞赏自己，心中的斗志重又燃起来。

"会跳舞，就比很多人强了。"郑易仔细打量着他的服装，突然眉头一皱，留下一句，"等我一下……"转身消失在了人群里，也不顾张扬在后面焦急疑惑的询问。

张扬在第四组上场，郑易则排在第五组。

第一组的人员已经出来了，神色各异，沮丧和兴奋从这张脸传递到下一张脸。现在是第二组上台，张扬不知道郑易跑到哪里去了。他听见台上一个熟悉的声音，没错，是陈贵仁，他正在用夸张的语调表演着魔术。

"这只是一张普通的白纸，没错，这真的只是白纸，上面没有画任何东西。"陈贵仁说完，朝台长他们所在的方向走去。

可就在半路上，他扭动的身体突然停了下来，开始了一段独白："我爱唱爱跳，爱说爱闹，来新城电视台五年，是我人生最丰富的五年，我要在这里扎根一辈子。"他边说边张开双臂，摆出了一个拥抱未来的姿势，与此同时，手里的白纸也被打开来，刚才还是空白的纸上竟然出现了一幅自己的画像。

"魔术想法不错，人也活泼。"王灿轻声说道。

"倒还有趣。"李东然回应道。

张扬转身，着急地望向候场区门口，郑易还是没有出现。第三组的四个人已经上场，看着候场区里的人越来越少，张扬手心冒汗，有些紧张起来。在这么多人之中，他觉得自己的力量是如此的弱小，就好像空中随处飘散的细小尘埃，微不足道。而郑易突然离开，让他既疑惑又担忧，事情到底会怎么样？他不知道，也不愿意多想。

舞台上，有人在说单口相声，声情并茂，引来评委席笑声不断。有人唱了一首歌，可是中途却不小心忘了词。还有人模仿起小品明星，除了形象有几分神似，其他乏善可陈。

有工作人员提醒第四组准备上台。张扬忙在心里默念了一遍自我介绍，告诉自己不要紧张。忽然，他听见远处郑易的声音传来……

张扬转身，看见郑易手里拿着一副墨镜："张扬，给你这个，韩式舞步怎么能没有墨镜呢！"

张扬没想到郑易出去这么久，只是为了给自己去拿墨镜，心中不免涌起一股感激之情："谢谢你！你对我这么好，我都不知道该如何是好了。"

"想那么多干吗？我帮你戴上，赶紧上场，好好跳。"郑易说着，把墨镜帮张扬戴上。戴上墨镜的张扬，猛一看上去，与韩国那个以劲歌热舞红遍亚洲的明星极其神似。

郑易看着张扬走上舞台，自我介绍后，在舞台上配合节奏强烈的音乐翩然起舞。这段舞蹈应该已经练习了很多次，虽然台风稍显稚嫩，但舞步娴熟，动作有力，充满激情。"希望他没问题！"郑易想。

很快，工作人员开始对第五组人员进行点名，这也是最后一组。郑易看到旁边的三个人由于等得太久，似乎生出了几分困意。

李东然也有了几分困意。四组下来，他觉得全都是千篇一律地秀才艺，花拳绣腿，毫无个性。远远看过去，每个人的脸上都写着"我想成名"四个字。

"还有一组？"他问罗越。

"是，最后一组。"罗越看了一眼面前的材料。

"还有谁？"李东然接过材料，扫到郑易的名字，点点头，"那快点吧，我等会还有个重要会议。"

众人接到指令，节奏开始加快。这让第五组的人感到不满，为什么到自己这一组就要压缩时间，精心准备的节目都没办法完美展现。但抱怨没用，他们无能为力。郑易却觉得庆幸。

该郑易上场了。

郑易缓缓走上舞台。巨大的黑暗中，仅留着一盏灯，他随着灯光的方向，往前看，空空荡荡的座位，六个人，模模糊糊看不清面容。他突然觉得这里变成了一个戏台，自己在里面扮演着指定角色，被人步步监视，试图窥探出内心的秘密。当然，他会隐藏。

"我叫郑易，做了四年的新闻主播，没怎么做过综艺节目。老实说，我有一颗向往文艺的心，但可能没有文艺细胞，唱歌跳舞差强人意。大家都叫我郑大胆，因为不怕新鲜事物，也不怕挑战，这些会让我周身沸腾。但其实，生活中我更爱安静，喜欢静静地观察身边的人和事。综艺节目对我来说是新的领域，需要娱乐大众，更需要谦卑之心，我可能还需要努力。"

郑易简短地自我介绍完，站在那儿，看着前方黑暗中的几个身影。

李东然从困倦中坐直身子，他看见舞台中央的男人一身随意的打扮，但目光却异常坚定，像是正在等待着两军阵前的挑战，等着对手的出招。

"郑易,你就这些?没有准备才艺展示?"王灿问道。

"没有。我觉得唱歌跳舞,说相声演小品,我都不在行。栏目领导推荐我来参加这次选拔时,一开始我也觉得纳闷。但后来我想通了,一个综艺节目主持人,不需要样样都精通,他不能超越嘉宾,他可以去学,可以出丑,却一定不能成为舞台上表演的主角。对我而言,语言才是根本,掌控才是目的。"

"你觉得你放得下曾经做新闻主播的架子?可以娱乐大众吗?"李东然扶了扶眼镜,从郑易的简历中抬起头来。

"我今天来,不就是在众多才艺双全的同事中勇于献丑,娱乐大众吗?"郑易笑着自嘲。

李东然听着郑易与另外几位评委的对话,仔细打量起舞台上的这个人,他就那样笔直地站立着,面对提问不卑不亢,从上次见面时的抗拒,到现在的不丢不顶,暗暗点了点头:"好吧,我们也不勉强你。如果没有其他的表演,你可以下去叫下一位上来了。"

郑易鞠躬道谢,转身离开舞台。

"大家这次可有中意的?"会议室里,李东然看着桌上一堆的照片,问道。

一旁的罗越忙接过话茬:"我们这次有两个栏目,需要四个人。两个娱乐资讯播报的主持人,还有《星光现场》,从第四季开始,我们有一个创意,就是三主持,两个台上,一个台下。频道其他栏目也有需求,但还没有最终确定。"

"想法听起来很好,主持人选确实是个大问题。你看,选拔的这批人其实水平都差不多,感觉选谁都一样。"周鹏程表示犯难。

"老严有什么想法?"李东然看向对面。

严建东沉思了一会:"陈贵仁可以,人放得开,也有主持娱乐节目的经历,播报娱乐新闻倒也合适。不过那个魔术够拙劣的!"

众人纷纷笑了起来,但并没有提出反对意见,似乎肯定了严建东的选择。"

"这个叫张扬的还不错。"罗越从桌上拿起一张照片,"形象很好,舞蹈也很有功底。而且你们有没有觉得,他戴上墨镜猛一看很像韩国的 Rain,跳舞也像?娱乐资讯的受众是小年轻,应该会喜欢。"

"我当时也瞧见了,感觉眼前一亮。"王灿附和道。

李东然瞄了一眼罗越手上的照片,点了点头:"那就他吧,也去播报栏目。"

"《星光现场》是今年台里的重点节目,这个主持人的选择要慎重。"王灿说道,"我看稳妥起见,还是高飞来挑这个重担吧。他有人气,有经验,他接手后,对节目影响力有很大的提升。还有,他不光主持好,创意能力也强,也许还能给节目带来新东西。"

"说是这么说,但是他提过好几次,说《超级周末》任务太重了,担心分身乏术。像这次《星光现场》总决赛他就生病了,要不是郑易正好有空救场,就成播出事故了。更何况我们的目的是为了推新人,如果再让高飞来主持,有悖初衷吧。"罗越看来并不赞同。

"可是《星光现场》如今正是高速发展期,需要王牌主持坐镇,等到有适合的新人了,再换人会比较好吧。"分管娱乐的副台长王灿回答。

众人不再说话,静静看着在会议室里来回踱步的李东然。

李东然微微沉吟,走到桌前,取出一张照片:"你们觉得郑易怎么样?"

"郑易,"罗越看了看,"上次救场表现不错,很有潜质,之前高飞也跟我提过,所以推荐他来试试,做个场下主持绰绰有余。"

"他的临场应变是不错的,但我担心他娱乐精神不足,就像这次内选,他也没怎么准备。"王灿加了句。

他们看向李东然,等待他的决定。

李东然似乎早已经有了答案:"这个人没有其他人身上的油滑气,看起来似乎也没什么才艺。但是《星光现场》总决赛我看了,与明星交流能镇得住场、跟观众互动亲和力也很强,语言能力强,临场应变很不错。"

"在新闻频道，郑易肯定没问题，但娱乐节目，他还需要准备准备。"郑易是从新闻频道出来的，严建东发表了自己的看法。

"这个可以慢慢培养嘛。我建议，这一季还是让高飞和宋婵在台上，让郑易做台下主持，也熟悉一下节目制作。"说是建议，但李东然的话中透出一股不容置疑的威严，众人便不再反驳。

王灿马上知趣地开始下面的议题："《我在现场》的主播人选，大家有什么看法？"

"杜宇吧，从资历、谈吐、才能，都合适。"严建东说道。

"杜宇形象条件差了点，但我觉得可以在包装上下下功夫。"罗越也赞同。

"嗯，对于他的形象，我也有顾虑，毕竟和我们传统的主播形象标准差距不小。不过从杜宇的才气和评论能力来看，值得冒险。至于形象，我看可以请罗总费费心，让你们娱乐频道的造型团队为他精心设计一下。你们觉得如何？"

"好的，没问题。"几个人的意见出奇一致，说完，同时看向台长李东然。

"那么，就他了。"李东然说。

就这三个字，往往会改变很多人的命运，对郑易、杜宇、张扬来说，更是如此。

第二章　非常新人

新面孔，新节目

新城电视台18楼，是娱乐频道的办公室。只比16楼的新闻频道高两层，却如同两个世界。

娱乐频道总监罗越用来待客的茶几上，已经泡了上好的茶。见郑易敲门进来，脸上立刻堆起笑容，与其握手："郑易，我们又见面了！来！尝尝我的祁门红茶，味道很不错的。"

郑易落座，双手接过罗越递过来的茶杯，只见汤色红艳明亮，色泽乌润，细细一闻，果然有一种似花、似蜜的清香。他随即端杯抿了一口，滋味鲜醇酣厚，回甘绵长，的确与众不同。

"好茶！"他由衷说道。

"好茶也需会喝的人啊。"罗越笑眯眯地看着郑易。

郑易明白他的意思，附和道："罗总是懂茶、爱茶之人啊！"

"哈哈，说起来，上次《星光现场》总决赛的事，我还没正式当面好好谢你，这里我就以茶代酒了。非常感谢！"说着，罗越端起茶杯。郑易连忙双手举杯，与罗越碰了下，谦逊道："岂敢岂敢，您太客气了！都是工作嘛。有什么疏漏不周之处，还望罗总见谅！"

"郑易啊，你很有潜质，我们娱乐频道，很需要像你这样优秀的主持人。说起来，这次我们是好不容易才把你从新闻频道老严那里挖过来，他都快跟我拍桌子了。"

"谢谢罗总的赏识！就怕您错爱了。我在娱乐方面没什么经验，上次也就是赶鸭子上架而已！"

"谁都有第一次嘛，而且你也不是第一次了。之前台内年会的主持也是你吧，可不比我们娱乐频道这些主持人差哦。"

新城电视台除了有对外播出的正式节目，还经常会搞一些内部的活动，打造新城一家的团队文化。而每年的年会都是重头，之前郑大胆的名字，也是在年会上传播开来了。当时跟他搭档主持的，是几个来自娱乐频道的名嘴，他作为新闻频道出身的主持人，在互动应答方面，愣是不落下风，甚至明快、风趣、幽默的应变方式，更胜一筹。

"那是好玩而已，毕竟术业有专攻，我只是在门外看着热闹而已！"

"我看过你以前的出镜采访，很不错。这次台领导选择你担任《星光现场》场下主持，看重的就是你的亲和力和应变能力。不过实话实说，当时我们产生过分歧，因为你没有主持娱乐节目的经验。但是李台长充分信任你，觉得你大有可为，我也这么觉得。经验固然重要，但努力更重要。希望你不要辜负大家对你的期望！"

罗越说着，举起公道杯给郑易满上，郑易轻敲桌面表示感谢。

"对于您的信任，我有点惶恐，娱乐节目对我来说，真是一个新的挑战。不过，请您放心，我会尽力做好的！"

"郑大胆，要自信嘛。谁没有第一次呢？除了《星光现场》，高飞新改版的《超级周末》，会从双主持升级为多主持，也希望你过去。"

"罗总，我才刚来，就参加两个节目，会不会太……"

"没关系，大家都挺看好你的。还有几个月的时间，以你的能力，应该很快就能上手。台里也希望你跟高飞多学习，能早日独当一面。"

"高飞老师？"

"是啊。"

虽然不在一个频道，但郑易对高飞的传奇不可谓不熟悉，甚至对他面对压力，勇于开创新形式，让原本高高在上的明星像普通人一样进行比赛，创造出收视奇迹的过往，十分赞叹。他的梦想，便是也能像高飞一样，有一个由自己一手打造的节目！

"感谢台里信任，我一定努力！多向高飞老师学习。"

"好啊，待会儿你去找他，跟他聊聊。"

"好的，罗总！"

"慢慢来，"罗越站起身来，拍了拍郑易的肩膀，"你的主要责任还是做好《星光现场》。沈娜也正式申请调到《星光现场》了，你们也熟，有什么问题与她多沟通，好好合作。"

"娜姐也来了，太好了！"

离开罗越的办公室，郑易感觉到一种新的刺激。这种刺激，就像航海家即将起航前往新海域一样，让他很是兴奋。

《星光现场》办公室的茶水间里，林思思正在打水。由于她表现努力，已被频道正式定岗在《星光现场》节目组，而沈娜也成为了她的直接带教老师。《星光现场》作为娱乐频道的新锐节目，人气直逼老牌节目《超级周末》，林思思能调到这个节目组，不止那群实习生眼红，连已经转正的同事也羡慕不已。

心里想着刚才沈娜对自己说的话："思思，干得不错！继续保持下去，实习期过后，留下来问题不大。"思思告诉自己，一定要继续努力。

正思考着，三个女同事也进了茶水间，一边窃窃私语。

"你们听说了吗？《星光现场》会增加个新的台下主持。"

"听说了。"

"你们知道是谁吗？"

"应该是这次内选出来的吧。"

"谁啊？"

"我们都见过哦……"

"是吗？谁呀？"

"你说嘛，别卖关子了。"

"郑易。"

"郑易？就是上次总决赛来救场的郑大胆？"

"对的。"

"他不是新闻频道的吗？"

"是呀，听说这次台内主持选拔，他参加了，然后就调到我们这里咯。"

"上次总决赛他超棒的，太好了！"

"本来还担心新人过来撑不住呢，郑大胆来，那就没问题了！"

"郑大胆？"思思在旁听了，脑海中瞬间浮现出郑易神采飞扬的年轻脸庞。他在《星光现场》那段救场的录像，思思存在自己的手机和电脑里，不知道看了多少遍，每看一遍都心潮澎湃不能自已。只是新城电视台那么大，部门那么多，思思原本以为进了娱乐台，能再接触到郑易的机会不大，却没想到郑易也调来了《星光现场》。

"难道这是缘分？"想到这里，思思心里一阵猛跳，暗啐了自己一口。

"咳……"门口响起了一声响亮的咳嗽。众人一回头，只见门口站着两个人，一个浓眉阔目，站在那里不怒自威，是《星光现场》的主编薛小磊，另外一个正是众人正在讨论的郑易，脸上带着阳光的笑容，看着大家。

"少八卦，多做事，快去吧。"

"薛主编好……"几人反应过来，忙一前一后热情地喊道，然后对视了一眼，端着手里的杯子笑嘻嘻地依次离开。

"郑老师好！"

"郑老师好！"

"欢迎郑老师……"

薛小磊一脸无奈地看着几个女孩儿，摇摇头对郑易说，"别介意。"

"没事！"郑易笑道。

思思接好水，跟薛小磊轻声打了个招呼，低着头想跟着出去，却被郑易一眼认出："Hi，思思，我们又见面啦！"之前总决赛时，思思做郑易的助理，他对她印象很不错。这女孩儿话不多，但是做事快，也懂得看眼色。

"郑老师好！"思思见郑易认得自己，心里很开心。想说句话，却不知道说什么，心里一阵发慌。

"以后就是一个节目组同事咯。"

"嗯,向郑老师多学习。"林思思心下欢喜,用力点头,"薛主编,我先去工作了……"然后一溜烟地离开茶水间,一口气跑回自己的座位上,将水杯放下,双手捧着脸,想让发烧的双颊冷却下来。

"他还认得我!以后就是同事了……"黑框眼镜背后,眼睛弯弯的都是笑。

郑易初来节目组报道,由薛小磊带着熟悉环境,他也一直在观察周围人的一举一动。虽然对话不多,但都隐约带着审视和评估,客气中也含着警惕和怀疑。

在来到《星光现场》之前,他对节目组里的每个人都有了大致的了解。身边的薛小磊,是和高飞同一年进台的。《超级周末》成立的时候,他刚从新闻转岗过来。为了能够迅速适应新节目,他花了不少功夫和努力,总算摸清了综艺节目的制作特征。随着经验变得老道,他的点子也愈发多了起来。可以说,他亲眼见证了《超级周末》的崛起和成功。

后来,《星光现场》开办,他被台里调过来,又从零开始,将一个新节目做成了仅次于《超级周末》的明星节目。郑易想,无论做人、做事,还是资历、经验,薛小磊都是值得自己学习的前辈。

"薛老师,听说你以前也做过新闻?"郑易觉得还是从自己熟悉的领域说起最为合适。

薛小磊愣了一下,接着笑道:"是啊,好多年前的事了。"

"我们新闻频道还一直流传着您的故事呢,都说您当时临危受命,从新闻到综艺,没有一点怨言,兢兢业业,最后把《超级周末》做得享誉全国,成了咱们台的金牌栏目。"

薛小磊当然明白郑易在恭维自己,心里虽是高兴,但依然保持着淡定神情:"过奖了,我就是服从台里安排。至于《超级周末》,也不是我一个人的功劳,算不得什么。"

郑易还是保持着惯有的微笑:"薛老师,不怕您笑话,一个月前,娜姐叫我来《星光现场》代班时,我就想到了您。因为我既没有主持娱乐节目的经验,也缺乏文艺细胞,但一想到您当初也是这么闯进来的,所以才有胆一试的。如今,我这鸭子是彻底被赶上架了,希望能跟薛老师多学习,尤其是怎么从新闻转型到娱乐方面的经验!"

"就这么过来了,也没什么。谁也不敢说自己天生就会,还不是要多看多听多学嘛。既然台领导选中了你,自然有他们的理由。"

"薛老师,我学的是新闻,做的是新闻,所以根深蒂固的电视理念是讲究真实,拒绝虚假。很多人说,娱乐节目的目的是带给大众欢乐,我同意,但是我也觉得,求真求善或许同样能带给观众不同的快乐体验。不过,综艺娱乐毕竟是一个新领域,我心里还是不太踏实。"

薛小磊听了郑易的话,能感觉到他心里的真诚。当年他从新闻频道转到综艺频道,也有类似的经历。而郑易能直接坦白心里的不安,反而让他对这个年轻人产生了好感。

薛小磊一直觉得,主持人不能只靠一张嘴,还需要装有独立思想的脑袋。这个,郑易是有的,或许台领导看中的正是这点。

"嗯,这需要一个过程,慢慢来!"

"以后,还需要您多多关照!"郑易表现得很谦虚。

"别这么客气!以后叫我'老薛'就行。有什么事情尽管招呼,只要我能帮上忙。"

"薛老师,您是前辈,叫我小郑就好了。"

薛小磊不全是客套话。在他看来,人生起伏无常,谁也不知道将来会怎样。但是在其位谋其政,只要能让节目更好地发展,能帮的他一定会帮。

"郑易,薛老师,"沈娜的声音从背后传来,见两人相处融洽,她微微一笑,"薛老师,麻烦你以后照顾郑易了。"

"小事。说起来我们都是新闻频道出身,大家交流得挺好。"薛小磊笑笑,"你来了,我就先去做事了。"

"郑易,薛老师人很好,要向他多学习。"

"娜姐,我知道。"

"对了,下午跟我去一趟《超级周末》,跟飞哥见个面。"

"哦，好的。"

"飞哥挺看好你的。《超级周末》升级成多主持模式，是他跟老罗提议的，点名要你参加主持人内选。"

"是他？"

"嗯，他已经提名你加入'超级家族'，接下来你有两档节目跟他合作。机会不错！"

高飞凶猛

《超级周末》的办公室，是18楼最大的。一路走过去，墙上贴着历届《超级周末》的海报，高飞与两位女主持以及参加节目的嘉宾合照。从天王巨星、演艺圈前辈，到近年来的新人，都显示着《超级周末》巨大的影响力。

跟其他节目组一样，高飞没有独立的办公室，但却用一个屏风隔出了独立的空间。

高飞的办公桌背靠落地大玻璃窗，左侧放了一套皮质的沙发和茶几，还配了一个咖啡机。沙发正对面则是一块大大的白板，郑易快速打量了一下，上面写着几个比较知名的综艺节目名字和创意策划文字。

高飞正背对着走道，斜坐在沙发的扶手上，笔挺的白衬衫和西裤，罩着复古条纹西装马甲，正跟沙发上的几个人谈笑。郑易看不到他的正面，但他的声音洪亮而充满磁性，举手投足都显示了一个中年男子的优雅和沉稳。

"飞哥，郑易来了！"

高飞转过头，看到郑易，嘴角绽出一丝微笑，站起身来伸出手："郑易，你来啦！"两人的双手有力地握在一起。高飞笑着道："要叫严总放人，可不容易啊！"

"小娜也来了！"高飞对沈娜点头示意，侧身将两人让了进来，沙发上坐着几个人，见到高飞带着郑易走过来，也站了起来。

"小婵，我就不多介绍了，你们认识的。这位美女是田菲儿，也是我们娱乐频道的知名主持。"

郑易知道田菲儿，是一个非常特立独行的女主持，以麻辣、肆无忌惮、我行我素的新时代女性形象著称，有众多女性粉丝。说实在的，郑易对这种偏女权主义的言行不太感冒。不过，田菲儿在银幕上的言行不是艺术表演，而是代表了她的真实想法，因而郑易也有三分欣赏和敬佩。

"郑大胆！你好，我是菲儿，久闻大名哦！"

田菲儿，一头清爽的短发，前面斜刘海，脑后一层层剪上去，就是泼辣的造型；面容虽不是动人心魄的美丽，但满是自信和机智；身材比例极好，一身紧身衣裤加高跟鞋，更是衬得她窈窕至极。她未语先笑，伸出手："让若音心动的男人，没想到本人比视频更帅！"语罢，握住郑易的手却没有放开，咯咯对高飞一笑，"飞哥，我也心动了，怎么办？你觉得我争得过若音吗？"

郑易面对田菲儿火辣辣的调侃，一时对娱乐圈的这种交流方式不太适应，有点尴尬。高飞一边笑骂道："你每周要心动好几次的，就不要祸害郑易了！"一边走到咖啡机边点了两杯咖啡。

"飞哥！"田菲儿松开郑易的手，笑着一把搂住边上宋婵的臂弯，"你们家飞哥又欺负我老实……"

"菲儿，又淘气了……"宋婵轻轻一点田菲儿的额头，显然两人关系很好。

"郑易别介意，她是人来疯！我们都习惯了。"高飞对郑易笑道，将手中的咖啡递给沈娜和郑易，"小娜，你的美式。郑易，你是喜欢Expresso吧？这是一个厂商送的咖啡豆，正好帮我品鉴一下！"

郑易在高飞的微笑注视下，端起来喝了一口，苦味过后的咖啡原味，浓郁香醇，让人受用，"好咖啡！不过我也就是口重，不太懂，只知道好喝。"

"呵呵，咖啡好喝最关键。喝得多了，就懂了。我们这里都这样，努力工作，努力享受。跟大家一样，叫我飞哥就好。"

"好的，飞哥！"

高飞微微一笑，又介绍旁边的钱瑾："这是钱瑾钱老师，资深制片主任，当年就是我们一起把《超级周末》做起来的。"

"飞哥客气了！主要还是飞哥，我只是帮忙而已。"钱瑾笑道。

"钱老师好！以后请多多指教！"

"不敢当，不敢当……"

"人都到齐了，大家坐吧。"

"好！"高飞拍拍手站起身来，走到大家正前方，大家也静了下来，"首先，我非常开心，能让在座的各位牛人加入我们《超级周末》团队。有诸位的加盟，我们的实力将更加强大！《超级周末》已经做了九年了，但我一直在问自己，如何才能做得更好？"

高飞的声音浑厚而平稳，让人颇感信服。

"最终，钱老师、宋婵还有我讨论下来，发现有三个难关要克服：其一，节目的内容模式。我们的节目在不断地被业内同行抄袭，要想保持竞争力，就必须不断创新，始终走在他人的前面！我们已经开始研究同类节目好的创意模式，但这远远不够，我们要做的是推陈出新，而不是照搬照抄！我们要做的是同类节目的引领者，那么创意就是关键，这需要大家一起献计献策！"

郑易心里微微激动！沈娜说得没错，相对于新闻频道已经成熟的模式，娱乐频道的精髓就是创新，自己可以学到更多节目制作的经验。

"其二，是创意落地。一流的创意二流的执行，不如三流的创意三流的执行。我们有了好创意，还要有强大的制作执行团队。这一点，有钱老师、小娜在，我非常放心！"

钱瑾和沈娜笑着点头，表示支持。

"第三，也是最后一点！现在跟以前不同，观众的选择更多了，每个人都有自己的偏好，很难统一审美标准。再加上，创新变化的速度飞快，观众的忠诚度不高，粉丝的流动性加剧。所以，谁能掌控粉丝，谁便能掌控荧屏！"

听到这话的时候，郑易暗叹，高飞果然名不虚传！

"那么,粉丝的凝聚点在哪里?一是明星身上,二就是主持人身上!明星作为嘉宾,是流水的兵,而我们主持人则是铁打的营盘。这就是为什么我们要组建明星主持人阵容的原因,将喜欢我们的观众汇集在一起,那么节目的收视率和影响力,便完全不是问题!"

高飞顿了一顿,对宋婵和田菲儿道:"小婵、菲儿,你们的风格定位,已经非常鲜明,只要保持就好。"

"至于郑易,"高飞略一沉吟,"之前你是做新闻的,和娱乐节目还是有所区别,你的定位和特色,我们会帮你一起挖掘打造!但是,我相信你的潜质,对你完全有信心!当然,除了《超级周末》外,《星光现场》你也要做好准备。接下来一段时间,会比较辛苦。"

"好的,感谢飞哥信任!能跟着飞哥学习,机会难得,我会珍惜的!"

"嗯!"对于郑易的态度,高飞挺满意,"郑易,'超级家族'里我们每个人都会有一个标签,代表一种类型的主持人。这种标签不但将在我们的《超级周末》中体现,也包括《星光现场》,并会在你未来的发展中一直延续。"

高飞顿了顿道:"你主持的新闻节目,包括上次《星光现场》的视频,我都看过,你非常有潜质,也有一定的直播经验!但是到了娱乐频道,在这里……"高飞用烟斗指了指脚下,"你必须知道,这是个全新的领域。说实话,我也看了你这次内选的视频,在娱乐方面你几乎是张白纸。而且根据这次内选的表现来说,你甚至没有足够的娱乐精神!你同意吗?"

"呃……"郑易眉梢一挑,刚想开口辩解,却看到坐在一边的沈娜向自己轻轻点头,便立刻将到嘴边的话咽了回去,改口道,"是的,飞哥,这方面我确实需要努力!"

"嗯!"高飞满意地点点头,"你想在这里做出成绩,就要放下以往的经验,以新人的心态,让我们对你进行全面的塑造、打磨!这个过程不容易,甚至会很痛苦,希望你已经做好了准备!"

"嗯,我已经准备好了!"

"很好！这个态度希望接下来几个月一直保持！"高飞拍拍手，"郑易是第一次正式做娱乐节目主持，会成为我们超级家族的一分子。大家可以一起帮着想想，郑易适合被塑造成怎样的角色？"

会议室里众人沉吟着，没人说话。

"我说两句吧！"钱瑾合上手中的茶杯道，"我就是抛砖引玉，说得不对大家可以一起探讨。《超级周末》第一期我就参与了，主持人绝对是节目的招牌。这次我们超级家族这个概念很好，可以结合每个主持人的特质，吸引特定的观众人群，汇集到节目中来。现在我们已经有睿智幽默型，美丽知性型，鬼马火辣型……小田我这样说，可以吗？"田菲儿直点头，"那么，再看看我们缺少什么类型，需要什么类型就好。当然这只是我提的一个思考方向，仅供参考啊！"

"钱老师说得很好！从大局考虑，看看我们缺少什么类型，观众还喜欢什么类型，这点可以很好地帮助我们一起设计郑易的定位。"高飞说。

"要我说哦，霸气型主持人不错哦！特别 MAN，跟人家白若音喜欢的菜一样！"田菲儿笑嘻嘻地说道。

"菲儿，你又调皮了！"高飞微微一笑，不置可否，"小娜，你对郑易比较熟悉，你怎么看？"

"我觉得，不如先问问郑易自己怎么想的吧。"

"有道理。"高飞点点头，"郑易，你自己觉得呢？"

郑易想了想，道："说实在的，我真没想过这问题。在新闻频道的时候，我们是做真实的播报者，客观、精准、深入，这就是我的本色。但这跟娱乐节目有太大的不同，我也不清楚自己适合什么样的角色。不过，一旦节目组明确了我的定位，我会努力做到的！"

"你能这样想，把自己当新人看，这一点非常好！但同时也说明，以后要走娱乐路线，你还需要做大量的功课，不断提升自己的艺能。现在听听小婵的看法吧，你跟郑易合作过，你觉得呢？"

"郑大胆，这就是个很好的定位。"

"哦？怎么说？"

"上次救场，郑易表现得很出色！而他郑大胆之名，通过媒体报道已经广为人知，也有了一定的粉丝基础。我们既然希望能打造一个风格多样的超级家族，不妨就在郑大胆的基础上来发展郑易的定位。"

"小婵，说得太好了！郑大胆的名号霸气，太性感了！"田菲儿一把搂住宋婵。

"郑大胆……"高飞略作沉吟，"钱老师，小娜，你们怎么看？"

"郑大胆的说法，稍微有点……从来没有过大胆型主持人的说法。不过或许是个方向，具体怎么调整，还需要琢磨一下。"

"小娜，你觉得呢？"

"如果能用到郑易原本的定位和特点，自然是好，可以迅速将他原先的粉丝转移到《超级周末》来。不过我觉得还不够，既然进入娱乐频道，还需要一些东西来支撑、丰满郑易的形象定位。我个人意见，或许我们可以从犀利、敏锐、智慧等角度，通过行为、语言、表现力来丰满这个角色。"

"嗯……"高飞没有接下去。其实原本设计主持人定位最好的方法，是把一些形容词罗列在白板上，精炼出最适合的关键词。然而，高飞这次却没这么做，因为他自己心中暗暗列出的，是"沉稳，大气，有担当，善于控场，才子型，机智应变"这几个词，但这些词要是写出来的话……

他突然意识到自己为什么会欣赏郑易了，是因为他跟当时的自己太像了，却又比自己更年轻，更有朝气。

高飞抬起头，众人都望着他。他的眼睛一一扫过众人，吸了一口自己心爱的象牙烟斗，露出招牌式的笑容："犀利睿智型主持人，很有趣的定位，也能很好地衔接郑易以往新闻频道的累积。以前没有，不代表我们不可以打造。"

"飞哥……"

高飞看着年轻的郑易，眼睛里带着憧憬和激动，仿佛看到十年前的自己。高飞拍了拍他的肩膀："郑大胆，接下来你可有苦头要吃了。"

面对高飞的赏识,郑易心中燃起了斗志。他告诉自己,这是全新的领域,全新的世界,全新的挑战,辛苦不算什么!既然来了,要么不做,要做就做到最好。没有什么能难倒自己!

新闻 or 娱乐?这是一个问题

新城电视台的新闻直播间里,同样是一派忙碌的景象,正是杜宇《我在现场》的第一次直播。

"摄像注意!待会切给杜老师特写。"

"片头上,3——2——1——"

我在现场,我是杜宇。今天的深度报道是一个爱情故事:

"老太婆啊,我们一起走吧。"

这是家住南京江宁区,年逾九旬的姚元金老汉对老伴陶家英说的最后一句话。老太太不能言语,只能眨眨眼睛表示答应。南京这对老夫妻从七十三年前结成连理,一直相亲相爱,相濡以沫。半个月前,老先生突然不能吃饭了,老太太随后也禁食了,他们分床对望到今日凌晨,相隔五十八分钟离开人世。请看详细报道。

屏幕上,老式公房,狭窄的楼道,简单的家具,一张泛黄的结婚照。导播间里的人,大多无暇关心此刻的新闻,他们眼睛一眨不眨盯着面前的屏幕,生怕出现差错。今天的新闻直播,因为涉及改版和新人亮相,台里各部门都派了相关负责人前来监看。

"老严,这才是真正的爱情。"分管新闻的副台长周鹏程向旁边新闻频道总监严建东感叹道。

"现在的年轻人恐怕理解不了。"严建东也唏嘘不已。

"他们总有一天会理解的。"周鹏程回过头对身后的娱乐频道总监罗越说道,"咱们台得多一些这样具有正能量的新闻报道,李台对新闻这一块同样也是很重视的。"

罗越在后面已经站了很长时间，听到周鹏程跟他说话，脸上终于显露出了难得的表情："您放心，我们娱乐版块最近也正在考虑和新闻节目多多互动呢。只是新闻一直以来是新城台的短板，赶上来可能还需要时日。不过周台，昨天我得知，《星光现场》第四季的冠名权好几家广告商都很感兴趣，尤其是他们听说第四季还是高飞主持，立马就来劲儿了。"

"我也听说了。现在，高飞可是咱们台的活招牌。"分管娱乐的副台长王灿在一旁附和着。

周鹏程沉默了一会，看着导控台主监视器里的杜宇，感慨道："真是新闻撑起台面，娱乐拉动经济啊！"

罗越听了有些得意，继续说着自己主管的综艺节目："周台，虽然我们在综艺节目制作方面一直领先其他台，但是有影响力的节目还是太少，现在也就只有《超级周末》和《星光现场》。很多台陆陆续续准备上档新的节目，还从我们这边挖了好几个做综艺节目的好手过去，形势不容乐观。所以娱乐和新闻，收视率和影响力，仍需要认真权衡。"

周鹏程并没有接罗越的茬。他想着自己在新城电视台干了快二十年，这一路走来，每一任台领导都会有自己的想法和制台理念，而很多时候，往往事与愿违。

"人才培养和储备，我们几个主要领导都很重视，也会有相应的措施。至于新闻立台还是娱乐拉动，的确两难，我们会从长计议。放心，咱们的地位，其他台现在还轻易撼动不了。"

罗越的热情瞬间就被扑灭了，他觉得周鹏程有些固执己见，忙找了个托辞出了导播室。

电梯到了一楼，门开了。他习惯性地往左走，穿过一片草地，是1500人演播厅。下个月初第四期的《星光现场》即将在那里录制。这是他担任娱乐频道总监后打造的第一个综艺秀，是他的心血。当时若非他请动高飞，这个节目估计也如其他创新节目一样，改版、没落、消失了吧。

周六早晨十点,对于大部分朝九晚五的人来说,正是最开心的时候。跟朋友吃饭喝酒,跟女友看电影逛街,陪家人一起聚在电视机前,又或者一个人看书上网,悠闲享受独处时间。

可对于郑易来说,却不太好过。按照高飞的说法,这几周是郑易的"培训期",要迅速地适应娱乐节目的工作节奏和氛围,还要恶补自己所缺失的"娱乐精神"和"娱乐艺能"。

高飞的要求近乎苛刻,安排了大量的培训任务,舞蹈、唱歌、形体课程一大堆,希望他尽快提升自己的艺能水平。大量的额外培训,压榨着郑易的精力和时间。同时,他还要如同铁块一样,面对高飞权威式的锤炼和鞭策。只要有一点点的错误,就会被高飞无限放大,进而贬损和斥责。在公众面前儒雅幽默的高飞,在培训郑易的时候,却如同军队教官一样,无情地奚落和贬低,将郑易的尊严和骄傲死死踩到泥土里。有时候郑易因为要先保障《星光现场》的工作而未能完成高飞布置的功课,就会被质疑是否有能力同时兼任两台重要节目。

Suck it, or quit … it's your call! I am all O.K.!

这是一次面对郑易不满时,高飞的原话,意思是:"打落牙和血吞,或者走人,你自己选!我无所谓!"

如果说这些苦还是外在磨练的话,最让他心累的,是他必须抛开自己原本新闻专业积累起的经验、习惯,甚至要放弃以往对新闻理想的坚持和骄傲,迅速注入"娱乐精神",并且要从骨子里改变自己,真正融入娱乐圈。这一点,让郑易非常痛苦。

面对高飞的不近人情,有多少次,郑易想拍桌子反击;又有多少次,想直接撂挑子走人,回新闻频道。若非沈娜拦住他,或许他早就放弃了吧。

若为铁锥,当奋力敲击;
若为铁毡,当稳如磐石。

郑易看着贴在自己办公桌电脑上的小纸片,他已经不记得这两句话是从哪里看到的了,但却是自己坚持下去的动力。

郑易拿下耳机,电脑里下载了很多国内外的娱乐节目,只看了一小半,而自己研究记录下来的主持人风格、措辞、段子等,已经写了好几本了。除了记录,郑易还不断地默记,并且要用自己的语言演练出来。

为了练习这些段子,郑易每天吃饭、睡觉、遛狗,甚至上厕所时都念念有词,还要配上肢体语言,手舞足蹈。有次跟杜宇吃饭喝酒,突然灵魂出窍,嘴里蹦出一句莫名其妙的笑话,把杜宇吓一跳,以为他精神上出了什么问题。

以郑易多年记者和主持的功力,要记忆和复述这些语句并不难,难的是"搞笑",他总是无法做到,甚至内心依然隐隐地排斥。

郑易一时觉得有点头疼,暂时合上电脑,掏出一张白纸,打开水笔开始练习高飞要求的新签名。郑易自小学习书法,擅长欧体,平常的签字中规中矩,方正有力。谁知被高飞看到后,勒令郑易重新设计一个花式签名。本着明星的签名就是要让人看不懂的原则,节目组几个导演专门开会研究设计,在否决了七八个方案后,终于定下来一个比草书还要抽象的版本。尽管对这种"鬼画符"的签字方式还没有完全接受,但出于对高飞和导演组的尊重,郑易得空闲时就练习一下。

"嘟嘟……"手机里传来微博留言提醒,郑易打开一看,居然是白若音。自从两人互加微博后,一直没再交流过。因为繁重的工作和严格的培训,郑易已经很久没上微博了。

而之前白若音在台湾节目里说的那段话,郑易也没放在心上,演员在台面上的话,大都作秀,岂能当真?

"Hi,在吗?"

郑易见白若音私信自己,有点意外,想了想,出于礼貌回复:"白老师,您好。"

"在干吗呢?"

看着对面发来的文字,郑易的第一个念头居然是:"白若音的微博不会被盗号了吧!"

"哦,在加班……"郑易尽量简短地回复。

"真辛苦!我也一样,还有夜场戏要拍☹"微博对面发来一个不开心的表情。

郑易有点不知道怎么回答,只能回复道:"加油!"扯过白纸继续练习自己的花式签名。

长时间沉默,当郑易以为对方去忙了的时候,白若音又发来一条私信:"对了,我看了你的《星光现场》哦,很棒!恭喜哦!"

"赶鸭子上架,谢谢支持!☺"郑易也回了一个笑脸。

"郑大胆怎么那么谦虚呀?"

"呵呵:)"郑易又回了个笑脸。

"你知道多少聊天止于呵呵?"对面似乎有些不高兴。

"抱歉,在开会,回头聊哈!"

郑易有些不习惯连面都没见过的人,在网络上如同好朋友一样的聊天方式,找了个理由结束对话。但回头想想,对方以后可能会来上节目合作,就又加了一条:

"有机会来上我们节目吧,到时候我来做东!"

"好啊,一言为定哦!你忙吧。我这里导演也叫我了!"

郑易闭上眼睛按了按太阳穴,又看了遍聊天记录,心里有一种很奇特的感觉。尽管都是公众人物,但毕竟艺人的世界和电视人还是有很大区别的。郑易始终觉得演艺圈太过浮华,离自己的世界很遥远。不过,白若音之前在媒体上对自己的一番评价,倒真是出乎郑易的意料,也激起了他对那个遥远世界的一丝好奇心。他心想,白若音这样的当红明星,会对自己有好感?郑易摇了摇头,为自己的这点儿小妄想暗暗好笑。平复心情后,他拿起杯子去楼层茶水间,准备再煮点咖啡。

快到茶水间,听到宋婵声音传了出来:

"……明晚正好台里有会议。下次吧,有机会的。感谢李总邀请……嗯，好的，一定一定……好，再见！"

宋婵放下电话，见到郑易进来，从咖啡机上拿起咖啡杯，让出位置。郑易道了声谢，将自己杯子放了上去，点了特浓 Espresso。

"今天第几杯了？"

"什么？"

"Espresso 喝了几杯了？"

"哦，咖啡啊，"郑易回过神来，"不记得了，三四杯吧。"

"不止哦……别喝太多了，小心晚上睡不着。"

"没事，习惯了……大不了睡前再喝一杯。"

"呵呵！"

"这么晚了，你还加班啊？"

"嗯，习惯把工作留在办公室里完成。你也很努力啊！"

"还有一堆东西要看呢。"

"飞哥又布置了很多功课吧？"

"是啊，明天还要去参加舞蹈班和声乐训练，怕来不及看资料，今天多看点。"

"马上要正式录制了，感觉怎么样？"

"挺好，我想应该问题不大。"

宋婵顿了顿，轻声问道："郑易，这些天下来，你觉得娱乐频道和新闻频道有什么不同？"

郑易看了眼宋婵，想了想说："新闻质朴、真实，而娱乐节目有很多的修饰和包装。"

"想听听我的感受吗？"

"好呀！向宋老师学习。"

宋婵面目含嗔地看了郑易一眼，正色道："新闻主持在局外，是记录者；娱乐主持在局内，其实就是演员。虽说都是主持，但是娱乐节目主持人，上了台之后就不是自己了，而是扮演自己的角色，观众粉丝喜欢的那种角色。"

"扮演角色？"眼前的女子带着淡淡的寂寥，郑易努力回应她。

"嗯,或许不只是在台上……"宋婵看着手中的咖啡,轻声道,"只要有人、有观众的地方,可能都是在扮演角色。不过说实话,你这个人倒是真不会演。"

郑易惊讶道:"何以见得?"

"比如你那次代班,就绝对不会演……"

"啊?什么意思?"

"纯属个人感受,仅供参考。好了,不打扰你修炼啦。"宋婵说完,冲着郑易明媚一笑,方才的些许寂寥顿时化于无形。

郑易怔怔地看着宋婵离开的背影,身边的落地玻璃窗倒映着郑易的身影。宋婵的话出乎他的意料,没想到如此娇艳的女子,竟有这般见地!是啊,人生如戏,戏如人生。每个人其实都是在扮演,工作中、社会中、生活中、家庭中,各种各样的角色。不同的是,有的人,戏是做给自己看的,有的人,则是演给别人看的;有人刻意追求某个角色而不得,有人却因不满意当前角色想逃离,而有人则分饰多个角色乐此不疲。角色少了,那是单纯;角色多了,恐怕就是间歇性精神病了!

郑易想,自己在扮演的,又是什么呢?

四楼的200平方米录影棚里,大老远就能听见陈贵仁的大嗓门:"就要你等了十分钟,怎么了?我不像你,就只有这一个节目。既然你来那么早,可以先把稿子读熟啊,总不能又像上次一样,磕磕绊绊的。"

在陈贵仁的对面,张扬没有反驳,也没有表现出愤怒,只是默默拿起手中的稿子,和他保持着一定的距离。

张扬从未觉得自己比别的主持人差。他有好的形象,也有拿得出手的才艺,只因他并非科班出身,也不是来自一个有实力的部门,就处处受到旁人的刁难。他不服气!可眼前也只能暂时忍让,只是不知道还需要忍多久。

好在《娱乐圈》这个节目是《超级周末》和《星光现场》的宣传

阵地，制片人也是高飞。张扬记得第一次来节目报道时，高飞就给自己和陈贵仁开了会。

"贵仁，你以前可是少儿频道的孩子王，也算是名主持。像这种娱乐资讯类节目，对你来说应该是小菜一碟。好好努力！"

"谢谢飞哥，我会努力的！"

"张扬，你的形象和舞蹈都不错！也要好好努力，有不懂的问我和陈贵仁。"

张扬表面答应着，但心里想，这有什么不懂的呢？来这之前，他做了不少的功课。而说到努力，他自信在整个新城电视台里，没有几个男主持人能超过自己的。为了身材有型，他坚持长年累月地锻炼；为了能有突出的舞台表现，他始终刻苦练习舞蹈和歌唱。

小会结束，张扬没有马上走，目送陈贵仁离开后，便走到高飞的办公桌前，递上了一个优盘："高飞老师，这是我平日的一些练习视频，请您多多指点！希望有机会向您多学习！"高飞客气道："谈不上指点，咱们多多交流。"

在张扬看来，高飞作为电视台的传奇人物，若得到他的认可，一定能有更多的机会。哪怕引来别人异样的眼光和陈仁贵的冷嘲热讽，只要高飞收下，有机会看上一眼，一切都是值得的。

在正式宣布他成为《娱乐圈》主持人的那天，张扬又一次碰到了郑易和杜宇。他觉得在这两个人眼里，自己没有受到轻视，甚至还带有一种患难兄弟般的情谊。

"张扬，今天晚上大舞台有一场演出，你要去看吗？"在门口转弯处的透明窗前，郑易热情地招呼着。

张扬有点意外，慢慢走近："什么演出？"

"舞蹈家黄豆豆的最新舞剧。我看你上次选拔时舞跳得那么好，这方面应该比我们在行，也肯定很喜欢吧。"

"郑易是特意给你留了票的，说你会喜欢。他把你的舞蹈简直夸成了一朵花，连我都忍不住想看看你当时的表演了。"杜宇在旁边即便说着赞扬话，语气中也依然保持着稳重淡定，极真切，容不得人猜忌怀疑。

张扬当然是一百个乐意,更主要的是他对这番话很是受用。他在新城电视台朋友本来就少,突然遇到欣赏自己的人,便升起一种高山流水遇知音的感觉。知音难觅啊!

庸常与优秀只是隔着一条叫"行动"的马路,其间遭遇的困境,也许在昨天还不是问题,到明天又成为了回忆往昔的谈资点缀。可是眼下的问题总是需要解决的。

1500人演播厅里,《星光现场》第四季的录制正热火朝天地进行。

"观众朋友们,你们的掌声在哪里?"高飞从舞台侧面走了上来,身上的衣服已经从原来的条纹休闲服换成了白色西装,和舞台上一身白裙的于曼相得益彰,"于曼刚才的表演让我想到了一个词——'美',歌美人美舞台美。我刚才看台下的观众,不论男女老少,都听得如痴如醉,着了魔似的。大家喜不喜欢于曼?"

"喜欢!"观众席里传来整齐的应和,还伴随善意的笑声。

高飞满意地点头,接着转过身:"于曼,赞美的话我也不多说了,让我们一起欢迎神秘主持人吧,看看他从观众那里会得到怎样的回应?"

现场灯光渐暗,一束追光伴随着密集的鼓点,在观众席中扫射。鼓停,追光也停,光照处的观众席中,郑易站了起来。他穿着一件蓝白格子的衬衣,带着灿烂无畏的笑容。

"大家好,我是郑易,欢迎来到《星光现场》的观众互动环节!刚才高飞说于曼是歌美人美,我同意,不过也不能完全同意。我觉得于曼是歌媚人媚,反正我听得全身都酥软了,不知道我身边的观众是不是也有这种感觉?"

"有。"观众的这声同意比刚才要大得多。

"但是我们不能只顾着享受,还有一个很重要的任务,那就是为电视机前的观众挑选歌曲。"郑易边说边随着音乐的节奏从观众席中央走出来。一路上,他依然保持着迷人的微笑。可就在他快要到第一排的时候，不小心一个趔趄，差点摔倒。

观众止不住轻声惊呼，而郑易脸上也显出一丝尴尬，但很快就被他收敛起来。只见他顺势坐在了第一排的台阶上，还是保持微笑，但语气却比刚才愈发诚恳：

"我不想骗大家，刚才我差点摔倒。不是因为我坐久了，腿麻了，也不是有人故意绊了我一下，而是刚才的歌声，我还没回味过来，身体真的酥软，一不小心就这样了。这是我的错，没有克制力。但是在这么美妙的歌声面前，是不需要保持克制力的，因为我们还想听到更多于曼的歌，对不对？"

观众已经完全被带动起来，他们纷纷报出自己想要听的歌曲。节目组没有安排托，没有事先反反复复地彩排，全凭观众的喜好投票决定，由歌手接受任务。而这也是第四季节目好看的地方，未知的悬念，带点游戏性。

郑易感受到了这一点。虽然是第一场录制，但就在自己将要摔倒的一刹那，他突然明白了，这个时候，其实自己也是在一个新闻现场，一个更大的新闻现场，需要当场面对各种人各种事，有危机，有困难，而结果还扑朔迷离。他要做的，是把所有的故事引向事先预定好的轨道。曾经是真相，现在是娱乐，都是为了服务观众。

在小型录影棚里，有人却不是这么想。

张扬发现，陈贵仁把原本属于他的词给抢了过去。他无助地站在那儿，好不容易插上一句话，刚说完，又很快转换为陈贵仁的单口相声。

"录制很顺利，谢谢各位老师！"陈贵仁热情地向录音棚里的摄像、灯光、录音、化妆等工作人员合掌感谢。像是突然想到了什么，他回过头，看着正在收拾东西的张扬，"张扬，你今天也很不错！不过下次一定记得要把稿子背熟，不然耽误时间不说，也会影响其他老师接下来的工作。今天幸亏我录影前把稿子上所有的内容都看了一遍，要不然可就真捅大娄子了。不过，你运气不错，高飞老师正好在录节目,没在场,看不到。下次一定要注意了!"

张扬刚想反驳,却见陈贵仁又走向其他工作人员,套起了近乎。

很多事情当然都不会如人所愿。有人欢喜就会有人愁,有人站在耀眼的阳光下,就会有人在黑暗里独自踟蹰。但时间会改变一切。

金钱,是现实也是考验

春季是电视台里最忙碌的季节。随着《星光现场》第四季的顺利开局,整个电视台都处于亢奋状态,高飞的团队,包括林思思和她的同事们更是如此。

正式签约电视台后的林思思,继续保持努力而低调的作风,得到了大家的认可。尤其是沈娜,每次《超级周末》和《星光现场》的策划会,都会带思思在身边,让她受益匪浅。

"思思,娜姐他们今天去开招商准备会议,你说今年我们的《星光现场》能卖多少钱啊?"

"有飞哥和婵姐主持,肯定不会少!"

"希望能多一点,我们奖金也多点!"

"是呀是呀!"

"你们说今年我们《星光现场》的收视率,能不能超过《超级周末》啊?"

"不知道哦,听说去年的收视率只差了一点点。"

"对呀,不过这次《超级周末》会改版成多主持的超级家族形式。"

"《超级周末》终于改版啦?"

"是呀,这次田菲儿、郑易都加入了超级家族。"

"其实,我还是觉得我们《星光现场》更好看!"

"我也觉得!"

"不过,飞哥这次改版可没少花心思,他很有信心。"

"还没录制呢,看效果呗……"

思思听着周边同事的议论,一如往常地没有参与。作为新人,多做事少说话才是关键。即便有建议,也只是私下跟沈娜提一提便罢。

思思不时地看向会议室。沈娜从台里的招商筹备会回来后,就跟高飞、宋婵、钱瑾几人一直开会到现在,也不知道具体情况怎样了。

《星光现场》第四季开播以来,效果反响相当不错,尤其是郑易担任场下主持以来,其挥洒自如的临场应变和亲民幽默的主持风格,迅速得到了观众们的认可和喜爱。郑易平时花了多少时间,承受着多大的压力,思思也都看在眼里,实在太不容易了!但即便他做得再好,高飞似乎永远都不会满意。

《超级周末》办公室里,高飞、宋婵、沈娜、钱瑾正召开小型会议。

"这次广告招商会,请了多少厂商?"高飞问道。

"现在确定的有 32 家。广告部陈主任估计,到正式招商会那天,应该会更多。"沈娜翻了翻会议笔记,"这次广告招商主力,依然是《超级周末》以及《星光现场》。《星光现场》开播几期收视率表现不错,有几家厂商对冠名表示兴趣,台长很满意。现在就看我们《超级周末》的了。"

"李台怎么说?"

"李台说,广电总局这次点名表扬了《星光现场》。"

"其他还说了什么?"

"其他的话……周鹏程副台长提出,让《我在现场》也来参加这次的招商会议,希望多面开花,李台同意了。"

"《超级周末》呢?有说什么吗?"

"《超级周末》因为还没有正式录制,所以没有多说。但是作为老牌节目,依然是收视率和招商的重头之一。"

高飞没有说话,他明白台里的意思。《超级周末》多年来一直是台里的宠儿,曾经是收视率和广告的保障。但是随着观众年龄层次和口味的变化,台里的资源和政策已明显开始往新兴节目倾斜了。

说实在的,高飞自己也对《超级周末》有些厌倦。虽说他在这里起步、成长，变得家喻户晓，从一个不谙娱乐圈的混小子到人人竞相效仿的当红偶像，他对节目充满了感情，但是，这里是他的起点，他不希望这里变成自己的终点，不希望这个节目在自己的手里衰落，直至消失。

台里其实也找他谈过，希望他将工作重心更多地放到《星光现场》。可毕竟自己的根是在《超级周末》，《星光现场》做得再好，自己也不是制作人，节目不由自己掌控。

而这次《星光现场》改版升级后出现的台下主持，其实已经让他有所警惕。已经听到一些传言，说自己对台里而言，只是过渡，早晚会将《星光现场》交给新人。这个新人，是郑易吗？这个自己一手培养出来的新人，将来可能会取代自己？

这段时间的培训，高飞确实刻意增加了不少内容，就是希望让郑易觉得时间和精力无法兼顾两个节目。如果因为《星光现场》表现不佳而被换掉，那么便可以让郑易全身心投入《超级周末》，培养他成为自己节目的核心成员，这样，对他也能有所掌控。

只是没想到，郑易居然挺了过来，无论《星光现场》的表现，还是自己布置的培训任务，都能出色完成。高飞不得不承认郑易确实是个人才，无论能力、心性，还是勤奋程度，都不输于十年前的自己。但新人当前的这种强劲势头，让他感觉很难掌控。想到这里，高飞不禁暗暗捏了捏拳头。

"《星光现场》，很成功！小娜继续努力！"高飞站了起来，"我们《超级周末》作为老牌节目，也有义务为新节目做出榜样，新版的《超级家族》将是接下来的重点。我们要更专注地做好《超级周末》改版前三期的录制，为接下来的招商打好基础！"

"好！"

"我们的超级家族，这次新引进了田菲儿和郑易。田菲儿有经验，我不担心。郑易的表现大家怎么看？"

"他挺努力的，《星光现场》的台下主持表现不错。"宋婵表示了对郑易的认可。

"人是很努力,但火气还是重了点。"钱瑾啜了口茶道,"年轻人嘛,再磨磨就好。"

"嗯!"高飞不置可否,"小娜,你觉得呢?"

沈娜低头想了想:"够努力,进步也快,但还有很大的空间可以提升……"

"之前,是我点名郑易参加我们超级家族的,也是看好他的潜质天分。给他足够的时间,相信他能变成一个非常出色的娱乐主持人。但我现在有两点担心……"

高飞眼光扫过众人,缓缓道:"一,时间问题:《超级周末》即将录制,他虽然有进步,但是歌舞才艺方面依然不足,不知道是否能胜任。二,精力问题:毕竟台里给他布置的任务主要是《星光现场》,作为一个新人,要同时兼顾两个重要娱乐节目,是否对他压力太大?"

众人有些讶然,马上要录制《超级周末》了,听高飞的意思,难道要换人?

"飞哥,郑易这几周培训下来进步很快,我相信应该问题不大吧。"宋婵首先不解,"而且,我们的改版是超级家族,多主持模式,临时也找不到其他合适的人选。"

"你说的问题,我想过,不过,还是要有备无患嘛。我这边再提一个人选,大家看看,有没有可能做个备选?这里是他平日的才艺视频,你们可以看一下。"

说着,高飞打开电脑,里面播放的是张扬的舞蹈视频。

"张扬,《娱乐圈》的新主播。形象气质都不错,歌舞有很好的功底,还擅长模仿明星,有很好的娱乐精神,很适合定位成才艺偶像型主持人。如果加入超级家族的话,可以与嘉宾有更多的才艺互动。"

不得不说,张扬的歌舞确实有着强烈的感染力,高挑匀称的身材,充满力量的舞蹈,再加上样貌俊俏,确实有做偶像主持人的潜质。

"这个小伙子,确实不错,戴上墨镜还有点像韩国的 Rain!"钱老师一边看视频一边发表评论。

"小婵，你觉得呢？"高飞看着宋婵，目光中隐隐露出些许期待。

"他是不错，只是……"作为高飞多年的搭档，宋婵明白高飞是希望自己支持他。以往，自己也确实一直站在高飞一边，支持着他的决策。只是这次，却怎么也说不出口。

"只是什么？"高飞微微皱眉，沉声问道。语气中，似乎对于宋婵的迟疑显得有些不满。

"只是这样一来，就无法将郑易的人气汇聚到《超级周末》了。"沈娜接过话题，"张扬确实不错，但毕竟是新人，人气略显不足。"

"是啊，我也是这么想，如果换掉郑易，有点可惜！"宋婵松了一口气。

"小娜说得也有道理。"钱瑾点头附和。

高飞见众人如此，低头沉吟了一会儿，道："那就郑易留下，再增加一个张扬。超级家族再多一名成员，没问题吧？另外，大家也多留意还有没有其他合适的人选，补充到我们超级家族来。"

会议结束，高飞将宋婵单独留了下来："小婵，明天晚上你有安排吗？"

"没有安排。有什么事？"没有像以往那样支持高飞，宋婵心里有些愧疚，略带歉意地看着高飞。

"《超级周末》的广告冠名招商要开始了，有一家赞助商很有兴趣，想明天一起吃个饭，多了解一下我们改版后的节目。你也一起来吧？"

"是哪家啊？"

"志高。"

"李总？"

"嗯……"

"……可以不去吗？"

"小婵……"

电视主持人被邀请参加饭局、酒局是常事。很多社会名流觉得能邀请到知名主持人是一件很体面的事。而主持人通过参加各种饭局，可以结交权贵，拓展人脉，笼络资源。尤其对于那些漂亮的单身女主持，如果在这样的场合碰巧遇单身才俊显贵，对上了眼，最终将自己嫁出去，那可就算圆满了。所以，多数主持人对此类活动是颇为热衷的。

可高飞知道，宋婵并不喜欢这样。

一向很有亲和力的宋婵，不论面对领导同事，还是观众粉丝，都会报以美好的微笑。但每当有人想再进一步表示亲近时，她就会立刻跳开，与对方保持恰当的距离。在众多女主持人中，她的自我保护意识出奇地强。高飞之前也一直不理解，后来一次酒后深谈中，宋婵才说出了个中缘由。她幼年时，母亲带着她嫁给了继父，一个餐饮连锁店的老板。她的继父，早年曾经疯狂地单恋宋婵的母亲，然而两人成婚后，随着母亲容颜逐渐老去，继父便频频婚外出轨。宋婵眼睁睁看着自己的母亲偷偷以泪洗面，却为了自己而装不知道。

宋婵长大后，继承了母亲的美丽，得到越来越多男生的追求。成名之后，身边更是不断出现各方面都很优秀的青年才俊。然而，她对于只在乎自己容颜，或者有钱任性的追求者，总是很排斥。因为她再不希望重蹈母亲的覆辙！

她相信，当一个女人有了自己的事业，才能独立，才有自尊。因此，成名之后的她，没有像其他女主持一样嫁入豪门，而是如五年前刚入电视台一样，跟在高飞身边，尽心尽力地与对方一起努力经营好《超级周末》。

当初的高飞，努力、踏实、上进、诚恳，有才华也有魄力，正是她欣赏的男子形象。高飞也如父如兄般，照顾着宋婵、宠着宋婵。以往每每有类似邀约，高飞也会站在她身前帮她挡掉。

只是这两年，随着《超级周末》的地位不断被挑战和冲击，各地电视台的创新节目层出不穷，赞助商们有了更多的选择，高飞也开始越来越多地出席各种场面应酬。他时常说，作为职业主持人，为了节目，应酬原本就是工作内容之一。其他行业可以有上班和下班，而公众人物却没有。但出于爱护，他很少要求宋婵参与。所以，这次他向宋婵张口，被拒绝也是意料中的。

但是，宋婵略沉吟了一会，突然抬起头了说道："好吧，时间和地点，你微信我吧。"

高飞有点意外，忙说："嗯，八点，我开车去接你。"

暗流涌动

当天，娱乐频道的办公室特别忙碌，因为下午有两场重要的节目录制——《星光现场》的季中淘汰赛以及新版《超级周末》的首次录制。

众人正在紧张地做着对接工作，沈娜边上的电话响了。她拿起电话，原来是从演播室打过来了。只是没听几句，她原本清冷的声音突然高了八度：

"什么？怎么不早说啊？都这个点儿了！……不行，这事现在不能商量，是我们先定的录像时间……提前不了，嘉宾还没来呢……好了，不说了，我现在过来！"说着，"啪"的就把电话挂断了。

听到动静，办公室里的每个人都紧张地朝沈娜看去。沈娜平日里以冷静著称，从来没有见过她发这么大的火："思思，跟我一起来！"还没等大家反应过来，就见她沉着脸快步走了出去，思思连忙放下手上的活跟了出去。

"出什么事了？"

"听起来应该是录像时间出问题了吧。"

大伙儿议论纷纷，很快就又低头开始忙各自手头上的事情。下午节目要录像，此刻，谁也顾不上谁。确认嘉宾的到达时间，确认节目流程，联系舞美道具、舞蹈演员、主持人服装……每个人的脸上都写满了忙碌和莫名的焦躁。

"小叶，和高飞他们对好台本了吗？"主编薛小磊从一堆材料中伸出头。

"还没有。郑易、宋婵都已经对过啦，飞哥才从外地回来，等会才能到台里。"小叶吐了吐舌头。

"抓紧时间。"薛小磊又把头埋进了自己的办公桌，对着电脑一顿噼里啪啦地敲字。

"布谷——布谷——"桌上的布谷鸟闹钟响了两下。

办公室门猛然被推开。"听说下午的录制，咱们和《超级周末》被安排重了。"一个小胖子敞着衬衣扣子，端着茶杯，紧挪着步子走了进来。

有人停下手中的活看着他，有人置之不理，蒙头做事，有人则笑着搭腔："陈亮，你开什么玩笑？这种事情怎么可能安排错？"

"还没到愚人节啦。"

"别瞎嚷嚷了，赶紧做你的事吧。"

似乎没人信陈亮的话，可是每个人的语气中又有点疑惑。

"陈亮，你听谁说的啊？"

"刚才碰到摄像团队的曾光头，他说的。娜姐已经下去协调了。"陈亮忙辩解，圆鼓鼓的脸涨得通红。

为节目安排正忙得焦头烂额的几个编导，立马意识到了问题的严重性。

"小叶，快打个电话问问。"薛小磊说话了。

小叶忙应声，接着整个办公室里都听到了她"啊——"的一声惊叫。

"看来是真的！电话里我都能听见娜姐的声音。"小叶挂断电话，对着办公室里的人喊道。

众人一个个放下手头的活，七嘴八舌开始了讨论。

"什么情况啊？"

"好像排错时间了。"

"我去，这事也会有啊！今天的棚是谁安排的？"

"听说大嘴怪不是出差了嘛，有可能是个新手安排的。"

"那还能录吗？"

"看娜姐回来怎么说吧。"

众人还在议论纷纷，这边编导张妮的手机就响了。

"喂，您好……哦，好的，我这就过来。"张妮从座位上跳起来，"哎呀，嘉宾已经到了，我得去接。你们得到消息就马上给我打电话啊。"接着，匆匆忙忙跑了出去。

办公室里的人所剩无几，薛小磊心里念着演播室的事情，也收拾好东西，出了门。走廊里稀稀落落几个人，一个头发凌乱的姑娘在等电梯，只见她衣衫紧裹，双眼无力，看来是熬夜剪片的，这会儿准备回家。电梯门关了，里面略显拥挤。电梯门开了，电梯里的人一哄而散。

外面阳光刺眼。穿过一个偌大的停车场，绕过一条长满紫藤的长廊，迎面而来一面红砖白墙，上面写着四个红色大字"追寻娱乐"。这是个很醒目的主题，本可驻足思索个半分钟，但路过者早已对此熟视无睹了，再走几步，很快就到新城电视台的一千平方米演播厅了。

"好了，这件事情回头说，现在看看怎么解决吧。"

沈娜的声音传了过来。她的旁边，一个小姑娘哭丧着脸，低头沉默。郑易已经到了，正站在边上，拨打电话。

搭建舞台场景的工人已经暂停了手上的活儿。他们丈二和尚摸不着头脑，不知该如何是好，是先搭《超级周末》的景，还是继续等《星光现场》的消息？

见郑易放下电话走了过来，沈娜轻声道："协调下来，中间至少还是错了半小时。本想着，不是《超级周末》少录半个小时，就是《星光现场》提前半小时。"

"《星光现场》嘉宾不可能提早至1:30到的，我们这次连彩排的时间都没有。因为节目变动，嘉宾都是紧急补救上场的。"沈娜叹了一口气。

"事儿都碰到一块了！"薛小磊也叹了一口气。

沈娜心中焦急，表面努力保持着冷静。可是微蹙的秀眉，透出她的内心并不如她表现得那么冷静："思思，打个电话问问飞哥和小婵什么时候到。"

郑易能够体会到她内心的焦虑——《星光现场》原本已经受到台

领导们的高度关注，再加上新版《超级周末》这样一个重点节目，如今出了大乌龙，压力便是几何级数地增加。

演播室门口，高飞出现了，看到沈娜、郑易、思思围在一起，好奇地走了过来："怎么你们都在？"

沈娜看到高飞，低声用最简洁的语句，快速向他解释了当前的情况。

高飞倒显得很镇定："小娜，你先别着急，办法总归会有的。"他抬手看了一眼表，"现在是12点26分，离录制时间还有一个半小时。"

"这次突发事件，飞哥、郑易，还有小婵，你们都要准备好连续高强度作战，中间没有休息时间。"沈娜说。

"这个嘛，我倒是问题不大。再累，最多也就回家休息两天。现在的问题是，时间分配上需要好好考虑。差着半个小时，要么《超级周末》少，要么《星光现场》少。这两个节目，小婵、郑易和我都有份，我是都可以，看看宋婵和郑易吧。"高飞仍旧出奇地淡定。

沈娜被他这么一说，颇为犯难。郑易和薛小磊也面面相觑，不知如何是好。好在提出问题的人，总归会有解决问题的办法。高飞又一次开口了，语气显得更加坚决："我们已经录制了几场《星光现场》，我感觉只要把节奏再加快一些，还是能节省出不少时间，但是恐怕也不够。倒是郑易与场下观众互动环节，可能会有点拖拉。毕竟观众不是专业演员，即兴随意的成分太多了，不好控制。不知道郑易能不能节约出一些时间？"

郑易听到高飞说到要节约场下观众互动环节的时间，立马就明白了过来，他其实是想把这个环节整个砍掉。

"这个环节没法节约，再节约就没了。"薛小磊在一旁忍不住说道。

高飞听到薛小磊说话，冷笑了一声："薛主编可是综艺节目老法师了，当然知道不能省的就是不能省。那我请问，你觉得我们《超级周末》哪个环节可以省掉？"

薛小磊涨红着脸，一时语塞。沈娜在一旁也只得沉默。

空气中荡漾着不快和对立。就在众人陷入焦灼时，一个声音打破了紧张的气氛。

"不好意思，我们来晚了。"宋婵和田菲儿相伴着一起走了过来。

"听说节目录制时间安排重了？飞哥，咱们《超级周末》节目时长不是一个半小时吗？现在能给我们的录制时间也只有一个半小时，那就当现场直播呗。想想咱们节目刚成立的时候，不都是现场直播嘛。"宋婵站在那，笑吟吟地看着众人。

在说出这个建议的一瞬间，宋婵突然升腾起一丝兴奋的快感。很久没有这样的感觉了！她想起《超级周末》最初的两年，每个礼拜六的晚上八点，她都会满怀紧张的心情去迎接直播的到来。那是她十分青涩的两年，也是她逐渐成长的辉煌的两年。那时候，她时刻不敢松懈，不敢犯错，因为一举一动都在无数观众的眼底，即便有几分钟的播出延时，还是不敢怠慢。

出于节目品质和播出安全的考虑，节目又由现场直播转成录播，她发现自己的主持愈发自由了，但却少了点洗练严谨，过于粗线条的节奏掌控常常会导致节目的拖泥带水，从而需要后期剪辑进行弥补和调整。

于是，嘴皮子变得越来越溜，嘉宾和现场观众的掌控变得越来越自如，可就如同一场娱乐Party，尽是些愉悦欢乐的场面，不知不觉中丢失了流动的气息和绵延全场的情感枝蔓，只有一颗颗、一堆堆珠子散在舞台上，串不成完整的项链。

但是对于宋婵的提议，高飞第一个提出了异议："不，这风险太大了！"

宋婵走上前，柔声道："飞哥，以前录两个多小时，中间其实说了不少废话，也不太注意各个环节之间的紧凑连贯。这场注意就是了，而且编导们都是直播的熟手。"

"嘉宾方面呢？"沈娜也不放心。

"这就更不用担心了！今天这几位，都是常来我们节目的，轻车熟路，在控制时间和节奏方面都很老练。你问薛小磊，他可是以前

《超级周末》的功勋编导。"

薛小磊客气了几句,接着拿过宋婵手中的台本,看了一眼:"哦,是他们几个啊,都还是挺靠谱的。"

沈娜听到他们两个都这么说,心就放下来了。她拿眼睛看着高飞,等他做决定。

高飞没想到宋婵非但没有支持自己,反而为《星光现场》说话,甚至愿意压缩录制时间,有点气恼,皱着眉说:

"作为《超级周末》的制片人,我得为这个节目负责,就好像沈娜也要为《星光现场》的质量负责一样。虽然我不怀疑宋婵和我驾驭现场直播的能力,但是,你们也知道,这是我们《超级周末》改版后的第一次录制。虽然只是一个九十分钟的节目,但是其中的环节众多,特别考验随机应变的能力。我们以前录制两个小时都觉得很紧张,现在缩短时间,万一有个闪失,对大家都不是一件好事。"

高飞说的当然是实情,顾忌的事情也绝非夸大其词,宋婵没法反驳,愣在那儿。空气中,又一次出现了沉默。

再次打破沉默的是郑易。

"沈娜,我觉得飞哥说得在理,《超级周末》对于我们台来说,太重要了!而我的那个环节这一场能少录就少录,就算不能录也没办法,一切以大局为重。"

"还是郑易顾全大局,我欣赏!"高飞似乎就在等郑易说这句话,他迅速接了过来。

沈娜和薛小磊还想表达异议,郑易举手示意自己已经做出了决定。两人无奈,只得住口。思思在一旁,看看高飞,又看看郑易,似乎明白了什么。

演播室里,舞美已经搭建得差不多了。郑易看了一眼宋婵,点头感谢,接着转身走出了录影棚。

监控器的电子钟显示,"12:41"。

"12 点 41 了。快,快,迅速叫嘉宾化妆、对台本。"

"1 点了,嘉宾谁还没来?……打电话问问到哪儿了?"

"舞蹈演员先加紧彩排。"

在20楼的办公室,得知录制时间压缩了半小时,《超级周末》工作组的人互相抱怨了一下之后,又立马埋头干起自己的活来。时间对于身处电视台的人来说,是命令,也是饭碗。紧迫感来自生存的压力,节目收视的压力,还有竞争挑战的刺激。当然,也有人表面紧张,实则吊儿郎当,南郭先生般捱着时间过日子,年复一年。

过了一会儿,办公室突然变得很安静,空空荡荡,只剩下了两个人在做最后的确认工作,其余的早就到了演播室。

"1点10分了。"有人嘀咕了一声。

"1点10分了,观众现在可以进场了。"《超级周末》的一个编导朝演播厅入口处的工作人员喊道。

门口的观众群头应了一声,接着操起喇叭:"现在大家可以进场,按照手里的票,对号入座,不要拥挤。"说完,站在保安旁边,随着一个一个观众的进入,清点起人数来。

观众中,有人穿着印有广告赞助商名称的汗衫;还有粉丝举着贴有明星画像的宣传牌;有人拿着相机忙不迭地一阵乱拍,眼神里满是好奇;还有人涨红着脸,和旁边一同来的伙伴,咬着耳朵说着悄悄话。

对于他们来说,电视台是个神秘的地方,也是一个热闹的地方。能参加一次节目录制,要么是为了拿到一笔做观众的酬劳,要么是为了如愿见到自己心仪的明星。或者,纯粹只是好奇,怀着欣喜的心情,等待在电视上见过很多次的脸,活生生站在自己面前不远处的舞台上。

灯光调试完毕,节目的主题旋律在演播大厅响起。舞台后面的化妆间,高飞和嘉宾正在忙着对台词。

"天哥,今天时间紧张,待会录制,就拜托你了!"高飞身边的男人,梳着奇怪的分头,稍不留神,还以为是碰到了上个世纪的人物。他四十来岁,周身散发着一股喜剧的气息。

"玩起来很简单的嘛，咱这配合多默契啊。"他眯着小眼哈哈大笑。

"玩是要玩的，不过这次我们得控制一下，不能玩得太嗨了。"高飞见他一脸轻松的样子，倒是有点担心起来。他想起前几次请齐天过来，作为喜剧演员，调动观众欢笑倒是轻而易举，但是，没有节制的贫嘴、抖包袱，常常导致节目录制变成了一场没完没了的个人秀。

"这我懂。"齐天开始拨弄自己的头发，似乎每一根都在他的掌控中，摸一摸，搓一搓，就知道哪一根是新长出来的。

而隔壁化妆间，郑易刚到门口，就听见黄佐佐的笑声："哎呦，瞧你说的，哈哈……"他身前坐着的，正是白若音。尽管素颜待妆，人气明星的气场已自显露，一边站着对台本的男编导早已恍了神，只顾着傻乐。

人们都说，这次白若音是冲着郑易来的。

自从上次在节目中公开示好后，台里艺人统筹就几次询问郑易，能不能通过他请到炙手可热的白若音。郑易的态度不置可否，因为即便白若音在微博上表示愿意来参加节目，他也无法判断对方究竟是真心诚意还是仅仅出于客气。但是没想到，艺人统筹联系了白若音的经纪人后，很快就得到了答复，愿意上节目，而且不用排档期，马上就可以来。如此顺利，大大出乎艺人统筹的预料，以往请大牌明星，从来没有这么快的。所以，大家都认为，这是因为郑易的缘故。

到今天，郑易也不知道这是不是自己的人情，所以也没有主动去迎白若音，甚至内心还有些想回避。现在必须化妆了，他知道肯定得碰上，但没想到就这么碰上了！

还在犹豫要不要现在进去，白若音已经看见了他，从镜子里对他招手："哎呀，郑大胆，我们终于见面了！"

郑易见她这般热情，有些意外。毕竟没见过面，还算是陌生人，若非之前综艺节目的采访和媒体八卦的炒作，两人一个在娱乐圈，一个在新闻圈，根本就是身处两个世界。

"是呀，见到您很高兴！"郑易礼貌地握了握白若音的手，客气地说。

"怎么样,我说的,我们很快会见面吧。"白若音一改以往穿着性感的造型,七分裤,白衬衫外罩着一件黑色的小西装,长发挽起露出长长的脖子,一缕青丝从鬓角垂下,知性中依然透露着妩媚,更让人心动。

郑易没想到她一点也没有明星架子,不由得心生好感。那些曾经长时间缠绕在她身上的绯闻,真真假假分不清楚,现在一看,郑易觉得她与传闻中的样子还是有很大差别。

"改版后《超级周末》第一次录制就来捧场,真给力!"

"给力吧?我来了,你可说过要做东的哦!"白若音略带娇嗔的表情,让郑易心中微微一荡。

"没问题,只要你不急着走,我们节目组做东,那是必须的!"

"节目组归节目组,你归你哦……"白若音听出郑易的潜台词,却不依不饶地紧逼着。

"行啊,没问题!"郑易被顶在杠头上,只能敷衍地答应着,心里想着万一逃不过,就拉沈娜、思思作陪。对了,还有杜宇……

"那说好咯!"

"嗯,一定一定!"

"好呀,那节目中还请多多照顾咯!"

"必须的。那您先忙,我就不打扰了!"

"好呀,我们一会儿台上见。"白若音朝着郑易嫣然一笑,转向旁边的男编导,"刚才我们节目流程讲到哪儿了?"

"到第二部分了……"

郑易转身走开,心里却还惦着刚才和白若音的见面,回过神来,不禁笑着摇了摇头。娱乐圈还真是人情百态,无论是刁蛮、是热情、是亲切、是大牌,一切如戏,自己当不得真。幻象而已,权且当作黄粱一梦的历练,能入能出也就是了。

"虽有荣观,燕处超然……"郑易想起《道德经》里的这句话,任它外面如何繁华,我只一派闲适悠然,自己只要扮演好主持人的这个角色，固守初心就是了。

上千平方米演播厅里，人群熙攘，《超级周末》的舞台已经装置调试完毕。台左侧，另一帮工作人员整理着东西，他们在为下一场《星光现场》的录制做着准备。

《星光现场》节目组的编导们一部分拥进了演播厅，一部分在演播室的候场区，正跟嘉宾进行赛前的沟通。一个歌手的粉丝举着牌子，靠在休息椅上，很疲乏的样子。

已经1点50分了，热场导演最后一次对观众宣读注意事项，之后挥舞着双手，边鼓掌边喊着《超级周末》的节目口号："来，跟我一起说，《超级周末》，快乐你我。"观众们大着嗓门，激动地喊着，很是配合，很快现场就热烈起来。

现场导演洪亮的倒计时声音："5、4、3、2、1，走……"片头播放，开场舞音乐声响起，舞蹈演员上场。一曲开场舞之后，一个铿锵有力的声音响起："掌声有请超级家族闪亮登场！"舞台正面的大屏幕打开，高飞、宋婵、郑易、田菲儿、张扬依次走了出来，齐喊："超级周末！"观众接："快乐你我！"配合默契的呼应，一下子让现场的氛围热到了顶点！

一身短裙的宋婵首先开场："各位好！今天啊，是我们超级家族的第一次亮相。飞哥，你觉得我今天这造型怎么样？"问完，顺势撩了撩头发。

"美啊！"高飞笑道。

"除了美，还有什么？"宋婵不依不饶，"有什么不一样吗？"

"有什么不一样？"高飞假装不明白。

"哼……"宋婵小儿女状地娇嗔了一声，略一侧身，伸出修长的大腿。

"哦，飞哥，小婵姐裙子好短。"张扬仿佛发现新大陆一样跑到高飞身边。

"哦？对哦，真的好短！"高飞坏笑着，表情夸张地瞧向宋婵的美腿。

观众一片哄笑，宋婵假装害羞，扯了扯裙子。观众笑得更大声了。

"哼，报告飞哥，我也有……"田菲儿一脸不服气，从高飞身后绕过去，走到宋婵身边，一把搂住宋婵的小蛮腰，也伸出自己的美腿。田菲儿穿着毛边牛仔裤，加上长筒靴，将她原本就修长的腿，更加突显出来。

"小婵，我们一起来！"说着两人一起伸出大腿，格外诱人。

"飞哥，我们谁的腿好看？"田菲儿不顾旁边有些脸热的宋婵，将问题直接抛给高飞。田菲儿的风格向来就以火辣著称，总是有出人意料的问题，并不在之前的台本中。

高飞没有回答问题，一转身将问题抛给郑易："郑易，你说呢？"

"啊？"郑易没想到 Cue 到自己，一时没回过神，急中生智捂住自己的额头，做了个刚回过神的夸张表情，"飞哥，让我缓缓，刚才眼睛里白花花的，有点头晕……"

哈哈哈……下面观众又一阵哄笑。

"现在好些了吗？"高飞继续追问。

"哦，好些了……"郑易转过头看向宋婵和田菲儿，又猛然抬起头，有手指捏住自己的鼻子，道，"报告飞哥，我流鼻血了。这算工伤吗？"

"哈哈哈……"下面观众笑得眼泪快出来了。

"算，要不给你工休？现在你就可以去休假了。"高飞开玩笑道。

"啊？"郑易立刻做了一个原地立正的动作，"报告飞哥，我突然又满血了！"

在台下笑声中，他大步走到宋婵和田菲儿的身侧，一抱拳，"两位美女，郑某人奉旨看腿，得罪了！"然后作势夸张地往两人的美腿看去。

"讨厌！怪叔叔……"宋婵拉着田菲儿躲到高飞身后，一脸怕怕的样子。郑易绕到左边看，宋婵就往右边躲，惹得台下起哄不断。

"飞哥,"郑易一副委屈的样子,"她们只让你看,不让我看……"

"那是,要看也是飞哥看!"张扬在边上帮腔道。

"好啦,好啦,下次下次!不为难你了。各位,小婵和菲儿的装扮也是为了今天的主题——性感!"高飞制止了台上的玩闹,正色道。

"对,"宋婵接口道,"我们老说性感,性感是一个形容词,可以形容女人、男人,但同时,性感也可以是一个动词,它代表着一种追求活力和积极向上的激情。今天,我们的嘉宾就是一群性感的人,不管是外在还是内在。让我们欢迎齐天、白若音、刘凯!"

观众鼓掌欢呼,音乐响起,正后方的屏幕再次打开,齐天、白若音、刘凯一起款款走了出来,至舞台中央站定,一一自我介绍。高飞在一旁插科打诨,宋婵负责适时回应和搭词,张扬则搞笑和模仿,气氛一如既往,观众席中不时爆发出热烈的掌声。

齐天似乎受到了感染,只要人群中有一点笑声,他就会聪明地抓住,然后放大。高飞知道,这个时候齐天已经玩得不亦乐乎了。

在台上热闹的群口嬉笑中,郑易发现自己原本就不多的稿本台词,有不少都被高飞用话茬转给了张扬。张扬显然也有所准备,统统接下,自己似乎被边缘化了。

而高飞,整个的舞台好似是他领地。他是节奏的掌控者,意义的传达者,一个调兵遣将的指挥官,不仅仅应该口吐莲花,更应该在舞台上每个人的话语间游刃有余,穿针引线。此刻,他不是舞台上最引人注目的明星,但他是这个舞台上真正的主人。

很快,高飞发现了些不对劲的地方——白若音在节目最初的兴奋劲过去之后,显出了些许游离于舞台之外的神情,他得把她拉回来。

"刚才齐天和刘凯讲了他们演对手戏时的NG趣闻,若音应该也有不少吧。"高飞问道。

"嗯,挺多的。"白若音想了一想,"有一场戏,是和刘凯的亲热戏,我们一直在笑场,导演后来都恼了。"

"亲热戏你不是很有经验吗?"张扬突然来了一句。

白若音一下愣在那儿,沈娜在台下也愣住了。导播间里,编导们轻轻惊叹了一声,愣在那儿。粉丝面面相觑,也愣在那儿。只有其他的观众,当做笑话般继续淡定地等待。

"亲热戏我也有经验啊,可一到镜头面前还是害羞。"郑易这个时候接上了话。

"哦,你有经验?"高飞半真半假地讶声问道。

"对啊,丰富着呢。"郑易一脸正色道。

台上宋婵、田菲儿、白若音等人都忍不住瞪大了双眼,脸上写满了疑惑。

"就是和我们家'三儿'呀!我和它平常亲热时,它可乐呵了。但一到要拍照,它立马就躲起来。勉强拉过来,那个害羞哦……"

宋婵和白若音听到这里,都忍不住"噗哧"笑出了声。"三儿"是郑易养的狗,大屏幕中出现了郑易和他家"三儿"的合照。这照片本来是在后面的环节中要用的,沈娜敏锐地觉察到郑易的意思,立刻让导播在大屏幕上切了出来。照片中郑易想要跟"三儿"亲热,"三儿"却将头歪到一边,一脸嫌弃的样子,惹来台下一阵闷笑。

"还是若音家的小比熊帅,听说看到镜头,还会摆 pose。"郑易迅速转过身面对着若音。

"哈哈,是呀,它一看到我要拍照就叫个不停,一定要挤进来。"

大屏幕上出现白若音和她家比熊狗的照片,憨态可掬的样子引来底下观众连声的惊呼。

"好可爱哦!"大家似乎忘记了刚才的对话,关注点马上全部集中到了狗狗的身上。

"三儿,看到没?什么叫明星范儿,这段要好好学习一下。这是你这个月的功课,知道吗?"郑易对着摄像机镜头认真地说道,然后转过头对着嘉宾说,"不好意思,我们家'三儿',就喜欢看电视,估计这会儿正看着呢!"

"要不这样,回头介绍你们家'三儿'给我们家小比熊认识!让我们家小比熊带着'三儿'一起玩,很快就会了!"白若音兴趣不减,顺势提出让狗狗见面的私人邀约。

郑易一愣，立刻转向高飞："报告飞哥，我又帮《超级周末》找到个好主题，做明星狗狗专题，正好让我们家'三儿'也学习学习！"

"这个可以有！常言道不是一家人不进一家门啊，也有人说主人是什么样，狗狗就是什么样。"高飞笑道，"若音是大明星，小比熊当然也有明星范儿。郑易，你们嘛……"

"哈？那不行！"郑易一摸额头，一副世界末日的样子，"我申请这个主题节目推迟一年，让我先好好培训培训'三儿'再上台。可别让我郑大胆的一世英名啊，就此付诸流水……"

"没事儿没事儿，我们家小比熊可以给'三儿'开小灶。不过拜师礼不能少哟……"白若音笑得花枝乱颤，看得台下观众喜笑颜开。

尴尬就这样被聪明地化解掉了，台下的观众根本就没察觉到舞台上的异样。所有的暗潮汹涌，一眨眼的功夫就变得平静如初。

林思思作为导演助理，一直在台下，她的任务是带领观众烘托全场气氛，引导掌声、欢呼声和各种反应。这个领掌导演的角色看着不起眼，实则很重要。一场录制节目需要台下的反应和配合，才能烘托出娱乐的氛围。

跟台下不明就里的观众不同，思思跟在沈娜的身边，虽然话不多，但心里却如明镜一般。《星光现场》郑易最出彩的现场观众互动环节被减，而《超级周末》的录制又被边缘化得这么厉害，这实在太不公平了！但台上这个男子，面对这种情况，依然不动声色，从容应对，并且总能抓住机会出语精妙，思思心疼之余，又是真心佩服！

节目录制已完成大半，舞台左侧，越来越多的人围拢在一块，他们是等待换景的工作人员。

"还要多久啊？"有一个人粗着嗓子嚷道。

"就快结束了。"薛小磊示意他不要吵嚷。

"还有一个晚会要去布景呢，说好两点半的，现在都三点多了。"那人继续表示着不满，其他人则在一旁随声附和。

"你们又不是不知道今天的状况,着急也没用啊!"薛小磊面露怒色。

"接下来的工作要是耽误了,谁负责?"他们继续嘀咕。

编导张妮走了过来:"陈哥啊,今天真是辛苦你们了。"说着,从口袋里掏出一包烟,给每个人发了一根,"先消消气,去外面抽根烟,一根烟的功夫节目就录制完了。"她满脸堆笑,就差抛媚眼了。

几个人叹了口气,走出演播室。

14楼是新城电视台的后期制作机房,开放的房间里排开几组长桌子,一组组非线性编辑机的显示屏一字排开。台里各节目录像完成后,都会把素材拿到这个部门来,剪辑制作成最后的播出版本。"行百里者半九十",对于电视台节目录制而言,或许这最后的剪辑就是"半九十"的那部分。

哪怕节目录制效果不佳,经过后期制作,依然可以妙剪回春。不好的素材先删减,其中一些不错的镜头留下来也许在其他地方用上;有了蒙太奇的剪接,不管实际拍摄的前后顺序,一番乾坤大挪移,就能把驴唇对上马嘴;拼拼凑凑,理顺了脉络,再加上特效制作,立马就能让节目播放效果倍增。这样的技术加工,不要说外行人根本看不出来,就是不在现场的专业人士也很难辨别。

"王老师,那麻烦您了,周四将初剪的片子发到我邮箱里哦!"林思思将本季《星光现场》的素材递给剪辑师,正要准备离开,却听到办公室里一台电脑前聚着几位后期剪辑的同事:"哎,你们快过来看这段……"

剪辑师工作辛苦,却常常能看到一些屏幕前看不到的内容。这些往往是被勒令剪掉的不符合审片要求的片段,虽然可能现场效果好,但却不能正式播出。

思思也没当回事,正要离开办公室,电脑里却传来了她熟悉的声音:

"报告飞哥,我流鼻血了。这算工伤吗?"

……

"两位美女,郑某人奉旨看腿,得罪了!"

……

"亲热戏我也有经验啊,可一到镜头面前还是害羞。"

……

"对呀,就是和我们家'三儿'呀……我和它平常亲热时,它可乐呵了,但一到要拍照,它立马就躲起来,勉强拉过来,那个害羞哦……"

正是下午节目录制中,郑易特别出彩的那几段。

"太搞笑了!"

"你们觉得田菲儿和宋婵,谁的腿更好看!"

"当然是宋婵了……"

"我觉得田菲儿腿型更好……"

林思思鄙视地瞅了这几个宅男一眼,正要离开,却听到一位剪辑师说:"这几段挺好的呀,居然也要剪掉?"

"为啥呀?"

"还不是说,这几段有点不符合上面关于文明播出的要求呗。"

"这也算不文明啊?不至于吧。"

"你们又不是不知道,为了播出安全,很多出彩的片段都被剪掉了。"

"就是,有些还被封杀呢。"

"这次这个又没什么咯,尺度不大啊!"

"上面说了,《超级周末》改版的第一次录制,不能出错,宁可保守点。"

"好吧,上面怎么说咱就怎么做呗。"

影视小花 vs 草根网红

录完节目的第二天,郑易照常去台里上班。虽然前一晚有点郁闷,《星光现场》的互动环节被砍,《超级周末》大量台词和对白被取代,但跟好友喝上几杯,再睡上一大觉后,就满血复活了。

作为一个成年人,且在媒体工作多年,郑易知道工作有顺逆、有起伏,越是艰难的时候越是不能让心态失衡。

只是今天一到电视台后,他就感觉有点不太对劲——除了与自己擦肩而过的同事点头打招呼之外,还有不少不认识的同事也会朝自己微笑,甚至在自己身后指指点点、交头接耳。

电梯门打开了,来到18楼《星光现场》的办公室,推开大门,就看到所有的节目组同事都朝自己行注目礼,脸上更带着耐人寻味的笑容。

郑易有点莫名其妙!来到茶水间给自己冲咖啡的时候,编导张妮和小叶结伴凑上来:"郑老师,今天微信和微博的转帖看了吗?"

"哦,昨天睡得早,今天还没看,怎么了?"

"那你自己看呗……"两人嘻嘻一笑,神秘地快步离开。

郑易一手喝着咖啡,一手打开微信,结果差点被咖啡呛到——只见朋友圈里满满都是关于自己的转帖:

> 白若音与郑大胆之初次见面
> 白若音为郑大胆做客《超级周末》
> 白若音做客《超级周末》,与郑易大谈养宠物心得
> 白若音、郑易宠物情缘
> 白若音、郑易为宠物约会
> ……

突然间,最有名的媒体网站、微信、微博、视频网站上,出现了铺天盖地的关于郑易与白若音的热帖。白若音隔空示好的事儿过去没几周,郑易又火了,"郑大胆"三个字,更是出现在热搜榜首条。

这些热帖上更是详细介绍了郑易的来历背景以及他们家的"三儿"。而郑易之前《星光现场》的机智救场,白若音在台湾综艺上对

于郑易的评价，都被再次黏贴到了专题页上。

最有意思的是，所有的转帖还附有尚未播出的《超级周末》的剪辑片段，郑易精彩的语言被做成了各种特效，插在转帖中。

"老郑，你又火了！"正在此时，杜宇发了一条微信过来。

"我刚看到！还在消化中……"

"昨天下午《超级周末》的录制画面，我们还没播出就流出去了。这事可不小啊！"

"嗯，我知道。但这是怎么传出去的呢？"

"这样，看一下你的微博！"

郑易打开微博一看，自己"郑大胆"的ID，粉丝数已经升到了70万，而且还在不断增加。

"我刚才调查了一下，最早放出视频的是一个叫'毒舌Baby'的博主，是一个90后网红，看起来她参加了昨天下午的录制。"

"好，我去看一下……"

郑易很快搜索到了"毒舌Baby"的账号。与众多以美貌、身材为亮点的新生代美女网红不同，"毒舌Baby"是以"毒舌""吐槽"为特色，其犀利的语言和不俗的视频编辑能力，吸引了近五百万的粉丝。

最新编辑好的视频，赫然是新版《超级周末》的录制现场，主角就是郑易。"毒舌Baby"将郑易在节目中的几次表现编辑成一个视频，发送到微博上，并且留下火辣辣的评论"@演员白若音 姐姐，不需要用宠物搭讪我的@郑大胆 哥哥。"并且将这段视频，同样@了新城电视台的官方微博。

视频帖一经发出，迅速被评论转发。众粉丝纷纷起哄，支持"毒舌baby"与白若音公平竞争。一片热闹中，白若音竟然也转帖评论，热辣回应："那怎么搭讪，你能接受？"这下，又引起了转发评论的热潮！

一片嘈杂中，有撑白若音的，有撑"毒舌Baby"的，也有让郑易表态的，还有抨击郑易的，让郑易原本小六位的粉丝，迅速逼近100万大关。

"郑易,老罗找你……"郑易正哭笑不得地看着五花八门的评论,沈娜的声音便传了过来,他连忙关上手机。

"娜姐,老罗找我什么事?"

"应该是你视频的事吧。自己小心点!"

"……好的……嗯,郑易来了,我先了解一下……"

18楼的娱乐频道总监室,罗越正坐在办公桌前接电话。见郑易进来,挂了电话,朝他点点头,示意他坐下。

"郑易,来了。今天就不泡茶了,就有些事想跟你了解一下。"

"好的,罗总!"

"网上关于你的转帖,看到了吗?"

"昨天睡得早,没留意,也就刚才杜宇跟我说了,才看见。"

"嗯,原本这是你个人的私事,但这毕竟牵扯到咱们电视台和主持人的形象问题,同时还牵扯到节目素材的外泄,所以台里比较关心。"

"罗总,我知道。不过我真的不是很清楚怎么回事。"

"嗯,那个'毒舌Baby',你了解吗?"

"我也是刚刚才知道,好像是一个90后的网红,我都不知道她什么时候加了我的微博。"

"嗯,节目素材外泄的问题,说大不大,说小也不小啊。但问题是,这个网红还@了我们台的官方微博,所以领导很关注。"

"明白,目前我还没有回复这个帖子。这事吧,我自己也是稀里糊涂的,所以正好也想向罗总请示,我应该怎么做,才能更好地维护电视台、栏目组和主持人的形象?"

"小郑,你能这样谨慎很好!在回答你之前,还有个问题,比较私隐,但是牵扯到前面一个问题,所以希望你能坦诚回答。"

"罗总,您尽管问!关于工作的问题,一定知无不言。"

"好的。你跟白若音,现在到什么程度了?"

"呃……罗总,我只是和她有过几次微博私聊,见面的话只有一次,就是这次做节目。"

"没有其他?"

"没有其他。"

"嗯,其实有也没什么……"

"罗总,这个真没……"

"嗯,好吧。不管有还是没有,台领导是觉得,虽说这次事件是在网上发酵,但是对于我们的节目推广,未必是坏事。这样吧,回头你在你的微博上回复一下,具体的措辞,你可以自行编辑。内容大致有两点:其一,对白若音、毒舌 Baby、微友们的支持表示感谢;其二,欢迎大家关注我们即将播出的新版《超级周末》,并且附上我们的播出时间。"

"好的,没问题。"

当郑易离开办公室后,罗越拿起电话:"高飞吗?……老罗……嗯,这次《超级周末》后期剪辑做好了吗?……嗯……好,剪的时候,记得尽量将郑易所有的片段保留下来……嗯,这是台里的要求……嗯……好了以后,先发给我看……嗯,好的!"

这天下午,热闹的微博世界里,博友们期待已久的男主角终于回复了:"曾经以为自己胆子够大,脸皮够厚,现在才发现脸皮防御值不够用了。再这样下去,一定会暴露俺内向害羞的真实面貌。呵呵……不过还是感谢诸位的关注、支持和吐槽……也欢迎大家收看我们新版《超级周末》第一期节目,时间是……"

"哈哈,郑大胆好搞笑!"

"好的,回头去看新版《超级周末》。"

"Baby,防御值见底了,再加把劲,直接推倒!"

"若音,Boss 只剩血皮了,一定抢最后一击!"

"郑大胆原来是个傲娇的货……"

"所以才跟 Baby 这个毒舌配啊!"

"楼上的莫要第三者插足,若音才跟郑大胆是官配……"

"郑大胆,支持你大胆通吃!"

"这个可以有!"

"楼上的,太贪心了!"

……

"哈哈哈……"

宝莱纳精酿餐厅里,正在跟郑易一起看微博评论的杜宇,用力地拍着郑易的肩膀,笑得前仰后合:"通吃,通吃,我支持你通吃!"

"老杜,走开!"郑易一把拍掉杜宇搭在自己肩膀上的爪子。

"说实在的,还真得好好感谢这位'毒舌Baby'。我听说罗总明确要求新版《超级周末》保留你所有的发挥,配合网络宣传。"沈娜道,"这次真的是,福兮祸兮啊!这对你的知名度提升非常有帮助!"

"对头对头。老郑啊,现在你是直接进入了知名娱乐主持人加网红的行列!你得好好感谢这个毒舌Baby,要不就直接以身相许算了!就跟他们说的,你们一个攻,一个守,绝配!"

"杜宇,说什么呢!"沈娜啐了一口,搂住在一旁的林思思,"旁边有小朋友呢。思思是我带教出来的,不许教坏好孩子!"

"那说起来,思思还是我们的小师妹咯。"郑易笑着,跟思思主动碰了碰杯,"别看沈娜比我们大不了两岁,我们刚进台的时候,还是她带教我们的呢!以后叫我们师兄就好!"

"师兄好!"思思乖巧地叫了一声。

"还有我,还有我!"杜宇怪叫一声,打开一瓶印着花花绿绿酒标的啤酒,道:"小师妹,叫师兄,师兄请你喝小粉象!好东西来着!"

"杜爷,别欺负人家小女孩儿,这酒太厉害了!"郑易一把拦住杜宇,拿回啤酒,"小师妹,别理他,这啤酒不适合小女孩儿的。以后小心这家伙,别看他是做新闻的,实际上说话特不靠谱,跟着他会被带坏的。"

"有吗?现在90后的孩子,懂得不比我们少,还不一定谁带坏谁呢!是吧,小师妹?"杜宇朝着思思眨眨眼睛。

"大叔,你说什么?我听不懂哎……"思思一脸无辜地看着杜宇,只是眼角弯弯的满是笑。

"大叔?"

"大叔!"

"大叔!"

"啊哈哈哈……"

"呵呵呵……"

随着郑易和沈娜的大笑,杜宇脸色一垮,指着自己对思思道:"你叫我大叔?"

"是的,大叔!"

"我哪里大叔了?"

"啊?对不起、对不起!那叫您师傅?"

"师傅?"

"师傅!"

"师傅!"

又是一阵爆笑,杜宇终于败下阵来,哭笑不得地对思思说:"我看上去就那么老吗?"然后转头对沈娜说,"娜姐,你看看,你看看!我都被小师妹欺负了,到底谁带坏谁啊?"

沈娜也没想到平日一贯文静沉默的思思还有这一面,不由好笑,看了杜宇一眼,淡淡地说了一句:"没事儿,大家各论各的,叫什么都成!"

"哈……"杜宇一愣,差点跳起来,"喂喂,什么叫各论各的?"

"就是我们不干涉思思怎么叫你呀,大叔!"郑易在旁幸灾乐祸地补刀,又回头对着思思笑道,"是吧,小师妹?"

"嗯,师兄!"思思脸红红地用力点头。

"小师妹,我跟郑易可是一届的,别叫我大叔,一样叫师兄就成!"

"好的,大叔!"

"叫师兄!"

"是的,大叔!"

"不是大叔,是师兄,我有那么老吗?"

"明白,大叔!"

……

一阵笑闹之后,郑易、杜宇更加喜欢这个有趣小师妹了。众人又开始讨论毒舌 Baby 和视频转发事件,纷纷猜想毒舌 Baby 的身份和背景。

"师兄,如果让你选,你会选白若音还是毒舌 Baby 啊?"一直没有参与讨论的思思突然轻声问道。

"咦?思思,你还真是要么不开一口,一开口就这么犀利!"杜宇大惊小怪地嚷嚷起来。

"思思,怎么转到我身上了?这么八卦真的好吗?"郑易哭笑不得。

"思思,问题问得好,杜师哥撑你!"杜宇唯恐天下不乱,幸灾乐祸道,"老郑,小师妹的问题,不回答不行哦!"

"思思,不要被老杜这货带坏了,别理他。"

"什么叫被我带坏!思思本来就坏……呸!不是带坏,这是媒体工作者的素养!你说是吧,思思?"

"嗯……"思思点点头,眼睛中满怀笑意。

"看到没?老郑,这个问题你有义务回答。"

"娜姐,你看他们……"

"郑易,说吧。"

"娜姐,你……"

"老郑,看到没?娜姐都发话了……坦白从宽,抗拒从严!"

"嗨,"郑易无可奈何,低头想了想,道,"如果一定要选,那应该是白若音吧……"

"为啥呀?"

"不为啥。我一向觉得,线上千言不如线下一面。如果要跟一个女孩儿交往,见过面的总靠谱点吧?"

"哦……"

众人觉得有道理，却没有注意到思思微微低下头，镜片后面失落的眼神。

"可是，师兄……"思思欲言又止。

"怎么，思思？"

"我倒是觉得网络世界或许可以更真实些。"

"哦，为什么呀？"杜宇很好奇地看向思思。

"只有网络世界，没有现实中的那么多束缚，才可以做真正的自己吧。"

"嗯……"郑易、沈娜、杜宇三人相互看了一眼，杜宇道，"你别说，思思说得确实也有道理……"

"思思，那你怎么看现在的网红现象？"杜宇饶有兴趣地问道。

"呃……"思思听到这个问题，显得有点羞怯，"大叔……哦不，宇哥，我只是随便说说我们90后的想法而已，乱说的……"

"没事，思思，大家就是闲聊。90后将是媒体受众的主流，我们也想听听90后的心声。"沈娜温言鼓励道。

思思看了看沈娜，又瞥了郑易一眼，啜了口果汁，想了想道："其实我们这一代，从小就是在网络中长大的，所以对我们来说，网络是世界的一部分，没有清晰的网络世界和真实世界的分界。对我们而言，网络世界更加自由，可以更真实地做自己，展示自己，或者观察世界。而网红，其实跟现实中娱乐圈的明星是一样的。明星通过舞台、银幕、电台让大家认识并喜欢他们的作品和表演。而网红，是通过网络展现自己，是虚拟世界的明星。二者只是展示的渠道和平台不同，并没什么本质的区别！不过网络媒体，可能提供了更大的展现空间和更多的可能性，创造出现实世界不可能存在的机会而已……"

思思一边整理思路，一边用好听的声音缓缓叙述着。方才的羞怯慢慢退去，透出不同于普通90后年轻人的成熟，迥异于郑易、沈娜、杜宇等人对90后恣意、随性的印象。

"思思，没想到你思想这么深刻！"郑易正色道，"时势造英雄，我们或许真的应该设身处地去思考，在网络时代成长起来的90后的思维和行为模式。思思,今天受益匪浅哦!"

"师兄,别别……我随便乱说的!"思思瞬间破功,又回到之前小女孩儿的样子,害羞、开心、被认可的激动,五味杂陈,把脸涨得红红的,好生可爱。

第三章 爱情来了,还有收视奇迹

收视奇迹

新版《超级周末》播出了,又一次创造了收视率奇迹,重新回到了全国第一的位置上,不但被新城电视台点名表扬,而且各大媒体一致给予了新版《超级周末》极高的认可。

而制作人兼主持人高飞,再次稳固了新城电视台娱乐一哥的地位。媒体报道中一致肯定了"超级家族"主持群的表现水准和效果,升级的栏目板块设置,再加上首期便邀请到了人气女星白若音作嘉宾,使得栏目播出后的收视率节节攀升。

超级家族的几位主持人,高飞睿智稳重,宋婵知性优雅,田菲儿鬼马麻辣,郑易幽默机智……不同个性的主持风格,就好比用甜酸苦辣咸不同的作料,烹饪出一桌美味的大餐。即便是主持方面稍显稚嫩的张扬,也以良好的外表和极佳的舞台功力,受到了大量90后女粉丝的欢迎。

18楼《超级周末》的办公室,高飞独自坐在自己的办公桌前,桌上摆放着助理收集的有关《超级周末》的所有纸媒报道,而电脑上也开着一篇篇相关报道的页面。他脑中闪过上午开会,台领导们对改版栏目的高度评价,啜了一口咖啡,微微一笑。

自从《星光现场》出台,不断威胁着《超级周末》的地位,他虽然表现得云淡风轻,但是内心的压力只有自己知道。即便在团队面前沉稳镇定,但是一个人独处的时候,高飞已经不记得多少次整晚失眠了。

记得早年带自己的师傅说过,一个电视节目,环节可以无创意,嘉宾可以不出彩,主持人可以表现普通,只要有收视率,一切都不是问题。高飞对此一直深以为然。这次改版为了收视率，高飞投入了自己所有的资源，无论是台面上的，还是桌面下的。

事实证明，"收视率是王道"这句话没错。这次改版成功，再次证明了自己的能力和价值，并让所有背后议论的人闭了嘴。

"超级家族"，高飞看着电脑屏幕上的主持人团队照片，多主持确实是一步好棋！尤其是郑易，说实话，高飞对他真是刮目相看，且不论现在郑易在网络上的人气，他作为主持人的素养、应变、谈吐、形象，都颇为不俗。

"不过，还是再敲打敲打吧……"高飞暗暗道。

此时的郑易，正歪在家里的床上，看着电脑里自己微博 ID 下的评论。对于突然变成"网红"这件事，郑易还没有完全适应。自己的私人微博，虽然早就有了账号，但一直不太发帖。直到最近，才被领导勒令好好打理。

发微博、与粉丝互动，变成了郑易工作的一部分。随之而来的，是他的粉丝数很快突破了七位数大关。

作为传统媒体工作者，他原本并不太注意新媒体。大部分传统媒体人都觉得，网络媒体是民间草根分享互动的世界，跟传统媒体相比，无论严肃性、专业性、影响力、公信力，都有云泥之别。而这次发生在自己身上的事件，却让他猛然意识到新媒体的力量已经强大到对传统媒体产生直接影响的程度。网络媒体，拥有比传统媒体更加强大的勃勃生机。再加上林思思对于网红和新媒体的阐释，更对郑易产生了不小的震动。

他仿佛打开了一个新的天地。突然，他对"网红"的成长规律以及网络媒体和网红的相互影响模式产生了浓厚的兴趣。

就说"毒舌 Baby"，她的微博内容，从郑易的角度而言，充满了很明显的主观性，与新闻学客观中立的原则内容背道而驰。如果在传统媒体上使用当前网络流行语言，肯定不合适。而这种充满个性、立场鲜明的话语，在网络世界里，却更能引起观众的共鸣。

如果说传统媒体是中规中矩的印刷字体，追求标准和精确，那么新媒体便是各种手写的书法，虽说带有缺陷和差异，却更能让人感受到生命力和色彩。

在新媒体中，每个人都可以尽情地展现自己的立场和观点，喜欢就是喜欢，讨厌就是讨厌。而每一个网民，作为网络媒体的最小单位，更可以主动地参与互动和传播，这在传统媒体中几乎是不可能的事。

郑易看着"毒舌Baby"微博里的文章和影像，其犀利、诙谐并带有戏剧性的表述，让人捧腹之余又有着莫名的共鸣。郑易突然对这个在微博另一边的女孩儿充满好奇，不由自主地打开了与"毒舌Baby"的私信对话框。

"您好！我是郑易。感谢您一直以来的支持！不知可有兴趣线下碰个头，一起喝杯咖啡，认识下？:)"

私信发出后，郑易刚将手机放下，只听"嘟"的一声，手机提醒收到一条微博留言，打开一看，是"毒舌Baby"的回信。

"郑大胆竟然私信我了！好激动啊！！"
"Baby好！"
"☺☺☺"
"非常感谢支持！想请您喝一杯咖啡，不知Baby可否赏脸？"
"啊？郑老师是想和我约会吗？好害羞……"
"您别误会，只是单纯想认识一下，没别的意思。"
"啊？没别的意思？好失落……"

郑易被网络上这种亦真亦假的"调戏"弄得有些哭笑不得，一时不知道怎么回答，却又偏偏觉得对方非常有趣，就更想认识这个神秘的"毒舌Baby"了。

"当然，如果郑老师正式约本宝宝见面，本宝宝说不定会答应哦……现在么，嘻嘻😊😊"

微博的另外一边，一个长发女孩将手机合上，扔在电脑桌上，用力抱着怀中的玩偶，将脸深深地埋了进去。

爱情来了

魔都希尔顿酒店套房中，白若音穿着一身休闲运动装半躺在沙发上，秀发披散下来湿漉漉的，还带着香波的味道，一手撑着头，一手翻看着几份剧本。

"宝贝儿，这是我们挑选出的几个剧本，你可以看看。这两个时装剧《新城爱情故事》、《前任与前任》的风格和内容很适合你，应该说是为你度身订制的。尤其是《前任与前任》，导演也指明希望你演女一。还有一个是民国戏《京华梦》，人文味道比较重，有一定挑战，但开价是最低的。"

经纪人Kevin侧坐在白若音对面的沙发上，向她讲解着剧本的区别。眼前这个女孩儿从出道以来，就一直由他跟进。在他看来，白若音聪明、灵气、上进、努力，再加上自身的相貌身材演技优势，确实具备了成为超级明星的所有要素。

然而演艺圈是名利权色的集中地，只有这些要素是不够的，更重要的是运气和手段。即便白若音现在被封为当红的"四小花旦"，但依然还有很长的路要走。随着90后乃至95后更年轻漂亮的女孩儿不断出现，若不能给观众一点新鲜的刺激，很容易出现不进则退的情况。

"宝贝儿，你觉得怎样？" Kevin又轻轻问了一句。

"Kevin，你怎么看？"

"我觉得，这几部戏我们家宝贝儿都没问题。最简单的是《前任与前任》，本子不错，导演不错，开的价码也不低……"

"不过我对《京华梦》更感兴趣哦！"

"《京华梦》,民国戏,我们家宝贝儿穿旗袍一定很漂亮。不过听说导演很挑,而且题材有点厚重,挑战不小呢!"

"嗯,让我想一想吧……"

"好,这两天你也累坏了,先好好休息,睡个美容觉,我们明天再讨论。"

"好呀。"

"我也得回去敷个面膜,这两天熬夜熬得我皮肤也差了……"

白若音看着 Kevin 絮絮叨叨地离开自己的房间,慵懒地仰面倒在沙发上,眼睛望着天花板定定地出神。

突然想到了什么,白若音眼睛一弯,嘴角上翘,翻过身卧倒在沙发上,打开手机微信,找到郑易的朋友圈,只见 3 分钟前郑易刚发的朋友圈,照片里一壶清茶,边上放着一本繁体版的旧书,微信上写着:

"难得清闲,复读《闲情偶寄》……"

白若音打开与郑易的私信界面,打了几个字:"《闲情偶记》是讲什么的呀?"想了想,又将这几个字删掉,打开百度,输入《闲情偶寄》,仔细看了看介绍,重新留言道:

"偶得的闲情才更见珍贵!李渔先生的八部,你最喜欢哪部分啊?"

发送信息之后,白若音又打开郑易过往的微信,一条条地看着。工作、读书、练字、喝茶、踢球……如此有滋有味,白若音不由得有些羡慕!作为明星,虽然生活在闪光灯下,自带光环,可又有谁知道,女演员的生活是何等枯燥乏味。

公众人物,在享受名与利带来的物质生活之余,也失去了人最基本的权益——"自由"。很少有名人能如普通人一般享受自由的生活,只要在公众场所,都有无数眼睛盯着,稍有放纵,便可能形象尽毁。

于是,女明星极少的休闲时光,除了美容护理、就是名品购物。好一些的,将健身运动发展成兴趣,又或者买很多碟片,一边消遣一边学习。生性浪漫的白若音,是多么想跟普通人一样去街边吃个烧烤，或者在星巴克呆坐着喝杯咖啡，甚至漫无目的地在街上逛逛也好。但这一切，只能是奢望！

当看到郑易在微信朋友圈里吐槽因为变成网红而常被围观或索要签名时，白若音眯起的大眼睛里射出恶作剧得逞的光芒。哼，本小姐还要让你变得更有名，看你到时候还是不是那么清高！于是，她眼珠一转，又在这条吐槽的朋友圈内容下点赞并留言："别担心，慢慢会好的，以后你就习惯了！"

写完这句后，白若音嘻嘻笑了起来，心情也格外好。

离开微信朋友圈，回到私信页，白若音看到了一条回复，果然是郑易！

"你也喜欢这本书吗？八部都不错，不过《饮馔部》和《颐养部》更值得现代人学习。你呢？"

白若音重新打开百度，仔细看了八部的介绍，回复道："小女子当然喜欢《声容部》啦。没想到郑大才子还是个老夫子，那么注意养生啊。"

"也就是随便看看，很少有人知道这本书，没想到白老师也喜欢。"这次郑易回复得很快。

"我也就随便看看，大都一知半解而已。对易哥来说，应该很简单吧？"

"这本书是半白话撰写的，读起来不算难，不过要想把内在的意思揣摩明白就很难了。"郑易回复到这里，对这位人气"四小花旦"之一，有点刮目相看了。原本以为女艺人没什么底蕴，也就是关注个珠宝、衣服、鞋子、包包之类的，却没想到也会有爱书之人。

"好呀，若有不明白的地方，易哥有机会帮我解释一下吧。"

"成，没问题。"

"易哥，平时经常看书吗？"

"嗯，习惯了，喜欢在包里随时放本书，有时间就看看。"

"你也喜欢纸质书吗？"

"是的。你也是吗？"

"嗯，虽然手机看书方便，但一来伤眼睛，二来还是看纸质书有感觉。"

"我也是。"郑易表达强烈的同感。

"不过现在看书少了。一方面时间少，另外一方面也疏懒了，看书念头不如以前那么强烈。"

"说实话，我也一样。"

"我挺想去那些读书会的，好像经常会相互介绍和推荐一些书籍。可惜，我没法去。"白若音想起郑易朋友圈里一些读书会的照片。

"读书会也要看的，很多其实效果也没那么大。看书，虽然是好事，但是看得太多也未必就是好事。"

"为什么这么说呢？"

"嗯，我举个例子吧，例如中医里面说，人摄入食物，分进食、消化和运化三个部分。进食就好比是看书，不是吃越多就越好的，吃太多会消化不良。消化，就好比看书后的理解吸收，但是理解吸收之后，也不代表能成为属于自己的部分。运化就是这个意思，将消化的精微物质，也就是营养输送到全身才好，否则囤积在肠胃里或者带脉，人就会发福……"

"易哥，你还懂中医啊？"

……

郑易关上微信，一看时间，已经快傍晚了。他也没想到会跟白若音聊那么长时间，心里感觉有点不真实。能跟万千男性眼中的女神私聊，他多少也有点小得意。

但是对白若音明里暗里的邀约，来自书香门第的郑易终究还有份矜持和防备。虽然时代不同了，而且自己还成为了娱乐主持人，但是对于娱乐圈的那点破事，郑易却有着天然的排斥和不屑。

虽说经过这次交谈，郑易对白若音的文化素养有些意外，但她毕竟是八卦狗仔的天然目标，两个人不是一个世界的，又何苦去惹不必要的麻烦？他又不是看到美女就迈不动腿的人！

桌上的茶早就凉了。郑易摸了摸有点饿的肚子，唤过摇头摆尾的

"三儿",随手戴上一顶蓝色有红纹的鸭舌帽,准备去吃点东西。刚关上门,郑易想了想,又重新打开门,回到房间内取出一副墨镜戴上。

新城的春日傍晚有些凉意,街上的行人三三两两,裹得厚厚的。一个骑自行车的大爷慢悠悠踩着踏板,车铃声响了一路。三个样貌时尚的年轻男女在街角拍照,女孩仰着头,满脸陶醉。年轻是资本,让这个有些做作的举动反而增添了一份玩笑般的可爱。

郑易在小区附近一家英式餐厅叫了份套餐,坐在露天的花园过道,"三儿"乖巧地蹲在他的身边。这是一条金毛公犬,黄澄澄的毛油亮干净,尾巴摇晃着,哈喇着嘴,想是闻到了郑易盘中猪肋骨的香气,眼巴巴地望着自己的主人。

郑易扔下一块带骨的肋排,看着"三儿"呼哧呼哧开心地啃着,郑易又想起了白若音发给他的小比熊的照片。还是修为不够啊,郑易摇摇头自嘲道。端起世涛精酿,让啤酒里可可和巧克力香味洗去口腔里剩余的肉腥味。

"嘟嘟",微博提示音响了。

打开微博一看,白若音在几秒钟前刚发布了新的微博:"重读李渔先生《闲情偶寄》,感谢郑大才子指点!小女子受益匪浅。"还附带了几张关于《闲情偶寄》的照片。

郑易快速扫过微博后迅速增加的评论,无非是夸奖白若音"才貌双全"、"有文艺范儿"之类。郑易突然感觉怪怪的!他深吸一口气,将男人的小得意、小虚荣压了下去,把啤酒一干而尽,一扯"三儿"的绳子,嗔道:"三儿!走了!看你现在胖的,该减肥了!小心找不到女朋友!"

娱乐圈的新闻和八卦,如同沧海的浪潮,层层叠叠,无穷无尽。郑易没想到,自己前一天刚与白若音聊了两句,第二天两人就又上了娱乐八卦杂志。

"白若音、郑易疑似偷偷交往!"

"白若音慕郑易才华,主动示好!"

"神女有心,襄王可有梦?"

每一篇文章还配上了白若音微博截图和节目中两人互动的眼神和对白。这让郑易再次见识到了网络媒体能量之大,才人辈出,文章言之凿凿,连自己都快相信了。面对纷纷议论,相比第一次,郑易已经坦然很多,也开始学会面对这种议论保持淡定,甚至对此享受了。看着自己日益增长的粉丝数量,郑易突然意识到,自己已经是娱乐人了。

"白老师,那几条新微博,你看到了吗?"

"看到了。"

"抱歉!您觉得我怎么回复比较好?总不见得让媒体胡乱猜测下去吧。"

"郑老师,在文学上,您是我的老师。但在娱乐圈,我经历的比较多些,别太在意。媒体人也就是在工作。我们就静看花开花落,云卷云舒呗。"

"好境界!"

"在您面前掉书袋,好紧张……没说错吧!"

"哈哈,没有,说得真好!我要向您学习!"

"也就是习惯了!太过顾虑这些议论,日子就没法过咯!"

"现在想来,也真难为您这样的大明星了。能保持这份心境,也是修为啊!"

"哈哈,修为谈不上,不过我们不用理会其他人就是了。对了,我最近在研究一个背景为民国时代的剧本,感觉自己还有很多不了解的。不知道郑老师能否推荐几本相关的书?"

"民国时代嘛,我也挺喜欢的!那是中西方文化融合碰撞最好的年代。书还挺多,入门的话,《剑桥民国史》可以看看。如果想了解历史背景的话,《北洋军阀史》比较全。不过我推荐《迷茫的诸侯》,讲西南军阀的心路历程,在封闭环境下放纵野心,发动战争与杀戮,成为了坐井观天的笑柄。如果想从经济角度了解的话，《军绅政权》挺独特。哦，对了，以上这些书都偏学术，还有一本乱世中平常人的生活，叫《银元时代生活史》，推荐必看，应该会对您有所帮助的！"

"谢谢啊，郑老师！太感谢了！这些书，网上都买得到吗？"

"哦，这我倒不好说，有些书是很早以前的。"

"这样啊，您在哪里看到的呢？"

"呵呵，我自己家里有。需要的话我借给你看，我可以快递给你的助理。"

"别快递了。哪天您方便，我请您喝下午茶，要谢谢您的推荐，也正好向您请教。"

郑易看到白若音的又一次邀约，有些迟疑。可是多次的拒绝再加上两人刚聊到不能为娱乐公众而活，让他一下子不好意思再拒绝了，况且借书还是自己提出来的。

还没来得及回复，白若音又发来一条微信。

"后天下午4点您方便吗？我想早点拜读您推荐的书，为新剧本做些功课。但晚上还有通告，只能这个时间溜出来。"

"好，应该可以。"

"太好了！那我们到时候见哦！我把手机号告诉您。"

"好的，我的号码你也留一下。"

"Yes！"微信另外一头的白若音一个后仰倒进沙发，两条大长腿在空中连续蹬着。

"哎呦喂！宝贝儿，你怎么了？这么高兴？"经纪人Kevin问道，一边快步走到房间的落地窗口，将帘子拉上，嘴里碎碎叨叨地说，"仪态！仪态！你可是女神，得注意形象，注意气质！万一被人拍到怎么办？"

白若音闻言，小蛮腰一挺，人顺势坐了起来，双臂交叉在胸口，单手托着下巴，瞬间换作优雅状，淡淡地看了Kevin一眼："你是说这样吗？"

"可不是嘛！真美！我们家宝贝儿就跟仙女儿似的！对了，啥事儿那么高兴啊?"

"仙女要下凡跟书生见面了!"

说着,白若音婷婷袅袅地站了起来,往卧室走去。

"啥?下凡?书生?"Kevin 有点蒙,看着白若音走进卧室将大门"砰"的一声关上,又叫了一声,"什么鬼?"

"唉,祖宗唉!"Kevin 一边碎碎念,一边收拾起被白若音蹬得满地都是的枕头和坐垫,却听"吱呀"一声,卧室门又开了,白若音探出半边身子,将一张便签反贴在门口墙上。

"这几本书,今晚帮我找齐,姐要做功课了!"

新城原法租界的一条小路上,梧桐成荫,街道两旁竖立着一栋栋老洋房,安静温馨,与相邻的商务区仿若两个世界。一栋旧公馆的阳台上摆放着若干张桌椅,到这儿来的大都是金发碧眼的老外。

郑易坐在阳台边上,阳光照射在身上,让人暖暖洋洋的,仿佛时间也慢了下来。他没看手机,只是定定地看着阳台下来往的车辆和路人,恍惚间有种从人间抽离的旁观感觉。

"郑老师!"耳边传来了好听的声音,同时肩上被人轻轻地一拍,一下子将他唤回到了人间。

郑易转头一看,白若音俏生生地站在他身后。一身长裙加上素白的衬衫显得格外古典婉约,盘起的长发显得脖颈更加修长。

"想什么呢?"白若音微嗔道。

"呵呵,都是太阳惹的祸!"郑易微微一笑,站起身来帮白若音拉开椅子,"不过,能够什么都不想,发发呆的机会不多啊!"

白若音道了声谢,轻轻坐下:"这倒是,说起来还是我打扰你忙里偷闲了!"

"偶寄闲情嘛……"两人相视一笑,彼此感觉亲近了不少。说着,郑易向侍者点点头,示意茶点可以上了。

"哦,对了!"郑易一拍脑袋,从随身的包里取出了几本书,递给白若音,道,"先把正事儿交代完,省得待会儿忘了。之前推荐的几本书都在这里了,你可以先看,有什么问题可以随时问我。看完,我再推荐你别的。"

"太好了!"白若音开心地接过书本,查看了书名,并且翻看了几页放下,笑着对郑易说,"感谢郑老师借书之情!小女子无以为报,只准备了一样小小的礼物,还望郑老师莫要嫌弃!"

说着,白若音从自己的手提袋中,取出一个包装得十分精美的小礼盒,双手递给郑易。

"那么客气,让您破费了!"

"打开看看,是不是喜欢?"

面对着白若音期待的眼神,郑易打开了包装盒,原来是一副墨镜。

"墨镜?"

"是的,我想着您出门会有需要。这个牌子也是我代言的,我是根据您的脸型,亲手为您选的。您戴戴看喜不喜欢?"

"哦,好啊!"郑易笑着戴在脸上,问道,"怎么样?"

白若音的眼神在郑易脸上微微一呆,墨镜配合郑易的脸型和两道浓浓的剑眉,儒雅中透着英气。

"怎么?看呆了?"郑易笑着又追问了一句。

"太帅了!"白若音俏脸微微一红,低声说了一句。又拿起手机道:"来,我给你拍一张,你自己看。"

说着,白若音站起身来,找了各种角度和位置,给郑易拍了七八张,方才罢休。

"让我看看!"郑易忍不住凑过身去,一起挑选着照片,"这张不错……这张也不错……嗯……这张也行!"

等挑完照片,郑易才猛然醒悟自己离白若音有些太近了。白若音身上好闻的香水味和白生生的脖子,让他心头微微一荡。

"咳……"他连忙坐回位置,"这副眼镜确实挺适合我的!谢谢啊!这几张照片也发我一下呗。"

"您喜欢就好!"白若音似乎察觉到他少许的局促,嘴角微微一弯道,"照片嘛,现在还不能给您,我还需要 P 下图。"

"不用啦,我一大老爷们儿,没那么讲究。"

"那可不行!怎么说这也是我的摄影作品,我得讲究!"

"好吧好吧……那我等大摄影师的作品!"

"嗯……"白若音甜甜地笑了。

侍者端上了三层的 HIGH TEA,虽说分量不大,但是精致细巧,甜香扑鼻。白若音看了眼睛一亮,笑道:"您也喜欢这里的 HIGH TEA?"

"其实还好。你不是说今天来不及吃晚饭吗,所以我点了这个。下层的三明治不错,可以当晚饭垫一垫。"

"好呀,谢谢!不过等一下哦。"白若音说着从包中拿出手机,对着桌面上的各色茶点好一番拍摄。

郑易好笑地看着她。这个粉丝眼中的大明星,如同小女孩儿一样认真地调整着角度和光线:"现在我总算知道你网上晒的照片是哪里来的了……"

"平时工作辛苦,没时间,也没机会吃点好吃的。就算有,忙的时候也没心思。现在是休息的时候,当然不能亏待自己啦!"白若音冲着郑易皱了皱鼻子,又带着点小得意地道,"可我就是吃不胖!"

"喂喂!你这是拉仇恨的节奏!如果是以前那种论坛,我肯定留言,楼上是炫耀帖,鉴定完毕!"郑易笑道。

"讨厌!男生这个时候不是应该接上话题,称赞女生身材好的吗?"白若音冲着郑易瞪着眼睛,不满道。

郑易摸了摸鼻子:"唉,那是因为你不明白,这句话对于我们这种吃货来说杀伤力有多大……"

"你的身材很好啊……"

"嗯,过奖过奖……你也很好!"郑易一本正经地欠身抱拳,然后突然一抬头,愣愣地看着白若音,"怎么感觉咱俩的对话这么奇怪?"

噗哧……白若音掩嘴轻笑:"不愧是综艺大咖,这张嘴真是……"

"呵呵,什么大咖,也就刚开始而已!"

"不是啊,我就觉得你特棒!尤其是之前你去《星光现场》代班救场那次，我真是太佩服了！"

"那是被顶在杠头上了。台上没觉得，下来之后是一身冷汗啊！"

"郑大胆也会怕吗？"

"其实也会的……"

"那天，具体是什么感觉？"

"大明星也这么八卦呀？"

"讨厌！快点跟人家说说啦……！"

见白若音满眼期盼地看着自己，郑易开始讲述当天事情发生的前因后果。不俗的口才，将原本就跌宕起伏的事情，讲得更加精彩纷呈。看着眼前的大明星如粉丝一般，带着崇拜和惊叹，聆听自己得意的战绩，那份他时刻警惕着的虚荣心，不由得慢慢升起，充满胸膛。

两人的话题从工作到爱好，从旅游到文学，又到过往经历……大多数时间是郑易在说，白若音聆听。郑易原本对演艺明星的看法不太好，认为这些人虚荣而浮躁，没有什么文化底蕴。但没想到，白若音竟然对他今天所说的这些高深内容表现出了极大的兴趣，不禁对她又多了几分好感。相谈甚欢的时间总是过得很快，不知不觉天色开始暗了下去，白若音因为后续还有安排，不得不离开了。

郑易刚回到家，白若音的微信就到了：

"今天过得很开心！期待下次见面。说好的民国服饰展哦……"

"好的，没问题！"

未来的王牌主持

郑易没想到，自己前一天刚与白若音见面，第二天两人就又上了娱乐八卦头条。

"白若音、郑易约会，疑似正式交往！"

"白若音、郑易共进下午茶，举止亲密！"

"白若音神秘男友，疑似综艺才子主持郑易！"

每一篇文章还配上了两人一起下午茶的照片。虽然只是从街道的另外一边拍摄过来，看得并不清晰，但郑易却知道那的确是自己。

更有一个新浪的大V账号"狗王之王"，以精准挖掘推理娱乐圈明星八卦闻名网络媒体，更是在这张照片的基础上，还贴出白若音微博上晒的美食照片以及郑易的车牌号等信息，来增加证据。这让郑易再次见识到了，网络媒体上奇葩怪咖才人辈出，文章言之凿凿，连自己都快相信了。

不过相比郑易，白若音显得坦然和随意得多，即便面对记者的采访也不躲闪和否认，落落大方地承认与郑易是私底下的好朋友。既然白若音这样的明星也不介意，郑易觉得也就没什么了。只要白若音还在新成，两人都会相约见面。虽然常常会有八卦记者跟拍，但是照白若音的说法，就当增加曝光度呗。

即使尽量保持低调，但是随着两人的往来增加，越发逃不掉无处不在的媒体记者和粉丝的关注。不同于其他明星艺人夜店、酒驾或者糜烂的私生活，媒体记者们总是在艺术展、音乐会、博物馆、话剧场等地方见到两人。而随着报道文章的增加，无论是媒体还是公众，对于这才子佳人的组合很是追捧。于是，无论白若音还是郑易，都是人气大增。

白若音就不说了，自从通过了《京华梦》剧组的选角，入了那位以严肃、较真闻名的导演的法眼，立刻从四小花旦中脱颖而出，成功地向文艺范儿演技派女星转型。

再加上郑易的原因，媒体都将其视为半个自己人，频频通过郑易对其发出综艺节目的邀约。只要是郑易开口的，白若音便会尽力出席，因此得到媒体综艺界的支持和炒作，人气更是一路飙升。

同样，郑易也因为白若音的原因，结识了更多演艺圈里的艺人。白若音圈内的人脉，再加上郑易幽默的性格、内秀的才气，与诸多艺人迅速建立了良好的私人关系，替《星光现场》和《超级周末》约来了不少当红艺人。

与《超级周末》代班，或者因网红事件的突然成名不同，郑易现在是全方位地成名。无论他在娱乐圈的人脉累积、艺能功底，都已经沉淀下来，足以支撑他暴涨的人气。其幽默、睿智、犀利的主持风格，得到了众多粉丝的喜爱，被称为最有资格接棒高飞的新生代主持第一人。

在白若音的帮助下，生性耿介的郑易，也开始主动适应娱乐圈的种种生态。私人派对、时尚晚宴、公益酒会、时装发布会等参加的机会也多了起来；他从原本的格格不入，到慢慢地"和光同尘"，从原本连明星都认不全的新闻人，变成了娱乐圈的八卦、内幕、典故耳熟能详的娱乐人。

虽说郑易是抱着"既来之则安之"的心态融入娱乐圈的，但真正能入能出的又有几人？早先的警惕与清醒，不过是因为还没有尝到名利场虚荣浮夸的滋味罢了。

然而，郑易得意，自然就有人失意！同为《超级周末》新人主持的张扬，凭着自己良好的外形条件和舞蹈、歌曲、模仿技能等，也赢得了众多粉丝的关注和业内的好评。但是，有郑易的珠玉在前，张扬再怎么努力也只能黯然失色。

张扬的粉丝们或许也能体会张扬之苦，纷纷在微博和粉丝团中力顶，声称张扬并不弱于郑易，只是后者因白若音的绯闻才人气大增，胜之不武。看着粉丝们的支持和辩解，内心骄傲的张扬在想：是啊，我比郑易更有才艺，外形更符合现在花样美男的审美观，除了没有白若音的绯闻，什么地方比郑易差呢？

"易哥，能帮我签个名吗？"

"易哥，能跟我一起拍个照吗？"

"易哥，我好喜欢你主持的节目……"

"易哥，下次我能来做你们节目的观众吗？"

……

郑易带着微笑，耐心地一一满足了粉丝的要求，并龙飞凤舞地为他们签上新练就的签名。这已经是第三批了。成为明星主持人之后，郑易的私人爱好也被点点滴滴暴露了出来，宝莱纳精酿餐厅也成了郑易粉丝们的聚集地。今天本来是他和杜宇、沈娜、思思过来聊天吃饭的，却被热情的粉丝频频打断。

"哎，刚才说到哪里了？"郑易转过身，看着杜宇揶揄的眼神，不知为啥有点心虚。

"老郑，现在真的是当红名人了！瞧你刚才签名那架势，啧啧！"杜宇略带嘲讽道。一伸手取下郑易脸上的墨镜："这墨镜不错唉！大明星送你的？"杜宇一边说着，一边架在自己的鼻梁上，朝思思和沈娜看去，"有这么个故事你们听过吗？说森林里有一群小野猪在开会，商量怎样才能不被猎人发现。结果左思右想，烧坏了好几个猪脑子都没想出办法来。突然，有个最小的野猪跳起来说：'我有办法了！戴上墨镜就发现不了了。'"说完，把墨镜往下一拉，露出眼睛，看向大家，几个人却没什么反应。

思思嘴一撇："好冷啊！"

杜宇抬手往上一推墨镜，继续道："瞧瞧我戴怎么样？是不是也特有明星红人的感觉？"

"有点野猪相！"思思揶揄道。

"哎，郑易，你真以为戴上墨镜别人就认不出你了吗？"杜宇不依不饶地追问。

"唔，这倒不是，但好歹感觉自在一些吧，不然人人都盯着你看，你这目光真不知道该往哪儿放！"显然，这样的问题让郑易有些尴尬。

"好啦，杜宇，难得大家聚聚，好好放松一下。"沈娜温言劝道，"很多事小易也是身不由己的，为了工作嘛！"

郑易感激地看了一眼沈娜，正要说话，宝莱纳店长 Malon 走上前来。

"易哥，这是我们新调制出来的鸡尾酒，请大家尝尝。你可给我们店带来不少人气啊！"

"谢谢，谢谢……"

"方便我给几位拍个照片吗？易哥也好久没来了！"Malone 说着拿

出手机。

"可以啊,我们一起吧!"郑易招呼众人。

"不用,我太胖不上照,你们拍!"杜宇还是有点不高兴。

"行啦,杜宇,一起拍吧,"沈娜一把扯住准备离开的杜宇,对他说,"难得大家聚在一起,别扫兴!"

"是啊,宇哥,一起吧!您现在的《我在现场》也特别火,我们小店啊,您也多多帮衬!"Malone笑道,"最近店里新进了一款苏格兰过桶精酿、一款美式IPA,您是行家,也给我们点评点评!"

"哦?那成……"

"好嘞,一二三……Cheers!"

"好,不打扰你们了!啤酒给您一会儿上,有需要随时招呼!"Malone拍下几人的合照,心满意足地离开了。

等Malone离开,郑易殷勤地站起身来,将酒杯一一分给沈娜、杜宇、思思,说道:"那啥……借花献佛,敬大家一杯!这阵子实在是忙,忙得自己也莫名其妙。杜少,缓过这阵子就好了……今儿我埋单,给大家赔罪啊!"

"明白的,开个玩笑!自己注意身体倒是真的,你多久没踢球了?我们球队还等着你回来呢。你不来,那几个小子可嚣张呢!"四人碰了一杯,杜宇道。

"成,没问题,等俺重出江湖!"郑易心中一暖,玩笑道,"不过,看你这样子,啤酒肚貌似又大了。等爷回来,你还跑得动吗?"

"喊,怎么跑不动?而且咱向来是靠技术踢球的,瞬间爆发过人,怵过谁?倒是你……"杜宇放下杯子挤眉弄眼道,"你行不行啊?你跟白若音,现在什么情况?注意节制,保重身体啊!"

"可别乱说哦,我跟若音也就是好朋友,什么都没有啊!"郑易一脸正经的样子。

"少来!你是典型的有异性没人性,把我们几个冷落了,居然还说没什么情况。"

"哪有啊,就是工作呗。若音介绍了不少她的朋友,参加她们圈子里的一些聚会什么的。大家混熟了，邀请参加节目也方便嘛。"

"那演唱会那次呢？媒体可有报道，就你们两个一起去的……"

"哦，那是若音朋友的个唱，我们去捧场而已。也有其他朋友的，记者只是没拍到。"

"这样啊？没劲！"杜宇一脸八卦没满足的样子。

"是啊。"郑易暗暗擦了一把汗，有个做新闻记者的朋友，可真不好糊弄啊。

"那去民国服饰展那次呢？"在一旁的思思突然问了一句。

"对呀！不止民国服饰展，还有原创话剧、海派画展那几次呢？"杜宇又兴奋起来，眼中闪烁着让郑易心虚的光芒。

"这个……"郑易看着几个人，不知道是因为心虚还是什么，总觉得思思的眼神怪怪的。而沈娜虽然只是微笑聆听，却总透着一种意味深长的表情。

"这总不是圈中朋友捧场了吧？来来来，从实招来……"杜宇饶有兴趣地逼问着。

郑易苦笑着说，"啊，是，因为若音喜欢，所以陪她去看看。既然大家都对这些展览感兴趣，那就一起了！"

"我也有兴趣，你怎么不叫上我？"杜宇嗤之以鼻道。

"少来，你什么时候有兴趣过？"郑易侧过脸表示鄙视。

"我现在有兴趣了，不行啊？"杜宇不甘示弱。

"师兄，我也是……"思思弱弱地加了一句，脸色红红。

"思思……"

"呵呵，我也是……"沈娜也凑趣地跟了一句。

"哈哈，瞧见没？来，我们仨走一个，不带这个有异性没人性的家伙！"杜宇举起杯与沈娜、思思碰了碰。

郑易顿时垮下脸来，苦笑着对几人举手投降："好吧好吧，我错了！下次一定叫你们一起……"

"这还差不多！"杜宇见郑易服软了，一脸胜利后的得意，"别说兄弟不厚道，只要你承认你们两个真在发展，我们就不为难你，怎么样?"

郑易暗呼厉害,坦白道:"好吧好吧,确实有好感,谁不喜欢美女呢?不过真没到那一步,而且人家有大把富豪追求,哪儿轮到我!"

郑易举杯与三人碰了碰,求饶道:"几位,我干了,你们随意,就放过我吧。"说着,一口干掉杯中的鸡尾酒。

"算了,放过你了。"杜宇也陪了一杯。沈娜平日很少喝酒,沾沾唇意思了一下。而平日文静的思思,居然也一口喝干,却被呛得咳嗽不止,小脸涨得通红。

几人手忙脚乱地帮思思平复后,郑易道:"别说我了,说说你们呗。"

杜宇又叫了一杯啤酒,正色道:"最近我在找题材,想对现在最受人关注的食品安全问题做点调查和挖掘。"

"这一直是热门选题!有方向了吗?"

"嗯,我想从专业性更强的食材方面入手,奶制品、食用油、快餐三个领域受众面最广。国家管控已经很严了,但我觉得还是存在很大的问题。"

"杜宇,这个选题方向是不错的,不过会牵扯到一些有背景的大企业,要小心一点!"

"知道,娜姐,我会的。"

"锁定目标企业了吗?"

"嗯,有几家,在做功课了。目前收集到一些消费者投诉信息,先去采访,之后再具体选出一家。我还在想,或许可以做一个大系列!"

"杜少,选题真心好!可惜我不在新闻频道了,否则一定跟你一起做。有什么需要哥们儿帮忙的,尽管开口!"

郑易跟杜宇碰了一杯,心里有点羡慕。虽然自己也成名了,但一直有种做梦的感觉,空落落的不踏实,好像随时会梦醒成空。反而是杜宇离一直以来的新闻梦想正一步一步地接近,这种踏实的感觉是自己没有的。

"宇哥，加油！"思思也敬了杜宇一杯。

"乖，宇哥会的！思思也加油！"

"对了，老郑，高飞那里怎么样了？听说你们吵架了？"

"谈不上，就是有些分歧，他怎么对我都无所谓。不过我好不容易邀请的宋嘉欣，人家也答应了。高飞却要我跟她说，推迟一期上节目。这我怎么说啊？"

"宋嘉欣，你也认识啊？"

"嗯，也是若音的朋友。"

"好久没看到她的作品了。"

"是的，之前休息了一段时间，最近有几部戏在拍，所以也愿意来我们节目做通告。"

"那不错啊！可高飞说了推迟的原因吗？"

"他没告诉我，只是说那一期宋嘉欣不能上，可以等下一期。可是，也要人家宋嘉欣有档期啊！"

"这倒是，明星都很忙的。"

"是呀，而且这事儿是若音打招呼的，这样子我都……"

"小易，这件事我知道为什么。"沈娜道。

"娜姐，你知道？"

"为什么啊？"

"那期节目，宋嘉欣确实不适合上，她跟其中一个男嘉宾谈过恋爱，甚至差点就结婚了。具体哪个，我就不说了。虽然不知道为什么最后没有结成婚，不过之后两人就闹得挺僵的。"

"啊？还有这回事？谁啊？"

"这么夸张，我们怎么不知道？"

"那个时候说的宋嘉欣海外产子，不会是真的吧？"

"什么海外产子？"

"你不知道？"

郑易愣了一愣，脸色有点不好看："娜姐，你说的是真的？"

"嗯。所以高飞不让她上，是有原因的。"

"那他怎么不告诉我？直接说不就完了嘛。"

"小易，这事儿，自然知道的人越少越好，他怎么跟你说？"

"……"

"小易，你现在人气不错，不过毕竟沉淀还不足，是新人，能做到现在这个程度已经是光速了。但娱乐圈水太深，里面门道很多，飞哥已经在圈里十多年了，他那里还有很多东西可以学。你之前代班那次，什么情况都不了解，反而是一身轻松，结果居然歪打正着，把一个难度很高的局给破了。"

"等一下娜姐，你已经是第二次和我说代班的事情是个局了，究竟怎么回事啊？"

"也没什么，主要还是我们准备不周，没你什么事。"

"可是……"

"现在的你已经不一样了，我现在不担心你的能力，反而担心你发展太快。要继续沉住气！毕竟，高飞是前辈，也是制作人！"

"知道了，娜姐。"

第四章　抉择

愚己娱人的忧伤

新城电视台，演播室里照常热闹。穿过一条长长的走廊，工作人员正在紧张地垂挂一张巨大的蓝色幕布，差不多把整个演播厅包裹了起来，幕布上点缀着数不清的白色小星星。

有一个人撩开了幕布的一角，光亮从缝隙中透露出来，混杂着舞台上的七彩灯光，渐渐地，那块角越变越大，音乐声、笑声、吆喝声扑面而来。一个女孩儿的身影从光亮里走出，看不清脸，但马尾辫、七分裤，手上抱着文件夹，步履轻快，正是思思。

实习期加上转正，思思也在电视台快一年了。她原本就好学勤奋，反应又快，加上多做事、少说话的性格，赢得了电视台同事们的好感。在沈娜的调教下，她慢慢地可以独当一面处理各种事务。

"师傅，幕布还需要多长时间挂好？"思思仰着头，询问前方正在忙碌的工人。

"很快就好了，只差固定边上那个角了。"工人顺势紧了紧身上的安全带。

"好，辛苦您了！注意安全。"思思说完，并没有离开，而是继续看了一会。正当她准备走时，手中的电话响了。

"张妮老师好！嗯……快弄好了……好。"

思思走到了光亮里，侧着头打电话，一会儿专注地听，一会儿又回头去看正在弄幕布的工人。马尾辫，黑框眼镜，柔和的光打在她的脸上，显示出特别秀美的轮廓和线条。

"思思，你在这儿啊？快来帮我忙。"主编薛小磊从舞台侧面走了出来，头发凌乱。

"好，薛老师，我这就过去。"思思挂断电话，轻快地跑了过去。

"对台本,你会吧?"

"我没做过,之前都是张妮、丁丁老师他们负责的。"

"丁丁还在田乐老师那里,张妮刚从高飞老师那儿出来,拿了点东西又回去了。看样子好像还挨骂了,都快哭出来了。"

"啊?这么严重啊!"

"可不是。最近飞哥心情可不太好,谁都不敢惹他。"

"好吧,那我应该怎么做?"

"我教你。整个节目流程你不是已经熟悉了吗?就是按照流程,详细告诉嘉宾,他需要做什么,可以做什么,要注意的是什么。我们设置的环节和具体要求,让他们都知晓。我今天实在忙不过来了,那边还有一个难搞的嘉宾在等着我呢。"

薛小磊边说边指着化妆间的方向:"正在化妆间的那个人叫周宇,你叫他小宇哥就行,是经常来我们节目的,很容易应付,今天就交给你了。"

薛小磊终于一口气把事情说完了。思思在一旁认真地听着,不时点头。

演播室通往化妆间需要经过一条很长的走廊,一拨舞蹈演员正在休息区吃饭。旁边的一张咖啡色的长条餐桌上,堆满了筷子和纸巾,另外一张被移开的桌上,放着四份没打开的盒饭,一滴残留的油渍顺着饭盒边沿滴落到了桌上。

有人在拍照。在他们身后,是一排新城电视台刚刚选出的"十佳主持人"的照片,他们在高飞的照片前面摆着各种各样的姿势。一个女孩看起来有些害羞,半推半就地勉强加入到其他人中间。

"高飞好帅啊!"

"是呀是呀!"

"不过郑易也很帅耶,可惜没有他的照片!"

"是呀,还有张扬!"

"嗯……我还是觉得郑易更帅!不过这里怎么没有他?"

"对呀,郑易我超喜欢的,听说他还是白若音的男朋友。"

"没有吧，听说就是普通朋友。"

"明星都这样说的，谁知道呢……"

"不过，感觉他们好般配哦！"

"我也觉得……"

思思听到后面传来两个姑娘的轻声嘀咕，她没有回头，只是心里有点不舒服，不由加快了脚步，很快来到演员的化妆间。

刚一推门，黄佐佐看到她，就笑哈哈地嚷了起来："哎呦，是思思啊！又是谁叫你来的呀？"

思思有些尴尬，小脸微红，但并没有显得惊慌："我是来和小宇哥对台本的。"说完，她礼貌地向坐在化妆镜前的周宇打招呼。

黄佐佐噗哧笑出了声，一把拉住思思，拖到自己身边，对着镜子里的周宇说："小宇，这是我们栏目刚来不久的思思，不过很聪明也能干，不许欺负她哟……"

黄佐佐又转身对思思说："思思，小宇交给你了，你们对台本吧。"

话音刚落，黄佐佐迅速扫了一眼化妆间，走到对面的化妆镜前，顺手把旁边椅子上的东西挪开，先推来一把椅子叫思思坐下，接着自己也推来一把，不由分说坐到了他们边上。

"我像是会欺负女孩子的人吗？"周宇笑道。

"你的脾气我还不知道？小姑娘来你就人来疯，越是喜欢就越来劲。我在旁边监督，以防你欺负她。"黄佐佐一脸认真。

"你太了解我了！没办法，本能反应……不过，思思小朋友，放心，我绝对不会欺负你的。这台本啊，咱们也不用对了，节目流程我已经很熟悉了。"周宇笑呵呵地摆摆手，把刚接过来的台本放到了化妆桌上，黄佐佐也跟着笑了起来。

思思并没有被这紧紧包围的阵势吓到，她只是跟着笑。等到黄佐佐和周宇的笑声停止，她才轻轻地开口说话："小宇哥，是这样的，节目的大致流程是没有变，但是，因为这次节目主题有变化，有些细节我还是要先跟您沟通一下。假如录制时出了差错，那是我的失误和责任，我可以承担，但是对您造成的麻烦，不是我承担就可以挽回的。"

黄佐佐没想到这个思思文文静静的，说话却如此条理清晰，不禁一怔。他一开始只是觉得思思性格不错，不惹事，做事认真，话也不多。但眼下，他觉得这个小女孩儿说话颇有点意思，倒是小瞧了她。

"你就好好对台本吧，别偷懒，不为难小孩子了。"黄佐佐推了推周宇。

周宇似乎也对刚才的话觉得不好意思，忙招呼思思继续工作。

舞台上，有人未醒，有人新醉，半醉半醒的人在迷惘中忘记了曾经信守的承诺。他们是在表演，又像是在展示自己的真实人生。在观众的痴迷注视中，你以为很快又进入了一场没完没了的梦，但总有人清醒着，打量着一切，心境洞明。

思思站在舞台观众席侧面，等待结束的倒计时，她接下来的任务是要引导观众有序撤出演播室。高飞和郑易的结尾脱口秀已经开始了，这是《星光现场》的新增环节，也是观众在期待嘉宾表演之外，最喜欢的环节之一。

"飞哥，问你一个问题。一只黑猫把一只白猫从河里救了出来，你知道后来那只白猫对黑猫说了什么吗？"

"不知道。说了什么？"高飞摇头问道。

郑易一脸正经："那只白猫说的是，'喵——'"他学起猫叫的声音，娇滴滴的，让人不免起了一身鸡皮疙瘩，模仿到第三声的时候，他再也忍不住了，自顾自地哈哈大笑起来。

观众席中也传来一阵哄笑，思思最初还保持着镇定，见身旁的观众如此开怀，也终于没有憋住。

舞台下的郑易，顶着演员田乐曾经在一部电影中的奇怪发型，穿梭在观众之间，时而搞怪扮丑，时而插科打诨，原本阳光帅气的模样增添了几分造作的滑稽。这是为了本期邀请嘉宾田乐而特别设计的。

田乐本是喜剧演员，长相古怪但是颇有人气，不料却跨界当起了歌手，发了一张唱片。他也是第一位来参加《星光现场》节目的人气笑星。

"这位姐，您觉得我今天这个造型好看吗？"郑易问旁边一个女观众。

"这……是不是那个牛魔王？很逗很傻的那个？……"观众并不认为好看，捂着嘴傻乐起来。

与此同时，舞台上的高飞开始一连串似善非善的嘲弄。

"郑易，这次造型不很成功嘛，观众都有点疑惑。不过我觉得好看不好看，你得问我旁边这个人。"

"蛮好看的，比我好看多了！"田乐上下打量，也乐了。

高飞没有放过他的意思："不过我觉得气场不够，不像牛魔王，倒像小羊肖恩。"

观众的笑声更大了！思思有点不舒服，而郑易依然保持着淡定自如的微笑："那我也心满意足了！至少看起来还是头能叫人认出来的名牌动物，所以也算我没白费功夫。记得田乐在电影里的角色为爱痴狂，不惜变成一头羊，博取女主角的欢心。我不会演戏，不会唱歌，没办法，只能靠装羊来博取各位一乐了。现在，小羊肖恩不说废话了，大家想让牛魔王给你们唱什么歌？"

舞台下应答声此起彼伏。有那么一瞬间，思思似乎察觉到了郑易脸上的忧伤以及隐藏在笑脸背后的无奈坚持。在思思看来，曾经的新闻调查记者做娱乐节目，能放下身段，打开自己，但又保持着自知之明，并不是一件容易的事。综艺娱乐，本身就是愚己娱人的节目，在嬉笑打闹的背后，充满了各种明枪暗箭。不能掉以轻心，又不能太过认真，这个尺度实在太难拿捏。

思思佩服之余，又有点为郑易心疼。

"小易现在主持得越来越有模有样了！"

思思忽然听到旁边有人说话，转头一看，原来是沈娜，一手拿着电话，一手拿着节目台本。

"娜姐。"思思礼貌地问好，然后低头看了一眼时间。

沈娜向她点头回应。见思思望了一眼手上的表,知道她担心接下来观众离场的秩序,说:"录制结束观众离场时,工作人员会拦住观众,你赶紧带着主持人和嘉宾离场。"

"好。"思思忙满口答应。

话音刚落,结束的音乐就响了起来。几个守在台下的工作人员快速翻上了舞台。同他们一道的,还有坐在第一排的几个观众。高飞和田乐很快就被人围在了中间,有人拿着本子请他们签名,工作人员努力维持着秩序。

台下更多观众见状,也陆续围上来想索要签名。思思悄悄地来到高飞、田乐、周宇等人身后,带着他们快速离场,由工作人员挡住要追过来的人群。

即将走进后台,思思突然发现,郑易那边,已经围了更多的观众。

"郑易……"

"郑易,我们好喜欢你!"几个女孩子在尖叫。

"郑易,给我签个名吧。"

"你们快快,帮我合影……"

思思看到郑易来者不拒,亲切地和每个人点头微笑,挨个接过越递越多的本子……只是随着人越来越多,他似乎有点招架不住了。思思刚想上前帮忙,被身后的高飞叫住了。

"思思,让他去。作为明星主持,回报粉丝是必须要做的工作,这也是成名的代价。不管是享受、还是工作,都是他要承担的责任。"

思思转过头,看到高飞眼中复杂的光芒,是不屑?是欣赏?是忌惮?还是嫉妒?

演播舞台的后角,郑易好不容易突破了包围圈,跑到了后台,长舒了一口气。他没想到观众会那么疯狂!受宠若惊之余,也有些惶恐。他当了那么多年记者、新闻主播,也获过很多奖,可是从没有如此强烈地感受到了被人喜爱带来的满足。

这便是当明星的感受吗?他不知道这是不是虚荣,或许是。只是兴奋之余，总有一些不踏实，不真实的感觉。这种感觉，如同饮酒一般，虽然尽兴纵情，但醒来之后更多的是无力和空虚。

在演员候场区，有两个女孩仍然不听劝阻，站在那儿，苦苦哀求希望郑易能帮自己签个名。一旁的保安显得有些不耐烦起来，大声呵斥着，叫她们赶紧离开。思思见势，忙上前招呼保安，要来她们的签名本，拿到后台找郑易签了名。送还本子的时候，还特意转述说郑易很高兴她们喜欢《星光现场》这个节目，感谢她们的支持。两人连声道谢，其中一个突然对着幕布后面大声喊道："郑易，我爱你……"

此时，幕布后的郑易正准备离开，听到女孩的大喊，他停了下来。茫然中，看着演播室的灯一盏一盏熄灭，看着思思朝他走了过来。

"刚才你为什么要帮那两个姑娘找我签名？"郑易有些好奇，平日里思思可不是一个喜欢多事的女孩儿。

思思脸上一阵燥热："我想我能理解她们作为粉丝的心情吧。"

"什么样的心情？"郑易感到疑惑。

"对自己喜欢的人那种纯粹的爱。"

"假如我太累，不想帮她们签名呢？岂不会让你很尴尬？"

"如果您太累，我会如实跟她们说，我想她们也会理解的。"思思站在那儿，像是在思索，"其实，我刚才也没想那么多。我只是觉得，师兄也许也很愿意帮她们实现一个小小的心愿吧。"

真是一个善良的丫头！郑易想。

虽然跟思思也认识一段时间了，但是这个丫头总是不断给郑易新的感受。从一个安静的普通女孩儿，到努力的工作态度，再到90后对于网络媒体的独特感触，时不时冒出的小毒舌。而现在，又在她身上发现一种自己没有的东西，一种没有包袱的纯粹。

郑易沉思着，却没发现自己凝视的目光让思思的脸更红了。

放下很难，重拾不易

新城每到夜晚便充满了灯红酒绿的华彩。就在这个城市最为知名的老外酒吧街边上，有一条安静的小路。或许是因为单行道和停车不便，行人车辆不多，清冷的路灯照射在小路两边的老建筑上，让人仿佛是在某个欧洲小镇中。

而在一扇不起眼的铁门背后，一条白色的石子路，穿过小小的花园，通往一栋三层的小楼。小楼悠悠地站立在那里，罩着一层绿色的藤蔓，格外雅致。

推开小楼的大门，楼上传来阵阵琴声，若隐若现，即便在这一方宁静的小院，不仔细听便会无缘错过。

正是经典古琴曲《鸥鹭忘机》。其典故出自《列子·黄帝篇》，其中的《好鸥鸟者》说："海上之人有好鸥鸟者，每旦之海上，从鸥鸟游，鸥鸟之至者百住而不止。其父曰：'吾闻鸥鸟皆从汝游，汝取来，吾玩之。'明日之海上，鸥鸟舞而不下也。"

而"忘机"一词，原本是道家语，意思是忘却了计较、巧诈之心，自甘恬淡，与世无争，所谓旧作"心无纷竞，淡焉光明磊落焉"。后人以此为题，谱《鸥鹭忘机》一曲，来表达"人能忘机，鸟即不疑；人机一动，鸟即远离"的意境。

古琴曲弹奏时，要求轻重自如、缓急由心，动中求静，静里忘机。可是楼上琴音虽然清丽，但段落转换之间，节奏缓急不定，琴音忽轻忽重。

小楼顶层的房间，清爽的明式风格。入口处用玄关挡住，房间里的东西不多，只是简单地摆放着茶桌、字画、博古架，窗边一架古琴。房间里只有两人，一位四十来岁的中年女子正坐在茶桌前，专心聆听着琴曲，身边的老铁壶中正烧着热水。

抚琴的却是宋婵。此时的宋婵，与工作时判若两人。一身白色棉麻制的禅服，配上蓝灰色的围巾，长发披散下来，也没有怎么化妆，只是淡淡地涂了一层粉，却更显清雅。曲子正到结尾泛音处，见宋婵素手轻点，如惊鸟起落，缓缓按下，止住了袅袅不绝的琴音，缓缓吐一口气，皱起的秀眉渐渐舒展开来。

"小婵，过来喝茶吧……"泡茶的女子轻轻呼唤道。茶荷里的茶叶倒入刚烫好的盖碗中，微微晃动后，打开茶盖，一瞬间清幽的茶香弥漫开来。

"慧姐，好香啊！"宋婵在茶桌前坐下，嗅着茶香，接过慧姐递过来的碗盖，凑到鼻尖。

"新到的老丛，先喝喝看。如果来得及，还有一道牛肉，一道红印……"慧姐笑着收回茶盖，晃了几下，放到鼻下细细嗅着，"不过，你手机来电震动好几次了，要不要看一下？"

宋婵拿起茶桌上的手机，只见来电显示都是高飞打来的。宋婵微微皱眉，犹豫着要不要拨打回去。

慧姐一边娴熟地洗茶、分茶，一边将洗好的品茗杯放到宋婵的面前，问道："有急事吗？如果不急的话，喝一杯再走吧。"

"没事，还是喝茶要紧！"宋婵咬了咬下嘴唇，用力合上手机，努力笑着道。

慧姐微微点头，没有多说什么，给宋婵面前的品茗杯注入茶汤，过七分而止，不多不少："开汤第一道……"

二人无语，只是静静地举杯品尝茶汤的滋味，一品其香、二品其味、三品其韵。一杯滚热的老丛茶汤入喉，宋婵只觉得茶气氤氲，满口皆香，心中的郁郁之气，似乎也随着这股清气消散了不少。

"好茶！"宋婵放下杯子。

"第二道……"慧姐一边奉茶一边道，"小婵，有心事吧？"

"没有啊……"宋婵低下头，仔细品茶，却不自觉地捏紧了左手的拳头。

"琴如心声，你也知道。即便再不动声色的人，也很难在古琴中藏住心事。第三道了，开始出味了……"

"慧姐，那么明显吗？"宋婵抬头望向慧姐。

"慧姐虽然古琴弹得不好，不过听得可不少，尤其是小婵你弹的。《鸥鹭》原本是你最喜欢的曲子，可是你也许自己没注意，气全散了，快慢、缓急、刚柔都乱了，还说你没心事？"

"慧姐……"

"好啦，我也不多问了。在这个城市要做到'忘机'几乎不可能，但至少抚琴或者饮茶时能暂时'忘机'。来，喝茶喝茶……"

"嗯……"

宋婵喝着茶，可是怎么也没有办法如往常一般集中在茶的滋味上，脑海中翻来覆去想着最近发生的事。

自从《超级周末》改版成功，高飞综艺一哥的地位再次得到巩固，自信心爆棚。但是，郑易的发展速度却超过了高飞的预计。由于网红事件和白若音的关系，加之郑易本身不断提升的才艺能力和综艺感，其惊人的成长速度，让高飞隐隐有了压迫感。而原本针对郑易的压制，也开始有了反弹。之前郑易为了宋嘉欣的抗争，更让高飞觉得，郑易已经快要脱离自己的掌控了。这使得高飞既没面子，又有些生气，更多的是忌惮。为了加强自己的掌控力度，高飞采用了抬高张扬抑制郑易的策略。一方面，不论是台前还是幕后都对郑易进行压制，而给张扬更多的表现机会；另一方面，安排一些人，通过各种渠道，流传出张扬不弱于郑易，只是没有"绯闻明星女友"的言论。

如今，全频道都知道高飞、郑易不和，可是这对两人来说都没有好处。高飞无法驾驭自己团队的新晋主持人，本身就不是一件值得骄傲的事。而郑易不顾提拔的恩情，顶撞自己的前辈伯乐，也在全台不少前辈眼中形成恃宠而骄的印象。

不光在台内，甚至不少娱乐八卦周刊，凭着敏锐的嗅觉，开始报道《超级周末》团队不和的说法，对节目造成了颇为不利的影响。

无论是为了《超级周末》，还是高、郑二人，宋婵始终在努力调和。一面安抚好郑易，一面努力开解劝说高飞，却因为帮郑易说了一些话，引来了高飞的不满。

同一时间，由于电视台广告招商即将举行，高飞更是努力地周旋于各大赞助商中。作为制作人，节目本身的质量相对好管控，而节目的广告、冠名、赞助等经营情况，才是高飞最大的压力。

就《超级周末》十年累积的品牌、人气和人脉而言，有兴趣冠名赞助的广告商并不少，然而实体经济的不景气，使得企业广告预算大幅缩减，再加上不断涌现的新兴节目，更是让广告主们有了更多的选择。

《超级周末》的招商再也不是以往朝南坐，坐等金主登门的盛世。为了达到预期的广告赞助指标，高飞带着宋婵频频参加各种饭局、酒局，这一切，让宋婵颇为无奈！可是为了工作，也只能勉为其难地坚持。

包括今天晚上，原本也是一场酒局，赞助商再次点名要宋婵参加，高飞没问过宋婵便满口答应。若是往常也就罢了，可这次的赞助商，"牛魔王"食品集团的董事长魏总，宋婵接触过。在前几次饭局上，魏总仗着高飞对冠名赞助的迫切，不但在饭桌上语出不逊，还对宋婵多番言语暗示挑逗，甚至借着敬酒占便宜，让宋婵极其厌恶！

昨天，宋婵已经明确向高飞表明自己不想出席，却惹来高飞的不满，并坚持要求宋婵今晚顾全大局，一定要参加。宋婵有委屈、有伤心，为了躲避高飞，连办公室都没有回，请假躲进了自己的"忘机小筑"。

忘机，忘机……谈何容易？

高飞又来电话了。宋婵看着手机屏幕中闪烁的信号，犹豫着要不要接听，心里乱乱的，脑海中满是魏总的嘴脸和高飞的逼迫……呼叫时间过了，短短的一分钟，却仿佛过了一世，又仿佛噩梦一场。

"换茶了，牛肉喝吗？"

慧姐的声音传来，宋婵又咬了咬下嘴唇，将手机关机，努力对慧姐笑道："好啊，好久没喝慧姐的牛肉了！"

手机的另一头，高飞站在外滩游艇会宴会厅的门口，转身避过工作人员和顾客的眼光，一次又一次拨打宋婵的电话，却只传来对方手机无人接听的提示音，又是着急又是生气。

背后的宴会大厅中，传来魏总的声音："高飞啊，小婵快来了吗？我们大家可都等着哦。"

"小婵，大家都等着你，赶紧过来吧。你不用担心其他，我会处理好的!"

联系不上宋婵,高飞无奈地连着发了一条微信、一条短信后,收拾心情准备回宴会厅。正在这时候,传来一个好听的声音。

"飞哥……?"

高飞转头一看,见一风姿绰约的女子向自己走来,一身合体的丝质旗袍,衬得曲线玲珑,身上的羊毛披肩显得性感雍容。

"飞哥,果然是你。好久不见了!"那女子来到高飞面前,微微一笑,露出皓白的牙齿。

"哦……是啊,真的好久不见了!"高飞看着眼前的女子,眼中射出复杂的神情。她正是早期《超级周末》与他搭档的、当年新城台王牌女主持方亚楠。

"是啊,一晃五年了!"方亚楠仔细打量着高飞,"飞哥,你真是一点都没变!"

"亚楠,你更漂亮了!怎么回来了?"高飞看着眼前的方亚楠。《超级周末》初创时,节目收视率也一度平平,而女搭档因为各种原因频繁更替,直到方亚楠出现。两人凭着说不出的默契,带着《超级周末》从一个特色并不鲜明、几乎泯于大众的普通综艺节目,变成了收视率排行第一的王牌节目,牢牢地占据了每周六晚八点的黄金档。新城最红的男女主持,一哥高飞、一姐方亚楠,成为所有电视观众心目中的黄金搭档。

然而,五年前,方亚楠突然向台领导递上辞呈,离开了《超级周末》,也离开了新城电视台,毅然北上前往首都发展,在首都电视台娱乐频道一个二三流的小节目担任主持。

当时,无论是电视台、报纸等媒体,还是喜爱方亚楠的观众都议论纷纷,想要知道究竟发生了什么。可是,无论是方亚楠,还是作为搭档的高飞,被问及原因时,都顾左右而言他。其中原因,似乎成了两人的秘密。而坊间传闻最盛的,是两人的感情问题造成方亚楠愤然离去。当然,真正的原因,也只有高飞、方亚楠两人知道。

"是啊,想你了!想新城了!"方亚楠展颜一笑,犹如百花绽放。

五年过去了，三十二岁的她，容颜不但丝毫没有衰退，反而更增添了当年没有的女人味。举手投足、一颦一笑，无不恰到好处，赏心悦目。

"亚楠……"高飞看着眼前这个既熟悉又陌生的女子，有些说不出话，一点都不像个能说会道的名嘴主持，"什么时候回来的？"

"没几天。本想着过些天去看你，没想到在这里就遇到了。缘分啊！"方亚楠撩了下头发，轻轻地感叹。

"这次，准备待几天？"高飞沉默了一会儿，一个字一个字缓缓地问道。

"怎么？就不希望我留下来不走吗？"方亚楠眉毛一挑，似笑非笑地反问道。

"亚楠……"高飞想说些话，却不知道说什么。当年自己还是小主持的时候，就常常被方亚楠噎得说不出话来。

"对了，我跟一个客户在这里喝下午茶，刚送走对方，正好空下来。你呢？"

"哦，正好有几个朋友，在这里吃饭……"高飞正说着，背后的宴会厅大门被推开了。

"高老师，小婵再不来的话……""牛魔王"魏总推门出来，满脸的不乐意，却看到正在跟高飞说话的方亚楠，眼睛一亮，说道，"咦，高老师，如果我没认错的话，这位是方亚楠，方老师吧？"

"是的……"还没等高飞反应过来，方亚楠已经微笑着点头，伸出手道，"您好，我是方亚楠。"

"您好，您好！"魏总高兴地握住方亚楠的手，"方老师，我可是您的粉丝啊！早几年，我就特喜欢看您跟高老师主持的节目，可惜后来去了北京。没想到这里能见到您本人，实在是三生有幸啊！"

魏总一只手握住方亚楠的手，另外一只手扶住方亚楠的手臂，没有丝毫要松开的意思，笑道："没想到方老师本人比电视上更漂亮啊！"

高飞看着魏总难看的吃相，心里很不舒服。可是方亚楠却丝毫不以为意，笑着对高飞说："没想到我离开新城那么久，还有这么热情的粉丝！飞哥，怎么也不介绍介绍？"

"瞧我，看到老朋友回来了，也高兴得失态了！来，我给两位介绍一下……"高飞回过神来，对着魏总笑道，"魏总，亚楠我就不介绍了……"又转过头对方亚楠道，"魏总是国内著名食品企业'牛魔王'的创始人兼董事长。"

"原来是魏总，很荣幸认识您！叫我亚楠就好了！"方亚楠笑吟吟地说道，又眉头一皱，"魏总，您稍等，我拿一下我的名片！"说着不露痕迹地抽回自己的手，从自己的手提包中取出名片双手递了上去，"请多多指教！"

"岂敢指教，幸会幸会！"接过名片的魏总，喜笑颜开，对高飞道，"没想到今天能碰到方老师，哦，亚楠……叫我魏哥就好了。实在有缘！相邀不如偶遇，不如一起来吧！"

高飞略一迟疑，回答道："亚楠刚刚在这里跟朋友见面，恐怕之后还有别的安排吧？"

"是吗？这么不巧？"魏总一脸遗憾地转头看向方亚楠。

"确实，原本是有安排的……"方亚楠看了看高飞，又看了看魏总，笑道，"不过，今天难得又碰到飞哥。这么久没见，再加上这么有缘遇到魏哥，再有安排，也只能推掉啦。"

"哈哈，好！"魏总看了一眼高飞，笑道，"亚楠可比你们爽快多了！走！今天我做东，叫几瓶好酒，好好喝一顿！"

高飞满心不是滋味地跟在方亚楠身后，一起进了宴会厅。饭局上，方亚楠对着魏总语笑嫣然，而魏总似乎也将注意力集中在方亚楠身上，连宋婵没有来也忘记了。而高飞整个沦为陪衬，原本想聊聊冠名赞助的事，也没有了机会。

酒桌上的方亚楠，赫然是个中能手，几句话便让魏总开心得连连干杯，一场饭局下来，她本人却不过喝了两杯红酒。双颊晕红的方亚楠，腰若弱柳，眼波流转，风情万种，更是散发出惊人的女人味。

高飞看着眼前方亚楠，再对比五年前的老搭档，感觉判若两人。

高飞印象中的方亚楠，活泼开朗，带着点调皮，黑白分明、敢爱敢恨，对自己不喜欢的人和事更是不假辞色，哪里是眼前这副交际花的样子。

酒终人散，尽兴的魏总在方亚楠的攻势下，很快便醉了。叫来代驾，高飞送走了酩酊大醉的魏总，正要叫车送方亚楠回家，却发现原本似乎不胜酒力的方亚楠，眼中恢复了清明，哪有半丝醉意。

回到游艇会大厅，整个大厅只剩下高飞和方亚楠两人。方亚楠站在落地的环形玻璃前，看着江面上的游艇和对岸的高楼，推开窗户，夜风吹进大厅，吹乱了她两鬓的长发。

高飞盯着方亚楠的背影，一时之间不知道该说些什么。

"五年了，新城变化真快啊！"

"是啊，确实很快！"

方亚楠轻轻走到餐桌边，给自己和高飞倒上一杯红酒："在我北漂的五年里，最想念的便是这片江边的夜景。今天再看到它的时候，发现比我印象中更美……"

高飞接过红酒杯，没有说话。

"飞哥，告诉我，"高亚楠举起酒杯啜了一口红酒，看着玻璃杯上留下的唇印，幽幽地说，"这五年来，你想过我吗？"

"小楠……"高飞听到这个问题，愣住了，艰难地回答，"都五年了，何必呢？"

方亚楠转过身，袅袅婷婷地走近高飞，停在了他的面前。两人四目相对，距离之近使高飞能闻到方亚楠呼吸时散发的红酒香气。

方亚楠紧紧盯住高飞的双眼，一眨不眨，轻启朱唇问道："你的新搭档，有我好吗？"

高飞躲开了方亚楠的凝视："何必呢……"

"何必呢？"方亚楠看着眼前曾陪伴自己最美好青春岁月的男子，眼神一阵迷离一阵清醒。

"记住，是你欠我的，该还我了！"说完，方亚楠把酒杯按入高飞的手里，转身走了。

高飞扭头看着方亚楠离去的背影，又看着手中带着她唇印的红酒杯，颓然坐倒在沙发上。

暗访遭袭

浙江某不知名的小村镇，一个不起眼的农家院落中，开进来一辆面包车。车上下来一个身材高大微胖的男子，留着胡子，穿着黑色的皮外套，戴着茶色的黑框墨镜，顶着鸭舌帽，身上斜背着一个皮包，下车后四处张望着。

"你就是郑老板？"院落里迎面走来三人，为首的一个光头，身形肥胖，方面大耳，上下打量着访客。他身边跟着两人，一个高大健硕颇为土气，另外一个年纪不大，却理着一个杀马特的发型。

"我就是，你就是老黄说的，泰哥？"

"嗯，听说你要买肉？"

"是的。听老王说，你这里的肉做得好，老黄他们那里的'牛魔王'，也在你们这里订货？"

"那是，他们每个星期都从我这里进货。"

"好，那带我们看看吧。"

"啊？这还用看？城里人，就是麻烦……"

"郑老板"随着三人走进了农庄。一打开农庄内部铁门，赫然是一个私人的肉食加工厂。一股化学味道掺杂着变质肉类的恶臭扑面而来，让人不由得捂住了鼻子。只见，农庄的仓库中堆满了过期的牛肉，散发着恶心的味道，不断有苍蝇起落，而地上更是积满了脏水。

"郑老板"忍住恶心，扶了扶身上的背包，问道："这行不行啊？会不会让人吃出病来啊？"

"都这样，流程一走就好，包管你跟新鲜牛肉一样。"那个叫泰哥的加工厂老板边解释，边引导"郑老板"来到一处加工车间。一块块变质牛肉，经过几道化学加工工序，再进行着色、烘干等处理，施了魔术般地变成了一块块新鲜的牛肉。

"你闻闻，就算是近距离看，区别也不大吧？"说着，加工厂老板抓起一块加工好的"新鲜"牛肉拿到"郑老板"面前,介绍道:"如果不仔细看,你能分辨出来吗?再加上酱料,多放点调味品,包管你一点化学味道都没有。"

"郑老板"将肉拿在手上,拿下眼镜仔细地甄别,却没注意到跟在加工厂老板身边的"杀马特"年轻人露出了疑惑的神色。

"东西看上去还不错,'牛魔王'进的也是这样的货?"

"没错,他们的酱牛排,酱牛肉,用的就是我们这里出来的肉!"加工厂老板得意地说道。

"他们那么大的量,你们一家就能供完?"

"你怎么这么多问题啊?当然也有跟我们一样的加工厂,不过我们这里的量最大。哎,你到底买不买?"加工厂老板有些不耐烦。

"老大,你过来一下。"突然,"杀马特"男孩儿扯了扯加工厂老板的胳膊。

"干吗?"这个泰哥不耐烦地扯回胳膊,对着"郑老板"补充道,"你到底需要多少货?量多的话,还可以便宜。如果要更便宜的,我们也可以做,不过原材料就不是变质牛肉了……"

"老大!过来一下……""杀马特"男孩儿有些急了,用力扯着泰哥走了两步。

"兔崽子,扯什么扯?有事说事,没看哥在谈生意吗?"泰哥不耐烦地甩开"杀马特"男孩儿,对着"郑老板"打了个招呼,"郑老板,你先看,我一会儿过来……"

"杀马特"将泰哥拉到一边,对着他耳语了几句后,两人同时带着狐疑的眼神朝"郑老板"看来。"郑老板"一看,顿觉不妙,撒腿就往加工厂外跑。

"拦住他,来两个人守着大门,别让这货跑了!"泰哥恶狠狠地招呼着,加工厂里的工人,一个个放下手里的活,向"郑老板"扑了过来。

"郑老板"面对十几个人的围追堵截,见出路被封,一咬牙,转头往加工厂里蹿去,一头扎进了堆放变质牛肉的仓库,将自己反锁在大门里。

砰砰砰!

"妈的,出来!"

"滚出来……"

"别以为我看不出来你是记者,你小子逃不掉的!"

"再不出来,老子废了你!"

仓库里的"郑老板",一面强忍着变质牛肉的恶臭,一边用自己的身体顶着门外工人的撞击。他背靠着大铁门,喘着粗气,一手摘掉鸭舌帽和茶色眼镜,赫然是《我在现场》的杜宇!

原来,这两周,杜宇终于在一系列食品安全的相关新闻事件中,锁定了"牛魔王"食品集团。这家知名的民营食品企业,生产牛肉成品和半成品为主,销量稳居国内同类产品中的前三位。可是随着企业的发展,却不断爆出消费者食物中毒等质量安全问题。

而"牛魔王"为了应对这些公关危机,就邀请记者和调查人员来参观自己的食品加工厂,以证明消费者出现的食物中毒问题与其产品无关。按他们的说法,出现食物中毒,主要是因为消费者烹饪"牛魔王"产品时,所用的油、配料,或者消费者自身健康的问题。

虽然新城电视台也参与了这次参观报道,但是杜宇本人凭着新闻记者的职业嗅觉,坚持认为"牛魔王"在撒谎。经过一番调查,杜宇发现,"牛魔王"的迅速扩张和在全国巨大的销量,根本不是"牛魔王"旗下厂家的产能所能满足的。除了"牛魔王"自营厂家之外,势必有很多外包厂家进行代加工。

经过进一步的明察暗访,杜宇终于从一位"牛魔王"离职的采购员身上拿到线索,顺藤摸瓜之下找到了这家代工厂,并且乔装打扮前来暗访。只是没想到,竟然被人认了出来。

杜宇一面用力顶住铁门,一面四处打量着仓库。眼见着没有可以逃出去的机会了,他一咬牙,从斜挎包中拿出摄像机,打开4G功能,迅速将之前偷偷拍摄的视频发送到郑易的网盘,并且打电话报了警……

新城电视台 16 楼新闻频道电梯大门打开了，郑易大步走了出去，一面快速与熟悉的同事点头打招呼，一面直扑频道总监严建东的办公室。

"严总……"郑易推门进去，见严建东正在处理文件，向他打了个招呼，"现在方便吗？"

"郑易啊，你小子怎么来了？"严建东看到郑易，笑着站起身来，"来来来……你最近在娱乐频道表现得不错啊！没丢我们新闻频道的脸。"

"严总，我是来帮杜宇送片子的……"郑易没有心思与严建东拉家常，直接将一个优盘递了上去。

"杜宇？他自己怎么不来啊？"严建东见郑易神色凝重，微微一愣。

"他呀，让人打了，伤得不轻啊！这会儿应该是在去医院的路上……"郑易强压住心中的愤怒，低声道。

"什么？发生什么事了？"严建东浓眉一挑。从部队转业回来多年，他依然带着浓浓的军人气息。

"您看了这片子就知道了……"郑易没有跟严建东客气，直接将优盘插入严建东的电脑里。

电脑屏幕里，出现了杜宇的影像：

> 大家好，《我在现场》，我是杜宇！
> 我现在即将前往一家肉食品代工厂。据我们了解，他们是民营知名品牌"牛魔王"食品的外包工厂之一……
> 我已经跟代工厂的老板泰哥联系上了，一会儿他们会派人来接我过去。我现在有点紧张，希望他们认不出我……
> ……

"混蛋！"看完视频的严建东愤怒地一拍桌子站了起来，背着手在办公室里快速地来回踱步。

"严总,这是杜宇冒险拍摄到的视频素材,后来被加工厂的人发现了,还打了他。要不是他在现场将素材通过网络发给我,这顿揍都白挨了。"郑易道,"我这次来,就是受杜宇委托给您汇报这件事的。我这边已经对素材做了初步的剪辑,按平时突发事件报道的要求应该是没问题的,就请您赶紧审核播出吧!"

严建东猛一转身,坐回到位子上,双眉间拧成出一道深深的竖纹,脸色铁青,显然在强行压抑着怒火。

"严总……"郑易见严建东不说话,不由得有些着急。

"我说怎么回事呢!之前啊,我刚接了两个电话……"严建东深深吐了一口浊气,缓缓道,"一个是宣传部领导来电,说是为了和谐维稳,要求新闻频道对于有可能引起社会不稳定的新闻审核严格把控,其中特别提到了食品安全。第二个是台里领导,说广告部招商大会本周举行,新闻频道的批评报道要注意,要以大局为重,还特地给了我一份参加招商的赞助商名单,也包括这个'牛魔王'……"

"什么?"郑易一下子瞪大了眼睛,脸色变得极其难看。在新闻频道工作多年的他,当然明白其中的猫腻。

之前,杜宇报警,在等警察过来的时候,没能顶住,被泰哥一帮人给打了。郑易接到杜宇的微信消息后,连忙叫车赶去找他。在途中,就接到杜宇的电话,要他不要过来了,警方已经介入,他现在去医院,要郑易赶紧回电视台,尽快剪辑,然后送审,要的就是一个"快刀斩乱麻"。没想到,还是慢了一步!

"严总……!"郑易不甘心地叫道。

"你让杜宇好好养着,沉住气,我来跟领导汇报!"严建东沉声道,顿了顿又补充一句,"你告诉杜宇,就算这次不成,总有机会的,不会让他白挨这顿揍!"

"什么?!那老严怎么说?"市人民医院的病房中,杜宇左手裹着绷带,头上还包着纱布,听到消息不顾腰伤,差点从床上蹦起来。

"老严说,他会跟领导汇报的。"郑易拍着杜宇的肩膀,轻声道。

"向领导汇报?就这样?什么都没了?"杜宇神情激动抓着郑易的手,捏得郑易生疼。

郑易明白杜宇此时的心情,用力抓着他的手道:"老严还说,让你好好养着,沉住气,就算这次不成,总有机会的,不会让你白白受伤!"

"靠……"杜宇忍不住爆了一句粗口,"下次?还能有下次?请问下次是什么时候?"

郑易不知道还能说些什么,只是拍了拍杜宇抓着自己的手。两人从大学读书开始,到进入电视台新闻频道,就是为了新闻的真实和自由而努力。而多年的工作经验,也让他们意识到,所谓的自由和真实,是相对的。只是这种无奈出现在自己身上,让两人实在不甘心!

"老郑,'牛魔王'确定参加这次赞助竞标,是吗?"杜宇沉声问道。

"是的……"郑易迟疑了一下,点点头。

郑易察觉到杜宇语气不对,问道:"你问这个干吗,好好休养就是了。"

"老郑!"杜宇打断郑易的话,"什么时候?"

"老杜,你可别乱来啊,你知道了也做不了什么啊,让老严处理吧。"郑易太了解杜宇了,别看他平日里嘻嘻哈哈地爱开玩笑,一旦较起真来,谁也拦不住。就好比这次去暗访黑加工厂,这家伙居然上了路才告诉郑易,弄得一身伤回来。

"老郑,你别管我做什么,我的事我自己会负责。"杜宇的情绪逐渐平复下来,可是语气却愈发阴沉,仿佛压抑着岩浆的火山。

"好,我告诉你,是本周五。不过你别犯傻,好好养伤,我已经帮你在老严那里请假了!"

追求真相的代价

这是一个娱乐的时代,享受的时代,拒绝悲伤的时代,除了烟雾缭绕，还有酒味混杂。在新城电视台旁边的一家五星级酒店里，每个人身上都混合着各种味道，觥筹交错，莺歌燕舞。酒店的会客厅，新城电视台大大小小的领导又一次齐聚一堂，他们周围是口中经常念叨的各位"财神爷"。

郑易与沈娜挤在一堆穿着入时的人群中，显得心不在焉。他觉得自己真不应该一心软就答应来了，不如待在医院里照顾杜宇，看着他不让他做傻事。而现在，他只能安排思思在医院里，自己在这里应付着一群大大小小的爷。

他喝了一口手中的酒，先是隐约的苦，接着，舌头尝到了淡淡的清香，"好酒！"他又忍不住喝了一口。头顶的灯光一闪一闪，他觉得晃眼，好想出去透透气。

不久，他好像听到有人在叫他，但是找不到声音从哪个方向传来。身体开始微微出汗，他想脱掉外套，但只是一晃而过的念头。

人越来越多，挤挤挨挨，郑易总觉得有人在喊他。声音慢慢靠近，愈发清晰，他终于听清楚了，是一个女孩儿的声音："郑易……"声音清脆，很好听，只是语气中有些颐指气使的刁蛮。

声音就在他的身后。他转身，在一群大人中间，站着一个小姑娘，年纪虽然不大，样貌看得出也是个美人坯子。一身价值不菲的手工小礼服，烫着公主卷，修长的脖子上戴着名贵的祖母绿项链，显然跟耳坠和戒指是一套。

"郑易，我叫 Monica，我喜欢你的节目，要不要做我男朋友？"小姑娘单刀直入，说话突然冒出一股凌厉之气。

郑易微微一愣，这个十几岁的小女孩儿，可以这么理直气壮地跟一个陌生的男子表示要求交往？"小妹妹，谢谢你的支持，不过学习更重要哦！"

"大叔，你还真是老土，我十三岁就开始谈恋爱，这次是跟爸爸一起来的。他是乐可集团的亚洲副总裁哦。如果你做我的男朋友，我让我爸赞助你的节目，我也送你一辆车做礼物，牌子随便选，怎么样？"

"原来还是个小土豪啊……"郑易摸摸鼻子，当场被一个小女孩儿用钱砸，让他有些哭笑不得。正想回复，突然电话震动起来，一看来电显示是思思，顿时生出一种不祥的预感，对小女孩儿道："小妹妹，不好意思，我先接个电话哦……"说着，对沈娜使了个眼色，一起快步走向相对安静的大门口。

背后传来小女孩儿的声音："是不是因为白若音啊？没关系，我可以等你跟她分手……"小女孩儿清脆的声音顿时让周边的宾客纷纷哄笑起来。

"那不是郑易吗？"

"哦，白若音的男朋友？"

"最近人气不错……"

"主持功力也不错，已经是一线明星主持了。"

"《星光现场》是他主持的吧？"

"嗯，还有《超级周末》……"

郑易没有理会众人的议论，接起了电话。思思的声音传来："易师兄，我刚刚走开一会，宇师兄就不见了……"

郑易一听不妙，赶快找到沈娜："娜姐，杜少不见了，我担心他会过来。"

"嗯，你打电话试试……"

"电话没人接……"

"这个宴会厅，入口只有这一个，我们就在这里等着，如果看到他来了，相互通知一声。"

"好！也跟老严发个信息。"

"好的……"

郑易、沈娜两人在大厅门口踱步，但认出郑易的宾客纷纷围了上来。郑易连忙使了个眼色，让沈娜先去大门口候着杜宇，自己应付着热情的来宾们。

也不知道与众人碰了多少杯，渐渐地，酒精导致的眩晕感重又回来，耳边传来一声声"老板、老板"的喊声，暧昧、混沌、模糊，此时的自己仿佛远离了他们经营的声色之场，在另一个行星环绕的轨道中漫无目地漂浮。但很快，他就又被拉了回来。

"这是我们《星光现场》《超级周末》的主持人郑易。"副台长王灿和一个中年胖男人正站在他面前，见郑易还没缓过神，王灿忙拍了拍他的肩膀，"这是牛魔王食品集团的魏总。"

"牛魔王食品集团……"郑易一激灵醒了过来，压住心中情绪，淡淡地与魏总握了握手，"魏总好，久闻大名！"

"郑老师果然英俊潇洒，难怪连白若音也被你拿下，让我们这些男性同胞羡慕嫉妒恨啊！"魏总咧着嘴哈哈大笑起来。

郑易先是一愣，但面对魏总的旁敲侧击，选择自嘲道："魏总别取笑我了，我跟白老师也就是普通朋友。她的粉丝那么多，一人一口唾沫，我也就淹死了。我可不想引起公愤！"

"哈哈，真的吗？"魏总眯起眼来笑道，回头冲着王灿道，"那我们还是有机会的咯！"

王灿连连摆手："我就算了，儿子都快上大学了，魏总若还单身自然有机会的。"

魏总大笑道："可惜，白若音不是你们台的主持人，否则她的节目，我们牛魔王一定赞助。"

就这一番话，让郑易心里直犯恶心。面对眼前这个品德低下之人，他强行按捺住一拳将他的鼻子打开花的冲动："魏总说笑了……"

"没有白若音，可我们不是还有宋婵、郑易嘛？《超级周末》新一轮冠名，魏总可要多多支持哦！"王灿觉得是时候进入正式话题了。

"还有《我在现场》，这也是我台推出的重磅节目，收视率也不错呢。"郑易终于没忍住，刺了一句。

"哦，《我在现场》，我知道，确实是有良心的节目。很好很好！"魏总脸色一变，端起酒杯，一口干了半杯红酒。

"我们的良心还是需要你们广告商的支持的。"

"对对，支持有良心的……以后……以后我们有的是机会合作嘛。"魏总脸色微红，已然语无伦次。

郑易寻思着还要不要接茬儿怼他，宴会厅的舞台上，传来高飞的声音，一下子解救了魏总。

"各位领导、各位来宾，欢迎参加新城电视台春季广告招标会的晚宴！很高兴今天能有这么多朋友光临，我代表新城电视台所有的员工，感谢大家的到来！让我们为了美好的明天，共同举杯……干杯！"

宴会厅里满是碰杯的声音。

高飞与宋婵走下台。

高飞精心打理的头发上，一丝不苟地涂着发蜡，英式手工黑西装，白色衬衫，黑色领结的经典搭配，烫得笔直的裤腿线，配上束腰更是显得身姿挺拔。

身边的宋婵一袭深V领裸色长裙，将她的皮肤衬托得白皙粉嫩，远远望去以为毫无遮挡，胸前肌肤坦荡荡地裸露着，近看，才发现胸前并未那般随意轻浮，而是轻纱笼罩，欲说还休。腰部以上，则是用名贵精巧的绣片点缀，华贵至极。但再往上细看，只见一对小鱼形状的耳环显得尤为别致，平添了几分俏皮清丽。

宋婵挽着高飞的臂弯，二人珠联璧合，吸引了所有来宾的目光。

"宋婵，帮我签个名吧。"

"高飞，好久不见啊。"

"宋婵，你好美啊！我们能合个影吗？"

"宋婵，我们的那个广告代言，你想好了吗？"

虽然被一大群人包围着，宋婵依然左右逢源地保持微笑，与接踵而至的人打着招呼，如同一个正在出巡的女王。而在郑易眼里，她的那份美里，带着一种不容侵犯的疏淡。她微笑颔首，向靠近的男男女女亲切地招呼，却又保持着距离。

一个打扮入时的中年女人向高飞走去，身穿 Azzedine Alaia 最新款套装，利落的短发，清爽短大衣，皱褶长裙，手提包，这番打扮掩盖了她的年龄，却又分明显示了她的品位。

"高飞，您好！我是齐力电器的李琳。"她语速匀缓，中气十足，声音中混杂着一股浓重好听的京腔。

"您好!"高飞客气地和她握手,脸上立即习惯性地堆满笑意。

"我女儿特别喜欢您,想请您给她签个名,可以吗?"李琳迟疑了一会,还是说出了口,同时从手提包里拿出一个红色笔记本。

高飞悄悄用余光上下打量了面前的女人,传说中的电器大亨,比想象中年轻,也比想象中更富魅力。并不是因为她找自己签名,也不是因为她一身合体的装扮,而是她隐隐透出的那份不符合年龄的羞怯。见她也正定定地看着自己,高飞迅速缓过神来,忙接过笔记本。

"好啊!您女儿叫什么?需要我在上面写些什么话?"

"那太好了!她小名豆豆,您可以这样称呼她。"

"还在读小学?"

"哈——都读高中了。不好好学习,成天做着明星梦。"

"这是孩子的天性,正确引导就好。"

高飞觉得她的外貌真是具有欺骗性。就在递出笔记本的刹那,高飞像是想到了什么:"冒昧问一句,您女儿需要我的签名照吗?"

李琳先是愣了一会,继而爽朗地笑了起来:"对对,我女儿还央求过我,说要您照片,我刚才不好意思提出来。您这么说,那可真是让她如愿了。"

高飞平常都会在身上备几张自己的照片,以备不时之需。粉丝需要的话,可以彰显自己的亲和力;假如碰到企业老板和圈内名人,写上自己名字和电话,说不定还会有其他的合作机会。高飞一直觉得,除了做主持人之外,他应该有一番更为广阔的天地。

"照片上就只签我名字了。"

"可以可以。"

李琳默默地看着高飞在照片上签上名,取过来装进口袋,随手拿起旁边的一杯酒,与高飞客气地碰了一下杯。

高飞记得她的笑,优雅、镇定、没有侵略性。

"飞哥……"一个熟悉的声音传了过来,高飞猛然回头,是方亚楠。一身露背紫色小礼服,加上束腰带,小蛮腰格外纤细,更显得她身材婀娜,大胆露出的美背更是肤色晶莹,性感妩媚。和宋婵相比,知性不及，却更添了几份女人味道。

"飞哥，我说我们会再见面的吧！"方亚楠似笑非笑地扫过高飞，眼睛落在他被宋婵环住的臂弯，"飞哥，想必这位就是我的后任，宋婵吧？"

方亚楠将"后任"两字咬得尤其重，双眸朝着宋婵微微一瞥，笑吟吟地看向高飞："还不给我们介绍一下？"

"那不是方亚楠吗？"

"对哦，高飞之前的搭档。"

"不是北上发展了吗？"

"听说，她回来了，会留在新城。"

"有意思！那不就是前任见现任吗？"

"有好戏看了……"

……

高飞听到周边的议论声，有些尴尬。不过作为多年的主持人，面对这么多的宾客，瞬间就调整好了心态。

"小婵，我介绍一下，这就是我跟你说过的，之前的搭档，方亚楠。"

"亚楠，这是宋婵，这几年的《超级周末》里，都是她在帮我。"

"亚楠姐好！一直听飞哥提到您，以前也没少看您的节目。"

"小婵，你好！真漂亮！这几年辛苦你了！"

"应该的，都是工作。主要是飞哥教得好！"

"他呀，就是这样，最懂怜香惜玉，照顾女孩子了！"说着，方亚楠朝着高飞瞥了一眼，意有所指地笑道。

两个美丽的女子聚在一起谈笑，造成的吸引力绝对是一加一大于二的，再加上儒雅英俊的新城王牌主持夹在中间，更是增添了八卦的意味。一时间三人所处的位置，成为了全场的焦点。

而有人却躲开了这份热闹。郑易好不容易从人群中走出，心中惦记着杜宇，找了个借口偷偷溜了出来。他走出宴会厅，穿过长长的走廊，坐上电梯刚到达一楼，恰巧看到杜宇的身影。

杜宇披着风衣，将吊着绷带的手藏在风衣里面，头顶鸭舌帽遮住头上的纱布，走路腿脚虽然不便，但是面容坚毅。他也看到了电梯门口的郑易。

郑易迅速打了个电话给沈娜，告知两人所在，然后迎面走了过去。

"杜少，你怎么来了，不在医院里休息着！"

"老郑，别拦我……"

"现在，领导们都在。"

"领导们都在啊？那正好，让他们都看看'牛魔王'的真面目。"

"杜少，别闹，今天是台里的招商大会，大局为重啊！"

"去他个大局为重……"

说着，杜宇推开郑易，就要往电梯闯去。郑易怕伤到杜宇不敢用力，眼见着电梯门打开，沈娜走了出来。

"杜宇，你怎么来了？胡闹……"

"娜姐……"

"我不管你想干什么，先跟我过来。有什么想法，先跟我说，我也好帮忙给点参考意见。"说着沈娜转头往大门左边的小门走去。走了两步见杜宇没有跟来，停下脚步，扭头道，"看什么？跟我来……郑易你先回去，你代表《星光现场》撑住场面。"

杜宇看着沈娜的身影，略微犹豫，跟了上去。郑易见状松了一口气，有沈娜安抚杜宇，总算放心了。但这神一回过来，郑易才发现，刚才见到杜宇，竟然紧张得出了一身汗，如此一来，酒精挥发，反而清醒了。

回到大厅，却见里面更加热闹，舞台上，张扬正代表《超级周末》表演热舞。强劲的音乐，配合着张扬有力的舞蹈动作，酷到没边，引来台下女性嘉宾的不断尖叫。

突然，张扬舞步一变，旋出快速华丽的步法，不断对着台下的观众做出邀舞的动作。正当台下的女来宾犹豫之际，方亚楠快步登上舞台，随着音乐翩然起舞，引起台下男女的大声叫好。两人火热的舞姿不断引发现场热烈的情绪。最后，两人一个标准的桑巴舞结束动作收尾，引起全场持续不断的掌声。

舞毕，工作人员给张扬递话筒，却被方亚楠一把抢过来，喘息着说道："大家好，我是方亚楠……五年前，也曾经是《超级周末》的主持，飞哥的前任搭档……不过，在我心目中，我从来未曾离开过。新城，一直保留着我的青葱岁月和我最美好的回忆。五年后，我回来了，又看到了飞哥，看到了《超级周末》，看到了新城台，看到了这么多面孔熟悉的老朋友，我真的很开心……"

说到这里，方亚楠略带哽咽，一时说不下去了，但是台下雷鸣般的掌声轰然响起，久久不息。方亚楠略微平息情绪，继续道："真的很感谢大家的掌声！这对我来说，真的意义重大！我回来了，重新成为新城的一员，我将以一个新人的心态参与到接下来的工作当中！希望大家能接受我，支持我！而我也会努力用我的新节目来回报大家的支持！"

热烈的掌声再次响起，却没有人发现高飞的脸微微抽搐着，除了站在高飞边上的宋婵。

掌声渐息，一个略带嚣张的声音传了出来："如果亚楠做新节目，我们牛魔王一定全力支持！"只见魏总分开人群，举着红酒杯走了上来，他很享受万众瞩目的感觉。来到方亚楠的面前，想要行一个欧式的贴面礼，见方亚楠虽然犹豫，但最终没有拒绝，魏总大感面上有光。

"亚楠老师，那在下就等着你的新节目咯？"

"感谢魏总的支持！不过也请多多支持我们新城台所有的节目哦，比如飞哥的《超级周末》，它也有亚楠当年的心血呢！"方亚楠挽着魏总，走到高飞和宋婵面前。

"支持是没有问题的，不过上次聚会小婵没有赏脸，我可很是遗憾……"魏总看看方亚楠，又看看宋婵，摇头作叹息状。

"哦？魏总，是哪次啊？"

"就是我们认识的那次，原本可是约了小婵，结果美女爽约……"

若非正好遇到亚楠老师你,我可就丢人丢大发咯……"

"飞哥,原来就是那次啊?"

"魏总,您怎么这么小气啊?您不知道迟到爽约是美女的特权吗?尤其这么美的小婵,您说对不对?"方亚楠瞥了一眼有些尴尬的高飞,笑吟吟地对宋婵说,"不过,小婵,你也得表示表示啊,要不,敬魏总一杯,就算打平了?"

"好呀,亚楠既然开口了,那你说怎样就怎样咯……"魏总笑呵呵地看向宋婵,眼睛眯成了一条线。

"魏总,我不会喝酒!"宋婵看了眼高飞,对着魏总道,"我就以水代酒,敬您一杯吧。"

"这怎么行?"魏总沉下脸。

"小婵,稍微喝一点,意思一下,没有关系的。"方亚楠上前劝道。

"亚楠姐,飞哥也知道,我向来是滴酒不沾的。"宋婵继续推辞道。面对魏总,她只想早些离开。

"魏总,小婵确实从来不喝酒,要不我替她喝吧。"

"高老师,我们牛魔王想赞助的是《超级周末》,只有你喝有什么意思?"

"魏总,我也是《超级周末》的一分子哦,才跟你喝过哦。"

"亚楠,我当然说的不是你。如果你是《超级周末》的主持人,当然没问题。不过现在嘛,怎么也得再有一个能喝的才算数。"

"小婵,听亚楠姐的话,稍微喝一点就是了!"

"飞哥……"宋婵看向高飞求助。

高飞躲过了宋婵的眼神,轻轻劝道:"你就稍微喝点吧,代表《超级周末》节目组。"

宋婵听到这句话,没再多说什么,轻叹一口气,松开挽住高飞的手臂,准备接过魏总递过来的红酒杯。

"哎,有好酒?这怎么能错过呢?我来和魏总喝一个,我也是《超级周末》的一分子啊!"郑易看不过宋婵被逼酒,走上前去,抢过酒杯,冲着宋婵微微一笑,对魏总说,"作为超级家族一员,郑易敬魏总一杯，感谢您对《超级周末》的支持！"

说着，一仰脖子，将一杯红酒一饮而尽！

"好酒量！"

"厉害！"

"好！"

周边看热闹的人群，纷纷拍手叫好。郑易双手捧着酒，抱拳向四方连连拱手，仪态潇洒，神采飞扬。

"慢着！"魏总见有人架梁子，改口道，"刚才宋老师不会喝酒，所以一杯红酒便罢。郑老师的话，似乎少了点吧？"

"哦？魏总，怎么说？"郑易直视魏总，毫不退缩。

"这样吧，"魏总叫来侍者，倒上五杯烈性龙舌兰酒道，"《超级周末》的大明星，高飞、宋婵、田菲儿、郑易、张扬，每一杯代表一人，不过分吧？"

"郑易……"宋婵想要出声阻拦，被郑易一手按下。

"魏总果然是酒国前辈！那郑某人便以这五杯龙舌兰，向前辈致敬了！"

"好！后生可畏！"魏总虽然不满郑易架梁，却也被郑易古意昂然的豪气感染，一摆手，"那就来吧……"

"请……"郑易端起一杯，一口喝干。辛辣的酒液一分为二，清气上升直上鼻喉，酒液下降火辣辣顺着喉管十二重楼地直入丹田。

"好酒！"郑易只觉得血脉贲张，一鼓作气，连干五杯。毕竟是五十五度的烈酒，一口气喝这么多，也确实是考验。郑易只觉得酒意上涌，忙强行保持镇定，放下酒杯，向魏总拱手道，"前辈可满意？"

"好酒量！小伙子，有前途！"魏总虽然没有如愿，但终究在新城电视台的晚宴上，行事不能太过。

"过奖！晚辈不胜酒力，唯恐失态，先失陪了。"郑易强忍着眩晕，往门外走去，一路尽力保持着脚步的平稳。

下得电梯，他没有选择大门，而是从左边的小门走出去，然后在灰暗的路灯下慢慢摸索前行。他记得前面不远处的花坛里开满了各色的山茶花,白天经常聚满了观赏拍照的人。晚上清净,他寻思着不会有人,正好可以醒醒酒。

夜风如水,郑易只觉得天旋地转,他知道只要自己一躺倒,立刻便会支持不住。于是,他坚持正坐在木椅上,眼阖九分,舌抵上颚,努力地保持着深呼吸,一吐一纳间,吹散了不少酒气,只是头还昏沉沉的。

忽然,一块热乎乎的手巾贴到了额头上,滚热的温度,带来一阵舒爽。郑易奋力睁开双眼,见到宋婵正坐在自己身边,给自己擦着额头。

见郑易睁眼看过来,宋婵嫣然一笑道,"好些吗?刚才问宾馆阿姨拿的,用热水擦额头会舒服些。"

郑易看着近在咫尺的宋婵,美丽的面容朦朦胧胧,清雅的香气若有若无,不由得有些痴了,仿佛浑然梦中一般。

"看什么呢?"宋婵只觉得郑易的目光没有了以往的清正,反而带着丝丝痴迷。这样的目光,宋婵没少在其他男人眼中看过,但郑易的失态并没有让她讨厌,只是有些羞恼和不知所措,一把用热毛巾捂住郑易的眼鼻,嗔道,"要是被你们家若音看到了,可要吃醋了!"

"呃……"郑易被宋婵热毛巾一捂,略略清醒过来,酒意渐退,接过宋婵手中的毛巾,"我自己来吧!"

宋婵也不坚持,将毛巾递给郑易后,从身边拿出一个保温瓶,旋开盖子,倒出一杯茶递给郑易,"喝一点吧,祛祛酒气。"

郑易接过瓶盖,深深一闻,清雅纯正的茶气直入灵台,神志也为之一清,问道:"凤凰单丛?"

"是呀,你也喜欢喝茶?"宋婵惊喜地问道。

"瞎喝,不怎么懂!"说着,郑易啜了一口茶汤,沁人心脾的茶汤顺流而下,肺腑之间升腾起氤氲之气,忍不住打了个嗝,浓郁的酒气瞬间被逼出了不少。

"不好意思,茶气太厉害了!"郑易有点难为情。

"没事,单丛是这样,茶气足,用来驱散酒气最好不过。再多喝点,多打几个嗝,能逼出一脑门子汗,就好了!"宋婵不以为意,又给郑易满上一杯。

"嗯……"

月朗风清,花间饮茶。两人一边喝着热茶,一边享受着宴会厅里没有的宁静,却没有发现在花园的另外一个角落,有人静静地看着他们,良久方转身离去。

郑易在花坛里又待了半个小时才回到宴会厅。刚一进门,沈娜就着急地朝他走了过来。

"你跑哪儿去了?刚才介绍咱们栏目的时候,发现你不在场,高飞又只顾他《超级周末》那块,领导们已经有些不高兴了,幸亏台长还没来,不然咱们还真要吃不了兜着走。"

"没事,缺了我,又不会怎么样。"郑易显得无所谓,"倒是老杜怎么样了?"

"他已经回去了,我让思思来接他的。"

"那就好……"

郑易还想再问两句,宴会厅的门口忽然传来一阵嘈杂声,两人循声望了过去,远远地,他看见台长李东然走进宴会厅,又一拨人簇拥了上去。

这次招商会举行到深夜,很成功!《星光现场》仅仅中间插播广告一项,就收获了五千多万,而《超级周末》的冠名加特约播出,更是水涨船高,估计能坐收一个多亿。这对新城电视台来说,是一个近乎辉煌的成绩。但是,隐藏在背后的故事还没有真正结束,爆发已经在沉默的缝隙中慢慢酝酿。

宝莱纳精酿餐厅中,杜宇一个人闷闷地坐着,身前已经空了好几个酒瓶。郑易在他身边坐下:"老杜,你怎么一个人过来了?还在养伤,少喝点……"

"怎么样?"杜宇头也不抬,闷声问道。

"什么?……"郑易知道他问的是什么,他不想告诉杜宇,但又不想隐瞒,也隐瞒不了,"唉,牛魔王拿下了《超级周末》的冠名,8000万。"

杜宇酒杯一顿,大骂一声:"果然,臭钱也是钱啊!"

"小声点!"郑易见引起周边顾客的侧目,连忙安抚道,"事情已经这样了,我和沈娜也跟老严商量过,赞助协议也已经签了,如果这个时候播出新闻,不止会影响到节目,也会影响到台里的声誉。还是那四个字,大局为重吧!"

"大局重个屁!"杜宇显得有些激动,"你也跟他们一个调子啊?牛魔王他妈用变质牛肉经过化学处理冒充新鲜牛肉做食材,你知道会害多少人,尤其是小孩子?是人命重要,还是他妈的一个娱乐节目重要?"

"老杜……"郑易心里何尝不是这么认为,只是一切都变了,他已经不再是当年那个追求真相的新闻记者了,而是娱乐频道的主持人。他拿起酒杯碰了下杜宇的酒瓶,"懂的,不说了……"然后,跟杜宇两人一起喝干手中的酒。

"老郑啊,咱俩当年加入新城台的时候,是怎么说的?还原新闻的客观性、真实性,维护观众的新闻知情权,对不对?那时候新城讲的是'新闻立台',可现在是什么?叫什么'娱乐强台',那不就是把观众当傻子玩吗?我们媒体人他妈的都成了戏子了,一个个摇着尾巴围着金主转,还有点媒体人的脊梁吗?为了一个节目的冠名,把个良心被狗吃了的'牛魔王',当祖宗一样哄着、供着……你郑大胆受得了?我杜某人可受不了……"

杜宇一边喝一边恨恨地说着,没一会儿,已是眼泪纵横。郑易没有反驳,也没有可反驳的,只能陪着他一杯一杯地喝着。听着杜宇犀利的怒骂,和当年比一点都没变。不同的是,那时是自己陪着他一起畅快淋漓地吐槽痛骂,而现在,他能做的,也就是陪着他一起喝一起醉吧……

将酒醉的杜宇送回去后，郑易躺在床上，杜宇的话、他用命拼回来的视频、牛魔王魏总在招商会上的嘴脸，不断地在脑海中出现。一晚无眠，直到临近五点才迷迷糊糊地睡了过去。

第二天一早，郑易挂着浓重的黑眼圈，拿着一杯加料的 DOUBLE ESPRESSO 来到电视台。坐下后，郑易习惯性地打开手机微博，发现当先跳出来的一条视频，有几千条的转发评论。

点开一看，郑易不由得悚然出了一身冷汗，前一天晚上失眠带来的困意顿时无影无踪。原来，这视频正是昨晚他跟杜宇两人在宝莱纳喝酒时的对话！从视频中，可以清晰地分辨出自己和杜宇两人，很显然是某个当时在场的粉丝用手机偷拍的。

"大局重个屁……"

"……牛魔王他妈用变质牛肉化学处理冒充新鲜牛肉做食材，你知道会害多少人，尤其是小孩子？……"

"是人命重要，还是他妈一个娱乐节目重要？……"

"娱乐强台……我们媒体人他妈的都成了戏子了……"

"……一个个摇着尾巴围着金主转，还有点媒体人的脊梁吗？……"

"为了一个节目的冠名，把个良心被狗吃了的牛魔王，当祖宗一样哄着、供着……你郑大胆受得了？我杜某人可受不了……"

当时杜宇酒后的大骂，因为情绪激动，声音很大，字字清晰可闻。视频中郑易虽然没有多说什么，可是跟杜宇频频对饮，显然也看得出支持杜宇的说法。

视频是郑易的一个粉丝发的，名字是一串古怪的昵称，也不知道是谁。但是上传之后，各路粉丝纷纷转发支持，才一个晚上就有近万条的转发量。郑易看着手机微博的转发量不断上升，有些不知所措。他知道，这下摊上大事了！

"铃铃铃……"

睡梦中的郑易被手机闹铃唤醒，翻身而起，利索地烧水煮咖啡，刷牙洗脸到一半，他突然意识到，自己正在强制带薪休假期间，根本不用上班。郑易对着镜子苦笑了一声……

一周前，郑易和杜宇在酒吧中那番对话的视频在微博流传开后，没多久就被一些报道社会热点和八卦新闻的大号转发评论了，终于惊动了电视台领导。

两个人作为公众人物的"不当言行"，还是对电视台造成了不小的影响。杜宇被正式勒令停职反省，而郑易也被暂停了手上的两个节目，强制性休假。

那天，还在养伤的杜宇接到台里综合办的电话通知，悲愤得一言不发，当着郑易的面，将自己拼着命拍到的视频证据，上传到微博、优酷、土豆、爱奇艺等他知道的所有网络新媒体平台，并转发给郑易。

面对不置可否的郑易，杜宇只淡淡地说了一句："兄弟，不为难……"

是啊，一边是支撑节目组生存的直接金主，一边是深受黑心商人坑害的黎民百姓，都算是"衣食父母"，该舍哪头呢？台里有那么多人都选择了维护金主，自己有必要冲出来站在多数人的对立面吗？如果真这么干了，自己在娱乐频道可能就要全面树敌了，刚刚打开局面的主持工作恐怕就要全面受阻了……

犹豫着，郑易走出杜宇家，出去吹吹风……

但不管郑易怎么选择，杜宇发出去的视频顿时就在互联网上炸开了！如果之前的酒吧视频，公众只是当作八卦吐槽来看，那么这份真实的暗访报道，是真正触碰到了所有人最敏感的神经了。

"牛魔王"作为著名的肉类品牌，产品在全国各地的大小超市都有销售。其受众面之广，可以说十个人里面至少就有两个人买过吃过他们的产品。当知道"牛魔王"的食材居然来自黑加工厂后，所有人都非常愤怒，纷纷转发，一边声讨商家的无良，一边也是为了提醒自己身边的人不要再购买。

这一下，"牛魔王"的品牌顿时受到巨大的冲击，销售量直线下降，各渠道超市也纷纷将其产品下架。与此同时，之前因为食用牛魔王产品造成食物中毒的消费者，也纷纷拨打热线，对媒体进行投诉。

"牛魔王"食品再想通过媒体进行澄清,已经来不及了。面对杜宇最真实的第一手视频证据以及新媒体的广泛传播,没有任何一家电视台或者报刊媒体再敢为其说话了。紧接着,工商、质检、消保委等有关部门全面介入……

只是,当前这一切已经与郑易和杜宇没什么关系了。

早上,郑易自己胡乱吃了几块饼干当早饭,给"三儿"倒好狗粮,来到自己家的窗户旁,从这里可以看到新城电视台的大楼。为了工作方便,郑易便在离新城电视台最近的小区买了一套两室一厅的房间。虽说市中心的房子贵了一点,但是却节省了不少的通勤时间,更重要的是省心。

正是上班时间,郑易摸着"三儿"毛茸茸的脑袋,看着一辆辆进入电视台的车,甚至能认出是哪些同事的车。

郑易叹了一口气,这次的事情,眼看着杜宇不顾一切地揭露真相、伸张正义,可自己呢?叫郑易,却并没有直接发出正义的声音;在兄弟最需要支持的时候,却径自躲开了。换句话说,这是既不正义,也不仗义!想到这儿,他的心里空落落的,不上不下,很是难受!他自忖,过去那个满怀新闻理想的年轻人哪里去了?猛然发现,自己似乎已经接受了原本鄙视和排斥的综艺主持岗位,不知不觉地沉浸在娱乐圈里,跳不出来了。郑易忍不住想,如果自己失去这份工作,这个岗位,会怎样?他用双手用力搓着自己的脸,想将脑海中纷乱的想法统统挤掉……

"叮咚……快递……"

门铃声传来,快递小哥送来了一个包裹。郑易签收后,打开一看,里面放着两罐茶,一罐凤凰单丛,一罐武夷山水仙,还有一枚优盘。快递盒中附带着一张慰问卡片,写着短短的一行字:

琴韵涤愁,茶香忘忧——宋婵

郑易把玩着卡片，静下心细细体会着各种意思，拿起优盘插入音响，古琴独特的音色如水般流淌出来。打开茶叶罐一闻，那罐凤凰单丛正是招商会那日宋婵给他解酒喝的茶。

郑易心中一暖，从房间中翻出朋友赠送的黑檀木茶具。郑易平日喝咖啡为主，虽也喝茶，但基本都是去朋友会所或者茶馆。他觉得泡茶流程有些繁琐，加上工作繁重，平日极少有闲心泡茶，所以这套茶具从来没有用过。

摆具、温杯、投茶、洗茶、出汤……虽然动作生疏，但是伴着悠悠荡荡的古琴曲，倒也有几份悠闲的味道。"三儿"也好像受到了琴曲的感染，静静地趴在主人的脚边，享受着主人时不时的抚摸。

郑易喝喝茶，听听音乐，刷刷微博，不一会儿就到了中午。郑易准备出去吃午饭，顺便带"三儿"出去逛逛。

"叮咚……"

门铃声又响起，郑易打开门一看，竟是白若音俏生生地站在门口。她拿下墨镜，将手里提着的购物袋朝郑易晃一晃，嫣然一笑："易哥，我带了一瓶好酒，欢迎吗？"

"啊，你怎么来了？"郑易将白若音让进门口，朝门外看了看，"你就不怕被狗仔跟？"

"怕什么？"白若音走进房间，将手上东西放在桌子上，一边打量着郑易的房间，一边答道，"我偷偷来的，连我的经纪人都不知道。"

"房间不错嘛，还住得离你们电视台那么近，不便宜吧？"白若音走到窗边看着窗外的景色道。

"还成，就是图个方便。"郑易一边说着，一边将桌上的茶具收了起来。

"喝茶，听古琴……你还真像古代的才子啊！"白若音一脸钦佩的样子。

"哦，呵呵，正好是……呃……朋友送的新茶。"郑易本想说是宋婵送的，但鬼使神差地只说是朋友，并且将宋婵送的那张卡片收了起来。

"你朋友也是个雅人!我也想学茶呢,有机会可要介绍我认识哦。"

"成啊,没问题。"

郑易将白若音请到沙发上坐下,"三儿"还是那副德行,一点也不怕人,看到白若音来了就摇头晃脑地卖萌,被爱心爆棚的白若音一把抱起来,享受着佳人玉手的抚摸,舒服得连眼睛都闭上了。

"三儿,斯文点……"

"这就是你们家三儿啊?好萌哦!真应该带我们家的小比熊来给他认识的……"

"呵呵,下次呗。对了若音,你怎么知道我家地址的?"

"我问小婵姐要的……"

"小婵?"

"对呀。"

"哦……"

"我今天正好没有通告,特别想自己煮意大利面吃,又想着自己一个人吃不完……"白若音说着站起来,从带来的环保袋中拿出一瓶酒,还有一些食材,"瞧,我带来一瓶酒,还有意大利面……"

郑易看着白若音,身为大明星却走进厨房,退下偶像的光环,如同主妇一般为自己准备午餐,心中顿生一股柔情,走上前去,"我来帮忙吧……"

"不用……"白若音转头朝着郑易温柔的一笑,"我今天就是想做一顿意面。我可是做好功课来的哦,你等着吃就好了!"

郑易走到白若音身后,帮忙取出她寻找的锅,道:"你可是偶像大明星,怎么能让你沾锅呢?我来吧……"

白若音猛地转身抢过手里的锅子,两人一下面对面靠得很近。郑易见眼前让千万人迷恋的美丽容颜,离自己不过一尺,身上香水的味道真切地扑入鼻中,顿时愣住了。两人对视,站着……

一种暧昧的情绪逐渐浓烈起来,白若音双颊晕红,避开郑易灼灼的目光,垂下头去,轻轻道:"我没学过做饭,但今天只想给你做顿意大利面,你别多想……"

听着面前女神饱含情意的低语,郑易终于忍不住,低头吻了下去……

流量胜于雄辩

正当郑易在享受佳人柔情蜜意时,新城电视台台长办公室里正在进行紧急会议。这次"牛魔王"食品造假视频的曝光,让新城台颇为被动,无论是报纸、杂志还是网络传媒,甚至新崛起的诸多自媒体大V,都将矛头指向新城电视台。

而市委宣传部领导,也对电视台如何处理此次事件颇为关注,责令新城电视台提出解决方案。

与此同时,网友发现《我在现场》的主播最近换了人,不是杜宇了,一连几天都是如此,于是又疯传起另一个消息:"杜宇说了不该说的实话,得罪了有关方面,被停职了……"

谁也没想到这事会发酵到这般地步,网络社区里吵成了一团。有人八卦起杜宇的生平经历,有人剪辑了一段这些年杜宇说过的犀利言论,甚至还有人绘声绘色地描述自己打听到的内部消息。很快,事件持续升温,"声援敢说真话的新闻主播"、"支持有良心的主持人"、"万人签名力挺杜宇",网民的声音一浪高过一浪,真相反而已经被埋藏在了巨大的舆论旋涡里。

会议室里,电视台台长李东然,副台长周鹏程、王灿,新闻频道总监严建东、娱乐频道总监罗越、广告中心主任余非都在现场,而罗越身后,则坐着《超级周末》的制片人高飞和《星光现场》执行制片人沈娜,一起就牛魔王食品事件进行危机公关的讨论。

"关于这件事,市委宣传部领导非常关注。今天我们这个内部会议,需要集思广益,讨论出一个切实可行的解决方案。大家都说说吧,有什么想法?"台长李东然的开场白非常严肃。副台长周鹏程请示了一下后,首先发言:"这样吧,我跟李台交流过了,我们先每个人做一个简单的发言,说说对这件事情的看法。之后,我们再对里面的焦点问题进行讨论。老严,杜宇是你们频道的主持人,郑易也是从你们频道出去的,你先说说你的想法吧。"

严建东也不推辞,开口道:"李台,我是军人出身,也不拐弯抹角,直接说说我的看法吧。说实话,这件事从一开始,我就觉得杜宇和郑易并没有错!牛魔王找黑加工厂,用过期牛肉化学加工成新鲜牛肉,这是不是事实?是事实。杜宇为了暗访,被人打得住进了医院。而我们为了要拿到节目的冠名赞助,硬是没有审核通过这条带血的片子。说实在,对此我挺惭愧的!郑易把杜宇的暗访素材拿到我这里的时候,因为各种原因,我没有站在他们这边。当然,从频道和电视台的角度来说,他们事先没有报选题,直接去采访是有些莽撞和冲动,这点要批评。以后再碰到这样的事情,即便出发点是好的,也要注意方式方法,学会多方面考虑。现在呢,既然这件事公众都知道了,我们在军队有句话,叫'打要直,错要认',我们应该尽快终止与'牛魔王'的合作协议,与这样的黑心企业撇清关系,全力挽回新城电视台的公信力和媒体形象。"

严建东说完之后,广告中心主任余非有些坐不住,清咳了一声,道:"我说两句。老严的立场我很明白,但如果这样,我们招商部的工作就很难做。电视台年度招商已经结束了,如果与牛魔王解除协议,那么《超级周末》8000万的冠名赞助就落了空,会极大地影响到相关节目的运营。"

"嗯,老罗,你觉得呢?"王灿一直在点头,表示明白,转向娱乐频道总监罗越。

罗越自事件发生之后,作为娱乐频道的负责人,所受的压力是最大的。无论是公众、电视台领导、市委领导乃至《超级周末》节目组都等着他的处理意见。原想着先冷处理静观其变,却没想到事件的影响力大大超过他的想象,才没几天就沸沸扬扬,满城皆知。

他在恼怒之余,却也知道事情已压不下去了,无论公众还是领导都已经开始对自己表示不满了,所以必须迅速找到解决办法。在开这个会议之前，罗越已经找了高飞和沈娜开了小会。

　　高飞是《超级周末》的制作人，是事件的直接相关人员，且不必说。而沈娜作为《星光现场》的执行制片人，又是最熟悉郑易、杜宇的朋友，如何处理好这件事，更需要听听她的建议。

　　罗越见众人看向自己，知道大家等着自己的表态和处理意见，略微清了清嗓子，不紧不慢地说："这件事，虽说是杜宇的新闻报道引起的，但发展到现在，已经不单纯是《超级周末》冠名赞助的事了，更重要的是影响到我们新城电视台的形象和公信力。因此，我们娱乐频道经过内部讨论，先由我来表个态。《超级周末》，应该立刻和牛魔王解除冠名合作协议。"

　　这句话一说，且不论其他部门领导的反应，原本默不作声的台长李东然先微不可查地点了点头。

　　"当然……"罗越察觉到李东然的反应，心中一定，说话也更有底气，"我们有规范的流程，会根据协议条款，有理有节地走法律程序处理好与'牛魔王'的关系。"

　　"那你们《超级周末》这一年的经费，没有了冠名赞助，怎么办？现在这个时候了，要再找到一家能出得起这个价的广告主，可不是那么容易啊！"广告中心主任余非插话道。

　　罗越明白余非的担心。近年来传媒竞争激烈，广告创收压力很大。原本想借着新版《超级周末》的冠名赞助提高业绩，结果来这么一出，广告部的日子更加不好过，余非比他更不愿意失去这一大笔钱。

　　"老余，我明白你们的难处，但现在已经不是赞助费的问题，更重要的是我们台公众形象的问题。毕竟，损失一个赞助商，大不了再找一个；但是，如果失去了观众的支持，那我们就彻底没戏了！《超级周末》是我们的王牌节目，我们也不希望因为这次事件影响到它的收视率。这一点，我也跟高飞沟通过了，我们会再商讨出一个可行的方案，保证节目质量。至于经费问题，事情既然已经发生了，我们就需要一起来想办法解决。我们会议后可以再一起讨论，看看能否有其他解决方式。"

"我们也只是担心,《超级周末》如果没有足够经费,会影响到节目收视率。既然老罗你这么说了,我们也会尽力配合……"余非的语气缓和了很多。他觉得,不用广告部独立承担招商问题,《超级周末》节目效果若有影响,也不用自己负责,也就不表示反对了。

"从眼下的情况来看,重中之重是如何在公众面前挽回我们电视台的形象。这一点……"罗越侧身转投看了看沈娜道,"这次开会前,我们频道的执行制片人沈娜找到我,提出一个解决方案,我觉得有一定道理,但还需要各位领导来把关。由于这个方案是沈娜提出来,所以,我想着就干脆将她也带来,让她给大家说一下吧。"

大家一听,纷纷将目光转向沈娜。

这是沈娜第一次参加电视台高层领导会议。她知道这次发言,不但对郑易、对杜宇,对她自己也是一次决定性的机会。

在新城台快十年了,虽然她努力工作、业绩斐然,却一直停留在基层。一些比自己入行晚,甚至自己一手带教出来的人,都纷纷超过自己,晋升的晋升、转岗的转岗,只有她一直徘徊不前。

新城电视台虽然很大,但是事业单位的岗位大都是一个萝卜一个坑。想要发展或者转岗,往往需要原有岗位的人离开才行。所以,每当有好的岗位空缺出来,便会在集团内部进行竞聘。而那些有潜力、有发展空间的岗位,若没有强势的背景,根本轮不上。

如果说没有怨言,这是不可能的。但是沈娜知道自己没什么背景,因此除了努力工作之外,她能做的只有等待机会。

这次,罗越让自己在高层会议上发言,对沈娜来说是个难得的机会。

"各位领导好,我是沈娜,《星光现场》的执行制片人。"沈娜还是一套黑白套装,唯一不同的是给自己化了淡妆,显得专业、严谨,她落落大方地站了起来,拿出一个优盘示意会议秘书连接到电脑投影仪上,开始播放 PPT,"关于这个方案,只是我的初步想法,还不成熟,仅供领导参考。若有什么不妥的地方,请领导们不吝指正。"

沈娜的声音清晰、冷静，举止从容不迫，连台长李东然都暗暗点头，露出饶有兴趣的目光。

"在思考如何应对之前，我做了一个小小的调研，关于牛魔王代加工事件的社会影响度。"沈娜从容地翻着页，"大家请看，这是以几家知名报纸为代表的传统媒体对于事件的报道和报纸阅读量的数据……"

"这是微博、微信自媒体、爱奇艺、优酷等新媒体关于这起事件的点击、转发、评论、搜索浏览量的数据。不可否认，数据非常惊人，而且正以更快的速度增长，或者说裂变！"沈娜说到这里，停了一停。在座的领导面色愈发难看起来，大家都知道这起事件影响极大，但是面对真实数据后，才知道事情的严重性超乎自己的想象。

"但是……"沈娜等着众人接收数据之后，补充道，"正如李台跟我们说的，挑战和机遇是并存的！我做了一下调研统计，结果发现，新媒体受众大都是年轻人，他们平日主要的信息获取渠道是网络，而很少看电视。也就是说……"

沈娜顿了一顿，眼神扫过在座各位充满疑惑的电视台领导，停在台长李东然的身上："这次事件，如果我们运作得好，反而有机会将这类人群转化成我们的受众！"

"哗……"这句话一出，众领导们顿时议论开了。

"嗯，那应该如何运作呢？"李东然敲了敲桌子，让大家安静下来，对着沈娜问道。

"我也问过自己这个问题。"沈娜对李东然点了点头，将电脑PPT翻到另外一页，继续道，"我抽取了部分关于这次事件的评论，做了分析，有了几个发现。大家对于这起事件的反应褒贬不一，负面的是关于《超级周末》用'牛魔王'做冠名赞助的行为，正面的却是我们的记者杜宇，不顾个人安全，深入暗访，查得真相的行为。而杜宇个人的微博粉丝，也在短短一周内，从原本的四位数，增长到六位数！"

"大家再看，这是一周内百度关键词搜索数量，一个是杜宇，一个是《我在现场》……"

"好的，数据我们大概都了解了……"周鹏程没想到沈娜的话锋一转，竟然转到他分管的新闻这块了，好奇地问道，"那你的想法是什么？"

"我觉得，面对这次事件，我们与其等着它慢慢沉寂下去，不如借这个机会，顺着公众舆论和民意，将杜宇推出来，塑造成一个正能量媒体人的典型。只要杜宇一出现，就可以让网友们以为，是他们的舆论争取来的结果。这种情感的投资，既不费力，又是个漂亮的开始。接下来，继续让杜宇保持尖锐的批判风格，从而赢得长久的观众群。"

"想法是不错！不过，有些东西不能做得太过火，批评口径要掌握好。刚才宣传部领导打电话过来，也很关心这个事，我已经跟他解释过了。你们私底下也要和杜宇沟通好，要拿捏好这个度。"

"他那边您放心，我们会万无一失的。"

坚持理想的回报

世事如潮，或起或落，有人为、有天意，本非俗人参透得了。有的人面对起落，相信事在人为，有的人却随波逐流。只是这份随波逐流，是真的心甘情愿，还是充满无奈，便只有少数人知道了。

暗访视频在网络和媒体圈引起了轩然大波，而事件的当事人杜宇，却——胖了三圈。

杜宇高大，可是体形偏胖，又是地地道道的吃货，还偏偏一吃就胖，一胖就长脸上。之前为了上镜，杜宇一直有意识地控制食量，并且坚持每周踢一次足球，来保持体形。

如今被暂停工作，勒令在家思过的他，郁闷之余，整天除了上网就是睡觉，饿了便叫外卖，变成了一个标准的宅男。

家里窗帘紧闭，衣物散在各处，厨房的水槽里堆满了几天没洗的碗筷，垃圾桶早已塞不下任何垃圾。大厅、卧室乃至阳台上到处都是叫外卖残留的包装盒和一次性碗筷。

破乱的家中，唯一的活物——杜宇，已经变成了地地道道的"胖纸"。

整日闷在家里,微博微信已经成了他与外界交流的唯一媒介。不用工作的他,现在唯一的乐趣,便是回复和评论关于"牛魔王黑心牛肉暗访事件"的转帖以及翻看别人的微博。

尤其是"毒舌Baby",自从郑易和白若音绯闻事件起,杜宇就加了她的微博。在"牛魔王暗访事件"期间,"毒舌Baby"也围绕这个社会热点,编辑了不少讽刺吐槽视频。其犀利的视角,搞笑的吐槽,句句挠在痒处,让原本心中郁郁不平的杜宇大为畅快。

两人一唱一和,相互间热烈地点评和转发,好似说相声一般,出了不少被微友们戏称为"神回复"的点评段子。一来二去,杜宇对这个只在微博上见过的90后女孩儿,居然生出惺惺相惜的知己感。

这天下午,杜宇顶着刚起床睡扁的头发,鼓着双下巴,一边就着可乐吃双层榴莲芝士披萨,一边翻看着电脑屏幕上的微博。看到精彩处,一个人发出"嘿嘿嘿"的傻笑。

门外传来敲门声和沈娜的声音:"杜宇,开门……"

杜宇闻声,胡乱用手抹了一把嘴,一只脚蹬着拖鞋,打开门。

"娜姐,"杜宇将沈娜放进来,问道,"你怎么来了?"

"找你有事……唔……什么味儿?"沈娜踏进杜宇的房间,一股混合着食物和脏衣服的酸臭味扑鼻而来。她二话没说,走到窗边,一把扯开窗帘,打开窗户,让多少天没有透气的房间,流通一下新鲜空气。

"嘿嘿,娜姐……"杜宇尴尬地笑道。

"你多少天没出门了?"沈娜皱着眉头问。

"在家休假嘛……"杜宇露出不以为然的表情,一边整理出沙发茶几,请沈娜坐下。

"休假休成这样?"沈娜盯着杜宇看了几秒钟,"第三个下巴都快休出来了!"

"有吗?"杜宇摸摸自己的下巴,触碰到了粗糙的胡茬。

"你先去洗把脸吧。今天过来,是台里有正事找你。"沈娜瞪了一眼不情不愿的杜宇，不理睬这货口中的嘟囔，将他毫不客气地推进了卫生间。

三下五除二，草草刷好牙洗好脸的杜宇走了出来。虽然眼圈还是有点黑，但精神振奋了几分："娜姐，台里这次带来什么旨意啊？要你亲自跑一趟。我可有言在先，如果说让我写检讨，那就此打住吧，咱爷们儿就是不写检讨，大不了就辞职呗……"

"这么大人了，还闹小孩子脾气？坐下说话。"沈娜没理会他满肚子的怨气。

杜宇最服沈娜的话，自嘲地笑了笑，拿起沙发上的脏衣服甩到一边，坐了下去。

"你还想不想做新闻？"沈娜没有回应杜宇情绪化的表现，直截了当抛出问题。

"呃……"杜宇一阵语塞，想着你不是应该来安慰我的吗，怎么不按套路出牌？

"怎么，不想做？我可以理解！这次来，我主要是想告诉你，我已经说服台领导，让你主持一个社会热点评论节目。但是如果你没做好准备，那就算了……"沈娜嘴角边闪过一丝笑意，还是用一贯冷静的态度说道。

"啊？"杜宇又惊又喜，有点没反应过来。

"好的，明白了。那我跟领导回复，说你还需要休养，节目的事先搁置吧。"沈娜说着站起来，作势要离开。

"慢着、慢着……娜姐，到底什么情况啊？"杜宇一看急了，一把拉住沈娜的胳膊。

"放手！"沈娜脸颊微红，瞪了杜宇一眼，"像什么样子……"

"哦，哦……"杜宇腆着脸，将手缩回来，在自己身上抹了两把，又将沈娜请回到沙发上，"娜姐，我不是被停节目了吗，怎么又有新节目了？"

"不闹情绪了？"

"不闹了。"

沈娜正色道,"你得想清楚了,这次专门找你推出这么个新节目,有可能是你大红大紫的机会,但稍有不慎,也有可能导致你名声扫地,关键看你能否把控自己。"

"娜姐,你又不是不知道,名利对我而言真不重要,我只是想做点有价值的事。只是,有时候作为牵线木偶,想反抗却无能为力啊!除非哪一天干脆自己坏掉。"杜宇摇了摇头,抓起手边隔夜的可乐喝了一口。

"你别急嘛,信念是永远打不垮的。我给你讲个故事……不许再喝了,都这么胖了……"沈娜抬手夺过杜宇的可乐,继续道,"一群孩子在一位老人家门前嬉闹,叫声连天。几天过去,老人难以忍受。于是,他出来给了每个孩子25美分,对他们说:你们让这儿变得很热闹,我觉得自己年轻了不少,这点钱是表示谢意。孩子们很高兴,第二天仍然来了,一如既往地嬉闹。老人再出来,给了每个孩子15美分。他解释说,自己没有收入,只能少给一些。15美分也还可以吧,孩子仍然兴高采烈地走了。第三天,老人只给了每个孩子5美分。孩子们勃然大怒,说一天才5美分,知不知道我们多辛苦!他们向老人发誓,他们再也不会为他玩了!"

杜宇若有所思。

沈娜继续对故事的解读:"在这个寓言中,老人的算计很简单,他将孩子们的内部动机'为自己快乐而玩',变成了外部动机'为得到美分而玩'。而他操纵着美分这个外部因素,所以也操纵了孩子们的行为。故事中的这个老人,不就正像此刻在办公室里谋划的那群人吗?"

杜宇点头认同。

沈娜的话还没有说完:"如果我们将外界的评价当作参考坐标,情绪就很容易受影响。因为,外部因素我们控制不了,它很容易偏离我们的内在期望,从而让我们不满,让我们牢骚满腹。不满和牢骚等负面情绪会让我们痛苦,为了减少痛苦,我们就只好降低自我期望,变得自暴自弃。"

杜宇懂得她的意思。

"娜姐，你放心，我会调整好的。外界那些议论对我而言，不会有什么影响。至于我自己的初心，就更不会忘记了！"

"嗯，眼下这个机会不错，也是我和台领导建议的，所以台领导让我问问你的意思。有什么想法，后天台里跟你谈话的时候，你可以直接提。"沈娜微笑着说。

"谢谢娜姐！"杜宇看着沈娜的笑脸，心里一阵感动。他知道，如果不是沈娜，他很有可能再也做不了新闻记者，甚至会被解聘。

"不用谢我！招商会的那天晚上，我答应过你的。"沈娜温言道，"不过以后可不要那么冲动了，我不是每次都能帮到你的。"

"娜姐，我明白。这次都怪我，还连累了老郑。"杜宇有些自责。原本只是他的个人行为，但是将郑易也牵扯进来，导致郑易同样被暂停了《超级周末》和《星光现场》两档节目的主持工作。

"娜姐，你去看老郑了吗？他还好吗？"

"他呀……"沈娜见提到郑易，眼睛中闪过一丝黯然，勉强微笑道，"他跟白若音正式交往了。有白若音陪着他，就不需要我们担心了。"

"娜姐……"杜宇察觉到沈娜的异样，刚想说什么，被沈娜打断。

"好吧，我先回去了，后天《我在现场》的制片人王琪会找你谈话的。"说着沈娜站起来身来，杜宇将他送到门口。

沈娜转过身来，又上下打量了下杜宇："记得从现在开始要减肥，你这样怎么上镜啊？真要因为形象而上不了镜，我也帮不了你……"

16楼的新闻频道走廊里烟雾缭绕，黑暗中，微弱的光亮忽闪忽闪，许久，才终于灭了。墙壁上贴着《我在现场》的海报，海报上没有人，只有一张记者证和一个话筒。这里没有明星，没有喧嚣，只有事实的真相。

杜宇走进办公室的时候，王琪正在电话里滔滔不绝地和人说话："这是我们节目今后的一个特色，只要有人一说起《我在现场》，就能立马想到这个环节。别的台即便能模仿,也得不到精髓。"正说着,猛然抬头看见了杜宇,忙示意他先坐下。

电话很快结束,王琪迫不及待要宣布他的计划:"杜宇,你知不知道上次的事在网络上引起的轰动啊?人人都在讨论你,转发你的视频。"

杜宇无动于衷,没有显出半点意外神色,他在等待接下来的消息。

"我们决定,让你在每次直播节目之后,都像对这次事件一样使用批判风格,进行口头评论。"王琪一脸兴奋。

"和这次一样?无节制地吐槽?"杜宇一脸冷笑。

王琪连连摇头:"不是,不是,尺度还是要控制一下的。我们会安排专门的编辑来写,这你放心!"

"别人写的东西,却要以我的名义,从我的嘴里说出来的,我不喜欢那样说话!还让我当播报工具,造假作秀,那和过去的节目有什么区别?"

杜宇表现出的愤慨超出了王琪的预期。有一会儿,他显得有些措手不及,但很快,就恢复了镇定:"你先别急,这个我们可以好好商量。这主意,也不是我一个人想出来的。因为现在网络上对你那次评论都非常认可,从台领导到咱们节目组都觉得可以好好利用一下。"

用上头来压人,杜宇可不吃这一套:"可我已经做不到上次那样了。上次是我在酒吧中随意的吐槽,读稿子我可做不出这种效果。"

王琪这下急了,脸色一沉:"因为你的事,知道台里承受了多大的压力吗?市里领导都打了电话过来。"

"竟然如此?我知道我冲动了,犯错误了,以后我更应该避免这种带有感情色彩的评论。"杜宇以退为进,一副我知错能改的样子。

"杜宇,你怎么这么任性?这件事情,你没有错,但是你的行为确实对节目、对频道、对电视台都造成了巨大的影响。现在,我们有这个机会,既可以挽回电视台的公信力,又可以做一档观众可能喜欢看的节目,有什么问题?"王琪有些激动,脸涨得通红。

杜宇一下子不知道该说什么好。他一向觉得生活是生活，工作是工作。用带有强烈个人感情色彩的判断来做新闻评论，确实违背了他对于新闻准则的认知。可反过来想想，曾经遮遮掩掩、平平淡淡的评论方式，的确也有隔靴搔痒的感觉，观众的心声，自己的心声，都不能得到充分的表达。也许，在有限的空间里，找机会说出想说的话，也不失为很好地表达自己见解和情感的方式。

"好！但是你要答应我一个条件。"

王琪见他几个回合之后就松了口，心生窃喜："什么条件？你说吧。"

"评论，我自己来写。"杜宇说。

新城电视台与"牛魔王"解约了！这个消息一夜之间出现在大大小小的报纸、杂志、微博、微信、视频网站等新老媒体上。公众对于新城电视台解约不良商家的做法，给予了一边倒的好评，此举极大地改善了新城电视台的公众形象。

而曝光牛魔王用劣质牛肉代加工事件的杜宇重回《我在现场》，并且在节目新环节《就说这么多》中担任评论员。此后每天下午，杜宇来到台里，会调看大量的电视新闻，翻阅当天所有的报纸，浏览网上诸多的热点，然后选择其中最热的四五件事，撰写评论。直播中，因为对内容了然于胸，所以表达相当自信。其热辣尖锐但不失分寸的点评，不仅让老观众们大呼过瘾，同时也吸引了大量网络粉丝的关注，收视率节节攀升。节目的官方微博账号刚出来，不到一周就拥有了十几万的关注量。而杜宇，也成为了新城电视台正能量的代表。

第五章　困顿

我们并不像自己以为的那么懂爱

风水轮转，福兮祸兮。当杜宇因祸得福，全身心投入新栏目的时候，郑易也结束了休假，回归工作岗位。但他很快就发现，自己被高飞边缘化得更厉害了。《超级周末》中，高飞明显力捧张扬，打压自己；《星光现场》中，在郑易做台下互动时，高飞不是随意插话，就是故意拆台，常常让他尴尬。不过，这样的局面本来也在郑易的预料之中，毕竟之前高飞为了《超级周末》冠名权拼尽全力，好不容易敲定了最大的赞助商，如今却落得与"牛魔王"解约的结局，不气恼才怪！郑易虽然并没有直接发表意见，却因为杜宇怒骂时在场，也就成了间接当事人，所以不仅台里对他做了连带处理，被被高飞记恨也在情在理。这么一想，也就没什么了，郑易倒能继续淡然处之。

或许，这就是所谓的"情场得意，职场失意"吧？郑易安慰自己。

确定了与白若音男女朋友关系之后，郑易趁着工作压力减少，本想多陪陪白若音，可是在白若音的坚持下，两人还是选择不公开彼此的关系。两人约会，都要一番精心策划，选一些让人意想不到的地方见面，以避开媒体和狗仔队。

可以说，与白若音的交往，一时间充满了紧张和刺激，郑易有一种近似"偷情"的新鲜感。除了秘密幽会外，他依然会努力设计一些文化含量十足的清雅浪漫的事情，参加品鉴雅集、艺术沙龙、公益活动等。可是随着交往时间一长，郑易就发现白若音并不如外界宣传的那么有才，很多时候，当自己兴高采烈地说一些文化方面的感悟，她只是听着，没有什么互动，甚至有味同嚼蜡之感。虽然在参加这些活动时，白若音也努力做了准备，可再怎么临时抱佛脚，底蕴是无法伪装的。但是郑易没有揭穿，想着白若音不过也和多数演员一样，书读得不多而已。但只要她还愿意听自己讲，就已经很不错了。他还发现，与讨论高深问题时的状态相反，只要一说聚会、派对、时尚话题，白若音还是难掩兴趣盎然，浑身来电。久而久之，郑易也就不再策划太多雅趣之事了，反而更加迁就地参加白若音更为熟悉的演艺圈派对。与娱乐圈二三线演员、歌手称兄道弟，从一开始的矜持和不适应，到慢慢地产生堕落的快感，郑易有一种加入娱乐圈成为"名人"的错觉。他也"入乡随俗"地穿名牌，喝好酒，泡夜店，玩嗨趴。平时出入，都戴着墨镜口罩，心中却时时刻刻希望被人认出。

书也不读了，球也不踢了，书法也不练了，整日看着手机微博，上传的自拍照片被人点赞和转发，成了他最大的乐趣。

可是时间一长，新鲜感过去，郑易每每醒来，只剩下繁华过后的空虚感，反而怀念之前忙碌工作的充实，哪怕在那个时候压力令他喘不过气。

郑易看着玻璃窗外，突然发现自家小区里的樱花开了，夜风一吹，洋洋洒洒地飘散开去，落在石子路上。什么时候开的花？郑易问自己。

摇摇头，郑易想起了某天夜里的山茶花，突然很想喝茶。他取出茶具，烧上水，想了想，翻出那枚宋婵和茶一起快递来的优盘，插入音响。伴随着古琴的旋律，看着窗外的风景，静静等待着水开。

静谧中的淡淡喜悦，不知不觉地浮上郑易的心头。不是那么明显，不是那么强烈，就好比白米经过咀嚼后泛出丝丝的甜味。

水开了，刚拿起水壶，突然手机响了，打破了那宁静。郑易举在半空的手微微犹豫，还是把水壶放回到桌子上。拿起手机，正是白若音打来的。

"喂，若音！"

"……"

"今晚吗？"

"……"

"嗯……"

"……"

"不是,今天工作有点累……"

"……"

"噢,没事,既然是你好朋友生日,我当然得来!"

"……"

"行,那八点半,我们老地方碰头,一起过去!"

"……"

"好,拜拜,一会见!"

郑易关上手机,脸上的笑容微微敛去。回头看了一眼茶席,叹了一口气,拿出换洗的衣服,走进浴室冲凉。

玉门夜总会,新成都最贵的KTV夜店包房里,音乐震耳欲聋,房间顶部由电脑控制的灯光,翻滚着射出五色光芒,洒在几位正好兴奋玩闹的年轻男女身上。他们都是当红的艺人,有最近正在热播的偶像剧演员,也有人气很高的创作歌手,T台模特,还有微博上人气爆棚的时尚达人。他们穿着各种制服,有的扮成空姐,有的扮成老师,有的扮成护士,有的扮成水兵,肆无忌惮地享乐。

包房自带的吧台区域,一位穿着制服的调酒师,动作华丽地摇动着调酒杯,调制着一杯杯特制鸡尾酒。有的如鲜血般充满诱惑,有的如湛蓝的海水让人沉醉,有的仿如天边的霓虹,有的在酒液上燃烧着火焰,充满了魔幻的魅力。一位穿着短裙的侍者把酒送到贵宾的身边,刚一端上桌,便被玩闹的男女们一抢而空。

"两只小蜜蜂呀……"

"么么……"

"十五、二十、五……输了,哈哈,喝……"

"到你了……"

"死了都要爱……"

郑易一身黑衣人的装扮,独自坐在沙发上,看着白若音跟朋友一起疯一起闹一起肆意大笑,突然感到意兴阑珊。他晃了晃手中的红酒杯，思绪却飞到了家里那壶还没来得及泡的水仙。

宋婵送的两罐茶，凤凰单丛喝过了，那罐水仙还没开，不知是什么味道？还有那枚优盘，只来得及听了第一首曲子，后面还有其他曲目吗？如果现在在家，听着琴，泡上一壶新开的水仙，是什么样的感觉？

"亲爱的，在想什么呀？"

白若音略带不满的声音在郑易的耳边响起。郑易回过神来，只见白若音一身护士装，坐在自己身边，娇嗔地说："大家都在玩，你怎么一个人在发呆啊？"

"啊？没有……就是人有点累。"

"高兴点嘛，今天是我闺蜜的生日趴，跟大家一起玩吧。"

"是呀，郑大才子可能觉得无聊了！"说话的是今天的主角莉莉，以甜美的歌声和清纯的校园形象广受少男欢迎，被称为"少男杀手"。只有熟悉的朋友才知道，她私底下是个爱玩爱疯的女孩儿。今天的生日趴，她穿着紧身皮衣制服，踩着高跟鞋，戴着面具，手里拿着皮鞭，气场十足，性感妖媚。

莉莉回过头，对其他人说，"还有什么好玩的？我们换个刺激的吧！"

"好呀！"帅哥美女们纷纷响应！

"玩什么？"

莉莉眼珠子一转，坏笑道："难得我们若音带男朋友来玩，我们是不是有义务帮我们的好姐妹仔细考察一下呀？"

"好呀！"

"要的，要的！"

"怎么考察？"

白若音见郑易有点尴尬，试着制止道："莉莉，别闹，易哥可经不起你们折腾！"

"哟，这么快就护着啦？放心！我们的游戏有规则，只要心里没鬼，不怕玩哦。"说着莉莉转头对郑易道，"郑大才子，敢玩吗？"

郑易看了看白若音略带期盼的眼神，心里一软："好吧，不过先说好，我不是很擅长玩游戏哦，玩得不好别见怪。"

"放心！这游戏不难，叫 Ever & Never，曾经和从不……"莉莉眼波流转解释道，"我们也不占便宜，大家一起来玩。每个人需要说一句话，由'我从不'或者'我曾经'开头，说一件事。其他情况相反的人，就要罚酒一杯。举个例子，我说，我从不喝酒，那么其他人如果喝酒的，就要自罚一杯，以此类推。不难吧？"

"好！那么来吧！"郑易见大家那么有兴致，不便扫兴。

"那我先来。我体重从来不超过 90 斤！"

"我曾经一口气喝掉一整瓶龙舌兰！"

"我曾经跟刘天王拍戏！"

……

"我曾经同时和三个女生交往！"

"我从不相信男人的承诺！"

"我曾经想过裸奔！"

虽说是简单的游戏，却最能反映人心。从一开始简单的问题，随着众人酒越喝越多，内容也越来越劲爆，回答也越来越赤裸裸，惹得众人发出阵阵尖叫，郑易却愈发觉得尴尬和格格不入。一直以来，他都力图适应这个光怪陆离的娱乐圈，甚至努力从骨子里去改变，让自己更像或者就是一个艺人。但他从来没有想过，无论自己怎么努力，他的世界，还是与他们如此遥远！

终于，郑易找了个借口先行离开，而白若音要陪莉莉玩通宵。他走出了包间，回头看了看身后厚厚的隔音门，不由得松了一口气。由于喝了一点酒，郑易走进洗手间，用冷水洗了一把脸，人清醒了很多。

走出洗手间，一个女孩儿迎面快步走来，郑易躲闪不及撞了个满怀。

"对不起！"

"啊……"

女孩儿一软,一个踉跄,郑易赶紧扶住,定睛一看,居然是宋婵。从不喝酒的宋婵,满脸通红,嘴里还散发着酒气,眼神迷离,只穿了一件单薄的衬衫,没有外套,挣扎着想站立起来。

"小婵,怎么是你?"郑易赶紧将宋婵扶正,诧异地问道。

宋婵摇了摇头,也认出了郑易,虚弱地道:"带我离开……快……"话音颤抖,还带着丝丝哭腔。

这个时候,郑易看到有个小伙子很快追了过来,要上前拉宋婵,顿觉事情不对劲。他大吼一声:"你是什么人?"来人愣住了,犹豫了一下,转身走开了。郑易赶紧除下身上的西装,披在宋婵的肩头,又摘下太阳眼镜戴在宋婵的脸上,半扶半抱着她,迅速离开了玉门夜总会。

郑易叫了一辆出租车,坐进去,叫司机直接开车后,才轻轻地对软绵绵靠在自己肩头的宋婵道:"去哪里,我送你回去?"

宋婵的情绪十分低落,反应木然,垂着头,好似发呆一样,只是两只手将郑易的胳膊紧紧地抱在胸前。郑易想抽出来,去被宋婵更加死死地抱住,不肯松开。郑易不知道发生了什么事,只能轻轻拍着宋婵的手,柔声道:"不要怕,我们已经离开了,现在车上,很安全!我送你回去,你住哪里?"

重复了好几遍,宋婵终于回过神来,慢慢松开郑易的胳膊,坐直身体,将自己紧紧地包裹在郑易的外套里,双眼蓄满了泪水,一滴一滴地流下。郑易一惊,连连问道:

"小婵,没事吧,你去哪里,我送你。"

"小婵?你没事吧?"

"你还好吧?"

连续问了好几遍,宋婵犹豫了片刻,轻声:"我不想回家,送我去忘机小筑。"然后说出一个地址。

深夜的忘机小筑,院子里黑漆漆的,只有铁门旁的那盏小灯朦朦胧胧地亮着。郑易扶着宋婵,跌跌撞撞地打开会所底层大厅的灯。在宋婵的指引下,郑易将宋婵扶上了二楼。楼上有两个房间,一个是宋婵平日休息的房间，另一个房门紧闭。

郑易将宋婵轻轻放在房间里的软榻上后，才有机会打量整个房间，布置得古色古香，家具都是老红木的。正中摆的便是一张中式大床，床对面是一个明式软榻，铺着丝锦的软垫，上面放着一个矮几，矮几上摆着一套茶具。软榻的左侧是一个化妆柜，上面安装着三面镜子，成扇形，可以映射出主人的各个角度。右侧是一个博古架，放着铁壶、紫砂、茶盅、盆栽、花瓶，显然都是主人喜爱之物。

宋婵身子歪在软榻上，眼睛直勾勾地看向前方，一动不动，神色黯然，不言不语。郑易看着她这个样子，有点慌，来到宋婵面前，蹲下来，轻轻问道："要不要喝点水？你这里有厨房吗？"

连说几遍，宋婵才慢慢地转过头，眼神还是空洞的，指了指楼下，道："喝茶……"

郑易从床上拿过一个枕头，垫在宋婵的腰后，让她靠得更舒服，然后拿着博古架上的铁壶走到楼下，在大厅的一侧找到了厨房，烧了一壶热水提了上来。

当茶汤一开，整个房间弥漫着清幽的茶香味。一杯热茶下肚，宋婵的神色也慢慢缓了过来。她看了看郑易，眼神中充满了复杂的情绪，道："今天谢谢你了！刚才……你……没吓到吧？"

郑易见宋婵恢复正常，终于放下心来，关心地问道："小婵，你没事吧？"

宋婵咬着下嘴唇，犹豫了片刻，说："郑易，我可以告诉你，但是请你别说出去，好吗？"

原来，由于新城电视台跟"牛魔王"食品公司解约后，《超级周末》的制作预算出现了巨大的缺口。为了弥补经费缺口，高飞这阵子更加努力地四处寻找冠名赞助商。但仓促之间，要找到合适的赞助商并不是件容易的事。有的企业，年度预算已经确定了，这么大体量的广告就不会再考虑了；有的企业有赞助意向，洽谈下来却发现费用太少，达不到台里的最低价格……

而这个时候，方亚楠给高飞介绍了一个品牌赞助方。据她介绍，对方有足够的资金实力，也有一定的预算想要推广自己的品牌。但对方要求先见一见《超级周末》的几位主持人。于是在方亚楠的安排下，双方在玉门夜总会见了面。

谁知道见面后，赞助方只字不提冠名赞助的事，只是一味地劝酒唱歌，酒过三巡后又点名要宋婵陪着喝。这次没有郑易挡酒的宋婵，勉强喝了一杯红酒。这样一来，对方更来劲了，言语轻浮，充满挑逗，话里话外暗示如果能满足他的要求，他便愿意成为《超级周末》的赞助商。过了一会儿，宋婵感觉不舒服，天旋地转，脸颊发热，身体发软。见宋婵有点昏昏沉沉了，赞助商老板拿出一张酒店房卡，嬉皮笑脸地说："小宋啊，怎么了？不胜酒力？我叫我驾驶员送你到酒店休息一会儿吧？"说着，冲旁边的驾驶员使了个眼色。那个年轻的驾驶员心领神会，上前架起宋婵的胳膊就往外走。宋婵想推开他，却觉得一点力气也使不上。她又想呼喊，但发出的声音太虚弱，被KTV的音乐声完全盖住了。高飞、张扬、方亚楠等唱得正嗨，根本没注意宋婵这边发生的一切。很快，她被司机架着离开了。走廊里，宋婵努力保持清醒，在看到前面有卫生间时，她使出全力推开了对方，说了一句"我要上洗手间"，就往里跑了进去，结果在过道里撞到郑易。

郑易听完了宋婵断断续续的描述，顿时大怒，拍案而起："什么？这老色狼竟然如此大胆！飞哥居然没有管你？"

宋婵脸色一苦，道："也不能怪他，他也是逼不得已，况且他也没有要我……"

郑易更加生气地道："他这样子，你居然还帮他说话？"

宋婵解释道："他以前不是这样的。我刚进电视台不到一年的时候，还是一个娱乐频道的小主播，是飞哥点名让我接替方亚楠担任了《超级周末》的主持。那个时候，我什么也不懂，碰到这样的事都是他保护我，替我挡掉这些心怀不轨的男人。即便是现在，他也从来没有……"

"他没有？上次牛魔王的魏总逼你喝酒，他怎么没护你？还有这次……小婵，这种事不能忍，该向领导汇报就汇报。这是什么风气啊？绝不能姑息的！"

"郑易，不行，不能这样的……"宋婵连连摇头，眼泪如珠串一样跌落下来。

"有什么不行？你怕的话，我来。别人怕他，我可不怕！"宋婵越是这样，郑易火越是大，厉声道。

"郑易，不要……"宋婵抓住郑易的手，哀求道。

"怎么？你怕他报复？"郑易站起身来，转头要往外走，"怕什么，明天我就去向领导汇报，我来出面，不会连累到你！"

"不是，郑易，你不懂……"宋婵死死抓住郑易的手，冷不防被郑易带得摔倒在地上。

"当心……"郑易连忙止住脚步，上前将宋婵扶了起来，"我就搞不懂了，你怎么这么护着他？"

郑易将梨花带雨的宋婵重新扶到软榻上坐下，突然问道："难道，你喜欢他？"

问题一出，双方都安静下来。宋婵露出缅怀、痛苦、挣扎的神色，看得郑易隐隐有些心疼。

半晌，宋婵才平静下来，轻轻地说道：

"我不知道……五年前我确实喜欢过他，那时我才二十三岁。我在进电视台之前就很喜欢他，喜欢他的节目，喜欢他的才华。那时，他不像现在有很多的顾虑，充满激情和动力，跟你有点像。我从来没有想过，自己居然有一天会成为他的搭档，跟他肩并肩站在同一个舞台上。他对我很好，教我很多东西，也很照顾我，碰到有人欺负我，他都会挡在我身前。对他，我很感恩！"

郑易没有说话，只是坐在软榻的另外一面，静静地听她喃喃自语。

"你知道吗？四年前，有一次深谈时，我跟他表白过。你猜他怎么回答？"宋婵看着郑易问道，不等郑易回答，便自顾自地往下说，"你可能猜不到，他根本没有回答，只是笑着摸了摸我的头，就好像哥哥对妹妹一样的宠溺，把我宠得没底……我当时就想着，等我成熟一些，不再是一个小女孩儿的时候，会不会就有机会？"

"很多人笑我傻，大家都说女主持人最好的归宿，就是找一个有钱的好男人嫁了。确实，我们很多女同事都这么做了，看起来过得也很好。我母亲也反复给我介绍对象。可是我不想这样，虽然我身边确实有不少有钱人，年轻，优秀，想方设法追求我，可我就是不愿意。

"你知道吗？我其实并不想结婚，现在的我是绝版的自己，唯一的自己，独立的自己。我可以选择和谁在一起，我也可以选择不和谁在一起，而不是被动地成为他生活的一部分。

"相对于妻子，我更喜欢做红颜知己，工作伴侣。这样，我们虽然不会完全属于彼此，但也不会因此迷失自己，不会失去对方。如果真的有了两情相厌的一天，也不会被所谓的婚姻、孩子约束，只能苦苦地熬下去。

"我很珍惜留在飞哥的身边做他搭档的时间，不只是因为飞哥，也因为节目本身有我自己的贡献和努力。而现在是他最苦最难的时候！郑易你是不知道他现在有多难，多少人在等着，等着他掉下来。很多事，我知道不是他的本意，可是他输不起，也不能输。而我也不求其他，只是希望能在这个时刻帮着他一起渡过难关。

"所以，郑易，今晚的事，请你千万不要说出去……"宋婵一把抓住郑易的手道，"我知道他对你很苛刻，但是你知道吗？这是因为你跟他太像了，而且你比他更年轻，更有冲劲！"

"所以，他就想尽办法打压我，是吧？"郑易听宋婵这般维护高飞，心里满不是滋味，忍不住吼道。

"电视台这个地方，这些都免不了。其实你知道吗？你和他之间的宿怨，从你第一次代班那天就已经注定了。"

郑易惊讶道："为什么这样说？"

"一直都没有人告诉你，其实那天邱毅的退出是提前安排好的一个局……"

"啊？怎么回事？"

宋婵叹了口气，悠悠地说："邱毅知道自己可能拿不到冠军，确实有退出的想法,并且和飞哥说了。按合同来说,他退出就是违约,会产生高额的违约金,不仅出场费拿不到,甚至还要倒赔节目组一大笔钱,所以飞哥觉得还是让邱毅打消这个念头。但是,这事被薛小磊知道了,你知道薛小磊的角色吧?"

"哦,我知道,是节目主编。"

"在娱乐节目里设一个像新闻组一样的岗位,奇怪吧?其实他的作用是编剧。"

"对,在《星光现场》里他确实要设计很多的情节。"

"那次,他就和飞哥商量,既然邱毅有这个想法,不如借机编一个剧情,就是邱毅突然宣布退出,飞哥现场一段慷慨陈词,大致是前辈要给后辈起示范作用云云,又把邱毅战斗的激情燃起来,进广告,回来再比赛,邱毅发威,勇夺第二名。是不是很励志的剧情?"

"怎么会是这样?那为什么没有人和我说呀?"

"本来这个情节和说辞都是由飞哥主导的,没想到他突然病倒。而那天应该是由薛小磊或者沈娜和你交代环节的,结果被后台黎黎的事情一闹,这事情就给搞岔了,薛小磊以为沈娜和你交代了,沈娜则以为薛小磊和你说了,我也以为你肯定已经知道了,结果就是谁都没和你说。但是没想到,你在不知情的情况下,一段发挥,就把邱毅给打发到观众席上去了,弄得邱毅一点脾气没有。"

"啊?居然是这样!"

"是的,你想想,咱们直播一般都有几分钟的延时,导播间也规定必须有半小时的备播带,所以遇到突发状况,现场演出立即停下来,切换备播带不会超过 30 秒,而在几分钟后才传到电视机上的画面,观众什么都看不出来的。"

"这些技术环节我现在都明白的,当时第一次参与综艺直播,怎么就没想到呢?"

"是啊。不过平心而论,你当时的发挥确实太好了,我都被带进去了,觉得你的处理比薛小磊编的情节好太多了,现场效果也说明了这一点。只是后来邱毅没有拿到事先内定好的名次,很恼火,和飞哥闹了一阵子，不过碍于合同的条款，他也不敢声张，后来就不了了之了。"

"那后来为什么没人告诉我这件事呢？"

"本来你就是代班，又是编导组出现的失误，算是一个大乌龙，所以后来罗总和飞哥开会，就要求大家保密，对谁都不能说，包括你……"

"唉，真没想到竟然会是这样！怎么感觉我就像一个自以为是的傻子一样？！"

"郑易，以你的才华和潜质，早晚有一天会找到机会登顶的。或许你晚个十年出现，或许只需要晚五年，飞哥不但不会打压你，反而会全力培养你。"

"那你的意思，就是还要熬五年了？"郑易摇摇头。

"不用，很快你就有机会做自己的栏目了。相信我，很快的……"宋婵显得欲言又止，吞吞吐吐。

安顿好宋婵，郑易回家了。路上，他满脑子都在想宋婵透露出的消息。到底是什么机会？宋婵又是怎么知道的呢？

此时的夜是最深的，却也正是黑暗和光明的交接点。只是，有人迎向光明，有人却更愿意隐于黑暗。

与此同时，高飞随着方亚楠来到她的住所。高飞显然喝得有点多了，少了几分往日的从容和儒雅，显得有些心浮气躁。

"方亚楠，你是不是早知道对方的意思？"高飞跟着方亚楠进了大门。

"对方什么意思？"方亚楠优雅地在沙发上坐下，一副不明所以的样子。

"不要装了，就是对宋婵不怀好意。"高飞侧身在旁边的沙发上坐下，扯开自己的领结，压抑着怒火质问道。

"怎么，心疼了？"方亚楠似笑非笑地瞥了高飞一眼，从随身包中取出化妆镜，照了照。

"你少给我扯,回答我的问题。"高飞拉下领结,敞开衬衫领口。

"飞哥,这种事儿在这个圈子不稀奇吧?"方亚楠拿出粉饼,一边补着妆,一边不以为意地回答。

"就是说,你早知道对方的意思?你是有意的咯?"高飞见她这副理所当然的样子,怒火更盛。

"大家都是成年人了,一切都是自愿的,我也没有强迫谁,不是吗?"方亚楠"啪"的一声合上化妆盒,把脸一板反问道。

"什么?你不觉得有些卑鄙吗?"高飞吼起来,脖子上青筋若隐若现。

"卑鄙?高飞,你说我?你之前用了个小明星代替宋婵过去就不卑鄙?"方亚楠见到高飞这副样子,既不害怕也不生气,只是冷笑着,露出嘲弄的表情,"还有,张扬跟齐力电器李总……你以为我不知道?"

"那怎么能一样?"高飞气势一滞,为之语塞。

"有什么不一样?"

"你……"

"高飞,你搞清楚一点,现在是我在帮你拯救《超级周末》。你要不乐意,我立刻撒手,一个电话过去,对方马上可以取消赞助,你信不信?"

见方亚楠拿出手机,高飞脸上一阵红一阵青,涩声道:"亚楠,你到底想怎么样?"

"怎么样?"方亚楠收回手机,冷冷地道,"我跟你说过了,你欠我的,该还了!"

"你到底要什么?"高飞深吸一口气,强迫自己冷静下来问道。

"要什么?当然是《超级周末》女主持的位置。"

"这不可能!"高飞见方亚楠这么回答,心里又失落又紧张。

"怎么不可能?"方亚楠一下子坐直了身子,声音也提高了几分,"《超级周末》是我跟你共同从不起眼的小节目一起打造出来的。而五年前,我本来就是新城电视台最强的女主持人。"

"是，确实是。但你不是走了吗？现在《超级周末》的女主持人是宋婵，也是台里安排的，不是说换就能换的。"

"我是走了，可我走是为了什么？不是为了你吗？当年我们两人一起做《超级周末》，在你最困难的时候，我毫无保留地支持你，帮助你。你知道我是怎么对你的，不止工作、时间、连心……还有……什么都给你了……而你呢？你这个骗子！骗得我好苦……"说到这里，方亚楠眼圈发红，却死死地忍着。

"唉，亚楠！"高飞有些愧疚，"是我对不起你，是我的错！"

"你说你喜欢我，却又不能和我在一起，任凭我怎么表白，怎么求你都没用！一直以来，你既不拒绝我，也不告诉我真正的原因，就由着我抱着希望陷下去，为什么？"方亚楠终于压抑不住，一行清泪顺着眼角扑簌簌流下来。

"亚楠，那也不用离开啊……"高飞看着表情倔强又哀伤的方亚楠，想起了当年那个对自己百分之百付出的开朗女孩儿，心软了下来。

"留下来？哼……"方亚楠一边流着泪，一边冷笑着，"留下来干吗，继续和你耗着，假装一切都很和谐？我告诉你，高飞，我的生命不是用来猜谜语的，我的青春也不是廉价品！"

"你这又何苦呢？"

"何苦？我告诉你，我不是为了你才帮忙的，《超级周末》不是你一个人的，我也有份，我才应该是《超级周末》的女主持。是我的，我一定会亲手拿回来。"方亚楠止住眼泪，恨声道，"老罗已经答应我重回《超级周末》栏目，拿回我应得的，是早晚的事！"

好节目离得开"老"主持吗？

有人的地方就有江湖。有的时候人不找事儿，事儿却会找上人。

娱乐频道的会议室里，《星光现场》的全体人员都已经到场。会议桌的正中央，摆放着一盆巨大的绿萝，枝叶繁茂。有人以为是假的，用手去摸了一下，引来了哄堂大笑。但笑声只是会议开始前的一个小小插曲，接着，整个会议室就陷入了持续的沉闷。一拨人开始低头玩起了手机；一拨人站着，寻摸着能不能抽烟，见没人带头，只得作罢；还有一拨人摆弄着手里的纸和笔，一会在纸上写写画画，一会试图让笔在桌上能够竖立起来……

郑易走进会议室，见大家都到了，赶紧先道歉，众人倒不介意。有人忙跑出去通知沈娜，说人都到齐了。

郑易扫了一眼会议室，看到人人都在忙自己的事情，突然他的眼神中掠过一丝疑惑："高飞没来？"

"这个我也不清楚，好像没有通知他参加会议。"薛小磊摊开手上的笔记本。

"沈娜电话中说事情很重要，既然重要，那也不应该忘了高飞吧？"

"我上午还微信问过他参不参加会议，但他没回我。"后面的张妮探过头来。

"哦，这样啊。"郑易点点头，又把目光移向了窗外。

窗外，天阴着，雨还没有停下来。半空中，一个白色塑料袋上下翻飞。会议室的门被推开，沈娜和罗越沉着脸，走了进来，众人停止了说话。沈娜看见了郑易，沉着的脸露出笑意，走上前和他坐在了一起。

罗越在会议桌前坐定，清了清嗓子："台风天，叫大家过来，不好意思！但是，事情很急，也没办法。"气氛有些奇怪。《星光现场》的老员工们一个个正襟危坐，等待罗越宣布消息，而另一边，从大型活动部新过来的几个人仍然懒散地坐在一起。

罗越喝了一口杯中的茶，继续说道："今天召集大家开会，我先不谈咱们《星光现场》，来说一说《超级周末》。你们都知道，这个节目已经走过了十年。在这十年里，它一直是同类型综艺节目的标杆，但是最近的形势不容乐观。"

他拿起桌上的纸，举到离眼睛只有几厘米的地方，又放下来："从年初开始，我统计了一下，进入同时段全国前三的次数只有五次。"

以前，可是长期稳居第一的。我叫广告中心的余非主任打了一份广告客户的意向名单给我，发现以前的老客户中有几个也没了踪影。这些信号要引起我们足够的重视！李台说我们要娱乐立台，《超级周末》作为台里的顶梁柱，发挥着很重要的作用。我可不希望《超级周末》死在我手上！"

事情如果只是这样简单倒也好办。一个在观众心中已经拥有巨大影响力的节目，与一家电视台的命运是休戚与共的，所以绝不可能让它轻易消失。但真正叫人害怕的，是节目背后巨大的利益博弈和无止境的勾心斗角，而且总会有输家和赢家。

罗越对此自然再清楚不过。前面的铺垫已经结束，他开始讲到重点了："这是《超级周末》的现状。而高飞是这个节目的负责人，同时他又兼任《星光现场》的主持人，工作任务和压力都很大。我和台领导以及沈娜讨论过几次，如今有了一些初步的想法，达成了一些共识。具体的想法，待会沈娜会给大家说。最近，咱们《星光现场》的收视情况很好，我希望大家能够再接再厉，让节目受到更多人的喜欢，一直办下去！"

结束语是以一个甜美的乌托邦幻境为诱饵。很多时候，不就是这样吗？罗越起身，拿起他的水杯，转身走出了会议室。

门关上的一刹那，有人轻轻松了口气，有人又从口袋里摸索出手机……郑易无意把事情想得太复杂，扭头看窗外，灰蒙蒙的天空中透出一丝惨淡的阳光，玻璃被风吹得吱吱作响，再远处是看不清的冰冷建筑，摇摇欲坠的巨幅广告牌。

沈娜目送罗越出门，开始说话："刚才罗总的话，大家可能听得有些糊涂。他为什么要在咱们《星光现场》栏目会议上讲《超级周末》？这和咱们有什么关系？"

也许开场白从来都是如此，以一系列看似吸引人的疑问开始，而重点总是要到最后揭开。

沈娜接着说："在座的各位是《星光现场》不可或缺的一分子，有些人比我资格老，经验丰富，还有一些年纪轻的同事，点子多，行动力强。可以说，在这里我只是一个新手，还需要大家的支持和帮助。"

这是个人脱口秀。观众情绪游离，表情麻木，谁也没法预计未来的样子。

沈娜深吸了一口气："本来罗总是要自己宣布的，刚才在来会议室的路上，他临时决定这件事情由我来说，他认为这是我们栏目组自己的事情。虽然他没有直接告诉我他的意图，但我猜测他应该是想说，《星光现场》的命运掌握在我们自己手里。"

意义的阐释永远是解读者的游戏，信息为我所用，顺势改造、故意曲解，从而当做反击时的有力武器。世上没有真正的傻子，众人会心一笑，假装认同，似乎立刻要满腔热情地去迎接一个无比灿烂的未来。

沈娜翻开笔记本，手上的笔敲打着，开始宣布："从下下个星期起，我们的栏目要做一个紧急调整，高飞将不再做我们的主持人，也就是说，下个星期是他在我们《星光现场》的最后一期节目。这是高飞主动提出的，目的是为了一心一意主持《超级周末》。由于少了一个主持人，接下来的几周，我们将进行一个选拔主持人的比赛，获胜者将会成为郑易的搭档。"

沈娜一口气说完，郑易一时蒙在那儿了。他在头脑中迅速梳理着各种信息，"调整"、"宋婵"、"主持人比赛"……他试着把这几个关键词拼成一条完整有意义的信息链，却意外脑补了好几段复杂的故事。

"高飞不是主持得挺好嘛？他走了，谁能顶得上？"张妮激动地站起来，见大伙都盯着她看，又沮丧地坐了下来。

沈娜不再敲笔："没人说他不好，但这是他自己慎重考虑后的选择，我们必须尊重他。台里也是经过反复讨论，觉得一方面《超级周末》对整个台来说太过重要，另一方面，也可以给咱们节目注入新鲜血液。"

郑易从错愕中回过神来，内心却隐约感到了一丝轻松。

"换主持人这么重要的事情，怎么能说换就换？他们一拍脑袋，却不管别人死活。既然如此，就别成天口口声声说节目是每个人的，我们怎么办？郑易怎么办？"一位年轻气盛的编导将在座所有人的忧虑说了出来。作为频道工作人员，无论是编导、主持人还是导演，绩效奖金都跟节目的工作量和收视率挂钩。尤其是收视率的高低，直接决定收入，谁也不敢马虎。而《星光现场》的成功，确实与高飞的到来息息相关。大家都还记得，高飞没有来的时候，《星光现场》与娱乐频道其他几个创新节目一样，不死不活。好不容易在高飞领衔之下，《星光现场》成为娱乐频道排行前三的王牌节目，如今高飞却退出了，无论是谁都无法接受。

年轻人直言不讳，令会议气氛中弥漫着一股火药味，战争一触即发，但半路总会杀出个和事佬。

"事已至此，争论也没啥用了，只能看还有没有办法补救。"薛小磊边说，边用眼睛扫视全场，从团队成员这边移到沈娜那边，停了下来。

沈娜并没有恼，沉着地说："大家先别着急。说实在的，这件事情我也是才知道。到底是什么原因，我也不是太清楚。而且，事已至此，我们应该想怎么将《星光现场》更好地做下去。"

"说得轻巧！别的方面都好说，大家用团队的力量来弥补。可眼前最为关键的是主持人环节，你说怎么解决？台里一句选拔新人，可是从选人到培训再到和郑易磨合要多长时间？难道就不考虑这个过渡期该怎么办？"一个资深编导，毫不客气地提出异议，更是得到其他人的附和。

沈娜看着众多眼睛带着不满和质疑齐刷刷看向她，心中也有些动气。罗越让她来公布这个消息，又何尝不是将她放在火山上烤。沈娜将脸一沉，把笔记本重重地合上道："你们说的，我不知道吗？这种事情谁都不希望遇见？台领导昨天找我说这个事，我也跟他们说这样不妥，但据说是高飞心意已决，所以一点办法都没有。"

在座位上一言不发的郑易，这个时候猛地站了起来："娜姐，这不是你的问题。但是台领导的这个决定也太不靠谱了！飞哥不是不负责任的人，谁都知道这个时候退出会给节目带来怎样的损失，他怎么会说退就退呢？我觉得他一定有难言之隐。如果台里的目的是要换新人，那干脆把我也给换掉吧，要变化就彻底点，不然咱们节目可真会出问题的。这样吧，你们不方便，我去和台领导说，让他们重新考虑一下。"

"我也去。"张妮站了起来。

"我也去。"

"我也去。"

……

沈娜没想到郑易情绪会这么激动，看着一个个站起来的人，有点无奈："还有谁要去的，可以一起去。这件事情我不管了，你们想怎么样就怎么样吧。"

站起来的，都是早年高飞从《超级周末》带来的"老人"，而晚会组新过来的人倒没有起身的意思。

"都别瞎凑热闹了，快快快，都坐下。"薛小磊走过去，把张妮几个人一一按回各自的座位上。

郑易自然不听他的指挥："你们都坐着，这样的事情暂时还用不着你们来操心。我去是要和领导表明我的想法，不是去打架。当然，你们的意见我也会传达，所以你们和娜姐都好好待着就行。"

"对，郑易说得对。你们就不用操心了，我陪郑易去就行。"薛小磊走回到郑易身边。

郑易刚想拒绝，薛小磊的手已经搭在了他的肩上，然后推着他向门口走去。

"放手吧，薛老师，我又不是小孩子了。"郑易挣脱出来。

薛小磊站住，把郑易拉到一边："你，我倒是放心的。我是怕其他人会帮倒忙，给你带来不必要的麻烦。你一向都很冷静，这件事情的来龙去脉，绝不会那么简单，所以要从长计议。不过，你刚才说干脆把你也换掉，应该不只是一时冲动吧？你是不是也有心离开《星光现场》？"

自从因为牛魔王劣质牛肉代加工事件被高飞边缘化后，郑易就一直有些意兴阑珊，找不到自己的方向。再加上那晚与宋婵深谈之后，他有着强烈的制作自己节目的冲动，不想在高飞的阴影下继续磨个五年。

只是没想到，被薛小磊猜出了心思。但郑易并没有明确表态："走不走倒没想好，但我觉得自己不合适这样的节目。"

薛小磊直摇头："你错了，你非常合适，还很出色！正因为如此，倒是有人想要把你撵走，从而保住自己的地位。"

郑易觉察出薛小磊话里有话："不用跟我拐弯抹角，有话请直说。"

薛小磊迟疑了一会，向会议室看了看，然后把郑易拉到走廊的角落："有些事情我一直想跟你说，但是苦于找不到证据，所以迟迟不好开口。不过，最近有了点可靠的消息。"

郑易虽然知道电视台复杂，但并没有想过会有人故意陷害自己："你的意思是，有人要故意为难我？试图让我离开《星光现场》？"

"是的。"薛小磊斩钉截铁地说，"就是现在闹着要离开的高飞。我也不知道他突然宣布退出《星光现场》的意图是什么。说实话，虽然我和他共事了十年，但是，这人性情阴晴不定，实在难以揣度。"

郑易当然能感觉到高飞对自己的敌意和轻视。虽然宋婵提过自己与高飞早年很像，但毕竟自己才进娱乐频道，何至于如此陷害自己，"高飞？他为什么要针对我？"

"因为你对他主持一哥的地位构成了威胁，你越受欢迎，他就越不会轻易放过你。还记得那次咱们节目和《超级周末》录制时间撞车的事情吗？当时我就觉得奇怪，这怎么可能呢？后来我无意间听到制作部的人说，是高飞故意告诉了他们一个错误的录制时间。"

"可就这么一件事，也不能肯定他有坏心思啊。"

"他这是要打压你的气势，抢占你出镜的时间。你难道不疑惑为什么每次给你的台词都很傻？需要你扮演的角色，或者说的梗，都很低级无趣吗?都是因为你依靠自身的功底和机智,才不至于显得叫人厌烦。"

"你多虑了,我可不想把人想得那么坏。何况我对做综艺节目主持人本身也没有多大兴趣,实在是因为领导赶鸭子上架。所以,他们怎么搞,我都无所谓。"郑易露出一副洒脱的神情。

薛小磊摇摇头,略感无奈:"不是你无所谓,别人就不会搞你。别忘了,从新闻转综艺很难,从综艺转回新闻同样很难。我也就说这些,你多加小心。"

薛小磊说完,拍了拍郑易的肩膀,转身进了会议室。

此时,电梯门开了,郑易不禁有些茫然。

该去找谁?周鹏程还是李东然?他想不出该怎么对周鹏程说。高飞提出决定时应该就已经得到了他的批准,而最后只有李东然同意了才能正式宣布。自己怎么能够让两位大领导收回已经发布的决定?更何况这份决定与自己又有什么关系?难道要对他们说,自己也不想主持《星光现场》了?

郑易还在犹豫,远远看见一个人推开办公室的门出来。是娱乐频道总监罗越。

"郑易,你怎么上来了呢?有事啊?"罗越没有把门关上,用手撑着。

郑易朝前走了几步,说:"没什么事,就是来给台领导汇报汇报工作。"

"你要汇报什么工作啊?论工作能力和成绩,大家有目共睹。"门太重,不小心关上了,罗越使劲往里推,转身又对郑易说:"郑易,你要是真没啥重要事情,来我这,我和你商量点事?"

"好。"郑易犹豫了一下,改变了主意。他觉得这个时候自己需要的是冷静,心急火燎地闯进李东然或周鹏程的办公室,也许并不是明智之举。罗越这边应该也能透露一些消息吧。

一进罗越的办公室,郑易就看到了放在茶几上的一沓书,"罗总,您新买的书啊?"

"嗯，我喜欢买书。但好书多是看不完的。"罗越给他倒了一杯茶。

郑易随手拿起茶几上的一本书，是尼尔·波兹曼的《娱乐至死》。

"这本书对我们媒体人还是很有启发的。虽然事实上，这是一本声讨电视业的檄文。你应该看过的吧？"

"看过。我记得他在里面提到，娱乐至死最大的问题在于，我们在笑，但是我们却不快乐。"

罗越会心一笑："其实我倒觉得也有解决方法，只是我们必须正视或者理解，许多事情并不是那么容易的，甚至会令我们痛苦。快乐和自在是我们的朋友，寂寞和宽容同样也是我们的朋友。"

郑易认真地听完，沉思了一会："您的意思是，我们不应该因为遇到困难就降低了对自己的要求，比如放弃做一件事情，离开某个人，忘记履行一个诺言，放纵自己的欲望……"

罗越边听边把椅子从办公桌后挪到了茶几旁："对。不过你说的这些其实都很简单，我们更不应该拒绝一些有难度的事情。比如可以笑也可以哭，懂得娱乐也善于思考，渴望成功但不被失败打垮，能享受温暖拥抱，也能了解孤单的宁静，回忆过去，珍惜眼前，展望未来……"

"您说的这些是关乎心灵的。我记得有人说过一句话：我无法选择人生的长度，我只有慢慢体会做人的尊严。"郑易说完，把书放回到原处。

罗越眼睛一亮："对啊，有尊严的生命！我们电视人就应该做一些关乎心灵，关乎生命的节目给观众看。"

"可惜我们是在娱乐至死的年代啊！"郑易叹了一口气。

"别灰心嘛！我今天找你聊天，就是为这个事。最近我老在思考，难道观众真的只爱娱乐吗？后来我想通了，不是观众爱娱乐，是我们认为观众爱娱乐，所以我们要学会引导观众，也要相信观众。"

"您说得对，但是做起来还是不容易。"

"我看了你上次提交的节目创意方案，那个就很好嘛。"罗越离开座位，从办公桌上凌乱的书堆中翻出了一个文件夹，这是这些日子他琢磨的几个节目创意，"这个是你的方案。非常有想法，不过在执行上还需要更详细的计划和成本预算。我手上这份你先拿回去，再修改修改，改天有空再来和我说说。"

郑易接过文件夹，说了声没问题，然后想起今天自己来顶层领导办公层的目的，看着罗越，觉得从他这儿一定套不出什么话来，于是起身告辞。

走廊里，又只剩下他一个人。他站在窗前，看着雨中的城市。不远处的工地上，脚手架东倒西歪，几个工人正在冒雨进行加固，狂风夹裹着雷雨，没过多久，他们还是放弃了。

背后，有人在叫他。

"郑易，你怎么在这里？"是宋婵的声音。

郑易以为是幻觉，转过身，果然是宋婵。眼前的宋婵又是新城电视台首席女主持的样子，穿着干练的黑色裤装，上身一件收腰的波点衬衣，头发绾过耳后，好像那晚的软弱从来没有发生过。

"你怎么在这里？"郑易回过神来。他很想问问宋婵是否身体好些了，但是却问不出口。

"是我先问你的，你怎么倒问起我来呢？"宋婵笑道。

"没啥，一点小事。"

"你连撒谎都不会。"宋婵叹了口气，接着又笑了起来，"是飞哥不再主持《星光现场》的事情吗？"

"你怎么知道？"这话一问出口，郑易就后悔了。她怎么会不知道，她是《超级周末》的人，而且是高飞的搭档。

宋婵似乎没有察觉郑易脸上的异样："别跟我说，你是最后一个知道的。"

郑易没有回答，宋婵立马明白过来，疑惑和尴尬在两人之间蔓延。电梯门突然开了，宋婵拽着他进了电梯。空荡荡的电梯里，就他们两个人。

郑易从惊讶中回过神，见宋婵低着头，话到嘴边又咽了下去。他看着眼前这个光彩照人风光无限的新城首席女主持，又想起那天在忘机小筑里那个无助的女孩儿，到底哪一个才是真实的她？

"对你的事情，我觉得很惋惜。有些事，虽然我觉得不应该掺和，但是就像我上次跟你说的，你有才华，应该有更大、更适合你的舞台。如果你妥协放弃，会是绝境，如果你奋起抗争，也许会绝处逢生。"宋婵说得很真切。

电梯门开了，有人进来，打招呼。

电梯门关上，郑易和宋婵就这么站着。两个本是平行线的人，在某一刻有了交集，如今，又将重新回到各自原来的轨迹。

电梯到了一楼，两人默默走到门口，然后挥手道别。宋婵打开伞，走进了雨里。郑易看着她远去。

雨没有停下来的意思。这个城市也要遭殃了，他想。

嫉妒总是难免的

杜宇火了，从没有一个新闻记者会像他这样突然家喻户晓。

他发现自己最近已经完全没有办法去超市买东西了，因为每次他都会被一群大叔大妈给围住，索要签名是一部分，更多的人是向他反映自己的遭遇，比如房子被强拆，领导贪污受贿，房产纠纷，甚至夫妻矛盾。他一开始还能够耐心听下去，但很快就有些招架不住了。

郑易说，杜宇你现在的点评方式红了。

制片人王琪很是兴奋，指着收视率曲线图表说："杜宇，现在一到你点评的时间，曲线就直线上扬。"

沈娜说，杜宇的点评看似不尖锐，不怒吼，却无不透露着对现实的批判和反思，直中要害，不留情面。

严建东说，我的新闻栏目终于有了一张具有公信力的嘴来进行播报和评述。

杜宇自己也没想到，节目后的点评竟然能这么受欢迎。如果说那次在酒吧里的咆哮吐槽是情感积压的结果，那么现在作为固定节目环节的评论就是理智、阅历和思考的呈现。

他觉得那一刻才是真实的自己。最初进入电视台,由于不是新闻专业出身,他只能干一些摄像剪辑的活儿。但时,他很勤奋,处处留心学习,两年之后,成了记者。之后这几年里,除了采访写作对语言表达的提升,更多的是待人处事上的变化。他不从精英角度想问题,而是用百姓视角看世界。在那些平实大众的细小琐事中,他察觉到了生活的无奈和幸福。

《我在现场》,我是杜宇。这次对电梯事件的调查,目前为止还没有得到有关部门的回复。城市发展了,人口增加了,高层小区已经屡见不鲜,而电梯就成了高层住户出入的重要工具。如果电梯一坏,再遇上物业一贯的"大牌"作风,业主可就要抓瞎了。俗话说收钱容易出钱难,很多小区在收取物业费时"横行霸道",甚至有的还用"垃圾战"来威胁逼迫业主交款,然而一旦到了需要他们解决问题的时候,就来"捣糨糊"了。还有一点我们要看到,除了物业费,国家规定的公共维修基金也往往不知所踪。这难道就是我们所谓的中国式物业?

《我在现场》,我是杜宇。一个高中生雇人杀父杀姐,这背后有太多东西值得人们反思。老是挂在我们嘴边的"富一代"、"官一代"其实也有自己的苦恼,他们大多出身贫寒,经过努力才取得了今天的成就。很自然地,他们就会认为,先天条件比自己优越的下一代,应该比自己更有出息。所以,从某种意义上说,很多"富二代"、"官二代"比普通家庭的孩子压力更大。但是,"富一代"、"官一代"们被事业占用的时间和精力太多,在孩子身上投入的时间和精力却太少,相互间沟通不够,结果导致他们越望子成龙,孩子的问题反而越多。这就是"富二代"、"官二代"必须面对的现实。其实,这不也是我们很多普通家庭需要面临的问题吗?

《我在现场》,我是杜宇。说几个关键词:独居老人、离世多日、无人知晓。我们节目已经不止一次报道过类似的事情。每一次看完,我心里都觉得很难受!这就是我们所说的"空巢老人",他们在心理上存在不同程度的焦虑、不安、孤独、失落、抑郁等情绪,与病痛等肉体上的痛苦相比,缺乏精神慰藉对许多"空巢老人"来说是更大的伤害。我们来看江苏省南京市一位老人,在网上晒出的写给海外留学、春节未归孩子的家书。"……除了遥远的回忆,我和你妈妈似乎已经没有什么更温馨的谈资了。家中的一切,还如同14年前。我的床头,还摆放着你儿时的黑白照片,那是你小时候我们一次次带你去玄武湖留下的印迹……"这是一个父亲的孤独,一个盼望儿子常回家看看的年迈父亲的孤独。

化妆间里的监视器,播放的是杜宇的评论节目。屏幕上,杜宇表情严肃,形象正派,说话铿锵有力,带着克制的动人情感,真切自然。郑易觉得杜宇说出了普通人的心声,不再拘泥于自己过去的中立形象,展现了真性情,禁不住暗竖大拇指。

"那个女孩到现在还是没找到,真是可怜。"黄佐佐拨弄着郑易的头发,瞄到正在播出的一则女孩儿失踪的新闻。

"是啊,都快一个星期了,全城人差不多都被动员了。"

"我以后走在大街上可要小心翼翼,千万不能踩井盖,搞不好哪天突然就掉下去没命了。"

"没事,以后你一踩井盖,就找个人在你背上敲三下,赶走霉运。"郑易做出一本正经的样子。

"哎呀——郑易你也信这个啊?我就是这么干的。哈哈哈……"黄佐佐拍起手来,吹风机和梳子碰在了一起。

郑易看他兴奋的样子,笑了:"小时候,我家老爷子就是这么对我做的。后来他说在背上敲三下并不单纯是为了赶走霉运,而是提醒我以后记住别踩井盖,避免危险。"

"嗯,反正以后注意就是了。"黄佐佐站直,看着镜子中的郑易,"这发型适合你。你看你以前的样子,就过于正式。"

"我不喜欢花里胡哨的。"

"不会花里胡哨,有我妙手回春,保你玉树临风。主要是你的精气神保持得还不错,不斤斤计较,不动坏心思,思想决定气质啊。"黄佐佐咯咯笑着。

郑易自从进入《星光现场》,黄佐佐就成了他的化妆师。记得刚来的时候,黄佐佐对他一身新闻人的打扮极为不屑,脱下自己的衣服就往他身上套。一番妆扮后,看到有模有样了,才松了口气。

"你怎么就看出我精气神保持得好了?一年多前,不是吹牛,哥可是骑马、游泳、足球样样一级棒,现在你看,也就只能遛马、泡澡、打高尔夫了。"

"你真是把谦虚当骄傲,把恭维当客套。"黄佐佐朝郑易白眼。

郑易装作不懂:"恭维不就是客套吗?"

"你啊,嘴贫心实在。不像有些人,看似可怜,需要帮助,可说不定暗地里早已把人算计了。"黄佐佐突然把声音压低。

郑易听出他话里的好意,但是,他不想问下去。揣测人心不是他的强项,也是他不乐意干的事情。自己理直气壮,堂堂正正地生活工作,再算计又有何用?

"想算计我的人多着呢,随他们去。"

"能聚在一起不容易,可不能就这么轻易散了。"黄佐佐语气中透露出一丝哀伤。

郑易转头看他:"再怎么散,你还是会在的。"

黄佐佐不爱听了,他把梳子往化妆台一扔,怒上眉梢:"你们这些人,叫我怎么说?哎,都怪我知道事情太多。算了,我憋回肚子里吧。"

"别生气,生气容易长皱纹。"郑易抱歉地起身,拍了拍他的肩膀。

黄佐佐嘟嘟嘴,不再说话。

外面传来敲门声，高飞探进头："你们弄好了吧？"

"刚弄完。"郑易瞄了一眼镜子中的自己。

高飞依然站在门口："佐佐，下次你也帮我弄弄。你看郑易的造型，每次都让人耳目一新。"

高飞难得恭维人，但黄佐佐依然在修理他的指甲，头也没抬："你可是有御用的造型大师，我可没那本事。弄不好，饭碗都丢了。"

"什么御用不御用啊？再说你的饭碗怎么会丢嘛，手艺这么好。"高飞倒是不在乎黄佐佐的冷淡。

黄佐佐抬起头来："手艺再好也没用，想要我走，你一句话就可以吧。"

高飞讪讪笑道："没人要你走啊。更何况我也没那本事，你可是抬举我了。"

郑易见两人说话相冲，忙打圆场："哎，谁都不走，是我要走，时间差不多了，我要准备上场了。"

"嗯，我就是来叫你的。"高飞恢复了自在的神情。

郑易跟黄佐佐道别，然后和高飞出门。走过长长的走廊，他们在候场区静静等待，这是高飞在《星光现场》的告别专场。此刻，在入场口的黑暗中，他闭上了眼睛，时间停转，纷繁的杂念慢慢抛却，只剩下自己一个人。

在这个舞台上的日子，如同一出没有结局的戏剧，只是不知最终是喜剧还是悲剧。他看见自己粉墨登场，背负着远大的志向和抱负，遇见挫折，遇见对手，遇见帮手，英雄出场，完成反击，负伤，逃离，复仇，迷茫……那些潜藏在心底的欲望和懦弱被慢慢释放。这是属于谁的舞台？那个愣头小伙子已经成长，对于所处世界的繁华和声色也已经过了留恋的年纪。

新城电视台高飞的办公室里，陈贵仁愤怒的声音响彻整个楼层。

"你这么做，凭什么？就这么几个小错误？谁还不会犯点错误啊……"

陈贵仁情绪激动,"嗖"的从椅子上站了起来。在他旁边,高飞面无表情地看着他,从办公桌上拿起两张纸。

"首先我想跟你说的是,这不是我的意思,是台领导集体讨论的结果;其次,你不要认为大家是冤枉你,这上面一条一条写得很清楚,半年多时间,你在节目录制时的错误都列在这儿,你看看。"

高飞边说,边把纸递到他眼前,但并没有给他的意思,又收了回去。

"我统计了一下,读错字词十二次;对明星开不严肃的玩笑五次,因为这个,还受到了艺人经纪公司的抗议;不按照流程录制,私自抢主持搭档的台词更是不计其数。我要不是这几个月来忙着录制两个节目,怎么能容忍你到现在?台领导找我谈这个事情的时候,我都替你羞愧。"

高飞的这一席话,不紧不慢,说得似乎句句在理,但陈贵仁仍然不服:"读错字那是在录制的时候,发生口误,开艺人玩笑,不也是为了让节目幽默搞笑吗?况且那些都是台本上写着的啊。至于抢张扬的词,那是因为他没记熟台词,我给他补台,也是为了节目效果。"

"我不想听你解释,台里领导也很忙,也不会听,我们只是拿事实说话。作为主持人,读错字,是业务不行;我不管稿子是谁写的,开采访对象的玩笑,那是职业操守问题;而挤兑搭档,是品德问题。"高飞说着说着声音开始变大,已然不怒自威。

陈贵仁像是吓着了,愣在了那儿。

"就到这儿吧!"高飞下了逐客令。

陈贵仁终于反应过来,右手举起来,指着高飞,嘴里激动得说不出完整的话来。高飞已经不再理他,陈贵仁彻底没了斗志,只见他流下两行受了羞辱的泪水夺门而出。

门慢慢关上,高飞发出一声轻蔑的冷笑。

有人敲门,走进来的人是张扬。

"飞哥,你找我?"张扬应该已经听说了陈贵仁的事情,看起来也很紧张。

高飞见是张扬，脸上随即堆起笑脸："别紧张，在我这里，不需要客气。"

张扬忐忑地坐了下来。高飞绕过办公桌来到咖啡机旁，随着咖啡机的转动，房间里弥漫出一股浓郁的咖啡香。

"我喜欢咖啡，因为它能带给我清醒。"高飞端着一杯咖啡走过来，递给张扬。

张扬在接过咖啡的一刹那，感受到自己正一步步走进一个圈套。这个圈套早已经布置好，只等他落入其中。他提醒自己，不能坐以待毙。

"飞哥，我下午还有事，你如果有什么要对我说的，不妨直说。"

高飞像是看出了张扬的心思，走回到办公桌前，拿起刚才的那几页纸："这是陈贵仁调离《娱乐圈》主持人岗位的几大原因，我也希望你好好看一下，吸取教训。"

张扬早就料到了。在来高飞办公室的路上，他就已经想到了各种各样的结局。结果不论是好是坏，他都不想放弃。好不容易从导视频道来到娱乐频道，这是自己实现梦想的第一步，必须牢牢抓住。

张扬开始认真看起来。在片刻的沉默后，高飞的脸上，先前温和平易的表情已消失不见。他指着第二条说道："我想告诉你，你们每天读的稿件，都是需要我过目的。出现这些错误，是不可原谅的。但是，为什么错误还是出现了？你是个聪明人，我这么一说，应该很明白吧？"

张扬瞬间就明白了，原来这一切都是高飞故意设计的。其实以前在录制的时候，他就觉得有些串词很蹊跷，询问记者，他们说没有问题。而陈贵仁向来大大咧咧，更是不在意这些。

"你为什么要这么做？"张扬疑惑道。

"很简单，陈贵仁这个人很讨厌！还有一点，我想帮你。你不觉得他抢你的风头吗？"高飞不紧不慢地说道。

"为什么要帮我？和陈贵仁比起来，我不过是个完完全全的新人。"

"我这个人爱才。我觉得你并不比陈贵仁差,虽然你主持娱乐节目的经验是不多,但这些都可以学。有些东西是学不来的,比如认清形势跟对人的本领。听说,你和郑易是好朋友?"

"只是普通朋友。"张扬对高飞突然提到郑易非常不解。

高飞听他这么一说,笑了:"我现在和郑易是搭档,你们又是朋友,但有些心里话我还是要说,我觉得你更适合去主持《星光现场》。如果你愿意,我可以帮你。"

张扬完全没料到高飞会提出这样的建议:"飞哥,我现在根本没法和郑易比……"

嘴上这样说着,但张扬心里还是泛起了波澜:是啊,他的梦想不就是有一个属于自己的节目吗?郑易可以有,自己那么努力,为什么不可以有?

高飞又走到咖啡机前,开动机器的刹那,他回过头来:"你回去考虑考虑。机会面前人人平等,但是机会也不等人。"

新城电视台的鱼形台标在太阳底下闪着光,红色的横幅上写着"未来的超级主播"几个字,它的下面,是两列长长的队伍,一眼望不到头。

人群中,一个瘦小的姑娘顶着大大的爆炸头,一个小伙子扎着粉红色领结,一个胖胖的男孩眼睛眯成了一条缝,一对情侣手拉手,脑袋靠在一起,一个学生模样的女孩伏在桌上填写着表格。

"特长那一栏写得详细点,如果以前有主持经验,也可以写上去。"

"好的,谢谢老师。"

她的旁边,一个戴黑框眼镜的男孩正眉飞色舞地和面前的人交谈。

"你还会什么啊?"

"唱歌、跳舞、弹吉他、变魔术、游泳,对了,还会讲故事。"

"倒会得挺多啊!"

这时，广场上，有个男人拿着喇叭高声喊着："已经报好名的同学请跟着我，我们去那边拍宣传片。"

话音刚落，一大群人跟着他走到旁边空旷的地方。拿喇叭的男人又开始说话："等会大家一起大声喊我们这次比赛的名字：超级新主播。每个人都要举起手来。"

《星光现场》对外宣布第四季提前结束，并提出在第五季播出之前，要海选出两个新的主持人，成为郑易的搭档。

年轻人蜂拥而至，挤满了新城电视台北侧的广场。

下一个主持人，会在他们中间吗？

《星光现场》的办公室里，小叶和张妮围坐在一起，面对满桌子的照片，一张一张翻着，不时发出怪叫，也不管旁边的思思微微露出不屑。

小叶举起一张："快看这个，好帅哦。"

张妮瞟了一眼，撇了撇嘴："一点都不帅，太娘了。"

"现在就流行这样的，你看那些韩国明星，一个个都长这样……"小叶还想说，手上的照片突然被人从背后拿走了。

"这也算帅？"一个男编导举着照片，语中带刺。

小叶有些恼怒，抢回照片："再怎么样也比你帅。"

男编导不以为然："你们这些花痴女人啊！告诉你，主持人可不能光靠脸蛋，还得靠嘴，靠头脑。你以为人人都能成为下一个郑易啊？"

说着，男编导还讨好地看了一眼思思："哪像思思，一看就不是那种颜控的肤浅女孩儿，是不是呀？"

小叶虽然不想搭理他，但其实也认同他的观点。看了这么多照片，有花样美男，有愣头小伙，有青涩学生，还有娇艳伪娘……在她看来，《星光现场》如今只能依靠郑易了，也真没有人能代替他。

"只是，郑易这个星期好像一直没来台里吧？"

"不是改成主持人选拔赛了吗？台里领导说，为了避嫌，郑易这一次就不主持了，有可能去当评委。"男编导一副包打听的样子，懒洋洋地说道。

"那换谁主持呢？"小叶有些好奇。

"好像是张扬。"张妮凑了上来。

思思转过头，问道："为什么是他呢？"

"听说是郑易举荐的，不过我听说高飞也同时举荐了他。"

"这么吃香啊？怎么样，吃醋嫉妒了吧？"

"我吃醋嫉妒？这些新人才该羡慕嫉妒恨呢。没来头没背景，参加选拔都是走走过场的。"

"小人之心度君子之腹！我觉得张扬挺不错，人家是凭本事的，哪点靠背景靠来头呢？"

"哎呦，你这么护着张扬？他还不一定能成功上位呢。现在上得这么快，就不怕日后摔得鼻青脸肿？"

"你就嘴硬吧，咱们等着瞧！"

两人杠上了，争得面红耳赤。小叶在一旁听得有些迷糊，好不容易插上了嘴。

"什么背景和来头啊？"

"自己打听去。"男编导没好气地说，然后气呼呼地回到自己的座位上。

办公室里又恢复了平静。隔着一层玻璃，外面的天气却叫人平静不起来，气温已经陡然升到了三十摄氏度，太阳毒辣，热风袭面。

咖啡厅，墙壁上的电视里，Joshua Radin 正唱起 *Closer*。屏幕上，他一个人慢慢地走上宽大的舞台，灯光微弱，他安静地取出吉他，面对空荡荡的观众席，独自弹奏吟唱起来。歌曲如此伤感，但他的脸上却略带着淡然的微笑。忧伤的声音似乎可以与心灵共鸣。这时候，是一个人的演唱会。

演唱结束，舞台重又调回微弱的灯光，他安静地放下吉他，好像什么事都没发生一样，转身离开。

张扬喝了一口咖啡，看着电视上的这个男人，心底忽然升起了一丝羡慕。能够这样从容地离开，应该是一件幸福的事情吧？只是对他来说，有些事情已经无法停止了。

门口，一个男人走了进来，身材肥胖，眼睛朝咖啡厅四处张望。

"余主任。"张扬向他招手。来人是新城电视台广告中心总主任余非。

余非走过去坐下，脸上显出歉意："不好意思，路上太堵了。"

"没关系，我也刚来不久。"张扬把菜单递给他。

"你现在可是综艺主持界的新星，前途无量啊！"

"余总过奖了！我也就是碰上好运气了，和前辈主持人比起来，还差得远呢。"

客套话总是要适可而止，所有的虚情假意结束在一个疑问里，字斟句酌的话语里彰显出有趣的较量。

"你为什么要去《星光现场》啊？还有，我一直很疑惑，为什么是高飞推荐你去《星光现场》，而不是郑易？听说你和郑易关系很不错。"余非好奇地问道。

张扬像是猜到他会问这个问题，没有片刻迟疑："谁推荐我去不重要，重要的是我需要一个好的平台。不是说《娱乐圈》容不下我，对我来说，没有一个大节目，我可能永远也成为不了一个真正的综艺节目主持人。"

"那你岂不是要和郑易竞争了？你和他比，有什么优势呢？"余非发现自己像是个主考官，但是如果不问清楚，自己心头的疑问又让他寝食难安。

张扬看起来已经深思熟虑过了："优势？我想可能我更年轻，接受新事物也会更快。其实我也没打算和易哥竞争，在很多方面我还需要向他学习呢。"

这样的回答并没有让余非感到满意。他所需要的，是浮于千篇一律答案下的真相，但看来是不可能得到了。

"《星光现场》那边正在选拔更多朝气蓬勃的年轻人。说是选拔，其实也是为节目改版造势。恕我直言,郑易对这个节目太重要了,再有什么新人进来,也只会是陪衬而已。"

张扬似乎认可他的话,微微一笑:"我只是有这个希望,毕竟《星光现场》是我向往已久的舞台。余主任,假如您能帮我在台领导那边多说几句,我会很感恩!"

"不用客气,这是我可以做的。你不是也帮了我们一个大忙吗?咱们要互相帮助嘛。"余非端起桌上的咖啡,慢悠悠喝了一口。

咖啡香里,人们暂时忘却了纷争忧愁,等待清醒地度过一天中余下的时光。

张扬没忘记自己来这里的目的,只是该说的已经说完了:"好的,那就静观其变吧。很多事情来勉强不来,水到渠成也许更好。谢谢您了!"

余非点头赞同,接着把杯里的咖啡一饮而尽,脑海中挥之不去的另一个更大的疑惑还是忍不住提了出来:"没想到李琳李总亲自跟我说起你的事,并说如果你去了,她愿意全力支持《星光现场》。她真是很看好你啊!以前都是我们求人求钱,现在却有人专门送人送钱了。"

张扬一下子没了刚才的自信,倒显得有些尴尬:"哦,李总嘛,是我干妈。她可能也是想我发展得更好吧。"

该交流的都已交流妥当,咖啡馆的音乐变成了钢琴家 Bill Evans 的 *Sunday at the Village Vanguard*。

同样的钢琴声,这家高级餐厅里放的是 Pollini 弹奏的肖邦小夜曲。宋婵坐在角落的桌位上,长发垂肩,神色肃穆。

她在等人。咖啡喝到一半,那人来了。

灯光昏暗,微胖的男人显得有点拘谨。他在门口站了一会,环顾四周,等到看清楚宋婵,才迈开了腿。

"都迟到一个小时了!"男人还没坐下,宋婵就佯装气呼呼地抱怨道。

"临时有事，被拖住了，对不起啊！"男人连忙道歉。

男人的声音有些耳熟，底气十足，浑厚性感。也许是在广播里听过？也许是在电视里？整个餐厅，稀稀落落几对年轻男女，他们应该猜不出他是谁。如果他们回去问他们的父母，也许有人还会记得，二十年前，那个新城电视台著名的节目主持人。当然，他现在已经不是主持人了，而有了另外一个身份，新城电视台的频道总监："哦，罗越，我记得。""罗越啊，那会儿我可迷他了！"他们也许会恍然大悟，然后异口同声惊呼，接着迅速陷入到集体的怀旧情绪。

罗越早已不再想过去的自己了。他现在很忙，从早到晚被一大堆事情包围，有点身不由己。而唯一真正能让他放松下来的时刻，就是放下负担吃上一顿可口的饭。当然，要看和谁一起吃。

"你点吃的了吗？"罗越问道。

"还没，等你来点啊。"宋婵的脸上已经没了刚才的怒气，相反，眼神里满是有求于人的不得已。

钢琴曲停了，音乐换成了 Tom Odell 的 *Another Love*。一开始优雅的吟唱只是个错觉，很快，激烈的快节奏充斥四周，有忧伤，也有抗争。

谁也没有理会音乐的变化，每个人都像是活在自己的独立世界里，各自安抚着内心的小秘密、小欲望，四目相对的瞬间，才会毫不留情地崩塌倾泻，以为对方是自己的热心听众或者有力帮手。音乐如同灯光，只是陪衬。

晚餐吃到了一半，闲聊眼看就要结束。

"上次的特别节目很成功，你的人气比以前又高了不少，当之无愧是咱们台的一姐。"

"什么一姐不一姐，罗总真会夸人，我也就是完成本职工作罢了。"

宋婵顿了顿，决定不再兜圈子："罗总，听说最近《星光现场》要招新的主持人？"

罗越是个聪明人，自从接到宋婵含含糊糊的邀请，他就已经想到必定是有事要求他。

"你也关心这个问题？最近好多人都和我说这事。但你和郑易肯定不受影响的。"

宋婵连连摆手："不不不，我就是打听打听。毕竟是一个台的，关心一下也是可以的嘛。"

"其实这节目，有你这样的大牌在就没问题。"罗越倒不像是在开玩笑。

"罗总别打趣我了，我算什么大牌。高飞才是真正的大牌。不过，我觉得咱们台应该培养更多的大牌，这样才能呈现百花齐放之势。我看郑易现在也应该算大牌了吧？他可是《星光现场》的一个标志性人物了。"

不经意地提及是一门学问，但是碰上老奸巨猾的对手，这种不经意反倒显出一点刻意。

"看来你对郑易评价很高嘛！他确实是不错，台领导也很看好他，我们不会放过任何一个人才的。"

"领导的想法，我很笨，反正看不透。但我觉得，你们一定慧眼识人，不会走眼的。"宋婵不知道自己为什么如此在意郑易，难道是因为自己最脆弱的时候遇到了他，又或者从这个男人的身上自己看到了过去的高飞？

她有点走神，突然看见罗越往自己碗里夹了一口菜，一丝错愕从她脸上划过，她假装没看见，侧耳听到了音乐声。

人生戏梦

日子清闲，生活独好。

郑易早早起床，烧好水，打开宋婵送的古琴曲，洗净茶具，为自己沏上了一壶茶。"三儿"在一旁乖乖地趴着，偶尔扑腾起来，绕到他身边，重又懒洋洋地趴下来。困意很快散尽，他拿起一本书，躺在藤椅上，漫不经心地看着，像是融化在了清晨的阳光里。

沈娜、杜宇、思思最近不常来找郑易，张扬也很忙的样子。至于白若音，片约不断，电影、电视、广告，满世界飞。郑易难得清闲，大部分时间,是在书房看书、练字、听歌、看电影。

书桌上,有一份请柬,是戏剧学院毕业大戏的邀请。"表演班毕业大戏《左右》,对话还是迷失?"

郑易想起五年前,那时候他刚当记者不久,报道了一系列关于戏剧学院教改成果的新闻,和学生、老师打成了一片。在那年的毕业晚会上,学生们因为他的到来很是兴奋,甚至在即兴表演的环节里,加入了一段对他的欢迎。

学生们的笑脸让他有一种回到青春岁月的感动。面对大学有些陈旧的剧场设施,突然动了帮助他们的念头,郑易找了很多朋友,拉了不少赞助,出资翻修了剧场。

因此,每年的这个时候,戏剧学院都会给他打电话,希望他有时间能过来一趟,看看学生们四年来的学习成果。通常他都会推脱,因为工作的忙碌程度已经打乱了生活安稳的节奏。

这次总算有时间了。郑易给戏剧学院打了个电话,迅速收拾完毕,准备出发。

校园里绿树成阴,被夕阳染成了金色,小道两旁,悬挂着条幅,上面写着"欢送毕业生,常回家看看"。一群男生刚踢完球,扯着嗓子不知道在喊些什么;两个女孩夹在中间,拿着羽毛球拍,穿着运动服,脚步轻盈,别有一番动人的韵味。

车子停在路口,郑易刚下车,就看见旁边的路灯一盏一盏接连亮了,时而有风吹过,他自然地仰起头。他走得并不快,也没有故意伪装自己。在郑易看来,这样的空气里,有着难得的轻松和自在。

远远的,有人朝他走过来,是一个女生,直直的长发,朴素自然。

"郑易老师您好,我是杨笛,这次负责接待您。"

"谢谢!不用这么劳师动众的,我都和你们院长说了。"

杨笛莞尔,不多说话,只叫郑易跟着她走:"戏就要开始了,院长说结束以后再来见您。我先带您去座位……"

杨笛和郑易并肩走着,为了打破一路沉默的尴尬,郑易赶忙找了一个话题。

"杨笛,你是学什么专业的啊?"

杨笛听到郑易问她,回答道:"播音主持。"

"是吗?那以后我们可是同行了,没准儿你还会是我领导呢。呵呵……"

"郑老师,别取笑我了。现在能进电视台当主持人,多难啊!"

"是很不容易,但我觉得你条件不错啊。"

"谢谢您。"杨笛停顿了一下,"郑老师,我也去过新城电视台,只是从来没有遇到过您。"

"是吗?你是去实习还是……"郑易满脸疑惑。

"实习。"杨笛轻声地回答。

"好好努力,希望将来有一天你也可以正式进入新城电视台!"

杨笛重重地点头,像是已经预见自己的未来一般。很快两人就到了为郑易特别留下来的位置,刚落座,话剧就开始了。

帷幕拉开,舞台上是一家书店咖啡厅,逆着光,静谧异常。

一个男人坐在舞台中央的书桌上,口里说道:"并不是每一个人都可以在人群的海洋里漫游,要知道,享受人群的美味是一门艺术……人群与孤独,对于一个活跃而多产的诗人来说,是同义词,它们可以互相代替。谁不会使孤独充满人群,谁就不会在繁忙的人群中独立存在。"他抬起头凝望,之后继续埋头读着。

男子又抬起头来:"中国人从猫的眼睛里看时间,呵呵,中国人从猫的眼睛里看时间……"

一个女人从舞台侧面上来,一个推开门的姿势,走了进来,要了杯咖啡,拿出一根烟,朝四周张望。

她向男人走去,借火点燃了烟。男人邀请她坐下。

桌子很宽大,女人起身夹了块方糖,放进杯里。她不再说话,眼睛定定地看着窗外,吐了口烟。

男人捧起书。

男人又继续读起来:"一间屋子,就像一个梦。一间真正的精神之屋。一种轻微的粉红和淡蓝弥漫于室内凝滞的气氛中。"

男人没有停下来:"在这里,心灵沐浴在惰性之中,懊悔和欲望为它染上馨香——一种在暮色苍茫里闪着蓝光的暗玫瑰的东西,犹如瞌睡之中的快乐的梦。"

女人眼里闪过一丝迟疑,还是说话了:"现在这个社会,像你这样喜欢喃喃自语的人很少见呢。"

男子笑道:"你不知道,我筑了一个坚硬的壳。你不知道,我时常在寻找光亮。"

女人摇头,看来不同意:"人生是矛盾的,这是个哲学命题。"

她从包里拿出一支笔,从桌上抽了一张便笺,画了一个十字路口,一个箭标。

她挎上包离开了咖啡厅。

帷幕合上,一块巨大的画布从天而降。

这是在地铁口,人头攒动。

男人两手空空:"有些人是纯粹思维性的,并且完全惧怕行动。可有时,他们会在一种神秘力量的促使下,做出异乎寻常的行为,其迅速的程度连他们自己也觉得是不可能的。"

他的身后,站台上,有人在拉大提琴,是一首弗兰克的曲子。

女子在旁边站在,认真地听着:"他反复弹奏的琴声是多么悲伤,我好像在哪里听过,有一种上前去保护的冲动。他弹奏得多好,坐在那里,像一幅伦勃朗的油画。"

女人礼貌地在他前面的书包里放钱,然后往右边走去。

男人也走了过来,看着拉提琴的男子:"可怜的人!他不笑,也不哭,不跳舞,也不作任何手势,不叫喊,也不唱任何歌子,不唱欢乐的,也不唱悲哀的,他也不乞求……可是,他向人群和光芒投去的眼光又是多么深邃,令人难忘啊!"

男人叹了口气，然后往左边走去。

地铁开动的声音，打电话的声音，争吵的声音，抽泣的声音。

一盏追灯打在女人的身上："音乐是心灵的表达。"

一盏追灯打在男人的身上："音乐当使人类的精神爆出火花。"

地铁刹车的声音，地铁缓缓到站，车门开启，乘客纷纷涌出。

在一张《云上的日子》电影海报前，男人停了下来，他从书包里掏地图，一张纸条从包里掉落到地上。

男人看着天，有些迷茫："这是个迷宫般的城市，我现在哪里？"

女人走了上来："喂——这是你的纸条吧？"

男人缓过神来，他看见女人在自己面前，手上拿着刚才不小心掉落的纸条。

男人说："哦，是我的，你送给我的。"

女人背过身去："我被你的某种力量吸引，但是感觉似乎很遥远。"

男人有着些许的疑惑："我试图让自己逃避，但是却身不由己。"

女人回过身，看着他："你要去哪里？"

男人没有立即回答，而是看着墙上的海报，陷入沉思。

男人终于开口说话了："有一个美丽富饶的地方，人称理想的乐土，我憧憬着和一个熟识的情人一起去那里旅行。"

帷幕再一次拉上。剧场里重又陷入黑暗。

郑易觉得话剧里的男女其实并没有迷失，他们懂得自己需要什么，以为会错过，但也只是以为。矛盾的人生是这个时代的后遗症，有人走了出来，有人则永远困在了里面。

掌声雷动，灯光渐起，一个小时的话剧结束了。

"郑易老师，您觉得怎么样？"一旁的杨笛问道。

"很好！学生时代，这样先锋性质的话剧是应该尝试的，一旦进入市场，这样鲜活的锐气倒很可能会被磨灭掉。"

"谢谢老师夸奖！先锋要做好，比传统剧目要难。太高深，观众不能理解，太形式化，又会被认为是一种技巧展示。可以说，道理简单，形式新颖，是一件费力不讨好的事情。不过不管怎样，我觉得还是值得做的，不管是学生时代还是融入社会以后。"

郑易没想到杨笛会有这样的思考，倒对她有点刮目相看。他原本还想聊下去，听到旁边有人在喊他。

"郑易，欢迎欢迎啊！"原来是戏剧学院的彭院长。

郑易起身打招呼："彭院长好！"

"不好意思！把你单独安排在这。我知道你不愿意和那些头头大佬们假惺惺地客套，所以就让你坐这了。"

"还是彭院长懂我，这里就挺好。"郑易说完，指着旁边的杨笛，"这小姑娘很不错，你们可得好好培养。"

"杨笛可是我们学校的优秀学生。她也是学播音主持的，假如你们台里要人，可以推荐推荐嘛。"彭院长看到自己的学生受到夸奖，脸上瞬间笑开了花。

学生永远是老师的宝，郑易突然觉得当学生是一件多么幸福的事情。

惬意的日子只是暂时的，从戏剧学院回家的路上，他接到沈娜打来的电话，说有急事约他见面。在离家不远的咖啡馆里，郑易看见了早已等在那的沈娜。

"话剧好看吗？"沈娜见到他，好奇地问道。

"一个先锋剧，学生们倒是很有想法，不过我觉得他们在执行力上有问题。"面对沈娜，郑易终于不再需要客套，对于话剧的好与不好，可以畅所欲言了。

沈娜听他这么一说，倒有点好奇起来："你不是说那个剧叫《左右》吗？我还以为是根据王小帅的电影改编的呢。"

"不是，不是，其实他们就想表达生活的矛盾。一左一右不正是两个相反的方向吗？"

郑易很乐意和沈娜分享他对话剧的看法，而这时候的沈娜，也会很认真地耐心听他说，眼神中一半是欣赏，还有一半……

"这么复杂的人生探讨，他们一出学生话剧能做到吗？"

"所以只能靠台词说道理，有些处理很好，有些处理还是生硬，简直就是想把大道理直白地告诉底下的人。假如你不懂，那就是你的错。但是，艺术哪里有对错之说嘛。"

郑易脱掉上衣放到座位上，如同想要卸去一身的疲惫。沈娜看着，心生不忍，愈发觉得自己要帮助他。

"我约你来，不是为了聊话剧，是想要提醒你注意这次《星光现场》主持人选拔赛，不要选来选去，你最后落得一场空。"

"此话从何说起？"

"台里的风言风语，你应该也听过不少，不管你相信不相信，有些人可能就是要把你挤出《星光现场》这个舞台，甚至有可能是娱乐频道。"

"让他们来把我挤走吧，我又不是不能回新闻部。"

"你想得太简单了，要知道出来容易，回去难。你一个主持过综艺节目的主持人，再回去做新闻主播，观众对你表述事件真相时的信任感就会大打折扣。更何况，如果他们真要排挤你，根本就不会留给你回去的机会。"

对于沈娜口中的担心，郑易其实也想过。这段休息的日子，他虽然过得自在，但也不轻松，不工作的日子是难熬的，他当然更不希望成为旁人斗争的牺牲品。

"谢谢娜姐，我会注意的，你放心！"

"你知道留意就好。这是我和杜宇从新闻线索人那里无意得到的一些数据，也许对你有用。只是真实性和确凿的证据，有待挖掘与核实。你是调查真伪方面的高手，交给你了。"

郑易接过沈娜递过来的文件袋,打开一看,发现里面是一堆收视率的数据。

重新布局

音乐响起,黑暗中的候场区,张扬深吸了一口气,准备登台。

演播室里已经坐满了观众。郑易坐在舞台下的评委席里,表情轻松,摇着一把纸扇悠然自在,和旁边其他的评委闲聊。

张扬觉得眼前的灯光闪耀刺眼,很多人出现在眼前,一开始很安静,可很快就听见声音从四面八方涌到耳边。黑压压的观众,一张张陌生的脸,他突然发现这个演播室竟然如此之大,能够容纳这么多人。有一瞬间,他想退缩,回到那个黑暗的角落里,等到人群散去,再默默站出来。

郑易看着张扬从舞台中央出来,所有的光打在他身上,线条清晰,面目庄严。舞台下,每个人都在注视着他,年少的脸,却有着稳定全局的气场。郑易看见他的手在微微颤抖,他是在害怕吗?

短暂的停顿,张扬举起话筒,开口说话。声音中有一丝颤抖,可就那么一下,并没有多少人能真正察觉到。慢慢地,他开始适应这个舞台,他觉得要把舞台当成自己的家,把电视机前的每个人当成可以倾诉的对象。他突然觉得自己不应该害怕:"这个舞台属于年轻的你们,从这里,将会诞生未来的明星主持。"这像是对选手们说,其实更像是对自己说。

"这个舞台属于年轻的他们。"郑易心想。他看见张扬眼里无所畏惧的勇气,还有战胜自我、冲破黑暗后的轻松表情,不由得想起台内主持人选拔那天,他绚丽的舞姿,还有自己为他找的那副墨镜。

而此刻,在令人炫目的舞台上,他是一颗正在冉冉升起的新星,没有人能轻易遮蔽他的光芒。那些正在殊死比拼的选手,一个个上台表现自己,却忽略了身边这个最大的竞争对手。

一个女孩慢慢走上了舞台,她笑容灿烂,形象清新。张扬问她的情况,女孩落落大方:"我叫杨笛,来自戏剧学院,播音主持专业。"

她的声音甜美，站在那儿，微笑着，如同一阵清风。

"你要展示什么才艺？"张扬觉得女孩异常亲切，像是许久未见的朋友。

"古典舞，《踏雪寻梅》。"杨笛说。

郑易看见女孩走了出来，他记得她，那个在戏剧学院的小剧场里侃侃而谈的女孩。她还是来了，不过她确实需要这样一个舞台来展示自己。他看见她优雅的谈吐，不慌不忙的应对，却又觉得这个舞台不适合她，她应该在更大的、更正式的舞台上出现。

她跳了一支舞，动作娴熟，技巧出众，那些自由自在的"云步"，高难度的"飞脚"以及最后美不胜收的"卧鱼"姿态，让郑易有点心疼起她来。

"郑易，你对杨笛刚才的表现有什么评价？"张扬问道。

郑易没有犹豫："我刚才应该起身鼓掌，杨笛你真的太棒了！但我也有点担心，你虽然多才多艺，但气质中的文静适合综艺节目吗？这似乎得好好考虑一下。还有一点，我不得不说，以你现在这样的水平，《星光现场》的舞台对你而言太委屈了。"

观众席中传来惊呼声。

台上的杨笛连声说着感谢："其实，郑老师，我只是看起来很文静，真要是玩起游戏来也会很疯的。还有，我也很会讲冷笑话。"

观众席中这次传来的是善意的笑声。

郑易也笑了："好啊，冷笑话现在就不用讲了，接下来的比赛中，我期待你更精彩的表现。"

"谢谢！我会努力的。"杨笛鞠躬，走下舞台。

在侧面的演员入口处，高飞，方亚楠站在那儿，专注地看着舞台上的一切。他们的眼里没有别人，只有各自关心的那个对象。

"杨笛很不错吧？当初介绍她过来，我就说她一定会大放光彩。"方亚楠说道。

"真的很棒，才貌双全，孙总的眼力向来独到。不过，张扬今天的表现也挺像那么回事，有大将之风。"

两人相视而笑，不再说话，比赛仍在继续。

艳阳高照，人没有躲藏的地儿。演播厅演员入口处的阴凉角落，宋婵站在那儿，手提着红色的包，蓝色套裙，妆容精致，甚是惹眼。有人从她身边走过，不停回头朝她看去，等走到远处的拐角，偷偷地拿起照相机。一些人远远地看着，然后转身聚在一起评头论足。

"对了，你们听说了吗？"

"什么？"

"传说中王的女人……"

"你是说她……"

"嗯，你也听说了？"

"真的假的？"

"对呀，不是说她跟高飞吗？"

"应该不是，两人合作五年了，也没什么呀？"

"你这样说也有道理，高飞是单身，她也是单身，这么多年怎么也有感情了。说不定高飞早就知道这件事了，所以不敢碰。"

"有可能……"

郑易准备回家，刚走出化妆间，就一眼看到了远处站着的宋婵。不知道从什么时候起，电视台里流传开"王的女人"的说法，主角赫然是新城台"一姐"宋婵，而男主角隐隐指向台长李东然……

不理会那些八卦同事异样的眼光，郑易走了过去："宋婵，好久不见。"

宋婵转身回头："好久不见。你刚录完节目吧，选手们条件如何？"

"都很不错！我这个所谓的老前辈看着压力很大，年轻人很厉害啊！"

"姜还是老的辣，没有多年的历练，终会昙花一现。"

"对啊，他们要真到你这个地位，估计需要十几年的光阴。"

"我有什么地位？不就一个节目主持人。就算是苦苦熬到现在的位置，还是会有很多人怀疑我，背地里说我是靠各种关系上位的。"

郑易没想到宋婵自己说起这个话题。关于宋婵的风言风语，他从来都置若罔闻。且不论真假，只是对于别人隐私，他没有关心的热情。而对于宋婵，经过那晚，就算想去关心，他也会告诫自己和她保持距离。

"那些胡说八道的话，你就把它当耳边风吧，有什么好在意的。"

"你能这么说，我很高兴！"

郑易看见宋婵眼里的感激，那是一种对自己的信任。但是事情的发展永远不会朝着既定的方向前进。

郑易告别了宋婵，转身离开了。但鬼使神差，在他不自觉回眸的刹那，无意间看到一辆车停在宋婵的身边。她坐上了这辆车，而车子的牌号，是高层专属的号码。

一瞬间，他开始怀疑自己刚才对宋婵的信任，但很快，又决定忘记这一切。可越是这样，当时的一幕却越是浮现眼前，他发现自己不能释怀的，不只是一个节目的人事调动，还有这个女人身上挥之不去的神秘色彩。

舞台上的光彩照人，那晚却异常脆弱。她会去低调奢华、价值不菲的独立会所，还有电视台高层的车……

这一切沉甸甸凝结在郑易的胸口。郑易摇摇脑袋，心里自嘲着，这与自己又有什么关系？为什么会有堵得慌的感觉？

八月，城市里充满炙热的骚动，汗流浃背的身体里，隐藏着无数烦闷和焦躁。人们盼望能来一场及时雨，把心中所有的苦楚彻底洗净。为了躲避炎热，人们也愿意待在家里，吹着空调，开着电视，看一场无忧无虑、只有欢笑的节目。

一个月来，每个周五的晚上，《星光现场》的主持人选拔赛如火如荼地举行，吸引了无数粉丝的关注。

"没想到这次海选引起这么多人的关注！"罗越扶了扶眼镜。办公桌上文件和书籍堆积如山,他的整个身体如同陷落在一片未知的迷雾里。

在他面前,坐着沈娜和余非。

余非在一旁搭腔:"幸亏当时高飞想出了这个主意,为节目的下一步改革做了宣传铺垫,同时又推出了好的主持新人,一举两得。"

罗越点上烟,拿起桌上的一份稿件:"这次比赛我倒是很满意。只是有件事情我很疑惑,你们看了最近网上的评论了吗?这个叫'电视盒里的幽灵'的,你们知道是谁吗?我看他来头不小啊!我叫人搜集了一些他的言论,很多都是针对宋婵的八卦,包括关于前段时间节目停播的传闻。你们可要注意这人啊!"

沈娜接过打印稿,看了一眼:"其实我们早就注意到了。听说不是一个人,而是一家公关公司的宣传公号。很多人想做匿名宣传,都会秘密联系他们,告知一些内幕或者半真半假的传闻,为名搏个眼球,为利打击对手。"

余非似乎并不在意这些,他想到的是这样的伎俩需要花费多少钱,收到的广告回报又会有多少,这是他的职业习惯。至于背后的是是非非,在他看来,都可笑而荒谬。那么多人为了上位争先恐后,撕破了皮,扯烂了脸,而他们所有的动机,仅是围绕着名利打转。他想起自己今天到罗越这里来的目的,也是为了名利纷争。

"罗总,对于《超级周末》主持人的位置,可是有很多人觊觎的,好多人希望加入进去,连亚楠也提过好几次了。"

罗越的烟已经点上了第二根,他微微点头:"宋婵哪里是那么容易被取代的?一些主持人可能一两条绯闻就被打垮了,但对宋婵和高飞这种级别的主持人,这样的方法不管用。她和高飞是《超级周末》的招牌,吸引广告商也有她的一份功劳。秋季招商会下个月就要开始了,你们有信心吗?"

"信心不敢说,但是一定会加倍努力。现在有人愿意出大价钱赞助《星光现场》,一个远高于现在冠名费的数目。"余非还是决定赶紧说出来。

罗越从深陷的沙发椅上直起身："嘿嘿，这事听起来倒是新奇！如果是《超级周末》我还可以相信，《星光现场》嘛，当前的数目已经很不低了，对不对？"

沈娜忙应声："是的，全台综艺节目中冠名费仅次于《超级周末》。"

"他们现在给多少？"罗越突然有些好奇。

余非笑了笑："比之前多了四千万。"

"啊？哪家企业出手这么阔绰？"罗越有些震惊，忙问道。

"齐力电器。但是，他们有个额外条件……"余非顿住，不说话了。

一旁的沈娜依旧泰然自若。其实余非跟她说起这件事的时候，她也感到吃惊。这样的冠名费如果签下了，对整个节目以后的制作会有极大的帮助。她来到《星光现场》已经八个多月了，各方面的压力齐聚一身，面临着完全不同于以往做大型晚会时的状况。她需要在固定的模式下进行突破，需要有更多的资金招揽人才、邀请嘉宾。而这样一大笔资金对她来说，就是不折不扣的雪中送炭！但是当她一听到接下来的要求，又犹豫踌躇了。

罗越愈发好奇："什么条件？第一次听到企业赞助节目时还提出额外条件的！"

"齐力电器说很看好张扬的主持，希望比赛结束后，他能够继续担任《星光现场》的主持人。"余非说道。

"张扬？他的主持倒还利索，但一个赞助商提这样的要求，还是很新奇。"罗越显得有些吃惊。

"这是齐力电器的李琳说的。她听说我们在为《星光现场》选主持人，觉得张扬就挺合适的。如果我们同意，还可以让张扬成为他们产品的代言人。"

"这个李琳和张扬是什么关系？"罗越发福的身体好不容易从椅子上站起来。

"听说张扬是李琳的干儿子。还有什么关系，就不得而知了。"余非当然知道这里面的复杂关系，但对他来说，这些都不重要，重要的是到底能给自己今年的广告收入带来多大的贡献。

"这种事情不可能一两下就轻易解决。你们也清楚，台里对于《星光现场》的主持人选，有自己的一套计划。齐力电器如果真想冠名我们的节目，等到秋季招商会再说吧。"罗越拿着杯子，走到饮水机旁，倒了满满一杯水。

余非和沈娜对视了一眼，默不作声。关于台里的计划，他们也都略知一二，其中包含了太多说不清道不明的秘密。

工作日下午四点多，正是都市白领工作繁忙之时，路上的车辆和行人都不多。而宋婵的私人会所忘机小筑外的路口转弯处停着一辆轿车，方亚楠坐在车里，戴着太阳眼镜。

这段时间，方亚楠有些沮丧。她带着这五年累积的资源、经验、人脉，顺利地回到了新城电视台娱乐频道，先在一个新创办不久的情感节目《全程见证》中担任主持人，之后又顺利解决了《超级周末》的制作经费缺口，可以说在新城电视台重新站稳了脚跟。可是，现在她发现，在娱乐频道的舞台上，她的人气怎么都不如宋婵。

离开的这五年时间，说长不长，说短不短，却正好是一个观众年龄层的更换周期。虽说五年前方亚楠也有大量的粉丝基础，但现在这些观众大都已经不再会如当年一样守在电视机前了。她在节目当中再怎么努力表现，依然不能比年轻的宋婵更受欢迎。而相对于处处表现强势的她，宋婵的弱势，反倒在台里赢得了更好的人缘。

而高飞，在方亚楠和宋婵之间，虽说并没有明确护着宋婵，但是也没对方亚楠有任何支持，一副和稀泥、你好我好大家好的姿态。

方亚楠不是没有托人向领导提出过想上《超级周末》的请求，可是几次皆是石沉大海，消息全无。于是，不甘心的她，借小道消息，对宋婵"王的女人"的说法，看似不经意地四处散布。果然生命不息，八卦不止，谣言很快传遍了整个新城电视台，给了宋婵不小的压力。

方亚楠早就听说宋婵有这么一家私人会所，虽说宋婵一向低调，但是对于方亚楠而言,调查出地址来却不难。

她拿出手机,将刚刚拍下的宋婵和电视台高层以及厂商客户先后进出"忘机小筑"的照片发送出去,然后拨打电话:

"照片我发过去了,你收一下……"

"怎么做?还用我教吗?"

"新城电视台论坛,注册一个新账号,放上去。"

"嗯,就这样……"

高飞最近心情不错。在他看来,事情都在按照自己设定的方向前进,如同一出即将上演的大戏,作为总导演的他,隐身在背后,胸有成竹地指挥着一切。

在他看来,需要拉拢别人,就应该慷慨。在新城一家五星级大酒店的包房里,高飞和分管副台长王灿交杯碰盏已经好几个来回。

"王台,能和你喝场酒真是不容易啊!"

"这话说得见外,谁都知道你高飞一天到晚都在录制节目。你们虽然不属于我分管,但台里重大决策我都得参与,你们的情况我也是略知一二的。"

酒精的作用已经显现,两个人的脸上开始泛红。高飞的头脑此刻却异常清醒,接受夸奖和赞美自然不是这次饭局的目的:"我们也就是瞎忙,有个工作就已经心满意足了,所以领导说要做什么就做什么。"

王灿仍沉溺在酒精带来的愉悦之中,耳边断断续续传来高飞的话,他集中起精神:"高飞啊,像你做主持人,当制片人,是因为有能力,各级领导很信任你。现在整个新城电视台上上下下都对你很满意啊!你看收视率,前段时间不理想,最近又起来了嘛……你有什么困难和要求尽管提出来,我们想办法去解决。"

所有的话都正中高飞的心思,期待的默契弥漫在空气中。高飞端起酒杯:"王台,有您这句话,我得再敬您一杯。"

酒杯又端起来,一口喝尽,四目相对的瞬间,王灿看见高飞的神情突然变得有些难过。

"怎么了？"

高飞继续皱眉叹气："王台，不瞒您说，我最近常在想，是不是该考虑让年轻人多主持一些节目？咱们台要想发展，必须有更多人才，总不能老是那么几个人。"

"你有这样的想法，我很欣慰。李台和我也说过几次，他也有这样的想法。只是苦于找不到合适的人，所以一直没有真正展开。"王灿的语气从漂浮的空气中回到了地面。

"哦，那太好了！我倒是有一个人选……"

"你说。"

"就是我们《娱乐圈》的主持人张扬，也是现在《星光现场》主持人选拔赛的主持人。"高飞说道。

"他还是不错的，可以好好地培养，不过总感觉缺点火候。李台倒是一直很看好那个郑易。"

"郑易也不错，但实话实说，他不是特别适合做综艺节目，太过僵硬。我和他一起主持的时候，就有很切身的感受。至于张扬，你就交给我，让我好好调教调教，不出几年，必然成为咱们台的顶梁柱。"高飞的语气坚定，不容分说。

王灿从酒精的麻醉中挣脱出来："你愿意帮忙调教，我们自然高兴，这个问题，接下来台里讨论的时候，我会考虑。这样，李台也可以放心了。"

这就是自己要的答案，高飞恢复了自若的神情，举起了酒杯……

城市里灯火闪亮，十字路口，高飞把车往右转，停在了一处空阔地带。他拿起手机，想了想，拨通了一个电话。

"你准备好了吗？"

"嗯，都准备好了。"

"希望你准备好！周边的关系我都已经打点好了，剩下的就看你了。我们的时间有限，这是你的一次机会，希望你能好好掌握。"

"有这么好的机会，我会珍惜的。您放心！"

"我当然放心。你也别跟我耍花招,我会经常联系你的。"

高飞挂断了电话,接着从手机照片库里给对方发去三张照片。他的脸上,挂着一丝诡异莫测的微笑,看来一切似乎都在他的掌控中。

手机短信铃声响起,在另一辆车里,张扬打开照片的瞬间愣在了那儿,微弱的车厢灯下,他看见照片上的人是自己和李琳,两个人举止异常亲密,令人浮想联翩。

张扬感觉到,这是一次巨大的阴谋!他打开汽车天窗,试着让自己冷静下来。就在几个月前,高飞介绍李琳给自己认识的时候,他就很忐忑,还满腹疑惑。

"今天要见的是我们的'财神爷',一定要伺候好!"高飞叫上张扬的时候,说道。

为了见这个"财神爷",张扬特意打扮了一番,早早到了约好的餐厅。眼看快到见面时间,高飞却没出现,焦急中的张扬发了一个短信询问,结果高飞说自己临时有重要事情不能来了。

张扬现在想来,这就是一个圈套。但事情真正的开始、发展,他并没在一旁操控,一切还是只能怪自己。他关掉手机,开动车,凉风迎面吹来……

夜空格外明亮,月亮的光辉从"忘机小筑"窗口照射进来,淡淡地泛着荧光。宋婵躺在月光照射不到的床另一头,仰面呆呆地看着天花板,人虽然醒着,却恍恍惚惚地一动不动,似乎感觉不到时间的流逝。

"哨……哨……哨……"

楼下大厅里的摆钟响了四声,在安静的小楼中显得格外清晰。

"已经四点了,又是一夜无眠……"

宋婵迷迷糊糊地想,这是第几个晚上失眠了?三天还是四天?宋婵觉得人很累,什么都不愿想,可身体却有种说不出的难受,让人睡不着……

她就这样静静地躺在床上,看着窗外从漆黑,到一点点亮了起来，逐渐传来鸟叫声，很清脆好听。

天色渐亮，宋婵感觉人似乎清醒了些。她告诉自己该起床了，却又有些依依不舍，因为起床就代表着她又需回到电视台那个充满流言蜚语、暗箭明枪的地方。

暗暗叹了一口气，宋婵缓慢地坐起身来，六点了，楼下的阿姨已经到了，正叮叮咚咚地做早餐。宋婵觉得声音有点刺耳，皱了皱眉头，强打精神进入卫生间冲了个澡。

出浴的宋婵，披着浴袍，一边吹着头发，一边看着镜子里素颜的自己。脸色苍白，双眼无神，眼圈略微浮肿泛黑，脸颊消瘦，显得颧骨有些高。觉得头皮有些痒，梳子梳了两下，却带下了一缕缕青丝……

宋婵有些想哭，却想起慧姐的话，用力咬着下嘴唇，努力对镜子做出一个微笑的表情。

"虽然你有中度抑郁，但还没有发展到抑郁症的状态，最关键是保证健康积极的生活态度，培养一些兴趣爱好，多跟朋友聚会……自我调节是最重要的。"

是的，抑郁症！医生说的。

谁能想到，摄像镜头前光彩夺目、带给人无限欢乐的新城电视台王牌主持人，正受着抑郁症的困扰？而这个秘密，连宋婵最亲的家人都不知道。

其实，在宋婵主持《超级周末》的第三年，她便开始有了轻度抑郁情绪。工作压力，个人问题，针对她的流言蜚语，让她一个才二十六岁的女孩儿不堪重负。

慧姐是她的心理治疗师，在她的建议下，宋婵用各种非药物的治疗方式来自我调节，包括学习古琴。因为有历史记载，唐代的白居易也同样患有抑郁症，而他便是靠弹奏古琴来缓解病情的。

宋婵的"忘机小筑"并不是谣言中电视台高层用来金屋藏娇的地方，而是属于宋婵一位长辈的产业。老人家特别喜欢收藏一些老的东西，包括家具、器物、字画，都放在了老房子中。

几年前老人家跟子女移民海外，这栋房子便空了下来。原本想将房子出售或者出租，但考虑到这么多的收藏品没有地方摆放而作罢。正巧，宋婵在找房子住，于是老人家便免费让宋婵住下，一来老房子需要人气，二来也放心宋婵帮着照看。

宋婵住进房子后，底楼大厅保留不动，将二楼作为自己的起居空间，而三楼布置成了自己弹琴、喝茶的私密空间。

这一年多的自我调节，原本颇为顺利，随着琴艺的提高，宋婵的情绪已渐趋稳定。然而，树欲静而风不止，高飞的转变，方亚楠的回归，再加上"王的女人"的谣言出现，让宋蝉压力大增，连连失眠。再加上那晚在玉门夜总会的遭遇，她那已经万分脆弱的神经又受到了极大的刺激。

宋婵看着镜子里的自己，突然觉得好累，好无助……

入秋了，天气还是炎热，与外界的暗潮涌动不同，郑易的日子却过得波澜不惊。每天下了班，郑易就早早回家，除了偶尔跟白若音聊微信，便扑在微博和微信公众号的内容更新上。

当别人还在电视圈内争得头破血流时，郑易已经深切地体会到新媒体的威力。他知道，跟传统媒体相比，互联网媒体还是新鲜事物，虽然还不完善，却有巨大的机会。

他加入娱乐频道以来的种种经历，虽然让他学会了不少东西，但他从来没有忘记选择去娱乐频道的初衷，是成为真正的独立制作人，能跟高飞一样打造属于自己的节目。

然而，在《星光现场》和《超级周末》这段时间，毕竟受到了太多无形规则的束缚。这种规则，并不存在于明面上的团队、经费、创意、执行、运营等等方面，而是一种经历了许多年、自然形成的游戏潜规则，一种已经被现有玩家认可、熟悉、掌握、维护着的规则。

正如宋婵说的，如果郑易要自己打开一番局面，至少还需要五年。这五年时间，除了充实专业知识、提升主持艺能和广泛累积资源之外，还需要进一步学习、理解、融入和掌握这一行业中的规则。郑郑易虽然颇有些旧式文人的风骨,但并无道德"洁癖"。他深知,水至清则无鱼,人至察则无徒,洁身自好可以,却不能完全不食人间烟火;有傲骨但不傲气,可同流但不合污。

郑易名字中"易"这个字,是他父母取自于《易经》。易,就是变化。不变是相对的,变是永恒的。父母亲寄情于字,就是要他秉持变化的义理。

《易经》中有一句话:一阴一阳之谓道。

郑易的理解是:道不在阳,不在阴,在阴阳之间。同样,道不在生,不在死,在生死之间;道不在实,不在虚,在虚实之间;道不在动,不在静,在动静之间……

那么对于媒体而言,电视报刊等传统媒体,岂不就是跟新媒体互为阴阳吗?如果传统媒体结合了新媒体,会否打开原本的壁垒呢?生出这个念头的郑易,仿若发现了新大陆一般,一头扎入了新媒体的世界中。

"毒舌Baby"作为郑易认识的第一个网红,这段时间已经成为他最好的博友。两人在微博这个平台上畅所欲言,从社会热点到微博营销,到博友的行为心理到新媒体的运营模式,各抒己见,相互探讨。

郑易更成为了"毒舌Baby"的制作人,免费策划多期视频节目。虽然有成功有失败,但是在摸爬滚打和网友的吐槽点赞中,郑易新媒体节目的策划能力突飞猛进,并成了小有名气的新媒体节目制作人。两人的微博粉丝量,如火箭上天般不断猛增。

只是,这一切仅限于网络上。每当郑易邀请"毒舌Baby"见面,都遭到拒绝。这次也一样,当跟"毒舌Baby"聊了些最新的视频创意内容后,郑易又一次提出邀约:

"Baby,大家认识那么久了,什么时候见个面吧?"

"见面可以,但你的女朋友若音姐怎么办?"

"这跟若音有什么关系?"

"当然有关系啦,网友见面有风险,我怕我们一见钟情,会传绯闻的!"

"丫头,你又调皮了!作为朋友,连长什么样都不知道,说不过去吧!"

"没有啊,我知道你长什么样啊!:p"

"我没见过你呀……"

"你就那么想见到貌美如花的我吗?"

"是呀,总觉得朋友还是需要在线下认识,网络世界太虚幻了。"

"网络是世界的一部分,哪有这么清晰的网络世界和真实世界的界线啊?我觉得网络世界更能做真实的自己哦。"

……

郑易又一次邀约失败,可是每每他又总对这位未曾谋面的网友抱有似曾相识的感觉……

合上电脑,时间还早,郑易决定到外面去转一转。他不知道该去哪里,在这个城市里,很多人认识他,他也认识很多人,但仅限于此。一切或许正如"毒舌Baby"所说,现实世界未必比网络世界更真实吧。

郑易突然想起离家不远有一间安静的酒吧,他经常去那里,酒保KK告诉过他,今天有一场特别的演出,他决定去那儿。

这是一家由废弃工厂改造的酒吧,冷冰乏味的钢筋水泥后面错落有致地摆放着几尊形状怪异的雕塑,雕塑背后是微弱的灯光、流淌的音乐,稀稀落落几个人分散在并不宽阔的座位上。

KK看见了郑易,向他招手。

"易哥,快来这边。"

"今天没多少人?"

"对啊,这种先锋演出,不会有太多人的。"

"Sainkho Namtchylak?"

"是啊。"

郑易扫视了一现场,最多三十个人的样子。"这种场面,对一位无止尽地探索人声艺术的大师,真是太冷清了。"

"很多人欣赏不来的。"KK像是也并不感冒,专心致志调起酒来。

郑易几年前知道了 Sainkho Namtchylak,那时,他对各个艺术门类,无论经典还是先锋,都充满了学习的兴趣,而对于 Sainkho Namtchylak,从第一次听到她的声音,他就对这个 1957 年生于俄罗斯联邦图瓦共和国的女人充满了好奇。

他了解到,原来她学习图瓦传统的双声唱法,从 1989 年起,便涉足欧洲前卫音乐界,与更多的音乐人和音乐风格触碰,发展人声无限的可能性。关于人声的可能性?这不正和自己现在的主持之路有异曲同工之妙吗?郑易心想。

灯光亮起,一位年近花甲的老太太走上舞台。不需要多余的叙述,只见她戴着耳筒,手搓黑胶唱片,开始了自己的表演。

声浪渐次密集,她身姿摇曳,一副调皮自在的神情,嘴里是密集而层次丰富的吟咏。她这一次的演出,明显收敛了强烈的实验性,流行化了起来,但仍然流行得很好玩,变化多端的音乐风格与其独特的嗓音,依旧惊艳摄人。

郑易觉得她并没有把自己的实力全盘托出,只是随性地玩些小音乐。也许她自有思量,不是每个人都能接受她那极端而冷峻的人声实验吧。

郑易觉得有人在身后拍他的肩膀,回过头。

"宋婵?!"

"我没这么吓人吧?"宋婵微笑着,露出整齐的牙齿。

"你怎么也在这里?"刚问完,郑易就心里暗骂自己这纯粹是个傻问题。

"我怎么不能在这里呢?"

果不其然被挡了回来。郑易一脸尴尬,宋婵却爽快地坐到了他的旁边。

"婵姐经常来的。"KK 在一旁说。

"易哥也经常来?"宋婵打趣道。

"啊对,也经常来。"KK 递上调好的酒。

"我怎么从来没有遇到过你?"宋婵两只眼睛一半戏谑一半认真地盯着郑易。

"我也觉得奇怪。"郑易已经从尴尬和震惊中缓过神来,"不过,我一直以为你喜欢古琴这样的国乐,没想到你也喜欢 Sainkho Namtchylak?"

"谈不上喜欢,只能说是欣赏吧。反正我身边很多人欣赏不来,我记得曾经把那张 Lost Rivers 的唱片拿给朋友们听,他们纷纷嗤之以鼻,或者落荒而逃,有些还命令我立马关掉音响。"说到这里,宋婵眯起眼睛笑了起来。

郑易也有这张唱片。这是 Sainkho Namtchylak 1991 年发行的一张实验性人声专辑,里面大部分作品都是她撕心裂肺的叫喊或者低沉阴暗的哀鸣,声音有时候近似分娩的痛呼。但正是这些不被人理解和容纳的声音,才是 Sainkho Namtchylak 对人声艺术探索的重要部分。Lost Rivers 长达七分钟的叫喊,撕心裂肺,乍听可能难以接受,倘若能静心多听几遍,便会窥见其声音细密莫测的变化。那种常人无法达到的惊涛骇浪般的刚柔转换,丰富细致,简直是一种令听众欲罢不能的奇观。

"Sainkho Namtchylak 对声音的演绎,绝大部分人会认为是一种噪音吧。"郑易笑道。

"反正一般正常人都不大能接受。"宋婵默然,这张唱片与古琴所讲究的"乐而不淫、哀而不伤"的旋律不同,特别能与自己产生共鸣。尤其是自己抑郁情绪发作的时候,听到她的声音有种近乎自我折磨的快感,往往会出一头冷汗,然后悚然从抑郁的情绪中醒过来。

"只是不能否定她的深远、博大、天赋以及超凡技巧,至少她在声音艺术上孜孜不倦的探索和对声乐界的卓越贡献,是不能否定的。而且,她的声音与灵魂的共鸣,更是超越了音乐的范畴。"宋婵继续说道。

"说得好!你倒真像一个音乐评论家。"这回,轮到郑易打趣。但事实上,他心底却对宋婵生出了一丝敬意。坐在面前的这个女子,不像电视节目里那个娇嗔的女孩,她显示出的品位和见地不禁让他刮目相看。

"什么评论家,也就是感受到什么就说什么。"宋婵端起酒,喝了一小口。

Sainkho Namtchylak 的演唱已接近尾声,专注倾听的人群意犹未尽,没有散去的迹象。钢筋混凝土的世界里,民族的音乐洗涤着众生的灵魂和日益麻木的情感神经,他们回到了对声音最原始的热爱中。

"我们走吧。"宋婵突然说。

郑易犹豫了几秒钟,然后点头起身。黑暗中有人看见了他们,有人仍然沉浸在自己的世界里,无暇他顾。

外面起风了,郑易转过头:"宋婵,你真的很不一样。"

"哪里不一样?"宋婵停住了脚步,看着他。

"如果说舞台上,你还是一个时刻被人观赏的漂亮女主持人,那天晚上,你又是一个愿意为感情无偿付出、真性情的女孩儿,那么今晚,我眼中的你,却是一个拥有自己世界的性格女人,不是被人在看,而是你在打量着世界。"

宋婵轻轻地笑了,打趣道:"这种打量,是上帝视角还是圣母视角?"

郑易也笑了,为自己略带矫情的感慨和她的机智:"你看,这么聪明,还在节目上装傻。"

"那是服务大众需求。"宋婵突然严肃起来,"郑易,那你呢?你是怎样的人?刚遇到你的时候,你替高飞代班,锐气十足。进入娱乐频道,面对各种刁难,百折不挠,好像什么都难不倒你。而最近,当别人为了《星光现场》你争我夺的时候,你却一副与世无争的样子……"

"我啊,就是误入尘网的俗人吧。缘起缘灭,潮起潮落,习惯随遇而安,怎么样都行。"

"你这不会是自暴自弃吧?如果有机会,应该让更多的人知道你的才华,不管是观众,还是台里的领导。"

"我就只会耍耍嘴皮子，没什么才华。"郑易想起宋婵坐进台长车里的情景，如鲠在喉，"这样就很好，领导们我可巴结不上。"

"不用巴结，只要你展现出才华，会有人看到的。我上次和台长去参加一个招商晚宴，同坐一辆车，他还跟我提起你，对你的表现大加赞扬。"

啊？难道是自己误会了？难道大家的传言都是空穴来风？郑易看着宋婵，陷入了沉默。沉默中，两人已经到了停车场。

"我到了，你车呢？"宋婵问。

"我住在附近，走过来的。"

"这样啊。那我先走了，谢谢你送我到这里。"

"那开车小心……"

"噢，对了，"宋婵放下车窗，"台里要进行创新节目招标，虽然还没有定什么时候，但是可以早些准备起来……"

郑易目送宋婵上车，开车远去。

在回家的路上，他想起她脸上的坦然，不免痛恨起自己竟然相信他人对她私事的妄加猜测，一阵脸红。

第六章 转型

电视行业的变革

电视台要改制，进行资产重组了！

整个广电系统只要一有风吹草动，都会立马进入每个人的耳朵。广电总局频繁传出的关于对娱乐节目的整改方案，似乎已经列在了电视主管部门的工作计划中，只是具体如何实施，还不得而知。

新城电视台已经提前做好了准备。对他们来说，面临的困难不仅仅是应付上头的主管部门，还有一直传而又传的关于电视台不同部门的合并重组。到底谁能最后站稳脚跟，赢得牌面？现在每一次的较量都不能掉以轻心，李东然的心中自然再明白不过。

在顶层阳台边的窗户口，李东然在那抽烟，这是他多年来养成的习惯。曾经的他，下过乡，当过工人，后来进了政府机关从事文职，又下过海经商成立过自己的私募基金，也创办过影视投资有限公司。

新城电视台台长的职位，原本他并不想接受的，但是市委领导找他专门谈话，才使他终于接受了组织上的委任。上任的那天，他发表了一篇关于"传统媒体和新媒体必将长期共存"的讲话，并被印成文件，发送给新城电视台的全体员工阅读。

文章提到，面对新媒体的发展趋势，传统媒体有三种选择：一种是保持传统，如温水煮青蛙般慢慢没落；一种是从传统媒体成功地跳跃到新媒体领域，形成融媒体；一种是没有跳成功，落到了传统媒体和新媒体之间的夹缝中，悲惨地消亡。

这篇文章当时引起了轩然大波！多数人都觉得他有些言过其实，多虑了。

在新城电视台的员工看来，李东然是一个神秘人物，经常神龙见首不见尾，只偶尔在重大场合出现。而每隔一段时间，他都会出台一些改革措施，成效或好或坏。于是，有人私下里说他是"窝在书房里做电视"。

李东然对此不以为然，继续保持着自己的神秘形象，与员工们保持距离，出台的新政也依然接二连三。他在新媒体环境中，不断地探索尝试电视媒体的新模式，并且注重节目的创新。

他的副手，新城电视台副台长周鹏程，是他的大学校友。在周鹏程的心里，新闻的地位是不可撼动的。虽然娱乐时代的喧哗骚动挤压了很大的新闻空间，但是信息资讯的传播交流仍然是每个人日常生活的一部分，有效整合，理性分析，权威发布，视听传播，这些正是电视新闻的长处和它不可替代的地方。

但是很多人仍然对此存有异议，认为他说话一套，行事又一套，口口声声说着新闻的尊严和优势，却又马不停蹄地支持李东然上马娱乐综艺节目。

周鹏程在心里重重骂一句"你们懂个屁"之后，就再也不搭理这些流言蜚语了。他的新闻理想从来没有熄灭过，但是传统媒体不同于新媒体，是一个实体经济，若不创新，没有娱乐支撑，没有收视率的保障，没有广告费，生存都会成问题，哪怕是真正的新闻，也将离观众越来越远。

他们都想到了改革创新。

台里内部员工，可以在保留自己本职工作岗位的情况下，申请成为独立制片人。每个人都可以直接向相关频道提交创新节目提案，与电视台现有的节目一起参与审核。通过审核后，提案人就成为独立制片人，将能直接掌控新节目的预算申请、制作、运营和招商。

对于缺乏管理经验的新人，台里还会指派制片主任，帮助独立制片人进行更好的运作和执行，也允许独立制片人自组团队来确保制作执行。

这个改革方案一出，整个电视台都沸腾了！能够成为独立制片人，是多数电视人的梦想。如果真能做到西方电视媒体所标榜的独立，自己便拥有了调配人、财、物的权力，将可以最大限度地展现自己的和创意。当然，权力越大，责任也大。要成为独立制片人，除了需要有相关的专业知识、能力之外，更需要有相匹配的资源，光这一点就让很多人在梦想面前望而却步。

然而对郑易来说，这恰好是他最需要的机会！在收到这份通知的第一时间，他便叫上了沈娜、杜宇、思思，也告知了微博上的"毒舌Baby"。

"娜姐，我准备申请独立制作人了，想请你来帮帮我，好吗？"

"好！"

"今晚台北纯K，记得来，回头我将房号发你！"

"好呀！"

"Baby！在吗？"

"在！"

"我们台里开始招募独立制片人，我决定去申请！"

"独立制片人？"

"是的，我准备自组团队，策划节目参加电视台的竞标！"

"哦哟，不错哦！恭喜你了，易哥！"

"Baby，你也来吧，过来帮我！"

"啊？我啊，我又不是你们电视台的。"

"没关系的，我已经在台北纯K订好包房，今天晚上7点，记得准时来，我把你介绍给我的同事！"

"喂喂，人家还没答应呢……"

"我等你。"

"喂喂……"

郑易没有再理会"毒舌Baby"的回复，打开微信，看着宋婵的头像，犹豫着是否要邀请她加入。踌躇再三，郑易点开私信：

"我准备申请独立制片人了！"郑易发过去一条微信。

"恭喜你！加油！"宋婵发过来一个笑脸。

"杜宇，沈娜，思思还有我今晚会去台北纯K合计一下此事，你来吗？"郑易思量再三，发出邀请。

"我今晚有安排了……"宋婵过来好一会儿才回复。

郑易虽然料想她会拒绝，但依然有些遗憾："好吧，那我们另外约。谢谢你上次提早告诉我这条消息，我请你吃饭！"

又过了好一会儿，宋婵才回复，但只有一个字："好！"

郑易心中一阵欢喜，好一会儿才平静下来，又想起来自己还应该将这个好消息告诉有阵子没联系的白若音……

台北纯K包房里，郑易、杜宇、沈娜已经到了。郑易和沈娜一边喝着饮料一边就台里独立制片人政策的新动向交流着想法。杜宇，早早地在K歌房里点了一排歌曲，扯着让人不敢恭维的嗓子吼着。

"思思呢？"郑易问道。

"思思说她有点事儿，一会儿自己过来。"沈娜看看手表道，"应该也快到了吧？"

"成，等五个人到齐了，我们再一起好好热闹一下！"郑易说着，打开桌上的红酒，倒入醒酒器中。

"五个人？还有谁？"沈娜早就注意到桌子上摆着五个酒杯。

"我还请了一个人，你和老杜都知道的。"郑易神秘地一笑。

"哦，我也知道，谁呀？"杜宇将话筒一放，凑过来，又起果盘里的蜜瓜丢入嘴里，"白若音？不可能啊，她应该还在国外拍戏，难道回来了？"

"她还在伦敦……"郑易摇摇头，"你再猜？"

"宋婵？"杜宇带着狐疑的眼光看着郑易，"你最近跟她走得挺近的啊！"

"宋婵晚上有事，过不来。"郑易又摇摇头。

"那还有谁？少给杜爷卖关子，总不会是张扬那小子吧？"杜宇懒得猜了，抓起果盘里的一片橙子往嘴里塞去。

"不是张扬，是'毒舌Baby'。"郑易拿起啤酒喝了一口，不动声色地回答。

"咳……"杜宇被橙子呛得直咳嗽，好不容易缓过来，吃惊地抬起头问道,"谁?'毒舌 Baby'?"

"对的。"郑易看着杜宇一惊一乍的样子,暗暗好笑。谁能知道这个新闻名主持,居然会是这个 90 后网红的粉丝。

"她也来,你请到她了?"

"我不知道,反正我已经将地址房间号发给她了。"郑易自己心里也没底,毕竟约了这么多次都没约到。但是他心里有着强烈的预感,她会加入到自己的团队中。

"哇!你见过她了?"杜宇用胳膊一把圈住郑易的脖子,"她本人长什么样子?跟视频里区别大吗?你们什么时候见面的?居然不叫我,太过分了……"

"我也没有……咳咳咳……"郑易被杜宇勒得说不出话来,好不容易挣脱出来道,"我也没见过她本人,约过好几次都没约成。不过,我这阵子一直跟她在网上交流新媒体项目的运作心得,也帮她策划过一些视频节目。所以,这次我想邀请她加入我们独立制片人项目团队。"

当郑易、杜宇正在房间里打闹的时候,林思思正在门外。她换下了 T 恤衫和牛仔裤,穿上精心挑选的深蓝色连衣裙,原本扎在脑袋后的马尾辫也放下来,顺滑地披在肩上。鹅蛋脸上满满的胶原蛋白,黑框眼镜也拿了下来,露出一双大大的眼睛,赫然是一位充满青春朝气的美少女。

思思透过窗户看着包房里的郑易,心里一阵纠结。当郑易邀请她加入独立制片人团队的时候,思思心里一阵开心,她当然愿意。她回到家,静心打扮,来到包房门口时,却发现纠结了一路的她,依然没想好,她到底该以什么身份加入。

新城电视台编导林思思?抑或是微博上的 90 后网红"毒舌 Baby"?

早在大三的时候,由于一时兴起,思思在校网发了第一个作品,是模仿英语老师教学的搞笑视频,犀利的点评、传神的模仿,受到了全校学生的欢迎和转发。

见自己的视频那么受欢迎，受到鼓舞的思思，又接二连三地发布了几段视频，都获得了全校学生的热烈欢迎。然而，由于视频内容不是以学校里不同学科的老师为模仿点评对象，就是以学校生活中的槽点为内容，所以引起了学校教导处的关注，在全校范围里通缉调查，以正校规。

幸好，为了安全起见，她的所有视频都是在校外网吧匿名发布的，视频中的自己又使用了在网上学到的化妆术，连声音也因为希望达到搞笑效果而做了特殊处理，所以学校查找无果，便不了了之。

为了避免麻烦，思思干脆在微博上注册了"毒舌Baby"的用户名，将自己业余时间制作的视频都放上了微博。没想到迅速得到众多微友的喜爱和主动转发，从此一发不可收拾，如今成为了微博上网红，被称为集美貌、才华于一身的二次元美少女。

与别的网红不同，思思并不想让自己出名，原本拍摄剪辑这些视频也只是出于兴趣。而加入新城电视台娱乐频道后，她更是将在微博上创作作品，当作自己私底下锻炼视频制作编辑能力的手段。

然而随着经验积累、业务能力的提升，思思不但在电视台的工作得到台里的认可，在新媒体平台的视频制作编辑能力，也是突飞猛进。

得到郑易的认可，与他在微博上交流，是思思每天最开心的时间。所以，当郑易同时邀请现实中的自己和网络中的"毒舌Baby"加入独立制片人团队的时候，思思又惊又喜，自然是百般愿意。

透过玻璃门，看着包房内的郑易，思思心里十分犹豫。如果可以，她真的很想站在郑易面前告诉他，自己就是"毒舌Baby"。可是如果郑易知道了"毒舌Baby"便是在他印象中那个文静寡言、简单普通的林思思的话，他又会怎么看待自己，而自己又该如何面对？一旦这两个角色合二为一了，自己是否还可以像以前一样，在微博上跟他淘气，甚至带点小小的调戏？

想起自己在微博上半真半假的调戏和表白的话，林思思脸上一阵发烧。如果是现实中的话，她一定说不出口。

"思思？"

正在思思举棋不定的时候，突然背后传来杜宇诧异的声音。思思条件反射地转过头去，却见杜宇慢慢张大嘴看着自己，一副不可思议的样子。

"啊，宇师兄……"思思觉得自己的脸红红的，轻声叫了一声。

"真是思思？"杜宇原本想出门再去KTV超市买些饮料，见到门口一位甜美的少女在发愣，多看了一眼，觉得有点像林思思，所以试探性地喊了一声，没想到真的是平日身边那个不起眼的小编导。

"嗯……"思思点点头。

"哇，原来思思你这么漂亮，师兄居然看走眼了！"杜宇伸出手想将思思拉进房间，却半空中一缩手改为将门推开，冲着房间里吼道，"老郑，娜姐，你们看谁来了……"

林思思有些措手不及，心里乱乱的，蒙蒙地被杜宇让进了包房，见郑易和沈娜也一脸诧异地上下打量自己，下意识地去扶眼镜，却摸了个空。连忙打开随身的包，将自己的黑框眼镜戴在脸上。

林思思刚戴好眼镜，就觉得鼻梁上一凉，杜宇笑着将眼镜拿走，放在包房中的茶几上，笑道："思思，别戴了，这样多漂亮……"

沈娜站起来，走到思思身边，隔开杜宇，将思思带到自己身边坐下，笑着说："思思，这身很适合你的。"

"谢谢娜姐！"

"思思，你这身打扮，我还以为你是去相亲，或者见网友呢。"杜宇坐下来打趣道，回头朝了郑易眨了眨眼，"是吧，老郑？"

"哪有啊……"思思偷偷瞟了一眼郑易，心里想，可不就是见网友嘛。

"思思，说实话啊，我觉得你在电视台那身打扮，是明智的……"郑易一本正经地说，见思思显得有些吃惊失望，又接着笑道，"你要这身打扮去上班，那群小伙子哪有心思工作，肯定围着你转了！"

"师兄……"林思思听了，心里一喜，脸上却更烫了。

"好了,郑易杜宇,你们不要欺负我们思思了……'毒舌 Baby'什么时候到啊?就差她了。"沈娜轻轻搂过思思,问道。

"不晓得啊,我问问……"郑易打开微博私信,"Baby,到哪里了?我们都到了!"

"嘟……"手机轻微的提示音从思思的手提包中传来。思思一惊,见众人没有在意,站起身来道:"易哥、宇哥、娜姐,我去一下洗手间哦……"

众人没有在意,思思拿着手提包,走进了 KTV 外的洗手间,走进一个隔间,锁上门,取出手机打开微博,果然是郑易微博私信的提示音。思思第一时间将手机调至静音,合上手机定了定神,然后重新打开微博私信,还想着怎么回复,郑易又接连发了几条私信催道:

"就差你啦,杜宇也在,你认识的,他是你的忠实粉丝,知道你来,可兴奋了,也等着认识你呢。"

"快到了,说一声哦。"

……

林思思见郑易催得紧,心里乱乱的,反复思考着怎么回复。等回过神,却发现自己无意识中,已经将一条私信发出去了,想要收回已经来不及了。

"易哥,我今天有事不能来了……"

包房里,郑易的手机"嘟"的一声,提示微博私信,见是"毒舌 Baby"发来的回复,虽然已经被拒绝了多次,但心里依然有些失望,朝着杜宇道:"老杜,Baby 不来了……"

"什么?为什么啊?"杜宇大为不满,一屁股坐到郑易的身边,不信地向郑易的手机看去。郑易一边给杜宇看,一边觉得心中怪怪的,但是又说不出哪里奇怪。

"不过还是祝大家玩得开心!如果你们在策划节目过程中需要我,Baby 义不容辞哦!"

"另外,麻烦跟杜宇大叔说一声,他真的需要减肥了,看到他的双下巴啦!"

杜宇一见"毒舌Baby"的私信，顿时跳了起来："杜爷哪里有双下巴，绝对没有……"说着，拿着下巴冲着郑易和沈娜叫道，"有吗？有吗？"

正玩闹间，林思思推门进来，杜宇立刻走到思思面前："思思妹子，给师兄评评理，哥有双下巴？没有吧……"

"没有没有，"思思一边摇着头道，"不是双下巴……"杜宇刚露出满足得意的神色，思思又补充道，"……好像是三下巴！"说着，没等杜宇反应过来，她就坐到沈娜身边，嘻嘻地笑了起来。

杜宇一听，表情一垮，一副被天打雷劈的样子，对着思思道："我原以为思思你是一个单纯、善良、内向、老实的丫头，没想到你也是小毒舌啊！说，你是被谁带坏了的？"

然后转头对郑易说，"毒舌Baby不愧是毒舌，人不来，还把我们的思思给毒害了，这样不好！这样不好……"

思思一听杜宇这样，心里微微一惊，偷偷看向郑易，却见郑易大笑着说："我们思思说得对，可不就是三下巴嘛，杜宇大叔……"

"易哥……"思思忍不住拖长声音，略带撒娇道。

郑易看向思思，笑容顿了一顿，突然意识到一个奇怪的地方，思思从来没有像"毒舌baby"这样叫过自己"易哥"。念头一闪而过，又笑着对思思说："好了，好了，不说了，人到齐了，我们书归正传吧。"

如果说独立制片人的招募，吸引了所有想拥有自己节目的员工的关注，那么对于现有的老牌制作人来说，最关注的是即将到来的九月。对他们来说，每年秋季才是真正的战场，因为电视台秋季广告招商会就要到来了。

很快，其他电视台广告招商的业绩传到了新城电视台，最先坐立不安的是《超级周末》的制片人高飞。对他而言，一方面最近《超级周末》的收视率有些起伏波动，如何稳住高收视率是当务之急；另一方面，作为新城电视台的名牌栏目，《超级周末》的广告收入同新城电视台的荣辱息息相关。

去年，《超级周末》改版升级成功，一改之前颓势，吸引了不少新的赞助商，然而却发生了冠名赞助商"牛魔王"过期牛肉代加工事件曝光，冠名一度落空。好在方亚楠出手帮助，又招来了新的冠名商。但《超级周末》的口碑和收视率毕竟受到了影响，高飞虽然多方奔走，原本的赞助商对新一年度的招标依然持观望态度。

他想冷静下来，看清眼下这番境况，但是，一切似乎并没有遂他的心愿。整个早上，一个电话接一个电话，他马不停蹄地接听，处理掉各种事情，他记忆里，却只剩下一块块碎片。

高飞坐在电视台边上的咖啡厅里，手边的咖啡已经冷了。他约了方亚楠见面，可是都过一个小时了，方亚楠还没有出现。

他摸着凉了的杯子，正在犹豫换一杯热的还是就此离去，却见眼前人影一闪，方亚楠出现在桌边。

"飞哥，抱歉，来晚了……"一身翠绿旗袍的方亚楠，一脸抱歉地放下手袋坐下来，"刚碰到一个老客户，一时走不开。等了很久了吧？"

"还好……"高飞笑了笑，将刚才的焦躁压在心底。

"服务员，一杯美式咖啡，无咖啡因……"方亚楠笑了笑，叫来了服务员，"哦，再给高先生换一杯热的。"

方亚楠点好咖啡，解下围脖，笑道："飞哥，果然还跟以前一样，气定神闲啊！别的节目组个个忙得马不停蹄，你却还能在这里端坐着喝咖啡，真是偷得浮生半日闲，这境界我还需修炼……"

"亚楠，"高飞见方亚楠一副只谈风月、不论公事的架势，无心与她再打太极务虚，打断了她的闲话，直奔主题："这次找你来，是想跟你聊聊《超级周末》秋季招商的事。"

"谢谢！"方亚楠接过服务员手里的咖啡，道了一声谢，将另外一杯意大利浓缩咖啡放到高飞面前，笑吟吟地道，"哦，《超级周末》秋季招商，飞哥这里已经有感兴趣的赞助商了吗？不愧是王牌节目，这么快就有消息了。"

高飞低下头，喝了口咖啡，掩饰住有些发青的脸色，抬起头道：

"我这里有几个赞助商在跟进,不过金额还没达到我的心理预期。亚楠,你这里怎么样?"

"我这里啊,"方亚楠打了个哈哈,"在聊,还没谈到金额。我毕竟离开《超级周末》这么多年,很多事不如以前了,不如飞哥还有小婵人脉广。"

"亚楠,我知道你对小婵有一些看法,不过这些并不是我们能左右的。但是,《超级周末》毕竟是我们的品牌,只有保住这块牌子,我们谈其他的才有意义,不是吗?"

"呵呵,我们的品牌?五年前是,现在嘛……"方亚楠笑了笑,不以为然,"……更何况现在李台推出了独立制作人招募,接下来可要百花齐放了。《超级周末》要继续一枝独秀哦,那些冠名商可都在观望呢。呵呵……"

高飞眉毛一挑,缓缓道:"独立制作人?哼哼……是百花齐放,还是昙花齐放,尚未可知。"

"飞哥还是这样信心十足,真好!那我就期待着《超级周末》继续一马当先了。"方亚楠喝了口咖啡,放下来,"……这咖啡的味道,可不如当年了。"

说完,方亚楠戴上围脖,提起包站起来,朝门口走去,留下的一句话,却让高飞捏紧了拳头: "听说,郑易也在申请独立制作人了……"

好制片人从来不缺创意

郑易家,郑易、杜宇、沈娜、思思正围坐在沙发上,就新节目的招标提案进行激烈的头脑风暴。

"上次我们确定了新节目以'两性'为主题,大家具体有什么想法吗?"郑易问道。

"两性关系是永恒的话题。当前社会中,两性问题主要集中在家庭和婚恋方面,我觉得婚恋中男女单身问题,更是热点中的热点。"杜宇首先说道。

"我也同意。问题是从哪个点切入进去,怎么打?毕竟全国各台都有不同的婚恋类节目,所以我们更加需要创新。"郑易点头表示同意。

"各台的婚恋节目,大都是男女嘉宾现场相亲,相互选择,亮灯熄灯。我觉得,我们的破局点可以更加集中一些。"杜宇一副胸有成竹的样子。

"你有什么想法?"郑易问道。

"我觉得,我们可以从剩女入手去打。因为这个人群的数量不在少数,她们往往都有体面的工作,不菲的收入,大多容貌身材条件都很好,事业上算是人生赢家,但是在生活上却是弱势群体……"

"为什么呀?凭什么剩女就是弱势群体呀?"思思不服地提出质疑。这妮子,自从上次 KTV 唱歌之后,就从原本安静害羞的样子,变得更加主动和活泼。

不过郑易、杜宇、沈娜都没有起疑,认为是大家都见过了她的另外一面,所以她也更自信和放得开了。大家都挺喜欢她的变化!

"思思,老杜的意思我明白。这与社会地位和成就无关,主要是人的生理周期造成的。《黄帝内经》里有写,男子以八为周期单位,女子是以七为周期单位,男性的巅峰是在三十二岁到四十岁之间,之后体力和精力进入衰退期,而女子是二十八岁到三十五岁之间。"郑易见思思漂亮的大眼睛瞪得杜宇很是尴尬,有些好笑。之前的杜宇,经常喜欢逗逗文静的思思,可是看到原本安静的小姑娘变成了一个活泼的美少女,杜宇反而放不开了。

"没错!但是即便精力衰退,无论男女都还可以从原本需要精力体力的工作,转向主打智慧和经验的工作,这方面问题不大。但如果考虑生育能力就有问题了,男子即便六七十岁,还能生育,而女子过了三十岁,生育能力则与日俱减。"杜宇见郑易开口解围,松了口气,同时心想乖乖不得了,这小丫头片子也变化太快了。

"可是在国外,很多女性都是三十五岁,甚至有四十、四十五岁才结婚的呀。现在科技那么发达,真的想要宝宝,没男人都不是问题啊。"谁也没想到,思思居然还有这样的想法,颇有女强人的潜质。

"思思,你这你就不懂了。人工授精的孩子,可不如年轻女性自然分娩的孩子健康强壮哦。所以,你也要尽快找男朋友了!有没有喜欢的,哥哥我帮你留心哦。"杜宇像诱骗小女孩儿的大叔一样,朝着思思眨了眨眼睛。

"才没有呢……"思思脸红红地瞥了郑易一眼,抱着沈娜的胳膊说,"我要向娜姐学习,好好工作,不用靠你们男人一样可以独立生活!"

"丫头,你怎么能跟娜姐比,娜姐……"杜宇下意识地抬头看向沈娜,却见沈娜带着不咸不淡的表情静静地听着,突然意识到,自己说的正巧沈娜都符合,顿时有些说不下去,"……咳咳,我不是说你哈。"

"没关系,都是讨论节目创意嘛,我也认同你的说法。"说着,娜娜拍拍思思的手,说道,"思思,外国和中国是不同的。国外的婚姻是两个人的选择,而中国是两个家庭的结合,男女双方选择结合,有很大一部分受到双方父母的约束。如今即便不是双方父母的直接影响,也是来自从小建立的价值观影响。"

"而且,女人到了我这个岁数,就不同了。"沈娜的声音略显低沉,讲述着自己的感受,"年轻的时候,不满足现状,希望看看外面的世界。等到成熟了,见识长了,眼界开了,不如自己的男生不想将就,而适龄的优秀男士都早早被抢走了,即便有适合的单身男士,他们的选择也比我们女生要广得多,有更多更漂亮、更年轻的女孩儿可以选择。如果我们不想把结婚生子当作任务来将就,还不如就一个人过。"

沈娜笑了笑,带着淡淡的自嘲和无奈:"这也挺好,可以更自由些,也可以多专注工作……"

一时间,整个房间只有沈娜淡淡的叙述。似乎察觉到了整个房间快要凝固的气氛,沈娜顿了一顿,轻轻拍拍紧紧抱着自己的思思,抬头展颜一笑:"怎么了?我们今天是头脑风暴,我只是说了我这个年龄的女性通常的想法,供大家参考。杜宇,你的破局点,我比较熟悉,如果大家决定要做,我可以给出更多的想法。不过,你有没有考虑,做节目给这样的群体看,以什么样的形式好呢?可不要搞什么男女嘉宾亮灯熄灯那一套哦,这个在全国各台都做烂了。"

"哦哦……"杜宇回过神来。沈娜给他的印象一直是情商、智商双高的女强人形象,而刚才露出的惆怅,却触动了他心底的那根弦。将心中那丝怜惜收起来,杜宇继续道:"我想说的是……呃……我一下子忘了我想说啥了。"

"刚才老杜和娜姐说的话,让我有了一个想法……"郑易接过话头,"其实像娜姐这样的出色女性,并不在少数。无论是能力、性格、品位,都足以让很多男生惭愧。如果说二十出头的女孩儿,如酒一样火辣热烈……当然思思,你最多算果汁,不算酒……"说到这里,郑易朝着思思眨眨眼睛,不理会思思的娇嗔,继续道,"那么真正成熟的女性,早已经磨去了一身的烟火气,如同陈年普洱一般,温润而韵味深长,需要懂得欣赏的人,慢慢品味。"

郑易的话让沈娜舒服了一些,破天荒地脸微微一红,目光复杂地看向郑易问道:"郑易,你的意思是?"

"我在想,这个年龄段的女生,不适合市面上常见的相亲节目,而是应该在一个特定的环境中,让她们与男嘉宾慢慢相互了解。而最适合这种模式的环境是……"

"旅游!"

"恋爱之旅!"

"旅行!"

"旅行的时候!"

四人几乎异口同声地说道。不约而同的想法,让四人精神大振,相视而笑。之后的头脑风暴,四人的创意有如泉涌:

"我们可以选择四男四女八个嘉宾,都是有一定成就的社会精英,安排一个十日的旅行,让男女嘉宾在此期间相互认识和熟悉。"郑易开了个头。

"嗯,旅行,比旅游更有内涵,赞助商也更优质些。"沈娜一边说,一边心里盘算着几个自己认识的旅游公司。

"而且,也不会影响大家的正常工作。大家反正原本就会有一到两周的年假,喜欢旅行的本来也会安排旅行。"杜宇自己就是个旅行爱好者,每年都会一大一小出去两次,一次国内一次国外。

"在不同地方,我们安排不同的游戏环节,让男女嘉宾参与。"思思补充道。

"没错,我们可以安排一个烹饪环节,从食材选择,买菜,洗菜,烹饪,让男女嘉宾在生活场景中,碰撞出火花,磨合出默契,也能展现生活技能。"杜宇最是爱吃,找到一个会做饭的女朋友,一直是他的梦想。

"不只是烹饪这一个场景,可以设计各种场景,例如照顾孩子,照顾老人,打扫房间……"沈娜附和着杜宇的提议。

"照顾孩子,这个好好玩。多安排点熊孩子!"思思眼睛里闪烁着恶作剧的兴奋。

"还可以让他们在旅行地点,购买礼物,礼物的选择也特别体现人的品位。"

"选礼物这条不错……"

……

这一讨论,一直持续到深夜,记录了近百条大大小小的创意,众人才意犹未尽地结束。

"接下来,我们还需要多做些调研。老杜、思思,这块你们多操点心;再各自去看看周边的资源,这点也麻烦娜姐留意一下了……"郑易简单分配了任务,将众人送走后,打开了微博,想着尽快将今天头脑风暴的内容告知"毒舌 Baby",好听听这个古灵精怪的女孩儿,有什么建议。

天色已晚,沈娜将思思送回家后,开车回到自己的家。一个人在上海打拼十几年的沈娜,终于在接近外环的地方买了一套二手的两居室。虽然是套不过六十几平方米的老公房,每日上班要一个小时的车程,但好歹是在魔都安家落户了。

沈娜打开房门,随手按灯的开关,灯闪动了一下,突然又灭了,屋子里一片漆黑。沈娜叹了一口气,老房子的线路老化问题已经不是一天两天的事,自己几次叫了物业来修理,也只治标不治本。她一直想找装修队重排线路,可惜繁忙的工作让她一直没有时间。

沈娜打开手机电筒,找到电源总开关,将跳掉的闸门重新合上,屋里的灯终于亮了。沈娜放下包,一阵疲劳涌了上来,人躺在沙发上,迷迷糊糊地只想睡觉。想到明天还要上班,沈娜强打精神,准备洗个澡再去睡觉。

淋浴的热水洒了下来,沿着自己的发丝脸庞,流到全身。沈娜突然想到刚刚头脑风暴中的话题,自己已经三十三了,过年便是三十四,离开五七之数不远。沈娜轻轻抚摸着自己的肌肤,虽然自己的身材因为定期锻炼保持得很好,但皮肤经不起岁月的流逝,已开始松弛。就算沈娜再怎样淡然,再怎么坚强,作为女人,面对青春的流逝,她的心中也不由得泛起一种无力的恐惧。

突然,电闸开关处"砰"的一响,整个房间的电又跳闸了。沈娜微微一惊,脚下一滑,一下子摔倒在浴室。她强忍着疼想要站起身来,但脚踝的剧痛让她又一次摔倒在地上,应该是脚崴了。

沈娜靠在淋浴间的玻璃门上,轻轻揉着生疼的脚脖子,好想现在身边有个人,可以冲进来,将自己抱起来好好安慰。委屈的眼泪抑制不住地从眼眶喷涌而出,如同抑制了多年的洪流,终于冲毁了堤坝。

黑暗中,浇在沈娜身上的水,慢慢地冷下来,好像寒雨,只有泪水是滚烫的……

在新城一家颇为有名的酒吧 Moonsha 里,正在举办着一场名为"邂逅の惊喜"的闪约活动。在酒吧的二楼阳台上,摆放着一张张拼在一起的桌子,桌子上美丽的玫瑰和烛台,在夜灯中显得格外的浪漫。

阳台上，男女来宾看得出个个经过精心的打扮，拿出自己最好的一面，对即将到来的邂逅充满了期待。他们拿着酒杯，在正式闪约之前进行着预热交流，相互认识着，以便寻找今天适合自己的那个人。

杜宇一身低调的深蓝西装，没系领带，煞有介事地端着酒杯，打量着周边的单身男女。他身边有一位年轻漂亮的女孩儿，跟周边袒肩露背的女孩儿比起来，她相对保守，但一身得体的墨绿色小礼服，显得青春可爱，吸引了不少男性的目光，正是硬被杜宇拖来的林思思。

"思思，别那么紧张，就当过来玩呗。"

"宇哥，我后悔了，我不应该跟你来的。"

"怕什么？又不是真的来相亲，我们是来工作的！"

"你为什么不叫易哥，或者娜姐。"

"思思呀，宇哥是在帮你，这叫公私两不误，顺便帮你找个男朋友。哎，你看那个男生正在看你呢，看上去不错哦……"

原来，虽然经过头脑风暴，确定好了节目提案的方向，但是有职业病的杜宇还是想深入了解社会上单身婚恋的需求以及认识异性的渠道和方式。而且，想着自己反正是单身，不如亲身体验一下这类活动，既可以收集些素材，又可以尝试自己的缘分。

经过调研，杜宇在网上看到了一个知名的婚恋交友活动，在新城一个著名的酒吧举行，过往活动的照片里，有不少高颜值的优质女性，顿时让他动了心。

只是，从来没有参加过类似活动的杜宇，有些不好意思，有心叫郑易同去，但认识这位明星主持的人太多。沈娜是最适合的人选，可是面对这位女强人，杜宇开不了这个口，于是他找到了思思。

正当杜宇替林思思赶走了第三个前来搭讪的男生时，阳台上又走来一位女士，引起了杜宇和思思的注意。只见这位女士梳着齐耳的短发，露出修长的脖子，身穿一件黑与红配色的短袖旗袍，剪裁得体，加上高跟鞋，显得身材修长，体态婀娜。脸上化着精致的淡妆，眉宇间透着一股清冷的气质，却又有淡淡的忧郁。

"宇哥，你看，那是娜姐吗？"

"是挺像的……"

"不是像,就是娜姐!哇,好美啊!我从来没有见过娜姐穿旗袍!宇哥,你什么时候叫的娜姐?"

"我没有啊,我还以为是你叫的呢。"

"那她怎么来了?"

"她也是来调研的?"

"不像啊。"

"娜姐不会是来相亲的吧?"

"不会吧……"

"我们上去打招呼吗?"

"不用了吧?万一她真是来相亲的,那多尴尬。"

"也是。不过等会儿闪约也会碰面的吧?"

"那到时候再说了……"

为了营造浪漫的氛围,露台的灯光调得很是昏暗,沈娜并没有留意到杜宇和林思思,只是在吧台取了一杯果汁,便靠在栏杆处,静静地欣赏夜景。这是沈娜第一次参加这样的活动,她不知道应该怎么做。在工作中镇定自若、胸有成竹的沈娜,到了这个帅哥美女云集的地方,却有些不知所措,一股无助的感觉油然而生。

沈娜从来没有谈过恋爱。虽说从高中起,到大学期间,就一直有男生追求,可是一心求学的她,从来没有接受过任何人的表白。大学毕业后到新城台来打拼,她也一直专注于工作,将自己所有的业余时间都用在了深造和加班上。其间,她也尝试着接触过几个男生,但不是因为男生觉得她太强,就是她觉得男生太幼稚没志向而不了了之。

身边优秀的单身男人不多,但不是没有,例如郑易和高飞,都是她喜欢的类型,有能力、有志向、有魄力。高飞多了份稳重,而郑易多了份阳光。但同事多年了,他们都会忽略她的性别,可以是知心朋友、可靠同事,一起奋斗的拍档,可就是没有那种男女之间的感觉。

而如今,高飞已经不是当年的高飞,郑易也有了女朋友,就更不可能了。

沈娜沉思着,那种高冷的孤寂,也不觉地散发出去,一直到正式闪约开始也没有人上前来搭讪、认识。

"好,各位俊男靓女们……"主持人一声银白色西装,一手拿着红酒杯,一手拿着汤勺轻轻敲着,吸引了所有来宾的注意,"感谢来参加我们的'邂逅の惊喜'!经过刚才的自由交流环节,大家或多或少已经认识了一些我们的异性嘉宾,不知道大家有没有心仪的那个人呢?如果您还没有机会跟心仪的那位面对面交流,那么在下一个环节,可要好好把握哦!"

主持人走到长桌旁,继续道:"接下来,我们来说一下闪约这个环节,请大家仔细听一下规则。闪约的时候,我们男生、女生会分别坐在长桌的两旁,男女嘉宾面对面坐,可以尽情地相互了解。每五分钟,钟声响起,男生起立,往左手边挪一个位置,与下一位女生交流。这样我们嘉宾,就有机会跟每一位嘉宾认识了。不过……"

主持人顿了顿,露出神秘的微笑:"如果,我们说如果,两位男女嘉宾接触下来,发现双方都觉得对方就是自己今晚的惊喜,那么,男生可以选择放弃跟下面的女嘉宾认识,带着面前的这个她,直接离场……"

"哗……"这个规则在所有参与者的意料之外,人们无不发出惊叹。

主持人很满意大家的惊讶,露出坏坏的眼神道:"之后会怎样?出了酒吧大门,就不是我们主办方的事咯……"又引来台下的一声声嗤笑。

"好了,大家入座吧!"

随着游戏环节的开始,男女嘉宾纷纷入座,开始了闪约的环节。

"您好,我是Lucy,做广告的。"坐在杜宇对面的是一个二十七八岁的女子,身材有些丰满,但是显得十分性感。

"您好,我是杜……Dereck,做媒体的。"杜宇有些心不在焉,虽然嘴里与对面的女孩儿交流,眼睛却时不时地偷偷看着坐在另外一边的沈娜。

"那么巧！是在哪个媒体啊？说不定还可以交流合作！"Lucy说着，从自己的手提包中取出一张印着抬头为广告运营经理的名片交给杜宇，带着惊讶，露出探试性的笑容。

"呀，今天出来玩，没有带名片。不好意思！"杜宇收起名片，应付着说。

"哦，那您是做哪方面的媒体呀？"女孩儿见状也不以为意，继续追问。

"电视方面的……"杜宇不想透露更多，敷衍着，却见沈娜那里的对话似乎陷入了僵局，她与对面男士的交流似乎已经停止了。

"哦，电视方面啊。您是哪个频道的呀？看您似乎有点眼熟……"女孩儿可能没有察觉杜宇的心不在焉，只是不断地提问，好像并不是男女社交，更像是商务洽谈。

沈娜此时确实冷场了。对方一个个问题，好像警察审犯人一样让她有些不知所措：

"您是新城人吗？"

"不是。"

"噢，那您在新城多久了？"

"十几年了。"

"在新城读书的？"

"不是，大学毕业后来的。"

"大学毕业后来的新城，工作十几年了，能冒昧问您几岁了吗？"

"……三十……三……"

"哦，看不出，真不像……"

自从沈娜说出自己年龄后，对方男士虽然口中说着客套话，但是似乎已经没有再继续了解的兴趣了，只是时不时地喝着酒杯里的酒，却竖着耳朵听自己下面会交流的女孩儿的对话。

沈娜又如何看不出对方的心思？一贯清冷的她，一时也不知道该如何做，也不主动问问题或者开启新的话题，只是静静地坐着，等待漫长的五分钟能尽快过去。

相比较，思思对面的男士就热情多了，一身名牌西装，显得文质彬彬，明显对思思有着强烈的兴趣。

"您好，我是 Charles，在一家投行工作。"

"您好，我是 Lynn。"

"我刚才就注意到您了。"

"哦，是吗？"

"是的，您就是我喜欢的类型。"

"谢谢！"

"如果可以，我想活动后，或许可以一起喝一杯？我知道附近有一家不错的酒吧，每晚都有蓝调演出。"

"哈，我家里不让喝酒。"

"这样啊。其实也不一定要喝酒，那里也有果汁的。"

"还是不要了，我今天说好十点前到家的。"

"那，我们可以另外再约。周末你通常去哪里玩啊？"

……

虽然沈娜、杜宇、林思思三人面对着不同的人，但却都心不在焉地等待着交谈的结束，都感到五分钟是如此漫长。

当……随着铃声响起，下一轮开始了。

这一次杜宇面对的是一个面目清秀、身材苗条的女孩儿。女孩儿显得有些腼腆，声音轻轻的，给杜宇的第一印象有点像思思。

"Dereck，您好！"

"您好，怎么称呼？"

"我叫苏小婉，朋友们都叫我小婉。"

"小婉，你好！你看上去好小啊，那么早就来参加闪约活动？"

"是啊，趁着大学没毕业，早点来。"

"没毕业？你还是大学生？"

"是呀……"

"早了点吧？"

"也不算早，家里好些跟我差不多大的亲戚，都结婚了呢。"

"你自己也想早些结婚?"

"嗯,我的小姑姑今年35岁,还没有结婚,所以家里人都觉得,早一些考虑选择多些,也不错。"

杜宇虽然有面对自己晚辈的感觉,但是看得出女孩儿很单纯,杜宇不免跟她多聊了两句。聊下来才知道,现在很多90后小女孩儿,早早就开始了相亲,大学刚毕业就结婚的不在少数,有的甚至已经生了孩子。而这些女孩儿在意的并不是与自己通灵来电的,反而是二十八到三十五岁事业有了一定基础的男生。杜宇不禁暗叹道,难怪80后剩女问题越来越严重,连90后、甚至95后的女孩儿,都成了她们的竞争对手。

想到这里,杜宇又朝沈娜那里看去,却发现沈娜的脸色更加难看了。

来人是一个四十多岁戴眼镜的中年人,身体略胖,微微谢顶,也没有客气,直接说道:"沈小姐,您很优秀,人也很漂亮。大家都不是小年轻了,我也不瞒您,我离过婚,但是一直没孩子。这次,我就是冲着结婚要孩子来的。只是,我略微算了一下,就算我们最终能成功,谈恋爱需要一年半到两年。刚才听到您现在三十三,也就是说,到我们结婚,您已经三十五岁了,那么怀孕差不多三十六岁,这已经是高龄产妇了。所以,如果是五年前,或者三年前,我一定追您,现在我只能说相逢恨晚啊!"

这番看似坦承、实际颇为无礼的话,让沈娜感到非常憋屈,却又说不出什么。她很想拂袖而去,但在公众场所又做不出这样的事。她告诉自己,能做的只能是HOLD住一口气,静默地看着对方,维持住自己的尊严,等待下一轮的男士。

也许这位中年人的想法会传染,也可能是其他什么原因,后面几轮的男士,都或明或暗地表示了双方的不合适。沈娜虽然没有做出任何的回应,可对于熟悉她的杜宇而言,却不难看出她的沮丧和黯然。

沈娜面前终于又换人了。位置一坐定,沈娜扭了一下头,猛地发现再下一轮要坐过去面对的竟然是杜宇,惊讶得合不拢嘴,脸上满是偷偷做事被撞破的尴尬，又羞又急，修长的脖子上都泛出淡淡的红色。她赶紧扭回头来，只能自欺欺人地假装不认识杜宇，语无伦次地回答着眼前男子的问题。

对面的男子样貌倒是颇为英俊，但是略显刻薄轻浮。他对沈娜的年纪并没那么介意，但是对沈娜的收入、资产和家庭情况更加好奇。虽说，他的旁敲侧击颇为隐晦，但是沈娜又岂能听不出？只是慌乱的沈娜显然无心与他虚与委蛇，惹来对面男子的不快和出言不逊：

"沈小姐，您这样的态度不合适吧？我是真心诚意跟您交流，您却这样应付。以您这个年纪，更应该珍惜机会，不是吗？"

这男子说话的声音极大，顿时吸引了周围男女嘉宾的注意。沈娜没想到对方会如此直接，原本就又羞又急的她，脸色顿时一阵苍白。她想反驳，脑海中却是一片空白。

男子见状，更加得寸进尺道："都这么大年纪了，来相亲还要摆这么大的谱，我也真是醉了……"

沈娜从来没有那么狼狈过，被人这般奚落，尤其还当着自己同事的面。异常羞愤的她，虽然强行抑制着情绪，但眼眶里委屈的泪水还是不住地往外冒。她什么话都没说，缓缓站起来，抓起自己的手提袋，在周边嘉宾的议论纷纷中，尽量平稳地往出口走去，心里只有一个念头，离开这里。

"沈小姐，请等一下……"

突然一个熟悉的声音传来，沈娜下意识地转头一看，却因幅度太大，不小心洒落了早就盈眶的泪水。泪眼模糊中，她低下头去找手袋中的纸巾，可惶急之下，却怎么也打不开手袋。

"给你纸巾……"是杜宇，他离开座位，快走两步到沈娜的身边，递上纸巾。眼前原本如大姐般照顾自己的女强人，在淡淡的月光下，瑟瑟的秋风中，却显得十分柔弱。杜宇看着梨花带雨的沈娜，心底那根柔软的弦又被触动了。他从来没想到，眼前这个外表坚强的女子，其实也需要有人呵护和照顾。

他除下自己的西装，披在沈娜身上，待沈娜情绪微微平复，说道:"沈小姐,先别走,我叫 Dereck,刚才其实就注意到您,但一直不好意思上前跟您认识。下一轮的闪约就轮到我们俩了,我不想错过跟您认识的机会!"

"你……"沈娜鼻子一酸,她此刻多么想靠在他的肩头痛哭一场,将所有委屈都哭出来。眼前这个男生,认识这么多年,自己一直还当他是当年刚进台的小弟弟。可今天,眼前的杜宇,让她觉得是一个有担当、能照顾女人的男人。

"主持人……"杜宇轻轻地搂住沈娜的肩膀,让她无力的身躯靠着自己,对主持人说,"我想,我已经找到属于我的惊喜了,我想放弃之后与其他女嘉宾交流的机会,可以吗?"

情不知所起,一往而深,那一瞬间的心动,更胜却人间无数。

Moonsha 这样新城知名的酒吧,不知见证过多少次缘起缘灭。夜晚的 Moonsha,充满了浪漫的魅惑,吸引无数痴男怨女在这里消磨激情和欲望。而下午,这里却又是另外一番景象。

下午 3 点,才开门的 Moonsha,没有什么客人,长长的吧台后面布置着近三十个酒头,一个吧台酒保懒洋洋地擦着已经十分干净的酒杯。几个工作人员从楼梯上下来,将新的活动照片贴到活动墙上,然后又在吧台边的黑板上用粉笔添加最新的欢乐时光优惠套餐和酒水价格。

门铃一响,方亚楠随着一个年近五十的男人走进酒吧。那男人剃着流行的光头,留着络腮胡须,一身古典西装,显得气派时尚。

"老板好!"见这男人进来,吧台酒保和服务生连忙起身问好。老板微微点头,将方亚楠带到落地窗边一处沙发坐了下来,服务生上了一杯咖啡一杯威士忌。

"Jason,几年不见,没想到你的 Moonsha 已经开了四家分店了。不过,还是这家感觉最好。"方亚楠坐在靠窗的座位上,窗外的阳光洒在身上,暖洋洋的很是舒服。

"也就这家生意最好,其他几家生意都一般。"Jason 拿出烟,见方亚楠拒绝，就自顾自地点上了，"怎么，戒烟了？"

"嗯，在北方的时候戒了，那里雾霾厉害。"方亚楠喝了口咖啡，感叹道，"还是我们新城好啊！特别怀念老朋友，也怀念 Moonsha。"

"呵呵，怎么样，带你再转一圈，看看我们这里有什么变化？"Jason 说着，吐出一个烟圈，掐灭才抽了小半根的烟，笑着站起身来。

"好呀……"方亚楠饶有兴趣地站起来，很自然地将手钩住了 Jason 的臂弯，"故地重游一下！"

"整体格局变化不大，主要花了不少钱增加了这三十几个酒头。"Jason 指着吧台里道，"现在新城街道变化很大，原本的嵩山酒吧一条街没有了，客人也不再是无节制狂饮了，开始注意品质和品位。最近流行精酿，所以我这里增加了各种进口啤酒和自酿啤酒。"

"嗯，北方其实也是，氛围也不错，我喝过几次。"方亚楠附和道，"那你们现在的客流主要是怎样的人，酒吧对外做宣传吗？"

"生意不好做，什么样的人都有，愿意花钱就行。不过我们现在跟几个做单身派对、相亲闪约的活动公司合作，他们经常包场。我们赞助场地，他们购买我们的酒水。也不赚钱，就是让更多人知道我们的地方。"说着 Jason 将方亚楠带到照片墙前，"这就是近几期的活动，人气还不错，他们挺会搞的。"

方亚楠饶有兴趣地走近照片墙，看着这些活动图片。突然，她神情一愣，指着照片墙里的几张照片道："这几张照片是什么时候拍的？"

Jason 看了看，对着身边的一个服务员问道："这几张什么时候拍的？"服务员探过头来看了一眼道，"就是周三，刚放上去的。"

照片上赫然是杜宇和沈娜，而在照片的一角，还可以看到林思思的半张脸。方亚楠朝 Jason 笑道："这张照片里的人我认识，能送我吗？"

好创意从来不缺剽窃

方亚楠回到车上，又拿出这张照片仔细端详，想了想，拿出电话拨了出去。

"喂,是郑易吗?我是方亚楠……嗯,对对!我是想问,你今天下班后有时间吗?……哦,是关于独立制片人的事,想跟你当面交流……好的,那就说定了,地址你发我微信就行了……"

虽然入秋,可是天气依然没有凉下来,宝莱纳里一如往常聚满了下班后过来喝一杯的白领。挑一款没有喝过的精酿啤酒,跟朋友同事聊聊天,躲过晚高峰的拥挤地铁,是最佳的选择。如果是单身,也可以直接在那里吃个简餐,一个牛肉汉堡或者一份鸡肉三明治,配上色拉,分量足够让一个中等身材的成年人吃得心满意足。

"郑易,我听一个在新城做酒吧的朋友说,最近新城开始流行精酿啤酒,没想到这么受欢迎啊。"仍然一身旗袍的方亚楠,与周遭的环境显得有些格格不入,引来众人的目光,但她却毫不在意。

"是呀,现在有些人还开始玩自酿呢。"郑易喝了口"世涛",一款带着可可和咖啡口味的深色精酿啤酒。对于方亚楠,郑易并非不熟悉,五年前郑易还在新闻频道的时候便知道她,原本对她的印象还不错。但从宋婵那里知道了她的客户对宋婵有不良企图后,便连带对她有了看法。

"看来你也是行家,今天可要帮我推荐一下哦。"方亚楠笑着对郑易说。眼前这个男子,便是高飞一心要打压的对象。她不止一次地听说郑易的事迹,但是与他单独喝酒还是头一次。年轻、随性、很像年轻时候的高飞,是方亚楠对郑易的第一印象。

"行啊,你喜欢什么口味的?"虽然,郑易不清楚方亚楠来的目的,但是对方表现出对精酿的兴趣,作为爱好者,他自然不吝分享推荐。

"我不懂,听你的。"

"那你喜欢口味重一点的,还是轻一点的?"

"嗯,我也不知道,要不你推荐这里比较有特色的吧。"

"成,那你试一试这里的特色 IPA 吧,里面的啤酒花风味非常典型。这一杯我请客,就当作晚到的欢迎亚楠姐回新城了!"郑易很绅士地朝酒吧服务员点了点头，为方亚楠点了一杯 Goose Island IPA，一款苦味、麦芽味以及啤酒花味做得相当平衡的精酿啤酒。

"谢谢！"方亚楠笑着接过郑易的啤酒，尝了一口，一种混合着花草果香的苦味刺激着她的味蕾。方亚楠有些不习惯这样的味道，但是看着郑易略显期待的笑容，就点点头，"果然很有特色……"

郑易知道第一次喝 IPA 的人都会受不了它的苦味，正确的做法是在苦味消失之前再喝一口，几次下来会让味蕾逐渐适应苦味。而苦味之后便会慢慢弥漫出麦芽的香味和甜味，配合着啤酒花千变万化的风味，散发出独特魅力。

"亚楠姐，这次你找我什么事呀？"郑易见方亚楠只喝了一口便将酒放在一边，也就没有建议她再来几口，而是问起了她的来意。

方亚楠喝了口水，冲掉口中的余味，笑着问道："听说你这次也报名申请了独立制作人？"

"是呀，有些想法，不成熟，想试试看，也不知道成不成。"郑易喝了口酒，谦虚地回答。虽然与方亚楠并没有冲突，但是毕竟她和高飞有密切的关系，而新栏目提案马上要截止了，在这之前，他可不想把自己的方案透露出去。

"郑易，太谦虚了！两性婚恋旅游类节目，确实是不错的思路哦。"方亚楠一边说着，一边笑吟吟地看着郑易的表情。

"……你……怎么知道？"郑易一听方亚楠这么说，心里咯噔一下，忍不住开口问道。

"我自然知道……"方亚楠见郑易这样的反应，心中一定，得意之余又喝了一口啤酒，口感似乎也没有那么苦了。

她是怎么知道的？郑易心里暗暗揣测。难道有人把讨论内容泄露了？杜宇、沈娜、思思，郑易过了一遍，感觉都不可能。而"毒舌 Baby"，也不太可能跟方亚楠有任何的牵连。

方亚楠见郑易低头沉思不语，她也不点穿。那张照片当中同时出现了沈娜、林思思和杜宇，便不难猜出他们是在做两性婚恋的体验。而再结合前不久自己在国内知名旅游品牌的朋友提到电视台郑易他们在询问赞助意向,把这些结合在一起,自然能猜出这个答案。

一看自己猜对了,方亚楠带着高深莫测的微笑道:"你别管我是怎么知道的,我自有我的方法和渠道。你只需要知道,我没有恶意,而且是想来帮你们做新节目的。"

郑易将疑问暂时放到一边,笑道:"亚楠姐果然消息灵通!不知道我们有什么合作的可能呢?"

"郑易,虽然我们之前并没有太多交集,可是你郑大胆的名号,我早就听说了。你的能力、潜质和影响力大家有目共睹。你所缺少的,只是两样东西……"

说到这里,方亚楠顿了顿,竖起两根手指:"一是机会,二是资源。机会,你已经有了,这次电视台公开招募独立制作人,对你来说是非常好的机会。但是好的机会,也得抓住才行。再说,好的节目,没有匹配的资源,便无法持续发展。经过这段时间的累积,我相信你已经有一定的资源了,但是我可以给你提供更多,帮助你迅速发展和成长。"

郑易听了,想了想道:"亚楠姐,你说的我都明白。但是你为什么要帮我?你不已经是《全程见证》的执行制片人了吗?"

方亚楠止住笑容,正色道:"那节目小了点,不值一提。帮你,是因为我相信你能成为最好的主持人和制作人!"

郑易也停下来,紧紧盯着方亚楠的双眼问道:"那亚楠姐,你要什么?"

两人对视了半晌,方亚楠原本严肃的脸上,突然像冰雪融化一般绽放出笑容:"如果我说,我也没想好,你信吗?"

郑易没有回答,想了想也露出微笑,举杯跟方亚楠轻轻碰了碰。

"老郑,我们来了……"方亚楠离开的前后脚功夫,杜宇到了,"哎,我刚才好像看到方亚楠了。"

"嗯,她刚走。"郑易用下巴指了指台子上喝了一半的 IPA 精酿。

"她来干吗?"杜宇随口问道。

"找我谈合作的事。"

"合作？"

"她知道了我们计划做两性婚恋旅游节目。"

杜宇一听顿时跳了起来，叫道："什么？她怎么知道的？"

"我也这么问，她没说。"

"什么鬼？"

"老杜，你跟什么人说过吗？"郑易忽然抬头看了他一眼，心想别是这货在什么地方不小心透露出去的。却不想，这猜测虽不中却也不远了。只是，怎么也没想到，透露出去的人不只是杜宇，还有沈娜和思思。

"当然没有。把哥们儿想成什么人了？这点保密意识还没有吗？"杜宇对郑易的问题，表示大大的不满。

"奇怪！我想不到是怎么传出去的。"郑易一脸郁闷道。

"她想怎么合作？"

"她说，愿意给我们提供资源。"

"这么好？她不是一直在帮高飞吗？"

"听说，她跟高飞弄得不太愉快。"

"哦，如果她不帮高飞，来帮我们，倒也不错。"

"或许吧，不过不是现在。"

说实话，刚才方亚楠提出合作意向时，郑易真的动心了。如果能得到方亚楠的支持，那么新节目成功的概率会大大提高，在节目的架构和资源配置上也会宽裕很多。然而，有的时候并不是资源越多越好，尤其是外来的资源。

凡事要匹配。如今，对于郑易这个刚刚成立的小团队，是否能承载方亚楠提供的丰厚资源还要拭目以待。正如用兵之道，并非所有人都能像韩信一样"多多益善"。更何况方亚楠是否真心帮助自己，还未可知。即便是真心，随着新节目的起落，是否会出现不可控的因素呢？毕竟，她与杜宇、沈娜、思思不同，郑易并不信任她。

时间一天一天过去了，报名申请独立制作人的团队和个人，纷纷将自己的节目创意发送到了不同频道的征集邮箱中。就在郑易也准备将自己团队的节目策划案发给娱乐频道时，林思思突然来到郑易的办公桌，说沈娜叫他提案先暂停，去一下会议室。他旋即来到了会议室，发现杜宇和沈娜已经等在那里了，气氛有些不对。

"老郑，你提案发出去了吗？"杜宇一见到郑易便问。

"还没有，刚准备发，思思就叫我过来了。"郑易答道，看了看沈娜，心里升起一种不安的念头。

"嗯，有个坏消息，所以让你先停一下。"沈娜表情凝重地点点头，说道。

"什么？"

"方亚楠也递交提案了，而且请高飞担任监制。"沈娜道。

"什么，方亚楠也参加了？"郑易顿感不妙。

"她之前不是想跟易哥合作的吗？"思思问。

"她问过我，但我一直没有给她答复。"郑易解释。

"嗯，这次她倒是很有魄力。"沈娜补充道。

郑易看了沈娜一眼，表示认同。方亚楠这段时间因为宋婵的事，跟高飞貌合神离，整个电视台都传开了。方亚楠回到新城台，一心想重新成为首席女主持，但是无论是谁离开了电视台，位置自然会有人占，要重新找回来谈何容易。且不说宋婵的人气之旺无人可比，即便她不行了，也有大把有才有貌有背景的年轻女主持等着这个机会呢。这也是方亚楠只能先做个小节目的原因，不然她连台也上不了。

郑易想过，如果他是方亚楠，也会尝试着往制片人方向走。只不过，做主持和做制片人是两回事，一个需要个人能力，一个则更需要团队的支持，这也是为什么郑易邀请沈娜、杜宇加入的原因。只是郑易没想到，方亚楠会请到高飞做监制。

"方亚楠，不是跟高飞闹翻了吗，怎么又走到一起了？"杜宇撇撇嘴，不以为然地说。

"参加也就参加了，也没什么。但娜姐叫我们这么多人一起来，肯定不只是说方亚楠参加的消息，难道……"郑易心中一惊，升起了不祥的预感。

果然，沈娜接着说道："嗯，听说她的提案是明星婚恋旅游真人秀。"

"什么？"

"这不是我们的创意吗？"思思跳了起来，小脸因为生气涨得红红的。曾经方亚楠也是她很喜欢的主持人，却没想到这么卑鄙。

"剽窃啊！"杜宇骂道，"还有节操吗？"

"创意的确跟我们很相似，只不过他们的参与者，除了行业精英之外，还有娱乐圈单身女明星。"沈娜虽然也生气，但还是详细解释道，"通常创新节目如果雷同，会择优而上，他们的资源和阵容更强，尤其娱乐圈单身女明星的加盟，确实更有天然的吸引力。所以，如果我们还是以现在的创意做提案，失败的概率很大。"

"方亚楠是有意的！"杜宇猛地捶桌子对郑易说，"当初她来找你合作，我就知道没安好心。"

"娜姐，你是怎么知道的？消息可靠吗？"

"应该挺可靠的，有人听李台还表扬过这个创意。"

"那还怎么玩？"杜宇骂道。

"要不我们去跟李台投诉？"思思提出建议。

"没用的……"郑易摇摇头。且不说是方亚楠先交的提案，即便是自己先交，无凭无据的也只能说创意撞车，而不能证明是恶意剽窃。毕竟创意这玩意儿，大都是可以相互借鉴的。

"郑易……"沈娜看向郑易，毕竟他才是项目策划人。

"我先去找方亚楠聊一聊，问她到底是什么意思！"郑易咬着嘴唇说道。

Moonsha 的包厢里，郑易和方亚楠面对面坐着，面前摆着一支刚开的红酒。

"小郑，上次谢谢你请我喝精酿！今天我回请，试试这支红酒吧。"方亚楠款款起身，微笑着给郑易倒上，举杯示意道。

郑易没有拿起酒杯，面无表情地看着方亚楠，沉默着。

"怎么，这酒不合口味？"方亚楠也不介意，微微一笑，晃着酒杯凑到鼻尖，嗅着红酒中弥漫着的水果香气，"我还是喜欢红酒，尤其在不工作的时候，找一个安静的地方，与两三个志同道合的朋友一起，就像现在这样。"

"亚楠姐，对待朋友的方式，还挺独特的……"郑易露出嘲讽的神色。

"小郑，我们是不是有什么误会？"方亚楠一边晃动着酒杯，一边好整以暇地问道。

"误会？"郑易见方亚楠一副无辜的样子，不由得气往上走。他强压住怒火，闷声闷气地说："你抄袭我们节目的创意，还说是误会？"

"哦，你知道了？"方亚楠一副恍然大悟的样子，"难怪你生气，这还真是误会。来，先喝点酒，消消气……"方亚楠举起酒杯，一副抱歉的样子道，"你听我解释，好吗？"

郑易控制一下情绪，不情不愿地举起红酒杯与方亚楠碰了碰，放到嘴边直接喝了一大口，溢出的红酒沾湿了嘴角。

"慢慢喝……哎……"方亚楠递过一张纸巾，"上次我来找你合作，是真心的！因为我当时也已经准备申请做独立制作人了，而且提案也跟你一样。"

"是吗？"郑易冷笑一声，并不相信。

"真的！"方亚楠苦笑道，"说起来，姐姐我也是大龄剩女了，所以也了解大龄剩女的心态，就想着做一档跟自己相关的节目，却没想到跟你重了……"

郑易一边听着，一边观察她的表情，喝了一口酒，只觉得满嘴苦涩。

"之前，我了解到我们的提案非常相似，所以才找你。想着我们既然志同道合，为什么不一起做呢？这样，对你，对我，对节目都好。"

方亚楠见郑易默不作声，只是一口一口地喝着红酒，给郑易已经见底的红酒杯满上，道："其实，现在还来得及。如果你愿意，我们还是可以一起做。这个节目的主持人，你当仁不让。以你的才华，加上我的资源，要让这个节目红并不是难事。你还年轻，刚刚进入发展期，姐姐相信高飞之后就是你了！"

郑易确实动心了！被逼到墙角的郑易，面对方亚楠送来的橄榄枝，说不动心是假的。虽然，他并不完全相信方亚楠的话，但是独立制作人的节目提案即将截稿，如果他不抓住这次机会，下次什么时候还有机会就不知道了。

可是，他不甘心啊！一旦答应了方亚楠，他就又回到了老路上，跟之前在《超级周末》和《星光现场》听令于人，又有什么区别？

"小郑，来帮姐姐吧！"方亚楠拿起酒杯，表达真诚的邀请。如果有郑易的加盟，重新扶持和塑造一个新的明星主持，成为独立制作人，那么她便可以完全不再需要高飞，甚至可以跟高飞分庭抗礼。

郑易思索良久。方亚楠也不着急，只是这样定定地将红酒杯举在空中。她相信以郑易的聪明，一定知道现在的情况，与自己合作才是最好的选择。

"砰……"两支红酒杯轻轻地碰在一起，发出清脆的声音。方亚楠露出胜利的笑容，见郑易将红酒一口喝干，刚想说话，却听到郑易说："这一杯，感谢亚楠姐的赏识，看得起我郑易！刚才的建议，确实是为我好。但是，请让我再任性一次吧……"

方亚楠笑容一僵，举杯抿了一口掩饰住自己的失落，放下杯子时，笑容依旧："姐姐明白的。那小郑，你再考虑一下。明天就是创意的截稿日期了，姐姐这里随时等着你。"

"谢谢亚楠姐的理解！"

人生如棋，命运执黑我执白。

即便我们计算得再清楚，能做选择的永远是手执的白子，而命运的黑子在哪里落下，终究不由我们来定。黑子落下出乎意料的一步棋后,白子与其后悔之前的判断,不如更好地思考后手棋吧。

离开Moonsha后,郑易直接让思思帮自己跟沈娜请了个假。回到家,强烈的不甘让他连饭也不想吃,苦思冥想着新的创意方案。然而灵感并不是牙膏,努力挤一挤就有的,它如同拂过柳叶的清风,水里映射的月光,指间流逝的细沙,越是努力地去抓,越是抓不住。

俯卧撑,平板支撑,倒立,跑步机……各种能刺激灵感的运动,郑易都做过一遍,却依然徒劳无功。他仰面躺倒在沙发上,大口地喘着粗气,任凭"三儿"扑上来舔着自己脸上的汗水。

"嘟嘟嘟……"

手机上传来微博的提示音,郑易好不容易摸到掉在地上的手机,打开一看,是"毒舌Baby"发来的私信。

"大胆哥,听宇哥说,我们的创意被剽窃了?"

"谈不上剽窃,创意雷同罢了。"

"剽窃就剽窃呗,雷什么屁同啊?""毒舌Baby"发了一个鄙视的表情。

"斯文,斯文,Baby你怎么说也是女孩儿啊。"

"毒舌Baby"发了个脸红、吐舌的表情,接着问道:"那现在有新的方案吗?"

"刚刚在想呢……"

"有结果吗?"

"有……"

"真的,是什么?"

"一身汗……哈哈。"

"蛤?"

"刚才一边运动,一边想,结果创意没有,倒是出了一身臭汗……"

"大胆哥,你好恶心……""毒舌Baby"发了一个呕吐的表情。

郑易看得忍俊不住笑出声来,心情也好了不少。

"大胆哥,其实我一直有个想法,你要不要听一听?"

"当然啦，是啥？"郑易翻身坐起来，现在他缺的就是灵感和创意。

"现在相亲类的节目那么多，你有没有想过换个角度？"

"怎么说？"

"现在做相亲的那么多，你还不如干脆做个分手节目。"

"分手节目？"郑易心中一动，隐隐明白了"毒舌 Baby"的想法。

"对呀，不是每一段感情都有结果，也不是每一对恋人都能走下去的。再美好的起点，也经不住现实的变迁。童话里王子公主永远幸福地在一起，那是哄小女孩儿的。万一这个王子后来变成了李后主，公主是小周后呢？"

"王子是李后主，公主是小周后……Baby，我服了！"郑易一边打字一边忍不住笑出声来。

"那是，我还没说李治和武则天，多尔衮和大玉儿，还有……还有陈家洛和香香公主呢……""毒舌 Baby"发出一个骄傲的表情。

"陈家洛和香香公主，那是小说人物吧？而且陈家洛也不是王子啊。"郑易哭笑不得地回道。

"喊，陈家洛的哥哥不是乾隆吗，那也算王子了。不要太抠这些细节，关键是，如果王子和公主的童话延续下去，最后两人闹分手了，会是什么原因呢？我对这个一直很感兴趣。"

"你好八卦！"郑易回道，"不过我也很有兴趣。"

"对吧对吧，""毒舌 Baby"回道，"我们可以在节目里安排一对对准备分手的恋人，让他们各种相互吐槽，曝光各自的黑历史，然后主持人点评，现场分手，Happy Ending，世界和平！"

"也不一定要分手，能够挽回一段爱情，也是一桩功德。"

"也行，反正让他们自己选，Happy Ending 还是继续相爱相杀。"

"Baby，我怎么听着唯恐天下不乱的意思啊？"

"本宝宝只是想告诉姑娘们，其实童话里都是骗人的，关键是要活在当下。"

"Baby，活在当下不是这么用的……"

"不要老抠细节。"郑易仿佛看见"毒舌 Baby"小手一挥,满不在乎的样子,"我一直也想做这个主题,这次便宜你了,让给你了。你看看怎么报答我呀?例如以身相许什么的?"

"Baby,你又顽皮了!"郑易一边与"毒舌 Baby"玩闹着,一边思考这个创意的可行性。

会议室里,电视台新节目提案正在进行最终的评审,台长李东然、副台长周鹏程、王灿以及几个频道的总监都在现场。

在这次的征集中,有几个节目脱颖而出,得到大家的认可。但是让众人为难的是,有两个提案是同一个领域的。

一个是方亚楠的两性婚恋明星旅游真人秀《心动之旅》,让明星和适龄单身企业家、高管,在全世界各地的度假中,碰撞出爱情的火花。这档节目的策划,充满了明星、恋爱、真人秀、旅游等经典节目的成功关键词,也充分体现了金牌制作人高飞和前新城电视台首席女主持方亚楠强强联手后,对大制作的运作驾驭能力。这种团队组合加上创意策划,称得上堂堂正正的实力碾压。

而另外一档,是郑易团队的《人生若只如初见》。作为全国首档两性婚恋分手类节目,通过一对对想要分手的曾经的爱人,回顾爱情的发生、进行、波折、冲突、失望到淡漠的起起伏伏,现场决定这场爱情究竟结束,还是继续。强烈的情感冲击力,既可以引起过来人的共鸣,也可以给正在甜蜜爱情中以及憧憬爱情的年轻人以警示。虽然没有《心动之旅》这么华丽,但内容创意十分走心,极具潜力。

虽然两个提案都非常出彩,但由于都属于婚恋领域,按电视台的惯例是只选一个,以避免同质节目出现资源争夺的冲突。评审团中,出现了强烈的分歧和争议,最后不得不请来台长李东然来做定夺。

"李台,这就是方亚楠和郑易两个人的提案……"

"都挺好啊!大家怎么看?"

"这两个提案,确实都不错,但是由于内容有重合,所以大家无法达成一致,才想听听李台的意见。"

"嗯,那就先让他们都做个样片上来,看看效果吧。"

有时候看似难以解决的难题,其实只要跳出局外就不再是问题。然而难的是,有的人根本看不到,而有的人即便看到,也会选择不在其位不谋其政。

一决高下

当提案初审被选出来的六个节目名单公布后,有人欢喜有人失落,也有人不服。而名单中出现的两个同类型的婚恋节目,更是众人关注的焦点。

"怎么这次会有两个婚恋节目啊?"

"听说,评审意见不一,所以李台让两个节目都出样片PK一下。"

"那就是,最终两个节目二选一咯?"

"那肯定的。"

"你们看好谁啊?"

"难说,方亚楠和郑易,我都挺喜欢的。不过如果说资历的话,方亚楠更深,而且还有高飞做监制。"

"如果说收视率和号召力的话,现在郑易更受欢迎吧。"

"那是主持人,做制片人可不一样。方亚楠的节目,是明星相亲,肯定火爆的。"

"不过,我对郑易的分手节目更有兴趣。太有戏了!"

"我也蛮感兴趣的!如果节目做起来,我肯定拉我女朋友一起看,让她好好学学……"

"哈哈,是你自己要学吧?小心你的女朋友不要你!"

"滚,单身汪没有发言权,等你有女朋友了再说。"

"单身怎么了,没谈过恋爱,才要学习呀。"

……

原本认为自己十拿九稳的方亚楠,一直等着郑易低头加入自己的团队,却没想到,咸鱼还有翻身的机会,仅一个晚上郑易又做出了新的创意,并且也通过了评审。这下,她不仅后续的所有布局被打乱了,而且要跟郑易用样片的效果来一决高下,争夺独立制片人的名额。

方亚楠盘算着手上的资源和人脉,决心不但要赢,而且要赢得漂亮。这次,郑易他们能够绝境逢生,完全是因为得到了部分评委的支持。到底是哪些评审?或许,自己也该跟他们聊聊了⋯⋯

"干杯!"

郑易家里,郑易、杜宇、沈娜、思思四人一起碰杯。新节目提案通过评审,绝境逢生,让众人格外兴奋,连沈娜也破天荒喝了一点红酒。

"郑易,恭喜你通过评审!"沈娜对郑易举起酒杯。

"谢谢娜姐!"郑易笑着与沈娜碰到一起。

"还有我⋯⋯一起!"杜宇不甘示弱,插了进来。

"还有我⋯⋯"思思也凑上来。

"杜宇,你少喝一点,别喝混酒。"见杜宇一口干掉杯中红酒,又去开精酿啤酒,沈娜轻轻地说了一句。

"好好好,不喝,不喝。你也少喝,喝果汁吧。"杜宇听话地将啤酒放回桌上,给自己和沈娜各自倒了一杯果汁。

"老杜,你转性了?"郑易见杜宇那么听话,嘲笑道。

"哪里,没有⋯⋯"杜宇老脸微红,一边眼角瞥着沈娜,一边强撑着说,"我最近肚子有点大,稍微控制一下。"

"噗哧⋯⋯"思思见杜宇这副样子,又回头看看还是不动声色的沈娜,不由笑出声来。自从闪约活动之后,杜宇见到沈娜就特别听话,打着新节目讨论的名义,常常来 18 楼找沈娜,还时不时地嘘寒问暖。

"对了,接下来就是出样片了。老郑,你有什么计划?"杜宇瞪了思思一眼,将话题扯回到工作上。

"接下来,节目的互动环节我们大致定了,但还有很多细节需要确认。至于现场和后期,有娜姐在,我们倒不用担心。"郑易狐疑地看了三人一眼,在 Moonsha 发生的事,无论是杜宇、沈娜还是思思都没告诉郑易,而方亚楠也不会去提。

"嗯,我会落实执行的。"沈娜点点头,"我们还是先把细节磨一下。"

"在说细节之前,我有一个想法,想跟大家讨论。"郑易道。

"什么?"

"说起来,这次的新节目创意,我们得好好谢谢 Baby!"郑易一想到与"毒舌 Baby"之间的对话,嘴角不由得弯了起来。

"是呀,可惜我们一直见不到她本人。"杜宇感叹道。

"易哥,你见到她准备怎么谢她呀?"思思心里甜甜的,忍不住问道。

"那也要她肯见我呀,总不见得……"郑易突然想到"毒舌 Baby"口没遮拦地要自己"以身相许",不由得一阵好笑。

"受她影响……嗯……启发,我觉得,或许我们可以在节目的风格上做一些调整。"郑易道。

"风格?"

"嗯,一直以来,婚恋类节目大都比较正经。噢,也不能说是正经,是走温情、煽情路线为主。"郑易组织着语言,"但是,其实我们还有其他风格可以尝试。"

"比如呢?"沈娜问道。

"比如像'毒舌 Baby'的吐槽风格。"郑易双手一摊。

"哈,这个我喜欢!"杜宇一听,立刻表示大力赞成。

"哈?"思思听郑易这么说,心跳一阵加速,咬住嘴唇,死死地憋住笑意,心里开心极了。

"'毒舌 Baby'的视频我看过,确实不错。但有两个问题,一个是这类的风格,别人学不来,只适合'毒舌 Baby'本人;二是,网络节目的自由度和电视台不同,一旦移植到电视上,效果可能会大打折扣。"沈娜的话一针见血,指出这种风格的问题所在。

"是的,娜姐说的我也想到了。"郑易点点头,胸有成竹地说,"'毒舌 Baby'的风格要移植到电视节目,确实有一定挑战。但是我想到另外一个人,不但电视台认可,同时也已经有了许多网络粉丝。"

"哦，你说这个人啊……确实可以……"沈娜与郑易相视一笑。

"你们说谁啊？卖什么关子呀？"杜宇见两人一副心照不宣、英雄所见略同的样子，心里隐隐发酸，不爽地叫道。

"这个人啊……"郑易笑嘻嘻地看着杜宇，拖长了声音，直到杜宇不耐烦了，才说，"……可不就是你老杜嘛！"

"我？"杜宇一阵迷糊，"一个分手婚恋节目，跟我一个做新闻的有什么关系？"

"对呀对呀……宇哥，你可以的！"思思拍着手笑道。

"看，连思思也明白了！"郑易满意地拍拍思思的肩膀，惹得思思一阵羞涩。

"杜宇，郑易的意思是，你可以用新闻评论的方式，来点评分手男女在爱情过程中发生的事。"沈娜解释道。

"这……这也行？"杜宇惊讶得都有些结巴了。

"可以的，当然可以，非常可以……"郑易笑道。

理想未满

情感就如同看不见的气运一样无常，缘起缘灭，缘聚缘散，虽属平常，可是又有几人看得透，放得下？又如同那挂在枝头苦涩而甜蜜的果实，鲜艳的光泽和芬芳的香味，让人忍不住想尝一尝。

正当郑易在全力准备新节目样片录制的时候，远在欧洲的白若音，却与一位气质儒雅的中年男子，神态亲密地手牵手走在卡塔尼亚。这个城市位于意大利西西里岛，少有游客。这位男子名叫赵涵，是成名多年的台湾演员，也是白若音正在拍摄电影的男主角，以成熟的演技和气质、儒雅、稳重的荧幕形象，很受观众欢迎。赵涵已结婚七年，并有一女，向来以好丈夫好爸爸的形象示人。

在这部电影中，赵涵扮演的是一个婚姻出轨的中年男子，而白若音扮演的是赵涵的小姨子，爱上了自己的姐夫，在爱情、亲情、道德中挣扎彷徨。这部戏，有大量的内心戏以及表演的空间，十分考验演技。

为了更好地揣摩角色，两人私底下约会相处以培养感情。然而不管是真的情到浓时不知悔，还是沉湎于角色出不来，他们已经戏里戏外分不清楚了。趁着休息时间，两人来到这个少有中国游客的城市，偷偷约会。

　　当赵涵搂着白若音返回居住的旅馆时，对面的咖啡馆，一位中国游客惊讶地拿出自己的手机，把这一幕拍摄了下来，并且转发到个人微信朋友圈上。

　　网络时代，是一个没有隐私的时代，白若音和赵涵尚未离开卡塔尼亚，两人的绯闻便如病毒般传播扩散开了。一时间，微博、微信公众号、朋友圈到处可以看到赵涵搂着白若音返回酒店的照片。

"白若音移情别恋"

"白若音出轨"

"白若音背弃郑易"

　　暧昧的照片，配上八卦的文字，又一次给公众提供了免费的娱乐素材和茶余饭后的话题。而作为白若音正牌男友的郑易，也再次被顶到了风口浪尖。白若音、郑易的情史再次被挖掘了出来，更有娱乐记者声称根据内幕消息，白若音与郑易交往，主要原因是希望利用郑易转型新人设。而成功之后，则已与郑易私下分手，这也是如今两人在微博上很少互动的原因。

　　这种说法迅速被公众接受，白若音可谓"人设崩塌"，郑易的粉丝也纷纷谴责白若音的做法，却引来白若音粉丝的反击。如此一来，反而让公众更加坐实了郑易被白若音利用转型后分手这件事。

　　当粉丝们正在进行激烈的微博大战时，当事人郑易对此却一无所知，《人生若只如初见》的样片拍摄已经进入最后准备。紧张的工作让郑易根本无暇浏览微信和微博。

　　林思思正在场外的观众入口处，与现场观众做最后的确认。她早就悄悄跟知道白若音绯闻的观众打过招呼，拜托大家先配合完成录制,不要影响郑易的情绪。

沈娜虽然没有去交代自己的现场团队,但是她一向严谨的工作态度,让熟悉她的团队成员们,无不专注于自己的工作岗位,无暇他顾。如此一来,整个拍摄现场,变得愈发安静而高效。

郑易很欣慰,无论自己的团队、现场工作人员、嘉宾还是现场观众都非常配合。只是跟自己打招呼的时候,眼中流露出异样的神情,好似同情,好似讥讽,又好似疑惑,让自己有点莫名其妙。

"郑易,怎么样?"

"挺好呀……"郑易觉得沈娜似有所指,却又不知道是什么。

"嗯!"沈娜见郑易似乎并不知道白若音的绯闻,略微放心,"进度挺快的,一切按照流程在走。"

"好。"郑易看看手表,"还有一个小时,我去喝杯咖啡……"

"我让思思去给你拿一杯吧,你去跟嘉宾和杜宇再过一下台本。"

"过两次了,应该没什么问题。"

"再过一次吧,这次样片不能出错。"

"好吧……"

郑易见沈娜坚持,转身向化妆间走去。沈娜看着郑易的背影,暗暗为他担心,生怕郑易万一闲下来,打开手机刷微信或者微博。希望一切顺利,先将拍摄顺利完成吧,沈娜暗想。

郑易走进后台,在旁忙碌或休息的演职人员,见到他纷纷起立问好,郑易回礼,却总觉得有点不对劲。

"或许神经有点紧张,还是先喝杯咖啡吧。"郑易暗自嘀咕,没有前往化妆师那儿,而往另外一边的自动饮料贩卖机走去。

二号演播大厅,正在做《星光现场》明天拍摄的准备。现场的工作人员远远看到他,便纷纷交头接耳,有的还拿出手机给身边不知情的同事看。而等到郑易走近了,却停下议论,问好后便离开了。

郑易愈发觉得奇怪,很想走上前问问到底是什么情况,但想想《人生若只如初见》即将开始,就作罢了。他拿出硬币,见自动贩卖机里没有意大利浓缩咖啡,便随意买了一瓶摩卡。

"易哥……"

郑易捡起咖啡，正想返回演播厅，却听到一个熟悉的声音叫住自己，回头一看是张扬。这段时间，张扬已经成了电视台的新秀，甚至有传言他可能替代郑易成为《星光现场》的主持人，风头和地位隐隐盖过了郑易。

郑易看着意气风发的张扬，不由得想起初次见到时还颇为腼腆的年轻人，现在已经成长起来了，不禁心中暗叹。对于张扬取代自己的位置，郑易并没有太过介意，他来到娱乐频道的初衷，原本就是希望做制作人，主持人只是自己旅途中的一个站点而已。

"张扬？好久不见了！"郑易笑着对张扬打招呼道。

"是呀，易哥，有段时间不见了。"张扬看着郑易，心里有些复杂。

刚认识时的感激，郑易成名后的羡慕，慢慢转化成嫉妒，而当自己意图替代郑易成为《星光现场》总主持的目标即将实现时，张扬又有一些快感以及少许的内疚。原本以为，郑易看到自己后，会生气、会嘲讽、会冷言冷语，而自己也会以后来居上的姿态进行反击。

然而，这些都没有。眼前的郑易，还是最初见到的那个温和而阳光的哥哥，而自己却生出一种取得成绩告诉哥哥后，期待表扬和赞许的感觉。郑易还是那时的郑易，可自己已不是那时的自己了。

想起方亚楠给自己的短信，张扬收起了感叹，说道："白若音那件事，我也是刚知道。你没事吧？"

"若音？"郑易有点诧异。自己因为工作忙，而她也到处飞来飞去地拍戏，没怎么跟她联系，莫非发生什么事了？于是急忙问，"她怎么了？"

"你还不知道？"

"不知道。什么事啊？怎么都神神秘秘的？"郑易突然升起了不祥的预感，心情也开始变得烦躁不安。

"呃……也没什么，先完成拍摄，回头你再看看微博就知道了。那这样，易哥，我要排练了，回头聊吧……"话还没说完，张扬转身便走。

"喂……"郑易一边拿出手机,一边不满地嘟囔,"……到底什么情况啊?"

"郑易……"远远听到叫声,郑易回头,见是沈娜和杜宇,扬了扬手上的咖啡,示意自己在这里,然后转头打开微信查看起来。

沈娜拿着思思买来的意大利浓缩咖啡,却没有在杜宇和嘉宾的化妆间里找到郑易,顿觉不妙。于是,她连忙询问沿途的工作人员并找到了这里,眼见郑易打开手机,沈娜赶紧加快脚步想要上前阻止,却不想高跟鞋崴了一下,一个踉跄撞在走廊的墙上,滚热的咖啡泼了出来,将沈娜的手烫得一片通红。

"沈娜……"杜宇赶忙上前去扶,想接过咖啡,帮她把手擦干净。

沈娜全然没有感觉到疼痛,挣扎着站起来,朝着郑易一瘸一拐地走去,心里暗暗祈祷他还没有看到白若音的绯闻。

"郑易……"沈娜挣脱杜宇扶着自己的手,轻轻地搭在郑易的背上,清楚地感受到他正在微微地颤抖。沈娜看不见郑易的表情,却能感受到他深切的痛楚和激动的情绪即如将爆发的火山。

郑易转过头来,他的脸上看不出喜怒,只是有些苍白,紧紧抿住嘴唇,看看沈娜和杜宇,问道:"你们都知道了?"

"嗯……"沈娜点点头,一阵心疼。

"老杜?"

"这种新闻,不能当真,照片合成也不稀奇……"杜宇心里一酸,郑易是自己的好哥们,这种情形,他也不知能说些什么。

"好,"郑易摆摆手,止住了杜宇和沈娜的话,"……让我静静……"说着,不再理会沈娜和杜宇的劝阻,扭头大踏步往外走去。

"郑易……"沈娜快走两步,只看到秋风中,郑易满头凌乱的黑发。

"易哥他,知道了?"思思的声音从背后传来,沈娜转过身将手中的咖啡交给杜宇,点点头,"嗯!"

"那怎么办?"思思又着急又担心。

"继续,等他回来……他会回来的。"

《人生若只如初见》录制还剩十分钟了。演播厅里，所有的工作人员和嘉宾都已经做好准备，现场观众也已经入场，在现场工作人员的带领下，录制掌声和反应镜头。然而，主持人郑易还没有出现……

"娜姐，"林思思望着沈娜，问出了所有身边工作人员都担心的问题，"易哥，会回来吗？"

沈娜沉默了半响，直到思思急得快按捺不住时，才轻轻地说道："我相信他！"

郑易在节目录制前离场的事，所有人都知道了，但是沈娜压下了众人的不安，按照该有的流程，按部就班做好所有的准备工作。现在万事俱备，只缺主持人郑易了。

时间一秒一秒过去。正当所有人以为郑易不会来了，开始懈怠的时候，郑易，终于出现了！

"不好意思，来晚了！"郑易的声音浑厚、洪亮、沉稳。在众人期待、诧异、惊喜的目光中，他大步走上前，原本飘逸的黑发不见了，换成了如钢钉般竖立的短寸，配合略显消瘦的脸庞和如墨一般漆黑斜飞的剑眉，整个人散发出刀剑出鞘一般的英气。

在黄佐佐等化妆师的配合下，郑易迅速换上了出场服装并简单地化了妆，他微笑着对沈娜点点头："开始吧！"

舞台灯光暗下来，音乐响起，正是梁静茹的那首《人生若只如初见》，原本窃窃私语的现场观众安静了下来……

  那一年 那一天
  就种下了前缘
  第一次 第一眼
  已注定了怀念
  爱上只需要一瞬间
  遗忘却要多少年
  在那不懂伤害的 无知少年

不回头　不道别　再沉醉也有界限
再一次　再一眼　世界掏空了视野
情背负太多亏欠
心藏着太多从前
呼吸沉重绵延　脚步如何轻便
岁月已划过指尖
流连曾经的小店
保留你的习惯很多年
却记不起你的笑脸
当爱在心中长眠
回忆是荒芜一片
如果时间可以倒转
叹人生若只如初见

随着梁静茹略带忧郁的嗓音，郑易跟着聚光灯，缓缓地出现在舞台上：

"人生若只如初见，何事秋风悲画扇。

等闲变却故人心，却道故人心易变。"

郑易上场后，背景音乐渐渐淡去，然而他没有说台本上写好的向观众寒暄的词，也没有做自我介绍，只是缓缓地念出这首纳兰容若的《木兰词》。他的声音低沉而压抑，仿佛充满无穷的眷恋、遗憾和不舍。

一首词念完，郑易没有说话，与台下的观众一起，静静体会着词里的意境，不知时间的流淌。

"这首纳兰词……"郑易终于出声了，声音清冷低沉，"我很早就学过。说实话，虽然喜欢，可是在中国那么多的诗词中，并不是我最爱的……"

郑易声音不大，然而低低的自述，反而使所有在场的观众，甚至工作人员，更加安静地侧耳倾听。

"然而，现在的我却体会到，这首词会在我们人生中某个特殊的时刻，不由自主地浮现出来。想起当初心动的瞬间，想起曾经以为不会终结的美好，想起仿佛拥有了全世界的幸福……"

郑易的语句断断续续的，似乎在思考，又似乎在回想，人仿佛穿越了时间，返回自己往昔最甜蜜的瞬间。

"爱情虽然美好，我相信没有人在选择让心里住进那个人的时候，会希望有一天……变成现在这个样子，没有人……"

郑易的情绪跟着叙述慢慢激动起来，听众们也随之起伏，甚至有一些内心敏感的现场观众，眼睛里已蓄起了泪水，包括沈娜身边的思思，也跟着默默抽泣起来。沈娜虽然也心有所感，但多年的职业习惯，让她立刻清醒过来，赶紧提醒摄像师抓拍现场观众的表情和反应。

"我们会抱怨，会迷惑，会愤怒，会伤心……然而，事情既然发生了，就是发生了……与其相互伤害，不如一起冷静下来，看一看，想一想，到底发生了什么？是什么原因让美好的当初，变成了现在这样？我们是否还能够通过努力，回到当初，又或者给自己、给对方一个值得拥有的完结？"

情绪是一种力量，一种看不见摸不着、但是能让人清晰感受到的力量。而优秀的主持人，更是能够通过舞台、通过话筒，将这种力量传递给现场和电视机前的观众。

"人生若只如初见！当下的我们，或许十年前是初见，但是十年后的我们，现在又何尝不是初见呢？欢迎来到《人生若只如初见》，让初见与当下对话！"

哗……随着热烈的现场掌声，《人生若只如初见》的第一场录制，正式拉开帷幕。

"你是不是觉得，你的女朋友对你付出，是理所当然的？"

"你有没有想过，你男朋友对你的态度，其实有一部分是你纵容出来的？"

"每个人都需要为自己的行为负责。当你觉得不需要再为自己负责，或者后果并不严重的时候，同样的错误，自然会一犯再犯。"

"你的试探，是站在道德制高点上，挑战人性！"

"这种情况，我只能说 No Zuo No Die……"

"对不起，我也看不过去了。抛去主持人身份的我，只想说，你配不上她。"

"我允许我任性地动用主持人的权利，中止这一对男女嘉宾的对话……就这样吧。"

"人生若只如初见，人既已变，不如不见。"

……

归来的郑易，仿佛换了一个人似的，在主持过程中一改以往温和、幽默的台风，一个个犀利、尖锐的问题，冷酷地直指人心，让人避无可避，赤裸裸地揭露人心底处隐藏最深的想法及其本质。不但台上的嘉宾面对郑易有招架不住的感觉，连台下的听众都冷汗连连，却又大呼过瘾，畅快淋漓。

在调解过程中，评论员杜宇也是连珠炮似的提问，对于双方存在的各种矛盾和问题深入解析，丝丝入扣，于情于理间拿捏得恰到好处。该和时劝，该怒时骂，本就犀利的一张嘴，更是将"老娘舅"的作用发挥到淋漓尽致的地步。

录制过程中，第三对嘉宾中的男士，是个极品"渣男"，利用女友对自己谦卑的爱，堂而皇之地长期劈腿，甚至用女友的钱为第三者购买礼物。而面对调解评论员杜宇的责问，不但毫无悔过，反而认为理所当然，态度恶劣，引起了公愤。

郑易不顾节目环节尚未完成就拍案而起，以主持人的身份当场宣布，这一对的录制结束！霸气的表现，完全出乎所有人的意料，然而台下的观众，不但不以为忤，反而报以热烈的掌声。

当郑易团队的《人生若只如见》的录制，如乘长风破万里浪一般畅快淋漓时，方亚楠的《心动之旅》却意外频频。

方亚楠第一次做制片人，而节目录制是在泰国，虽然有旅游公司的支持赞助，但作为监制的高飞，因为还有《超级周末》这档重要节目在身，无法全程陪同。原本方亚楠信心满满，然而户外真人秀需要大量高水平的跟踪拍摄和隐蔽拍摄，操作起来完全不是她想象的那么容易。整个录制过程缺少章法，效率低下，拍摄进程一拖再拖。参加录制的女明星，因为档期紧张，也多有抱怨，更有甚者，直接耍大牌想要退出，弄得节目团队焦头烂额。而受邀请的男嘉宾，大都是公司的高层或者创业公司的老总，参与节目也只是利用了自己的休假时间，他们虽说谈不上日理万机，但是大都后续还有其他工作日程安排。

在不得已的情况下，《心动之旅》的录制只能草草完成。

《人生若只如初见》录完了，当所有的观众离场，工作人员清理现场，交代完后期剪辑的事情，已经九点多了。郑易拒绝了杜宇、沈娜和思思的陪同提议，一个人离开了电视台。

当录制节目中超常发挥的兴奋劲过后，随之而来的是一股发自骨髓深处的疲惫，郑易一点不想回家，一个人顺着一条条街道盲目地走着。对于新城而言，九点钟夜生活才刚刚开始，马路两边的街灯五颜六色，来往多是相扶相伴的男女，抑或成群结队的朋友。

郑易虽然走在路上，可这城市中的一切，又似乎与己无关，自己像个出窍的元神，游离于与这个世界重合的另外一个时空，只看得见来来往往的人群，却听不到声音。

等他回过神来，已经走进了一条安静的小路，感觉特别眼熟，仔细一看，前方赫然是宋婵的"忘机小筑"。三楼隐隐透出淡淡的灯光，似有人影闪动。郑易犹豫了一下，拿出手机打开微信：

"在小筑？"

"嗯，在的。"

"刚下班，我在附近。"

微信那头沉默了半晌。郑易知道自己有些唐突，便转身走了。刚离开没走几步,手机微微震动,传来宋婵的微信。

"上来喝杯茶吗?"

"好啊:)"郑易有些开心。

走到铁门门口,吱呀一声轻响,铁门打开一条缝,宋婵探出半个身子,轻轻道:"进来吧……"

郑易道了一声谢,走进院门。宋婵还是那身舒适的茶服,外面披着一件外套,白天工作时候的妆容还没有完全卸下。

"样片录完了?"

"嗯,刚结束。"

"顺利吗?"

"还成……"

"嗯……"

两人一边不咸不淡地聊着,一边在宋婵的引导下走上三楼。郑易上次送宋婵回家,没有到过三楼,见三楼房间的地面上铺着舒适的毛毯和竹席,琴台、茶桌、矮几,布置得清雅干净,显然接待客人的次数并不多。

"换双鞋吧,舒服一点。"

郑易换上拖鞋,走进房间,靠近窗户的矮几上,正摆着一套小型的茶具,旁边电磁炉上的老铁壶微微冒着热气。

"这么晚,打扰了!"

"没关系,反正我也睡不着,正准备喝茶,一起吧。"

宋婵淡淡一笑,将茶具和茶壶搬回到茶台上。

"水刚开始烧,你来得正巧。"

"今天有口福了!"

"想喝什么?"宋婵问道。

"客随主便。"

"嗯……那肉桂吧,不过没有牛栏坑,马头岩的吧。"宋婵想了想,拿出一个金黄色的袋子,撕开封口,拿出茶叶,装到赏茶碟中,送到郑易面前,"两年前收了一些,喝到现在,也就这一斤了。"

"那也是正岩的。"郑易接过茶碟,深深一嗅,鼻尖里淡淡的乳香传来……

水开了,宋婵也不多说,专心烫壶,洗茶,分茶,一丝不苟。很多人觉得,中国茶道讲究意境,不像日本茶道那么注重仪式。但是宋婵却觉得,茶叶从种植,采摘,制作,储存,运输,最后到冲泡,就好比一个轮回的过程。而冲泡是茶叶轮回的最后一站,也是最灿烂的一刻,若不认真对待,如何能品尝出茶最美的滋味?

出汤了,宋婵将品茗杯轻轻放在郑易面前,满上七分。郑易屈指谢过,拿起杯来啜了一口。虽说第一道尚未完全出味,但茶香已然浓郁扑鼻,汤滑水厚,香甜过喉,已是不凡。

两人也不说话,只是一杯一杯静静地品尝着每一道"马肉"细微变化的滋味。一壶水喝完,两人相视一笑,一种淡淡的喜悦,在两人心中同时暗暗的升起。

> 独饮为品,对饮曰情
> 三人得趣,四人成局

郑易脑海突然想到了这四句话。

"好舒服!很久没有这种感觉了……"郑易懒懒地说道。

宋婵只是微笑了一下,眼神中是意会的神情,没有说话。

"我有个想法,想听听你的意见。"

"嗯,你说。"

"我想退出《超级周末》……"

"做得好好的,为什么退出?"

"我想专心致志做好现在的新节目!"

"应该不影响啊……"

"不,做了自己的节目,想法真的不一样了。我特别理解飞哥,对节目那种旁人无法替代的情感。就像有了自己的孩子,那种发乎内心的专注就再也挪不开了。现在的我,就需要专注!"

"嗯……能理解！只是……"

"只是以后不能再在超级家族里和你耍贫嘴了，哈哈……"郑易插嘴打趣道。

"好遗憾！没了你这么好的搭档。"

宋婵这话，让郑易内心很受用，甚至还有些留恋。确实，在超级家族主持群中，就数宋婵和自己的语言最搭调，互相接茬最默契。但一转念，郑易又说："还记得你说的，这个圈子里的人其实都是在演？"

"嗯，我是说过。你一直记得？"

"是的，一直记得，也一直在演着。我本来就不是个娱乐的人，进了这个圈子后，为了适应角色，我逼着自己要从骨子里硬扭过来，从生活方式上、说话方式上甚至是思维方式上，都强迫自己朝着娱乐界的方向靠拢。日夜颠倒的生活，各种荤素段子不离口、人也变得虚荣和八卦，听到演艺界江湖中的那些说法更会受影响。有一段时间，我真的就把自己当成娱乐圈的人了。不过最近，尤其是这次录新节目样片带给我的触动，让我觉得之前像是做了一场梦，现在一下子醒过来了。"

"噢，是美梦还是噩梦？"

"看上去很美，实际并不是……"

"很多人都羡慕这样的梦呢，呵呵……"

"也许是我饱汉不知饿汉饥？但说实话，有些人可能生来就该在这样闹腾的圈子里，乐在其中，可我骨子里就不是这种人，再扭转都没用。之前的那种强扭，说实话，挺让我痛苦的，就像在欲望的深渊里坠落，又无法自拔，令人惶恐！"

"演累了？"

"真的累了！"

"看来你是已经决定了，只不过是想从我嘴里得到肯定？"

"呃……可以这么理解。"

"你认为对的，就去做吧。"

"好啊,谢谢你支持我!"

连续品了几道茶,以茶论茶,再不提工作,不提感情,不知不觉中已是凌晨三点,两人却依然神采奕奕,浑然不觉原本的疲乏和烦躁。

喝完最后一道茶,郑易起身告别。宋婵也不挽留,静静地将他送出门外后,回到三楼,披上一条薄被,卧倒在大飘窗上,静静地等待天光。虽然又是一个失眠的夜晚,可是似乎也不那么难熬了……

巴巴罗萨酒吧餐厅,位于新城人民公园中心的场馆里,杜宇悄悄地坐在角落的餐桌上,胡乱点了一杯咖啡,打发走一脸好奇看着自己的服务生。即便是在室内,他依然戴着墨镜和鸭舌帽,一副深怕被人认出来的模样。

而酒吧的另外一侧,靠着荷花池边的餐桌上,沈娜正在进行又一轮的相亲。自从 Moonsha 的相亲派对之后,她再也没有参加类似的活动,反而是听从朋友的安排,开始了最传统的一对一相亲。

其实,这些年身边的朋友没少给她安排,但那时一心工作的沈娜对这类做法不太接受。时过境迁,沈娜反而觉得这种方式对于现阶段的自己而言,是最为简单直接的。虽然少了邂逅的浪漫,少了不确定性因素的期待,整个过程好似彼此面试,未见面先相互看个人简历,若不适合则直接排除,适合则安排面谈。

眼前的男人已经不年轻了,相貌普通,个子不高,身形微胖,在一家贸易公司做部门主管,车房都有,离过一次婚,好在没有儿女。虽说无论情趣、谈吐、审美观,沈娜都不敢恭维,但此人有着接近知天命年纪的沉稳,性情温和,交流和表现也颇为诚恳,算是沈娜这几次相亲下来最好的一位。

沈娜知道,对方对自己非常满意,如果自己愿意,两人的婚姻会平平淡淡地水到渠成,也许半年内便可以领证,住进对方已经购买好的婚房内,虽然不大,但就在新城电视台的地铁沿线,三室一厅一卫,经济适用。接下来,便是在最短的时间内,要孩子,简简单单过日子。

沈娜有些恍惚,似乎能看到三年、五年、十年乃至三十年后的日子,这就是她的归宿吗?

嘟嘟……手机突然响了。沈娜说了声抱歉,打开手机一看,正是杜宇发来的短信:"娜姐,我就在你的身后左手边,需要我帮忙的话,随时说。"沈娜嘴角微微一弯,借着摸头发的动作往身后看去。杜宇见沈娜朝自己看来,立刻兴奋地摆手示意自己的位置。

杜宇已经不是第一次出现在沈娜的相亲现场了。自从他知道她在相亲之后,就死皮赖脸地用各种方式跟随她一起去相亲,说是要为她保驾护航,万一碰到不靠谱的相亲对象,可以立刻现身帮忙。

一开始,沈娜虽然不乐意,但是由于上一次相亲派对的遭遇让她心有余悸,在杜宇牛皮糖式的反复劝说下,半推半就地让他跟着,时间一长也就慢慢习惯了,反而有着被人保护的安全感,也就随他去了。

16楼新闻频道,郑易被严建东叫到了办公室。见到自己的这位老领导,郑易总感觉是被他带出来的兵,回到新闻频道总有回到老家的感觉,有着娱乐频道没有的亲切感。

"郑易,你知不知道,方亚楠找过我?"严建东见郑易来了,也没有寒暄,便直奔主题地问道。

"方亚楠?我不知道啊。什么事?"郑易有点莫名其妙。

"哼,应该不止我吧,所有这次样片审核评委,估计她都找过了。"严建东冷笑道。

"那,严总……"

"你不用担心,你是我们新闻频道出来的,虽然换岗了,但还是我严某人带出来的!"严建东说着,对着郑易一瞪眼,"不过,样片你可别掉链子,否则我也只能公事公办了。"

"明白,我们还是很有信心的。"郑易自信地点点头。

"我这边你不用担心,不过其他人我可说不准了,你自己小心点。"严建东见郑易新换的短发特别顺眼，很像自己当年兵营里带出来的兵娃子，不禁拍了拍郑易的肩膀。

郑易很感激！严建东告诉自己的这个信息，让他悚然一惊。他是抱着公平竞争的态度，可是别人却未必。对此，郑易虽然不齿，但是也没什么可抱怨的。所谓综合实力的比拼，除了专业能力，人脉、影响力、资金甚至运气，又何尝不是决定因素呢？与其抱怨对方不按规则出牌，倒不如想想解决之道。

若比拼电视台的资源和人脉，自己铁定不如方亚楠，在样片质量相差不太大的情况下，自己想要靠评委选票获胜，难上加难。但这次是样片比拼，如果利用新媒体平台公开 PK 呢？总不见得可以收买所有的新媒体用户吧。

"严总，我有个想法，不知道是否可行？"

"说说看。"

"我记得李台有说过，现在传统媒体在面对新媒体的挑战，我们需要更多的新媒体意识，才能更好地进行转型。咱们台内网正好新开发了一个社交软件，可以像微博微信一样发起投票、转帖、评论等，您觉得我们这次样片的评选，可不可以让台内所有的工作人员一起参与呢？这样的话，评委是代表专业群体的眼光，而其他工作人员可以代表普通观众的看法。"

"这倒是个新思路，以前从来没有这样做过，不过现在跟以往不同了，新推出来的节目，需要面对新媒体的挑战，需要有更强的竞争性。这样吧，我可以问问台领导的意见，成不成我就不知道了。"严建东眼睛一亮，大力拍在郑易的肩膀上，疼得郑易龇牙咧嘴，"行啊，郑易，有一手，开始有新媒体思路了啊！"

"哪里哪里，严总过奖了……"

郑易离开严建东的办公室，他不知道这个提议是否能通过领导的审批。从某种程度上说，如果此例一开，可能以后所有样片的审核权和话语权，都会分散出去。虽然这个方式对于电视台节目的质量会有帮助，但是也得看台领导的魄力和支持力度。

郑易正在暗暗盘算，要不要也去见见自己部门的总监罗越，突然手机上收到一条短信，是白若音发来的。

"有空吗？我回新城了。"

郑易停顿了几秒钟，回复短信："好！"

这段时间，郑易一直被各种媒体电话骚扰，从自己的传统媒体圈，到新媒体的娱乐记者，无不设法打探自己和白若音的绯闻内幕。甚至，有些熟悉的明星朋友，也不时地发微博微信问候。

每每面对这种情况，郑易不做任何回应和表态，一来现在正是《人生若只如初见》样片评审的关键时刻，二来他需要见到白若音，了解真实情况后再做判断。

深秋的梧桐树叶已经泛黄，如蝴蝶般随着秋风飘落。还是那栋法式老洋房，还是当初的老地方，还是两人当初第一次约会所坐的位置。

郑易看着眼前的白若音，还是那么美丽，然而人有些清瘦，透着一种深深的疲倦感，只是不知道是工作，还是别的原因。

"易哥，你来了。"

"嗯……"

"好久不见，你换发型了？"

"是啊。"

"挺好看的，适合你……"

"谢谢。"

苍白的寒暄后，两人陷入了尴尬沉默。

人生若只如初见，郑易见得此情此景，便浮现出这句诗。他突然觉得很好笑，不知是否冥冥中自有天意，为这个节目取名字的时候，怎么也不会想到此情此景会发生在自己和白若音身上。

"你没有什么想问我的吗？"白若音有点无法忍受沉默的气氛，问道。

郑易沉默了一会儿，回答："你有什么想告诉我的吗？我想听你亲口说……"

　　白若音也沉默了。过了一会儿，好似十分为难，她犹豫再三，才下定决心说道："易哥，你能帮我一个忙吗？"

　　"说吧。"

　　"我年底的新片上映，你能跟我出席新片发布会吗？"白若音带着内疚、期许、尴尬的口吻问道。

　　"以什么身份？"郑易问道。

　　"我的……男朋友……"白若音嗫嚅道。

　　郑易心里一酸，虽然白若音没有说什么，但是她的态度已经完全说明了问题。若真的没问题，邀请自己参加个新片发布会，何必这么迟疑和犹豫？

　　见郑易没有出声，白若音有些着急："这次的电影，对我很重要。我们的事，能不能放到新片上映之后再……"

　　"好。"郑易没等白若音说完，便一口答应，让白若音一时间没有反应过来。

　　"你同意了？"

　　"嗯，当然，你还是我女朋友嘛。"郑易自嘲地笑笑，充满苦涩，说着站起身来道，"这期间还有什么事，微信我吧。"

　　看着郑易披上风衣，转身头也不回地离开，只留给自己一个萧瑟的背影，白若音的眼泪突然就涌了出来。

　　当天晚上，白若音就飞回了意大利，并立马召集媒体语音会议，对公众和媒体正式发表声明，照片上与赵涵的亲密举动是为了更好地揣摩角色，自己的正牌男友是新城电视台主持人郑易，电影将会在今年年底上映，而郑易会以男友身份出席自己的新片发布会。

　　一时间，电视台娱乐频道、报纸、杂志、视频网站、新媒体APP等各大渠道纷纷报道了这则声明。紧接着，各媒体又采访郑易核实消息，都得到了郑易的证实，于是纷纷调转口径，将两人重新捧为才子才女，天作之合，之前的绯闻如同浪花一样，很快被更大的巨浪给淹没得无影无踪。

而郑易又一次成为了风口浪尖的人物，原本因为《超级周末》被边缘化，《星光现场》新一季还没有录制而人气低靡下来，但与白若音的恋情再次被媒体炒作后，又一次人气爆棚，微博粉丝数量直接超过高飞，成为最受关注的主持人。连带着他退出《超级周末》的主持群，参加新城电视台独立制作人竞标，即将携自己的最新节目登陆电视台的消息，也被无所不在的网媒给挖掘了出来，成为大众的关注焦点。

看着娱乐报道中白若音和郑易最新消息的方亚楠有些郁闷！自己好不容易把所有创新节目评审领导拜访了一遍，眼看着评审十拿九稳了，突然传来台里最新指示，要将节目样片放在电视台内网，让所有的员工一起参与投票评选，专业审评和大众审评两种模式并行打分。

虽说自己的节目邀请了不少人气美女明星加入，但是大众评选模式毕竟平添了几分变数，不再是自己能够人为控制的了。而随着白若音绯闻的出现，郑易又因祸得福，人气飙升，成为各大媒体口中的才子主持人，准制片人，万众瞩目。这将她方亚楠又置于何地呢？

她拿出手机，翻出刚收到的几张郑易出入宋婵"忘机小筑"的照片，犹豫再三，最终又收了起来。面对人气剧增的郑易，多些花边新闻，除了增加其知名度外，再无任何作用。

不管怎样暗潮涌动，新城电视台第一批独立制作人，随着样片的审核评选，结果终于确认了。出乎意料的是，郑易团队的《人生若只如初见》、方亚楠团队的《心动之旅》都入了名单。

原来两个节目在接受电视台内部领导审核时，《心动之旅》以相当大的优势胜过《人生若只如初见》，但在电视台员工的公开评选中，《人生若只如初见》里郑易霸气、犀利的言辞和大气的表现，杜宇率直的评论和观点的独到，给所有人以与众不同的深刻印象，在公众投票中力压方亚楠的《心动之旅》，成为最令人期待的节目。

于是，经过台长李东然拍板，决定让两个节目同时上，郑易和方亚楠也同时成为了新城电视台第一批独立制作人。

高飞落马

虽然都选上了,然而上档的时间却截然不同。《心动之旅》被放在了周五的八点半黄金档,而《人生若只如初见》却放在了周日的十点档。尽管时间上不占优势,但让人意想不到的是,《人生若只如初见》因为郑易与白若音的绯闻事件,被观众们牢牢记住,第一次开播,便取得了极其不凡的收视率,不但是全国同一时间段收视率榜首,更是打破了新节目首次开播的收视率纪录。

郑易再次以出色的成绩,证实了自己才子主持人兼制片人的地位,甚至在媒体的炒作和追捧下,被誉为新城首席主持的接班人。与此同时,郑易正式向频道提出申请,希望退出《超级周末》的主持群,以便专心做好新节目。罗越虽极力劝阻,怎奈郑易去意已决,便只能同意了。

而此时的高飞,却被一种无形的压力笼罩着,让他透不过气来。各大电视台综艺节目的竞争已是硝烟弥漫,尤其是在这个广告招商的重要月份,郑易的退出,《超级周末》收视率起起伏伏,已然没有了以往金牌节目的王者风范。再加上新评选出来的独立制片人创新节目,也将加入这期的电视节目招商会,对于广告商来说,还会一如往常选择老牌节目吗?

高飞把车停在了一家咖啡馆门口。这里行人稀少,树阴浓密,远远看过去,还以为是私家住宅,躲藏在城市不易察觉的角落里。

高飞打开车的后视镜,看到镜中映射出自己颇显疲态的面容。这阵子,高飞越来越感觉力不从心,法令纹明显加深,甚至出现了白头发。他用手掌使劲搓揉自己的脸部,振作起精神。

灯光昏暗,高飞循着门卫的指引前行。黑暗中,有一瞬间,他忘记了自己来这里的目的,那些纷繁复杂的人事和利益冲突,像电影倒带般在脑海中闪过。不远处,有一个人向他招手,黑沉沉的角落,仿佛有巨大的诱惑召唤,预示着未知的结局和谜团。

"你好,你就是小钟?"高飞颇有疑虑地问道。

"是,飞哥好。"小钟言语客气,模样青涩。

高飞点上咖啡，接下来两个人的客套说辞甚是乏味。等到咖啡上来，高飞马上叫住服务生，递上小费的同时告诉他，不希望有人来打扰。

"我早就听说过飞哥很多传奇经历，如今百闻不如一见，果然想得周到。"小钟露出一副谄媚神情。

高飞不以为然："你们李总都跟你说了怎么一回事了吧？"

"是的，已经说了，这您放心！"

"事情既然你都清楚，那就长话短说。这个月的收视率一定要帮我们稳住，下周的节目中会来一个最近很红的明星，收视率按理不会很低，我希望到时候能有一个突出的表现。"高飞目光坚定。

小钟点头应许，眼神却有些游移不定。

安静的咖啡馆里，有人却在注视着他们的一举一动。

在某条漆黑的无人小巷里，一辆停在路边的车里微微震动着，压抑的喘息和声音充满了情欲的味道。

电话响了。车里的震动停了下来，一个年轻男子的声音接听电话。

"是吗？"

"材料都准备好了？"

"这我就放心了，能够得到你的帮助，我很感谢！"

"这种现象，是电视圈的毒瘤，的确叫人深恶痛绝。"

"这次一定要一击必中。"

"再见。我们随时保持联系。"

挂掉电话后，一条修长白皙的手臂如灵蛇般缠了上来。

"在干吗呢？"

"没事，宝贝儿，我们继续……"

车又跟着震动起来。

报刊亭旁有人驻足……

电话中有人焦急地询问……

办公室里传来骇人的训斥声……

在李东然的桌上，横七竖八放着几份报纸——《业内人士爆收视率黑幕》、《电视收视率发现造假行为》，《超级周末：是真超级还是假超级?》。

"必须把这个事情彻底调查清楚!"李东然双手撑在报纸上，脸色铁青。

在他旁边，站着王灿、罗越。

"事出有因，我看一定没那么简单。"王灿皱着眉，表情无奈。

罗越再次拿起桌上的报纸，看了一眼："里面的报道，细节如此详细，有理有据，确实可疑。这如果是真的，对我们台来说，是一起非常大的丑闻。"

"如果是真的，相关人员必须严惩!"李东然语气坚定，看来真是动了怒气，"我会给报社那边领导打电话，事情能平息多少是多少，其余事情，就交给你们了。"

王灿在一边不说话了，又拿起报纸，逐字逐句仔细地看着。报纸上说爆料人自称是收视率调查公司的前员工，被人陷害，不得不辞职，如今他已经离职了，一不做二不休，决定不再昧着良心，要曝光这个行业的黑幕。他直指一档全国知名的老牌综艺节目买收视率，而在一篇微信推送里则直接指出该知名综艺节目就是《超级周末》。

《超级周末》最近的收视率的确波动很大，上个月一直处于低开低走的状态，可就在最近两个星期，又重新回到了高位。是嘉宾的原因吧，高飞怎么可能做这样的事情？王灿自然不相信报纸上的事情，但隐约感到事情另有蹊跷，有些担心。

"这事情已经传开了，外面的话可是一个比一个难听。"化妆间里，黄佐佐嚷着，整个人已经从座位上弹了出来。

"纯属瞎扯，咱们怎么可能需要买收视率呢?"黄佐佐旁边的一个女孩露出不屑的神情。

"对啊，十年的信誉和品牌在这里。节目组一定要赶紧回击，告他们诽谤!"另外一个女孩在一旁帮腔。

"你们就别瞎操心了,接下来可有的好看了。"黄佐佐又重新坐回位置上,跷起二郎腿。

而《超级周末》的办公室里却显得异常安静,编导和其他工作人员埋着头,盯着屏幕,闷声不响。打字的声音断断续续,像是一句话被删来删去,飘在空中,突然没有了真正的着落。小叶探出头,往高飞的办公区望去。从今天早上开始,已经有好几拨人进去又出来,如今,只剩下高飞一个人了,他在里边干什么呢?是在想办法平复这场风波吗?

高飞靠在沙发椅上,心里已经乱成了一团麻,双耳轰隆作响,胸口仿佛隐隐压着一块石头。他努力沉住气,强行抑制住让人无力的烦躁,看着眼前摆开的报纸,慢慢梳理起一早接收到的各种情况。

详实的证据。没错,报纸上的内容让他触目惊心。那个被辞退的人是不是小钟?收视率调查公司不愿意全盘托出,利益的纷争让他们暂时变成了脚踏两条船的人,但是如何保全声誉对于双方却都是当务之急,不用说,他们都会否认。

不说话,不回应,让风波在时间的流逝中成为过去式吧。

高飞的想法并没有得到太多人的支持。

"这可是一件丑闻!怎么可以让它持续下去?一定要尽快解决。"罗越或多或少怀疑事情的内幕。大笔经费的支出需要他的签字,记得一个月前,《超级周末》的确有一笔100万的巨额支出,当时高飞说是节目制作的费用,各项条目也都很清楚,他也就没多想。现在报纸上却明明白白指出最近《超级周末》用100万买了一个月的收视率。这让他不免心生疑惑,是真是假?他需要高飞亲口告诉自己。

"谣言止于智者,越回应越黑。"高飞还是坚持以沉默对抗漫天的舆论。

"声明还是要发一份的,李台已经吩咐下去了。他应该已经跟你打过电话询问此事了吧?本来他想亲自找你谈这件事情的,但考虑到你的感受,就叫我过来了。"

"谢谢领导的体谅!"

"你之前是接触过这些公司的吧？我记得你跟我说过的。"罗越试探着问道。

高飞表情冷漠，半响才开口搭腔："我是和他们接触过，但不代表我买收视率吧？了解整个行业的收视情况，总结规律，在节目制作中是必不可少的吧？罗总常年做管理，也许不太了解节目一线。如果您不相信我，那我也没有办法。"

罗越自觉无趣，见高飞这般姿态，也不愿多说，找了个托词，出了门。

事情并没有像高飞想象的那样很快偃旗息鼓，反而呈现燎原之势。关于《超级周末》和高飞，更多的内幕被爆出，街头巷尾，网站论坛，到处是八卦和传闻。高飞的大牌脾气，《超级周末》的嘉宾费，甚至还有对宋婵私生活的捕风捉影以及与另一个风头正劲的知名主持人之间的恩怨……

"这些破花边新闻！到底是谁在捣鬼？还有明星出场费，这可是商业机密，怎么会有人知道？"高飞把报纸扔向了小叶。

小叶战战兢兢，捡起地上的报纸："事情太突然了，我听报社的朋友说，他们收到了一封匿名的邮件。"

"匿名？查不出来源吗？"

"根本没法查。"

"那个收视调查公司的小钟呢？"

"他的资料我都弄到了。"小叶把一个档案袋递给高飞。

高飞接了过来："小叶，你等会儿告诉大家，这个星期播出的节目，务必严肃对待，绝对不能出现任何影响收视的因素。这一次波动如果太大，那就真叫人看笑话了。"

"可我们确实没有买收视率啊！前几期节目本来就很好看，最近这一期嘉宾太温了，恐怕收视会有影响。"

"你叫大伙做好心理准备吧，我们极有可能会在这周节目播出之前，重找嘉宾，另做一期，替换掉原先安排的这期节目。"

"可是总编室已经编排好了，不好撤，重录节目也快来不及了。"

"我会跟领导争取的。你先出去吧,有什么新消息,立马告诉我。"

小叶一走,高飞就开始仔细地查看起手上的资料。没多久,似乎发现了端倪,他拿起旁边的手机。

"是戏剧学院吗?"

"噢,我想问一个人……"

人生如戏,
有的人搭台,
有的人卖票,
有的人唱戏,
有的人捧场,
或主动或被动地,
扮演着形形色色的角色。
只是,
角色不一定是固定的,
而扮演者也未必满意自己的角色。

他们在不同场合,扮演着不同角色。他们把自己的秘密隐藏在绝少人知道的角落里,偶尔拿出来,让自己时刻保持警惕。他们同样没有停止前进的步伐,那颗"复仇"的心也从未真正熄灭过。

罗越一个电话把张扬叫了过来。

"张扬,请坐。"

在罗越一团和气的背后,张扬察觉到了一丝异样。

"罗总,找我有事?"

"你来娱乐频道已经有一段时间了吧?"

"一年多了。"

"觉得怎么样?有什么体会?"

"慢慢熟悉中,毕竟我还是一个新人。"

"熟悉也就不用说了,都主持这么多期了,从《娱乐圈》到《超级周末》,还有《星光现场》的主持人选拔赛。你接下来,或者说以后,有什么打算呢?"

张扬是个聪明人,他自然明白罗越话里的意思。但是,罗越从来不拉帮结派,他如果是想提拔自己,那到底看中了自己哪一点呢?如果不是提拔,那今天叫他过来,难道是想盘问?他决定赌上一把:"这个……我还是希望能够有自己独立的节目。"

"哦,很好,有这个想法,朝着这方面努力就有希望。台里如今主持人太多,我也不能一一顾及,而我一直很看好你的。"

"罗总这么说,我真是愧不敢当!还得谢谢罗总的栽培,不然怎么会有我今天的成绩,我会好好努力的。"

"努力,当然是必须的,但是我有一件事情想问问你的看法……"

罗越停止了说话,他看着张扬,看着他脸上瞬息变化的表情,继续说:"高飞最近烦心事不断,收视率造假、私生活、工作态度,他似乎要被风言风语打倒了。不知道对此你怎么看?"

张扬顿了顿,像是在思考:"……这其中一定有很多误会,也说不定是有居心叵测的人想要搞垮高飞老师。"

"在你看来,谁最有可能?"罗越问道,像是随口一说,又像是经过了深思熟虑。

"这个……我真不知道,所以不能妄加揣测。"张扬语气坚定。

罗越似乎早已预料到,不紧不慢,摊开桌上的几张报纸:"这些你都看过吗?"

张扬凑上前去,报纸上的标题他当然熟悉不过,都是关于高飞的负面新闻,署名来自同一个人——"电视盒里的幽灵"。

"看过一些,都是胡说八道!"张扬依然斩钉截铁,脸上神情不动声色地转变为激愤。

"我当然觉得是些胡说八道,只是这幕后黑手一定要尽早抓出来。那个叫'电视盒里的幽灵'的人到底是谁,我们已经有了一些眉目,很快,就会采取必要的措施。至于在他幕后之人,也迟早会露出狐狸尾巴。"

罗越说完,没有理会张扬,从自己的座位上慢慢起身,在窗边站住。张扬踟蹰不定,愣在那儿,惶惑渐渐弥漫全身。他不清楚罗越知悉多少,一种等待被宣判的切肤痛楚让他决定不能坐以待毙。

"能查出是谁指使固然是好事,但苍蝇不叮无缝的蛋,报纸上说的事情,如果高飞都没干过的话,也不会给人以可乘之机。"

罗越定定地看着张扬,带着会意的微笑,眼神里混杂着捉摸不透的狡黠:"你这话倒在理,不过在我这里说说也就罢了,可别在外面说,会引起别人的误会。"

"我说的是实话。"

"年轻人,别着急,有些话,我当你是自己人,想和你探讨一下。人常说,对人落井下石是一件卑鄙的事,但有时候,不落井下石,一旦井里的人得以翻身,以后被永远扔在井里的人就会换成自己。张扬,这话是什么意思,我想你也明白,而且你也应该知道怎么处理吧?呵呵,电视盒里的幽灵,这名字,取得有意思……"

张扬瞬间就明白了罗越的意思,他应该已经知道了自己和"电视盒里的幽灵"的关系。但是,那句"落井下石"的暗示,难道是他也对高飞不满,试图拉拢自己?

"呃……我不太明白您的意思。"

"你回去好好想想,会明白的。我一直很看好你,《星光现场》主持人选拔比赛需要节目主持人,我就力荐了你,跟领导说,这是以后能挑咱们新城电视台大梁的好苗子。只是,你要记住,成与败往往只在一线之间,就看你如何选择了。选错了,恐怕就不会有以后了!"

张扬当然明白罗越的提醒和暗示,连声感谢。出门时,他的脑海里一直回响着罗越最后的几句话:"台里一直在你和郑易之间犹豫,不知道该重点培养谁,我会对台长建议是你。不过要记住,以后做事说话谨慎些,不要轻易留下把柄。"

看着张扬忐忑地走出办公室,罗越满意地给自己沏上一壶茶。他拿过桌上的电话:"事情已经完成了一半,接下来就看你的了。"

听筒里，一个低沉的不耐烦的男声传了过来："放心吧！所有的事情又不是我胡编乱诌的，触及底线的事情我是不会干的……"

这件事波及整个新城乃至全国，连郑易这样不太爱掺和的人，也察觉到了事情的蹊跷。

"背后一定有人在搞！你看这几天报纸上关于高飞的报道层出不穷，很多事，连我们在台里的人都不知道。"郑易疑惑地对旁边的杜宇说道。

"我也怀疑，如此密集的负面新闻，到底是谁在后面搞鬼？高飞这个人虽然平常飞扬跋扈，但是能力摆在那儿，想对付他也不是一件容易的事情。"杜宇也有些不解。

"我们当时要找人注意高飞是否买收视率，但见诸报端这样的事，是谁干的？"

"这个很难说清楚。"

"对了，听说这次爆料的是小钟，也是咱们学校的校友？"

"小钟？是的，和我一个系的师弟，不过好久没联系了。是他干的？"

"不晓得，听说是和他有关。"

"听说他辞职度假去了，连个人影子都见不到。"

"看来，这件事确实有蹊跷。"

"管他呢，按照现在的形势，用不了多久，高飞真的就会玩完。"

郑易听出了杜宇话里的畅快，但这样把一个对手打败，并不是他愿意看到的。更何况，对手还背负着一个自己喜爱的栏目的前程。

"听说，下期节目高飞要请殷姗？"

"是的。殷姗最近很火，新闻曝光率很高。"杜宇依然不改打趣语气，"不过，听说她很难请到。其实根本不用请殷姗啊，高飞自己就是一个巨大的新闻。"

"也许高飞的自尊不容许他消费自己吧。"

"这就是名主持骄傲的烦恼。他还是要亲自去请殷姗的，不然怎么可能请得动？哎，你不是和殷姗熟悉吗？学校的时候，一个戏剧社的。"

"殷姗那个怪脾气，很少人能琢磨透的。"

"是啊，有高飞受了。"

高飞可是感受到雾霾天的厉害了，已经连续多日低烧不退，一出机场，他就嗓子干痒，咳嗽不止，身体一阵阵犯冷。强行打起精神，穿过大半个拥堵的首都，一个多小时后，才到达殷姗所在的光环娱乐公司。

贵宾接待室里，一个身材肥胖的女孩在房间里接连绕了两圈，脸上显露出不耐烦的神情。

见到漂亮的接待姑娘进来，她急不可耐走上前："我已经等了将近一个小时了，如果殷姗觉得不想合作，那我就走了。"

"殷姗姐正从片场赶过来，刚才打电话回来说就快到了，您也知道首都的交通状况。"小姑娘有些无可奈何，小心翼翼地给她递上一杯新沏的茶。

胖女孩接过茶，一屁股又坐回到沙发上。

光环娱乐公司门口，高飞一下车，迎面正好碰到也从车上下来的殷姗。

"高飞，你怎么来了？"殷姗抬眼看见高飞，有些惊讶。

高飞也没想到会在门口碰见殷姗，虽然事前给殷姗和她的经纪人蔡姐打过电话，邀请她参加《超级周末》，但是，对方一直推脱时间安排有冲突。无奈之下，高飞才决定亲自来请的。高飞一时语塞，尴尬横亘在两个人之间。

"飞哥，是来首都专程看我们殷姗的吧？"一旁的经纪人蔡姐打破了僵局。

高飞忙顺势接过话茬："是啊，好久不见了，现在见殷姗姐一面真是太难了。"

个中缘由，其实三个人都心知肚明，只是，谁都没有主动开口。

蔡姐叫殷姗和高飞先去公司，称自己有一个重要电话要打，两人应允，并肩走进大门。

还没到前台，漂亮的接待姑娘就已经迎了出来。殷姗有些奇怪，从没见前台姑娘这么热情过，除了刚来公司看到自己略有兴奋之外，随着见到的次数增加，小姑娘的激动之情早已消失殆尽。

"殷姗姐，我已经在会议室给您泡好了咖啡。"小姑娘说。

"会议室？"殷姗有些疑惑。

"是啊，今天天气不好，会议室是最舒服的。"小姑娘似乎知道殷姗要问什么。

"好吧，这位是新城电视台的主持大咖飞哥，待会也记得给他泡杯咖啡。"殷姗指了指身后的高飞，小姑娘忙向高飞问好。

两人刚走进会议室，蔡姐就从电梯里出来了，然后径直走向楼上的贵宾接待室。空旷的公司大堂，散发着一股淡淡的茉莉花香味。

还没喝上几口咖啡，在迅速客套、寒暄之后，高飞说出了此行的目的："殷姗姐，咱们也是老朋友了。您以前那两次来上《超级周末》，可真是给我们的节目增光添彩啊！我这次来，是希望咱们能再续前缘，请您赏脸参加我们节目的。您看如何啊？"

殷姗面露难色："飞哥，您太客气了！以咱们的关系，意愿还用说吗？肯定没问题。就是时间安排上有点困难。我前些日子答应您参加节目的时候，档期确实有，但最近这部戏突然要加拍几个场景，时间就冲突了。您看，这工作计划临时有变，我也无能为力啊。"

高飞心想，如果殷姗真的确实有事，自己也没法再勉强她，但他通过圈内朋友关系，了解到殷姗最近的行程并不是很满。明星的心思猜不透，也最好别猜，高飞自然是知道的，但迫于节目收视的压力，他还是决定试一试。

"我也知道你为难，如果能挤出一点时间来参加我们的节目，对你来说，也不是一件坏事啊。最近你不是有新专辑要发行吗？我们的平台你也是知道的，对于双方来说，这种合作是能有效实现共赢的。"

殷姗沉默了，似乎是在思索。

"费用,也是好商量的。"高飞乘势追击。

听到这,殷姗像是回过神了,连连摇头,有些愠怒:"不是钱的问题……"

"飞哥,不是我们殷姗不愿意去,确实是有难言之隐啊。"蔡姐正推门而进,一扇门晃悠了几下,才好不容易关上。

看到蔡姐进来,殷姗像是见到了救星:"蔡姐是知道的,我真不是不愿意去。"

高飞见此情形,一阵失望,知道自己再怎么劝说都无济于事了。很多事情勉强不来,尤其是与知名艺人的合作。价钱谈不拢,环节设置有问题,出场顺序有异议,甚至接待规格的一点瑕疵,都可能导致一场本已快要谈拢的合作付诸东流。如今,自己身陷舆论的旋涡,气势上就已经弱了下去。

高飞起身告辞,殷姗和蔡姐连说抱歉和遗憾,送到电梯口,直等电梯关上。

"最近高飞麻烦缠身啊。"蔡姐转身对殷姗说。

"是啊,在这种时候让我去,那不是往枪口上撞吗?"

"对,这件事情太复杂了,我们还是不要搅和进去……"

事情往往就是这样,关于长远和将来,有些人计划满满,费尽心思,有些人随遇而安,自得其乐,两者之间没有好坏高下之分,只不过是在不同的十字路口,选择了不同的道路而已。

高飞又住院了。从北京回来后,原本就一直健康欠佳的高飞,终于扛不住身体和精神的双重压力,再次病倒,高烧持续不断。然而具体病得多重,住进哪家医院,都没有人知道。若非高飞每日依然会开电话会议,原本就士气低迷的《超级周末》团队,更见人心惶惶。然而,当小叶等编导想要组团去探望他时,高飞只是让大家坚守岗位,谢绝探望。

新城一家医院住院部的电梯门打开了,宋婵带着些新鲜的水果和鲜花走了出来。她好不容易从医院的朋友处,打听到高飞住进了这里的特需病房。虽然,高飞一再表明无须探望,可无论是作为搭档还是朋友,宋婵都觉得必须来看看他。

"您好,请问高飞在哪个病房?"宋婵来到值班护士台询问道。

"宋婵,你是宋婵?主持人宋婵?"原本低头工作的小护士,一下子认出了宋婵。虽然有些惊喜,倒也没有失态,来过特需病房的社会知名人士,不在少数。

"是的,我是宋婵。"宋婵有礼貌地点点头。

"高飞在 B06 号病房,从这里进去。"

"好的,谢谢了!"宋婵点点头,转身离开,背后传来小护士们的窃窃私语。

刚走到 B06 病房门口,就听到房间里传来小孩子的嬉笑声和一个女子温柔的声音。

"小鹏,别闹啦。让爸爸喝汤……"

"我也要喝……"

"这是给爸爸补身子的,你要喝,妈妈回家再给你做。"

"不要,我想喝爸爸的……"

正当宋婵以为是高飞的病友家属时,高飞熟悉的声音传了出来:

"没事,孩子想喝就给他喝吧,我也喝不下……"

宋婵脑袋"轰"的一声,一片空白。强忍着震惊和狐疑,她轻轻地走到病房门口,透过玻璃窗往里面看去,只见高飞一身病号服躺在床上,一手打着点滴,一手托着个汤盒。他身边坐着一个七八岁大的孩子,眉目与高飞极其相似,正把头凑向高飞手里的汤盒喝着汤。病床边站着一个清秀的女子,带着一脸无奈的微笑,看着父子二人。

宋婵的脸刷的变了,心里空荡荡的,只剩下一句话:"他原来已经结婚了,还有个儿子……"

"宋婵?"茫然中宋婵听到高飞的叫声,如梦初醒,才发现自己已经不知不觉走进了病房。

"飞哥……"宋婵觉得自己的嗓子又苦又涩,面对三人的目光,尤其那个小男孩儿探寻的眼神,她只想远远地躲开。

"爸爸,这是谁啊?"小男孩儿一转头问高飞。

"她是爸爸的同事。"高飞也没想到宋婵会出现在这里,只是含糊地回道。

"阿姨好!"

"小鹏,来,快下来。饿了吧?我们去吃肯德基,好不好?"那清秀的女子没有多问,只是将孩子抱下床,"那你们聊吧,我跟孩子先去吃点东西。"路过宋婵的时候,那女子微笑着点点头,只是目光深含警告之意,刺得宋婵心底隐隐作痛。

当那女子带着孩子离开后,整个病房只剩下高飞和宋婵两人,尴尬的气氛不可抑止地蔓延开来。

"小婵,你怎么来了?"高飞打破了沉默。

"听说你病了……"宋婵木然地将手上的东西放到了一边的桌子上。

"小婵……"高飞轻轻靠在枕头上,想要好好解释,可是身体的阵阵无力让他觉得说什么都是苍白的。

"那是飞哥的夫人孩子吗?"宋婵低低地问了一句。

"是的。"

"你们结婚几年了?"

"十四年了……"

宋婵哑然,心头很多疑惑终于解开了。也就是说十三年前高飞进电视台的时候,便已经结婚了。然而,他从来没有告诉过任何人,包括她。难怪他从来不交女朋友,难怪那么多女孩儿仰慕他,他从来不给正面回应,只是抱着"不主动,不拒绝,不表态"的三不原则。

宋婵想起自己年幼的时候,母亲带着她嫁给了继父,一个暗恋母亲多年的男子,然而这份爱只持续了短短三年,那男人便出了轨。当年幼小的自己看着母亲每天强颜欢笑,却没想到自己差点也插足别人的家庭。

宋婵心里一阵气苦,很想痛恨他、责怪他,却又想不出有什么理由痛恨他、责怪他。虽然他一直隐瞒这一切，可是从头到尾并没有欺骗过自己。自己能怪他什么？怪他对自己太照顾、太好？怪他让自己喜欢上他？这一切的一切，都只是自己一厢情愿而已。

宋婵突然一阵黯然，什么都不想再知道，也什么都不愿再去想，只是失魂落魄地转身离开，徒留高飞无力的呼唤在身后……

帮助对手

郑易沏了一壶茶，拿起书桌上的一本书，翻了几页又合上，想起昨天杜宇告诉他，高飞邀请殷姗失败，回电视台后病倒。郑易听到这个消息时，却没有半点兴奋，在他看来，高飞并没有可恶到必须一击毙命的地步。他对于节目的努力和付出，即便是现在，郑易也深感敬佩。尤其是当自己创立了《人生若只如初见》后，更加明白了高飞的感受。

对于制作人来说，一手打造的节目就如同自己的小孩儿一样。而高飞只是比较溺爱自己的孩子，为了让孩子赢过他人，无所不用其极，甚至超越了底线。虽然不值得推崇，但情有可原。

请殷姗做《超级周末》的嘉宾，他当然知道高飞是看中了她现在的名气，作为国内目前最具话题性的女星，能请到她，就代表节目的收视率有了保障。毕业于传媒大学播音主持专业的殷姗和郑易是校友，两人早就认识，在学校时都是活跃分子，关系不错。但毕业之后，殷姗并没有走传媒之路，而是在时尚演艺界发展，他们打交道的次数慢慢少了，也生分起来。

郑易突然在脑海里闪过一个念头，他想帮高飞的忙，以一个同事的身份，以一个竞争者想要公平地决斗的姿态，站在太阳底下，没有虚假的遮掩，没有肮脏的交易，用节目的质量来一较高下。

但郑易不知道该如何开口。谈钱是必须的，毕竟是商业行为，只是隐约觉得只谈钱，成事的概率会很小。而他知道，如果一次不成功，往后成功机会就更加小了。此刻，他想起薛小磊和他无意间聊起过，再过两周，就是《超级周末》开播十周年的日子，他突然知道自己该怎么说了。

郑易拿起电话,找到殷姗的号码,打了过去。通话不到十五分钟,彼此的寒暄和近况的询问花了两分钟,其余的时间,是郑易一个人在说,只是最后,电话那头的殷姗哭了。

"为什么要我去《超级周末》做嘉宾啊?"

"因为……我们的十年,和你的十年是如此的相似。十年前,你踏入演艺圈,还是一个不谙世事的小姑娘,由于演了一个红透半边天的电视剧而为人所知;十年前,《超级周末》刚刚开播,并不为人所知。十年中,你经历了无数的绯闻侵扰,但你说自己已经习惯了;十年中,《超级周末》起起落落,但是依然坚持当时的承诺——带给观众快乐。人生中的这十年,是最珍贵的年华,你获了奖,有了自己的代表作,有了自己的公司,活得自在潇洒;十年,对于一个栏目来说,是无数个日日夜夜的奋战,是无数次的自我否定和自我肯定。十年后,你的美依然夺目,成了万千女人的榜样,你的气场日益强大,成了男人也需敬畏的角色。但你说,你还是一个女人,只要这时有一个心仪的男人出现,便会义无反顾投向他的怀抱;十年后,《超级周末》不曾走开过,只要还有一个观众,它都会坚持下去……"

说这些话的时候,郑易没有半点虚情假意,没有半点造作,他觉得这就是自己心里真真切切想对殷姗说的。就是这段话,殷姗答应来《超级周末》当嘉宾,甚至答应去《星光现场》的总决赛做特别评委。毕竟,在浮躁的时代里,能找到一个知音,是一件多么不容易的事情!

"我给你打电话的事,不要告诉高飞,好吗?"

"为什么不告诉他?难道不是他叫你来邀请我的吗?"

"其中的缘由有点复杂,见了面之后详谈,你答应我就是了。"

"明白,我答应你。"

在《超级周末》所有工作人员的惊叹声中,殷姗来了。谁也不知道这位当红女星为什么会突然改变主意,前来参加节目,包括高飞在内。现场的录制异常顺利,节目预告片里,殷姗和比赛选手的互动看起来异常精彩,佳句迭出,而比赛中的热门选手表现也十分突出抢眼。

机房内,张扬走了进来,同编导闲聊。

"飞哥调动现场气氛的能力好厉害,你看殷姗开心的样子……"

"嗯,这期节目不错,收视率上绝对有保障。"

节目播出带送到罗越办公室。

"这些选手很放得开嘛,我开始还担心没有看点,没想到效果这么好!"罗越看完,沉默了片刻,说道。

这期节目播出的前一天,礼拜五,在楼梯口,高飞与郑易狭路相逢。

"这不是郑易吗?"高飞脸色阴沉,虽然经过化妆修饰,依然遮掩不住憔悴。

郑易笑脸相迎,拥有了自己的节目之后,高飞和自己的过去种种,他早已经不放在心上了:"飞哥好。"

"哎呦,这可不敢当。你现在可是台里的红人,我们这些过气之人,可不敢当你们的哥。"高飞不想在郑易面前露出自己的无力。

"飞哥这不是在取笑我吗?我就一无名小卒罢了。"

"无名小卒?无名小卒才不会背地里突然干出惊天动地的大事。"

郑易没有接话,笑了笑,看似未曾回击,但眼神里流露出的坦率却让人不敢小觑。高飞痛恨这份淡定自在,在他看来,这里面隐藏着说不清的诡计阴谋,虚伪得令人生厌。

"你认识收视率调查公司的小钟吗?你的大学同学。"高飞突然问道。

郑易感到一丝诧异:"噢,他是杜宇他们系的,不过他现在已经从调查公司那边辞职了吧。你认识他?"

"现在认识了……"

郑易心生疑惑,他知道高飞早就认识了小钟,早在两年前的同学会上,小钟就没有少吹过自己跟高飞的交往。一个"早就"变成"现在",时态的变化,意欲表达什么?难道他怀疑是自己让小钟联络了媒体?

寻思间,高飞已经走远。对他来说,一场真正高收视率的节目就能够洗刷他的污点,他自信,新城台的王牌主持地位,终究还是他的。

可事情却并没有高飞想象的那么简单,尤其是众人都很关心的收视率,它似乎有规律可循,但些许的运气也很重要。只是这次,运气没有站在高飞这一边。

新一年的广告招商会如期进行。地点不是在市区的五星级酒店,而是在风光无限的海滨度假村,出主意的是罗越。

"海风吹一吹,神清气爽。"罗越看来心情不错。

一旁的王灿却显得有些心不在焉:"希望那些大老板们,被这海风一吹,愿意多掏点钱。"

"王台放心,这次我还是有信心的,势必会拿出一个好成绩。"罗越一脚试探着跨出栏杆外,在他的前面,空荡荡的海面上,几点渔火,微光浮动。

"希望如此!对高飞的处理,很多人是有意见的,觉得这是在置咱们台的前程于不顾,所以,这次广告招商对你我都很重要。"王灿话里有话,脸色阴沉,像是酝酿了许久的情绪找到了一个发泄的当口,里面深藏着责备、不解和隐隐约约的关心。

"这件事情我也想过,但王台您也知道,像高飞这种情况,影响恶劣,如果不严肃处理,对咱们这次招商会只有坏处,没有好处。其实也是表明一种态度,买收视率只是个别人的个人行为,与新城台没有任何关系。就算高飞是首席主持,名气再大,也不能逾越职业道德的边界。"

"话虽有理,但有些话我不得不提醒你。"黑暗中,王灿轻轻咳嗽了一声,"高飞的确恃才物傲,在收视率上做手脚,也犯了大忌讳。不过,上周的节目我也看了,收视率不可能会低的,但结果却出人意料。我想这后面的问题值得思考!"

"我也觉得有问题,可结果就是这样。高收视率的原因只有一个,低收视率的原因却是千千万万。已经成这样了,我们也没有办法。"

"但愿这是千千万万低收视率的原因中的一个。罗越,你和我同一拨进台,比我还早一步进入管理层,有自己的管理哲学,可以说,在新城电视台,你是元老级人物,也是先锋人物,是从主持人岗位进入到管理层的第一人。很多人觉得高飞是新城电视台的传奇,其实你才是新城电视台真正的传奇。"

"王台过奖了!"笑容泛上罗越的脸庞,"我也就是运气好。"

"这方面你就别谦虚了。"

夸奖从来不会无缘无故,它只是另一场对话的诱人开始,王灿收起脸上随和的笑容,突然变得严肃起来。

"罗越,很多事情我可以睁一只眼闭一只眼,但是你不要以为我什么都不知道,很多事情我只是不愿意插手。你对于高飞的处罚,于情于理,似乎都是对的,无可辩驳。可背后的真相到底是什么?你我都心知肚明,我也不多说了,希望这样的事情不要再发生了!"

罗越还想辩驳,却被王灿挥挥手,挡了下来。

凝固的空气中,一切言语化成了漂浮不定的隐形暗号,每个人各怀心思,深藏着不可轻言的故事。

高飞被停职了!新城电视台所有人都不敢相信这是真的。在他们看来,就算犯了严重的是非错误,凭借高飞的名气,也是完全可以渡过这一难关的。而高飞的反击一战,同样出人意料,让人大跌眼镜,大牌明星、人气选手的双重保障,竟然没有换来高收视率。而翌日的各大报纸,无一例外,全是关于《超级周末》收视情况不佳的疯狂报道。

面对铺天盖地的批判和指责,新城电视台各大领导也有些按捺不住,他们并没有激烈争吵,因为结果还是由一个人来决定,那就是李东然。

几天后,李东然把高飞叫到办公室。

"高飞,你来新城电视台多少年了?"

"十三年了。"高飞语气淡然,像是已经知晓了结局。

"十三年,不容易!你是新城电视台的功臣,辛苦了!"李东然不紧不慢,字字清晰,却也字字机关。

高飞没了耐心,直截了当问出心里的疑问和困惑:"李台,我不喜欢绕弯子,只想问您,是要把我调离《超级周末》吗?"

李东然没想到高飞如此直接,倒有些意外:"我建议你先休息一段时间吧,等风头过了再说。"

避风头,永远是打发人的好借口,高飞自然明白。不过,他已经想清楚了自己的退路。一切尚未可知,他愿赌服输,他宁可走得潇潇洒洒,也不愿意苦苦哀求获得留下的机会。

"李台,明白了,我还是走吧!"高飞说罢,头也不回地走出了新城台办公楼里这最后的希望之门,却不带走任何希望。

《高飞退出新城娱乐》、《高飞作假问题,查证属实》、《高飞下了台,谁人接班》,最近新闻媒体的热点一浪接一浪。当高飞暗箱操作收视率的事情曝光之后,《超级周末》总主持的接班人再次成为网络媒体的热点,郑易、张扬、方亚楠等有一定名气的主持人,纷纷进入大大小小媒体的猜测名单。

而电视台的高层,对于《超级周末》总主持和制作人的接班人选,也正在进行紧急讨论。

罗越却胸有成竹:"我这倒先提一个人吧,就是超级家族现在唯一的男主持人张扬。"

副台长王灿有些好奇:"以他为主?才艺还可以,但主持经验不够吧?"

罗越知道他们一定会有这样的反应:"年轻人嘛,锻炼几次就好了,要给他们机会嘛。而且,听广告部的人说,如果他真能担纲的话,节目冠名的厂商,他也帮我们联系好了,齐力电器愿意赞助一点五个亿。"

"啊？他有这么大能耐?"王灿听到数字后，吃了一惊。

"齐力电器李琳还专程找过广告部的余非，说要支持自己干儿子的职业梦想。"罗越忽然觉得这样的理由太过冠冕堂皇。

"干儿子?！果然是财大气粗的集团，为了一个干儿子愿意下这么大本钱。"王灿语带讥讽。

罗越没有放弃，用李东然曾经说过的话："我们台需要发展，也需要注入更多的新鲜血液。虽然他主持上的确还有很多不足，但是各方面倒是均衡发展，多加磨练，终会成气候的。"

可王灿还是有些担心："他这种带着优厚条件过去的主持人，虽然好，但是万一不服从管理和安排，也容易会出事。"

罗越笑了笑："张扬还算是新人，需要有经验的人带他。我们可以安排方亚楠做《超级周末》的制作人，她跟李琳也熟悉，原本就是《超级周末》的女主持，也了解节目的情况。"

第七章　新的尝试

美好的事物不可久存

一场风波之后，电视台的招商会顺利结束了，新城电视台一哥高飞的离去，似乎并没有影响到整个招商成绩。而《超级周末》新任制作人、前《超级周末》王牌女主持方亚楠归来，和超级家族新锐主持张扬搭档，连同宋婵、田菲儿，组成"一龙三凤"的新超级家族，也惹来媒体和公众的热议。虽然褒贬不一，但是平稳过渡似乎已经是最好的结局，之后无非是用收视率说话了。

只是这些对于郑易而言，已没有任何关系了。他明知道自己最想要的，只是将他的新节目《人生若只如初见》做好。与自己的团队以及"毒舌Baby"讨论后，郑易在做好节目演播现场的同时，更积极地探索与新媒体的合作方式。

其一，是与"毒舌Baby"进行了一个小小的合作。"毒舌Baby"原本的视频内容，就是以现有的电影、电视剧、社会热点为主题，用充满网络风格的夸张嘲讽的方式进行点评和吐槽。于是，"毒舌Baby"主动提出，她会将每一期《人生若只如初见》节目中的精彩片段做进她的视频中，用她的立场、态度、观点进行点评和吐槽。而郑易也默契地在节目过程中，引用或提到"毒舌Baby"的视频，探索出一种传统媒体和新媒体之间互动合作的方式。

虽然不是官方正式合作，但是传统媒体的主流地位与新媒体的自由性，在此过程中碰撞出激烈的火花。郑易和"毒舌Baby"在《人生若只如初见》节目中的一些经典评论，如"人生若只如初见，人既已变，何苦留恋"、"人生若只如初见，想分手，你请便"，更成为了新的网络时尚用语。

虽然这一探索性的合作受到了电视台内部的一些质疑，但当郑易顶着压力，拿出收视率数据后，质疑的声音也就慢慢小了下去。

其二，面对与新媒体互动的尝试成功，郑易再次增加了一个新的互动环节："对初见的你说……"在这个环节中，郑易首次尝试全网招募观众自拍视频，观众只需要自拍一段视频"我想对初见的你说……"，然后@《人生若只如初见》的官方微博，就有机会来到《人生若只如初见》的节目录制现场，并参与对嘉宾的点评。

没想到，这个环节更是触动了许多青年男女的心弦。面对初见的那个人，无论已经分手了，还是依然努力地在一起，都有太多的心里话要说。所以《人生若只如初见》的官方微博，每天都会收到无数热心观众的自拍视频。

而负责受理这些视频的，正是林思思。无论是作为新城电视台编导审核观众上传视频、回复粉丝留言，或是晚上化身"毒舌Baby"制作视频，都很辛苦。然而看着《人生若只如初见》的粉丝和自己的粉丝数量直线上升，累并快乐着的同时，林思思和"毒舌Baby"的身份界线，也渐渐分不清了。

正是周末，大部分的工作人员都在家休息，而郑易一边审核最新剪辑出来的节目，一边跟"毒舌Baby"在微博上讨论新的节目创意。

"Baby，最新一期节目，我有一个创意，需要你配合支持。"

"哦，易哥有啥想法？"

"我想正式邀请你作为节目嘉宾，来我们节目现场做点评。"

"蛤？"

"我这里一直收到粉丝信息，提出这个要求呢。咱们在线上认识、合作那么长时间了，节目你也最熟悉，你要是来的话一定是个亮点，无论对我们节目，还是对你，都很有帮助。"

"嗯，你说的道理，我居然无言以对。"

"那你答应了？"郑易一喜，想快速敲定意向。

而微博那边的林思思，却停住了键盘上的手指，她有些小小的郁闷。她现在是"毒舌Baby"，而不是林思思。如果自己只是"毒舌Baby"，那自然不成问题。可是现在自己如果答应，那么郑易、沈娜知道了林思思就是"毒舌 Baby",会怎么想?或许他们不介意,但是电视台的领导,知道了电视台的编制员工同时还是视频网红,又会怎么想?自己是否还能以"毒舌 Baby"的独立身份,自由地做自己感兴趣的事呢?

"还是算了吧。我觉得咱们现在在线合作,不是挺好?"林思思回复道。

"为什么啊?"郑易有点失望,追问道。能够上电视台的人气节目,无论是对节目本身还是"毒舌 Baby"而言,都是双赢的事,他怎么也想不明白,为什么"毒舌 Baby"一再拒绝。

"伦家害羞呀,还没准备好跟你见面呢……"

郑易对于"毒舌 Baby"这般无厘头的回答,早就已经无奈地习惯了。每次他约"毒舌 Baby"见面,她都是这个借口拒绝。不过,这反而让他对"毒舌 Baby"更加好奇。

"又来?!你考虑一下吧,我们还是很有诚意的。"

郑易发送完这个信息,抬头一看已经下午五点了,站起身来想去茶水间倒杯咖啡。走到茶水间门口,就听到几个《超级周末》的实习生和女编导在轻声闲聊。

"宋婵姐怎么好几天都没有来了。"

"你不知道啊,她请病假了。"

"宋婵姐也生病了?"

"你没看出来,这段时间亚楠姐一直在压宋婵姐吗?"

"哈?"

"你来得晚,不知道,亚楠姐是《超级周末》的创始女主持,那时候跟高飞老师是王牌搭档。"

"是吗?那后来怎么……"

"后来不知道什么原因她去了北京,宋婵姐才接棒的。"

"可不是。我听说,当时高飞老师在的时候,亚楠姐就一直希望回到首席女主持的位置,不过高飞老师一直没有同意。那现在制作人是亚楠姐了,你说宋婵姐的日子会好过吗?"

"是呀,我看到过好几次宋婵姐眼圈红红的,像是哭过呢。"

"真的假的啊?"

"真的。你没看现在的《超级周末》,主持的风头都被亚楠姐抢了吗?"

……

郑易在门口听到这些话,心里一突。他对方亚楠的事略有耳闻,但是没想到高飞的离开也对宋婵造成了这么大的影响。

"刚加完班,想蹭口茶,方便吗?"他想了想,回到自己的办公桌前,发了一条微信给宋婵,谁知等了半天也不见回复。郑易有些担心,找到宋婵的电话,拨打过去,谁知明明拨通了,却一直没有人应答。

郑易更担心了,出了电视台,直接前往忘机小筑。铁门紧闭着,郑易后退几步努力往里面瞧,只见小筑三楼窗户紧闭,窗帘下垂遮住了视线,看不出有没有人在。

郑易拿出手机微信:"在吗?我在小筑附近。"

见无人应答,又发了一条:"一切可好?"

还是没有回复。郑易想了想,又留下一条微信:"那我先走了,保重!"

当郑易转身离开的时候,三楼窗户的缝隙里伸出一根纤细的手指,轻轻拨开垂下的窗帘,只见宋婵半躺半靠在窗边,身上紧紧裹着一身羊毛毯子,一头长发散乱地垂下,素面朝天的脸,显得消瘦黯然,眼圈乌黑像是多日没有睡过好觉,眼眶红红的,隐见泪痕。眼看着郑易离去,宋婵长叹了一口气,又躺了下来。

宋婵很累!不止人累,心也累。本来就有轻度抑郁的宋婵,身边一件又一件事情的发生,如同洪水一般不断地冲击着她原本就脆弱的心房。一心想帮助高飞做好《超级周末》的信念,随着高飞的隐婚被自己发现以及他因为收视率造假问题而离去之后,轰然倒塌。

她已经不记得自己连续多少天失眠了。由于缺少睡眠,再加上吃不下饭,宋婵的工作状态也一再受影响。每每回到家,便会陷入不断的自责中。这是为什么？是自己做得不好？还是自己当初就不该自作多情。

可是，这一切她和谁都不能说。作为公众人物，在办公室，在电视台，在公众面前，她需要永远保持美丽知性的形象。想到这里，宋婵用力将披在身上的毯子紧了紧。

随着《人生若只如初见》第一季在年底收官，新城电视台娱乐频道的格局在不知不觉中已经产生了变化。

《超级周末》由于高飞、郑易的离开，其霸主地位不再，但是老牌节目的底蕴依旧。新城一姐宋婵、麻辣女主播田菲儿、新锐人气主持张扬以及重新回归的方亚楠，依然是重量级的组合，进取不足，但是依然以收视率前三的成绩，守住了周六晚间黄金档。

新一季的《星光现场》，郑易、宋婵没有再上，而是换成了张扬、杨迪等年轻主持人。在沈娜的策划下，《星光现场》被定位成年轻、时尚、有活力的明星真人秀，由老牌艺人担任特邀评委，让更多新生代明星参加，同台比拼才艺。新生代明星们满满的胶原蛋白，敢讲、敢秀，充满个人风格，吸引了大批80、90后甚至00后粉丝的关注。

作为最新推出的创意节目《人生若只如初见》，随着郑易不断尝试与新媒体结合互动，收视率直线上升，奇迹般的连破几个关卡，多次打破收视率纪录，毫无悬念地成为新城电视台最佳创新节目，并与《超级周末》、《星光现场》并称新城电视台娱乐三大人气节目。

而同样是通过评审的创新节目《心动之旅》，却正面临着尴尬的局面。方亚楠接手《超级周末》后，无论是精力还是资源，重心都转移到了《超级周末》，使得自己一手打造的新节目的收视率不断下滑。

18楼娱乐频道总监办公室中，罗越又在泡茶。新一年度的招商要开始了，虽说前一段时间的娱乐频道变化非常大，但一切都还在他的掌控之下。

罗越对自己处变不惊的气度颇为满意。想着这段时间新旧主持人的更迭，他的心中突然冒出两句诗：

"宠辱不惊，闲看庭前花开花落；去留无意，漫随天外云卷云舒。"

"罗总，您找我？"方亚楠敲门进来，未语先笑。

"亚楠啊，来来来……"罗越笑着招呼方亚楠坐下，"算着你的时间，刚刚泡好的茶，尝尝看怎么样？"

"罗总又泡茶啊。我最近也一直想学茶道呢，您就是忙，否则我早就拜您为师了，学几手出去也特有面子不是。"

"呵呵，其实也不难的，不值一提。"罗越谦虚地微微一笑，心里却颇为受用，指着水汽开始蒸腾的铁壶道，"所谓三分茶、七分水，茶的好坏，水起的作用甚至要超过茶本身。你看现在水快要沸腾却还没沸腾，温度还不够，称作'水嫩'；如果水完全沸腾起来，则称之为'水老'，水温是够了，泡出来的茶却没有了鲜爽的感觉……"

正说着，沈娜敲门进来了。罗越见方亚楠脸色一变，嘴角微微一笑道："哈，人到齐了，水也刚刚好。亚楠、沈娜，你们看，现在的水是不是'缘边如涌泉连珠'，火候刚刚好？"

沈娜轻声打了个招呼，朝方亚楠微微点头，坐在了她的下手。

方亚楠笑道："沈娜，你真是好福气。罗总难得教泡茶，就给你赶上了，我也是头一回听呢！"

沈娜轻轻一笑，并没有答。方亚楠见状，也不多说，扭过头继续满脸认真地看着罗越泡茶。

罗越一边分茶一边道："茶道的流程其实不难，也就是备具、洗具、投茶、洗茶、出汤、分杯这些流程。虽然不同的地方流派有所不同，但也都是大同小异。"

罗越将公道杯里的茶注入方亚楠、沈娜面前的品茗杯，笑着说："茶道，讲究一个度的问题，一分不能多一分不能少，就像倒茶，七分为佳，不过八分。"

"果然唉，正好七分……"方亚楠轻轻举起手中的品茗杯，仔细观察后叹道。

"还有水温,出汤快慢,投茶多少,要讲分寸。"罗越拿起手中的茶,呷了一口,很享受地眯起眼睛道,"而拿捏分寸的能力,就是火候了。火候这个词啊,老祖宗讲得太好了,就是那个味道,别的词替代不了。"

"罗总说的是,火候的掌握,可不是我们这样一天两天就能学会的。这种意境,需要经验,需要沉淀,需要气度。只有罗总您这样的高人,才能掌握啊。"方亚楠一脸感叹。

"哪里,你们也可以的。慢慢来,会掌握的。"罗越鼓励道,"你这么聪明,而且也知道自己要什么,这点就比很多人都要强了!"

"那也是罗总信任,否则我也没有机会。"方亚楠笑吟吟地端起茶杯,"罗总,这杯茶,借花献佛,我敬您。谢谢您在我回台之后给予的支持!"

罗越微微点头,也举起茶杯,朝一边安静坐着的沈娜举杯:"一起吧。"又与方亚楠轻轻一碰,将茶喝干,"这次,《超级周末》和《星光现场》虽然有很多变化,不过总算稳住了,两位都做得不错!"

"不过,亚楠啊,《心动之旅》,你们有什么计划吗?我想听听。"

方亚楠知道戏来了。同为婚恋节目,和郑易的《人生若只如初见》同时起步,现在自己的《心动之旅》收视率却被远远甩在后面,来的时候便知道,这才是罗越找自己的主要目的。

"我们确实遇到一些挑战,正在努力克服中。其实早就想来找罗总您了,很希望能得到罗总的指点!"

罗越对方亚楠的态度很满意,知道节目是电视台的节目,不像之前的高飞以及现在的郑易,恃才傲物,似乎将电视节目视作自己的。如果不是频道给与平台和资源支持,哪里还有他们现在的名气?

"亚楠,机会难得,更要能抓住才行。这次创新节目,《心动之旅》和《人生若只如初见》都属于婚恋领域的,原本按照惯例,只能二选一,若不是我跟台长提议两个节目并行推出,《心动之旅》根本没有机会啊。"罗越看着方亚楠,缓缓地说道。

"我明白，罗总。"方亚楠一脸感激地道。

"但是你得争气啊！比如这次，《超级周末》你来做制片人，就表现不错，高飞走后能稳住跌落的收视率，台里领导满意，我脸上也有光。但《心动之旅》，让我现在很为难啊！"罗越摇摇头道。

"罗总，真不好意思！"方亚楠有些尴尬，尤其是旁边的沈娜也参与了《人生若只如初见》的初创，算是竞争对手阵营的人。她早就打定主意，能保住《超级周末》制片人的位置，才是关键。

"你明白就好……"罗越见敲打得也差不多了，便提出自己心里的计划，"我准备向台里提议，将你们两个婚恋节目的团队和资源合并，继续由郑易做制片人、沈娜做总导演，而亚楠你来担任监制。你们觉得怎么样？想先听听你们的想法。"

方亚楠一听，顿时明白罗越的意思："我一切服从领导安排。如果郑易和沈娜没有问题，我当然全力配合组织安排。"

"嗯……"罗越满意地点点头，又转头看看沈娜，"沈娜，你这边呢？"

沈娜当然明白罗越的想法。《人生若只如初见》现在蒸蒸日上，然而与《超级周末》和《星光现场》相比，独立性自主性更强。将它与《心动之旅》合并，虽说有了更多的资源，但是让方亚楠担任监制，摆明了就是要对《人生若只如初见》加强监管。

"嗯？"罗越见沈娜没有第一时间答话，微微皱眉。

沈娜一凛，她知道罗越这是让自己表态，一时间千头万绪来不及权衡，只得回答道："我没问题。"

"嗯，好！郑易那边就由你沟通了。"说着，罗越又哈哈一笑，依次给方亚楠和沈娜满上茶，道，"接下来，这个节目就要靠两位精诚合作，再创佳绩了。有什么需要，频道也会给与大力支持！"

三人共饮一杯后，方亚楠抢先取过公道杯，学着罗越给三人满上，又转头对沈娜说："接下来要向娜娜多多学习了！"

"不敢当，还需要方老师多多支持！"

离开体制

当沈娜回到节目办公室时,郑易、林思思带着团队正在准备第一季《人生若只如初见》的收官节目策划,还没有意识到节目组将面对重大的变化。

沈娜将郑易拉到会议室里,关上门,在郑易诧异的目光中,缓缓道:"刚刚老罗找我开会,说了一个台里的决定。"

"哦?是什么?"

"方亚楠《心动之旅》和我们《人生若只如初见》,因为都属于婚恋节目,所以第一季结束后将只留一个。所以……从下一季开始,就只有《人生若只如初见》了……"

"哦,那太好了!"郑易一听不由大喜。这六个月来,自己带着团队努力拼搏,在经费、资源都相对有限的情况下,通过努力,赢了拥有雄厚资源的方亚楠团队,这是对整个节目组能力的极大认可。同时也代表自己已成功转型为独立节目制片人。

"因此,从下一季度开始,我们的节目时间会调整到周五晚上八点半最为黄金的时段。另外,原先两个节目的运营经费都会集中到我们这里,这下大家就不用那么苦,一块钱掰成两块钱使用了。"

"那很好啊!"郑易点点头。但这么好的消息,沈娜却没有丝毫笑容,反而透着隐隐的担心,不由地有些奇怪。

"《心动之旅》的团队,也会并入我们节目,一起合作。"

"啊?什么?"团队合并,代表着会有更多的人才资源,可为什么沈娜那么担心呢?莫非……郑易猛然抬头问道,"那方亚楠呢?"

沈娜见郑易看着自己,不自觉地躲开他的眼光,缓缓道:"她也来,老罗点名让她担任监制。"

"什么?她来做监制?"

郑易原本大好的心情,瞬间凉了下来,整个会议室安静了下来。

"娜姐,你怎么看这次的合并?"郑易沉声问道。

"能够打赢《心动之旅》并且得到更多的资源倾斜,确实是好事。唯一需要注意的是方亚楠担任监制,那么我们势必就比以前少了一些自主权。这一得一失之间，就难说了。"沈娜道。

"嗯，这也是我所顾虑的。"郑易点点头，"还有回转的余地吗？"郑易抬头看向沈娜，只看到一片沉默。

郑易看着会议室外忙忙碌碌的团队，突然觉得有点腻烦。此时他开始有些羡慕"毒舌 Baby"，可以随心所欲做自己的节目，不用担心什么台里的审核，领导的管理。自己即便成为了独立制片人，这种独立，也只是在体制内相对的自由，若要真正地自由自在，或许只能像"毒舌 Baby"这样，跳出体制之外才行吧。

当成长起来的新节目显示出令人瞩目的潜力时，领导又怎么会让他们脱离组织的管理和掌控呢？如果说《人生若只如初见》是一只乘风而起的风筝，那么方亚楠就是拴着风筝的线——另外一头永远捏在领导的手中。

虽说独立制片人在制作和运营方面拥有相当的独立性和自主性，但终究还是棋盘上的棋子。体制就好比围棋的规则，被当作棋子的人，会感到失去自由的无力以及可能被舍弃的不安全感。而作为执子的人，会注意棋子的感受吗？

舞台上灯光绚烂交错，分不清最初和结局，紧随而至的是如临大敌的惶恐，每个人都在拼命，努力让自己跟上时代的浪潮，用一种跑步的姿态抵挡内心的焦虑和空虚。他们迷失在五光十色的虚幻中，重又自信满满，以为望见了胜利的希望。

九月，整个城市沉浸在一片热闹的氛围里。繁华的商业区，高耸的星级酒店里，另一个舞台也在搭建，他们揣着一封密信，表情莫测，一副志在必得的神情。

"今天来的嘉宾可真不少啊！很感谢大家能够光临这次新城电视台的广告招商大会！"

"这一次参与招商的，有我们的金牌节目《星光现场》、老牌节目《超级周末》，还有我们的新锐人气节目《人生若只如初见》，祝愿大家能参与到适合自己品牌战略发展的节目中来，倾力合作，一起见证奇迹！"

招商现场人头攒动,迎来送往,美女香槟,这里没有悲伤,只剩下娱乐时代的万千浮华。

"感谢腾飞房地产有限公司对本次活动场地的赞助!"

"欢迎我们上一届标王,齐力电器……"

……

张扬举着酒杯在现场周旋着,满脸的春风得意。他觉得自己的心血没有白费,终于替代高飞成为了《超级周末》和《星光现场》两档节目的主持人。

他拨开人群,挤到李琳的面前,脸色微红,像是喝醉的模样。

"李总,祝贺您拿到冠名权。"

"咱俩之间,还要客气吗?你的节目,我当然要支持。"

"谢谢啊!您这么说,我觉得很开心。"

"我看好你!只要咱们继续保持这种良好的沟通,我相信我们会一直合作下去的。"李琳言语间夹杂着暧昧,最后竟飞了个媚眼给张扬……

郑易是在去广告招商酒会的路上碰上李东然的。李东然不会想到,郑易正在找他。事情还得从一周前说起。这天,沈娜来到郑易家里,说有重要事情商量。郑易见她面色凝重,似有难言之隐。

"怎么了?"

"你没听说吗?"

"听说什么?"

"杜宇的事情。你知道上次的'牛魔王'报道事件看起来像是平息了,而且还任由杜宇在评论中自由发挥,但其实,这是一个陷阱,大大的陷阱。"

"什么?杜宇没和我说过关于这方面的事情。"郑易有些意外。

"可能是杜宇觉得你近来麻烦缠身,不想让你分心担忧吧。其实,我也是才知道,还是无意间从栏目组同事那边听到的。原来不少人每天都在盯着他,寻找他的口误,一旦有差错,就会采取反击行动。据说他们最近就逮住了机会,还列出了好几页纸的所谓播报失误,不仅上报给了台长,还给市委宣传部递交了一份。看样子,形势不太妙。十有八九又要停职反省了。"沈娜说着,显得既忧愁又担心。

"别急,你把详细情况跟我说说。"郑易觉得事态严重,隐隐有些不安。

沈娜把一沓材料递给郑易,又嘱咐道:"你自己也要处处小心,我总觉得背后的事情没这么简单。"

"我会的。杜宇那边有什么新消息,我们也随时沟通吧。"

"这个你就放心吧。"沈娜说完,突然停下来,想了想措辞,慢慢说道,"郑易,咱们台背后的明争暗斗已经不是一天两天了,有很多人在这反复的争斗中迷失了自己,也有很多人因此丢了阵地,甚至丢了工作。"

"明白的,我又不是新员工了,你说的这些,我自然不陌生。也正因为如此,我历来比较小心,不争不抢,即便有人要算计我,也没有什么见不得人的事情好让他们得逞。"

郑易相信自己活得磊落,倒不担心。

沈娜道:"话虽这么说,但是,你的脾气我也知道,万事都要谨慎才好。你知道高飞为什么突然会被换掉吗?他那么大的腕儿,一直是咱们台王牌主持人,如今,说倒就倒,眨眼功夫。我听人说,买收视率这事,只是扳倒他的一个很小的理由,还有其他的原因。"

"什么原因?"

"他想自立门户,真正独当一面。"

"那又怎样?也没什么错啊!"

"郑易,想上进是没错,可是你也要明白领导的立场。有哪个领导,喜欢不服自己管理的下属啊?就算你再有才华,不服从管理,对领导而言又有什么意义呢?还不如换一个相对中庸,服从管理的。"

"呵呵,我哪敢不服从管理啊。要我来娱乐频道,我就来娱乐频道。《星光现场》和《超级周末》也是要我来我就来,要我走我就走。现在的《人生若只如初见》,还不是说要空降个监制,就空降个监制吗?我哪敢不服从管理啊?"

"郑易……"

"娜姐!"郑易打断了沈娜的话,"你说的我都理解。我这边也就算了,已经陷在娱乐频道了,不过老杜,他争过什么吗?他只是想凭良心,真正做好新闻,这也碍着人了?如果,照你说的听话就行,老杜还不是一样被人整?"

"郑易……"

此刻,李东然迎面向他走过来,带着惯常的威严和神秘。

"李台好!您现在方便吗?能听我说几句吗?"郑易开门见山,没有太多废话,这是他为数不多和李东然单独在一起的时刻。

"郑易,有什么事?"李东然语气亲切。

"李台,我曾经听您说过,娱乐是咱们台掌握命运方向的筹码,但新闻却是安身立命的根基。"

李东然有些好奇,看着郑易,等着他继续说下去。

"您可能会觉得我有点唐突,但是,平时很难遇到您,我需要珍惜这个机会。不知道您有没有听说过杜宇的事情。"

"杜宇?《我在现场》的主持人,怎么了?"李东然虽然感到疑惑,但也已经猜出了大概。

"关于杜宇这几天被一些人向上打小报告,暂时调离岗位的事情,我其实有些难过。不仅仅因为杜宇是我的同学、同事、朋友,更因为他的遭遇,对于咱们台是一个大的损失。"

"为什么这么说?"李东然倒突然对郑易有些刮目相看,很少有人会当着自己的面说一些关于新城电视台的问题。

"杜宇的所做所为,可以说,是咱们台新闻人的脸面和良知,是值得钦佩的。他没有错,他只是说了很多人不敢说、不愿说的话罢了。对于这样的人,我们要作为榜样,而不是加以打击。"

"你认为台里的决定是个错误?"

郑易看到李东然脸色如常,旁边有人经过,远远地绕开。

"我觉得台里是否可以再做考虑?毕竟大家都不希望错失人才。"

"台里什么时候说过不让杜宇继续上节目呢？暂时停职调离，是为了让他避开风头。"李东然声音中带着微怒，"我们也知道他是个人才。但就算是人才，也得通过合适的方式，在恰当的时候表达观点。很多外人不理解，你作为新城电视台的一分子，难道也不明白？"

光亮下，李东然脸上的表情并没有太多变化，郑易却察觉到了一丝不悦和不容置疑的坚定。看来，形势已经容不得郑易再去回旋了。

"我明白台里的苦衷。作为杜宇多年的朋友，杜宇的品性，我能够担保，绝对没有问题，他是在追求真正的新闻意义。"

"没有人怀疑他的品性。而关于他这个人，你拿什么去担保？郑易，不要意气用事。至于你前面说过的话，我会好好考虑的。晚上的酒会就要开始了，你也要去准备了吧？"

话已至此，分明已经到了结束的时候。李东然拍了拍郑易的肩膀，转身离开。其实从第一次见到郑易开始，李东然就对他充满了好感。不同于他接触过的其他主持人，郑易带给他的是一股清新之风、改革之风，虽然稚嫩，但却弥足珍贵。

事实证明，郑易确实没有辜负他的期望，一举成为了自己推行独立制片人制度的成功案例，他的节目更是成为当前最热门的三大人气娱乐节目之一，为此很多明里暗里质疑他改革之路的人，闭上了嘴巴。

只可惜，郑易毕竟年轻，或可为将，尚不能为帅。到了一定高度之后，决策已经不能用简单的对错来衡量了。这次罗越安排方亚楠空降到《人生若只如初见》团队做监制，李东然也明白罗越的用意。虽然这样可能会打击郑易的积极性，作为频道总监，罗越这样做其实也无可厚非，也符合电视台体制内的立场。现在看来，他反而觉得这样也未必是坏事，年轻人还是需要磨一磨的。

招商会上，罗越很开心，多喝了几杯，显得满面红光，不时跟周边人打招呼。经过一个人工游泳池的转角，罗越停了下来。他看见不远处的阳台上，宋婵站在那儿，不声不响，却聚集了众人的目光。

"宋婵，你怎么在这？"罗越走了过去，堆上笑脸。

"罗总好……"宋婵看到罗越,也招呼了一声。

她转身准备离开,罗越又一次叫住了她:"宋婵,我有事情要和你说。"

宋婵犹豫了一下,疑惑地站住了。借着阳台的灯光,她看到罗越急切的眼神,连忙问:"找我有事?"

"是的,关于你……关于……"罗越突然有些迟疑。

"都谈了两天工作了,罗总真是工作狂,也不让人休息。"宋婵开起了玩笑。

"我也想休息啊。你既然不想谈工作,那就不谈工作。想当年,我刚认识你的时候,你还是一个实习生,如今,都已经是台柱子了。今非昔比啊!"

"罗总同当年相比,风采依旧!"

"岁月不饶人。看着一拨又一拨新人进台,真的感觉自己老了。"

"您的精力很好啊!我们和您一比,简直差太远了。"

"你这么说,还不是觉得我是老年人了?"罗越装出一副生气的模样。

宋婵灿烂的笑容却瞬间堆满了整张脸,无拘无束,如同深夜里港口上的一盏信号灯,发出温暖的召唤。

"罗总,刚才说找我有事,什么事啊?"宋婵问道。

罗越这才从沉迷中回过神来。

"哦……是这样的。上一次台里招募独立制作人,效果不错,我们频道也涌现出了一些优秀的节目。接下来,台里有意筹备第二期招募,想问问你有没有兴趣?"

"制片人?我觉得自己可能做不好……"

"怎么会?你又聪明、又漂亮,人气又那么高。如果你有兴趣的话,可以跟我说,有什么困难我也可以帮你出谋划策。"

"感谢领导看得起,不过我目前确实没有这样的想法。如果哪一天我做好准备了,一定跟您汇报!"

"噢,好吧,既然这样,我也不勉强你了!如果有想法,一定要跟我说，我做你的坚强后盾。"罗越突然停顿下来，像是又想到了什么，"宋婵，记得几年前第一次见到你的时候，你还是个小姑娘，见到我时都会脸红，没想到现在历练得如此落落大方。这次招商会有你们这些名主持人在，人气才能高啊！"

"罗总您抬举我了。您才是多少代人心中的名主持人，我妈就一直对您念念不忘，总央求我找您签个名。"

"你看看，这更说明我现在老了，年轻人都嫌弃我了，只有老年人还记得我这个老头。"罗越说着，慢慢靠近宋婵。

宋婵感觉到一种压迫向自己袭来，不自觉地往后退了一步。罗越却不动声色，仍然不紧不慢向前。

"小婵，你在这里啊……"郑易的声音从一边传了出来，让宋婵心中一喜，朝着罗越微微点头道，"罗总，郑易来了，你们聊，我去招呼下其他客户了。"

酒会上，宋婵永远是众人的焦点。在大家看来，她和台长李东然一样，属于神秘一派的作风，除了在舞台上看到她，私底下的她，是什么样的人，无人知晓。所以，酒会自然成了了解她最直接的机会。

"你好，宋婵！好久不见。"人群中，一个矮胖的中年男子端着一杯酒，远远地开始打招呼。

宋婵扭头，看到男人，挤出一丝微笑："张总好！"

"哎呀，宋婵，我给你助理都打过好多次电话了，她都说你忙。我们知道你忙，可再忙也会有休息的时候不是？我们那个沐浴露广告一直都想找你代言，你是不是能考虑一下呢？看你皮肤多好啊！"男人眯着眼，目不转睛盯着宋婵。

"还是别找我了，我可不想砸了你们牌子。况且现在我们台也禁止主持人擅自接广告和商演。不信你去问我们台长。"宋婵无心和他说话，指着不远处的台长李东然说道。男人顺着她指的方向看去。

那边，李东然已经被一群人围住，在觥筹交错之间，一桩桩生意和合作意向从无到有，达成默契……

"你们台长可真是大忙人啊！"男人边说边转过身来。

没有人回应他,宋婵已经穿过人群,走出了酒会大厅。

远离了喧嚣,快速经过回旋的长廊,越走越安静。宋婵推开古色古香的门,出现在她眼前的是一进开阔的天井,天上月光如水,倾泻而下。地上的花坛中,一棵年岁久远枝叶茂盛的樟树矗立着,微风中发出瑟瑟声响,茂密的枝叶下放着几张木椅。

宋婵轻轻地坐在椅子上,想起了那次招商酒会上郑易帮自己挡酒,两人也是在类似的花坛边,类似的木椅上喝茶解酒。

忽然,宋婵听到身后有动静,回头一看,郑易正站在自己身后不远,也惊讶地看着自己。郑易走过来在木椅上坐下,两人相视一笑。

"如果现在有一壶茶就好了!"

"是呀!"

"你没带?"

"哪有每次都带的?"

"可惜!那下次还是去小筑喝!"

"好啊……"

月光下,两人一左一右坐着,平静得如同一幅油画。

然而,树欲静而风不止,身在棋局中的棋子,永远不知道执子者会怎么落下一步棋。在瞬息万变的棋局中,原本重要的棋子,也可能瞬间就成为废棋了。

自立门户

新的一季《人生若只如初见》,在新团队加入之后,开始正式策划。然而郑易却发现,虽然明面上节目组拥有了更多的人才和资源,但是调动起来却要受到方亚楠的制衡,反而不如以前方便了。自己不但需要思量没有杜宇的点评环节之后如何调整节目,还需要随时注意方亚楠的小动作。

正当郑易满身不痛快的时候,一纸针对沈娜的调令,更让郑易愤愤不平。

"娜姐,怎么回事?"郑易有点着急。一直以来杜宇和沈娜是自己最坚定的支持者，如果没有这两人站在自己身边，他根本不可能走到现在。

"频道另外两个独立制片人的节目收视率不好，被要求改版，而老罗点名调我过去帮忙。"沈娜道。

"我知道。可你是我们节目的初创骨干，就算要调也好歹跟我们商量一下？说调就调，说不过去啊。"郑易心里有些火大。杜宇刚刚被勒令暂停所有的节目，这边沈娜就被调走，显然都是方亚楠在背后搞小动作，要说不是针对自己，谁也不信。

"郑易，说到底，你是独立制片人，但我是属于娱乐频道的，频道有需要，对我进行工作岗位调整，我也没有办法。"沈娜有些无奈。她也知道，思思跟着自己被调走后，郑易几乎等于被架空了。只是，当时罗越跟她说这个话的时候，也没有给她什么机会拒绝，只是在下达调令的时候说了一句："你帮我看着这两个节目组，除了帮助制片人外，行政方面你也要多累积点经验。"

沈娜听到这话的时候，愣了一愣。罗越这么说是什么意思？沈娜现在正式的岗位是执行制片人，如果再往上的话，会成为如郑易、高飞这样的制片人，这个相信只是时间问题。但是罗越让自己累积行政方面的经验，而频道节目部主任还有一年半就要退休，是不是……沈娜不由得沉思了起来。等她回过神来的时候，罗越已经走开了。

沈娜面对郑易有些惭愧，可是又能怎么样呢？自己在新城已经十多年了，若不是罗越，自己恐怕还只是一个执行导演。现在罗越可能给自己更多的机会，以自己的能力，相信未来会有更大的发展空间。

"郑易，你听我说！"沈娜想到这里，希望跟郑易好好谈谈。罗越有手段、有能力，可是对愿意跟自己的人，却能大力扶持，这些都是沈娜感受到的。她不希望郑易冲动之下，像高飞一样被罗越踢出电视台，"不要冲动！罗总不是高飞，他是频道总监，分管整个娱乐大板块，他的安排，即便是台长，也不会轻易改变的。"

"那又怎么样？我是独立制片人，我的项目团队，难道我还没有决定权？"

"你的团队也是新城的员工,你的节目也是属于新城娱乐频道的啊!"

"这……不行,我还是去找老罗……"沈娜一时没拦住,看着郑易铁青着脸,风风火火走向罗越的办公室。

推开门,罗越又在摆弄他的茶具,见到郑易进来,像早已预料到一样。

"《人生若只如初见》就这样被拆分了?"郑易也开门见山。

罗越连连摆手:"怎么会拆分呢?不就少了几个编导吗?再加上方亚楠和她的团队加入,人手应该足够了。而台里的难处,你也应该理解。现在收视率压力这么大,新节目刚出来,急需有经验的人才。沈娜有《星光现场》和《人生若只如初见》两档新节目的成熟经验,所以那两个节目组才提出希望沈娜过去帮忙。台里也需要平衡好大家的要求,一碗水端平,你说是吧?"

"我不反对扶持别的新节目,可《人生若只如初见》也才第二季,同样是新节目,还不够稳定,再加上杜宇这次无法担任点评,我们原本就担心收视率受到影响,现在沈娜也走了,节目的压力就更大了!"郑易耐着性子解释道。

罗越假装没看见郑易的焦虑,不紧不慢地摆弄着茶具,继续说道:"你这话可就错了,《人生若只如初见》虽然是新锐节目,但是无论影响力、模式都已经不弱于一些老节目。不过,你说得也有道理,杜宇走了,不过别担心,台里会给你安排人手的,或者你有看得上的人,也可以跟我说嘛!"

"那不如沈娜留下来,换走方亚楠……"郑易有些激动,不由得说出了心里话。

"你的心情我能够理解,但这个事是台里的决定,希望你跟方亚楠好好合作!"郑易明显感觉到罗越平静下的不容置疑,"这样吧,三个月……沈娜会调过去三个月,之后再调回来跟你的节目。怎么样?"

三个月?三个月已经可以发生很多事了,郑易突然觉得自己和沈娜只不过是人家手中的棋子。仔细想来,何尝不是呢?即使自己在外人看来光鲜亮丽，但事实上，他根本没有真正掌控自己工作的权力。

原本以为已经跳出了体制的怪圈，可现实告诉他，这只是他天真的自以为是。公众面前，他是一个主持人，一个制片人，在体制内，他只是一个身不由己的员工而已。

他早就厌烦了这种生活，一直想要逃离。可是，他已经长久地陷在生活的圈套里，一层一层艰难爬行，像只笨拙的蜗牛，那些过往的回忆，那个过去的自己早已不知所踪。郑易忽然感到有些害怕，座位上的他轻轻颤抖了一下，如鲠在喉。棋子既然不能选择在棋盘上怎么走，那它是不是可以选择出局呢？他对自己说。

"罗总，我明白台里的难处，既然其他节目组真的请求沈娜过去帮忙，我也可以理解。只是，我现在也有一个请求。"

"有什么请求？尽管说。"罗越微微一笑。他相信郑易会服软，毕竟他不是高飞，底蕴和资历还差得远。再能折腾的孙猴子，也依然只能在如来佛祖的手心里翻跟头，不是吗？

"我想请三个月假。有亚楠姐在，《人生若只如初见》想来也不会有太大的问题，剩下来的人大都也跟她合作过，我对她有信心。"郑易对这个要求没抱希望，但他想说出来，被认为是要挟也好，谈判也罢，他就想说出来。

"怎么了？是最近身体出了状况？"罗越笑脸一收，眉头微皱，关切地问。

"不是，都不是。"郑易斩钉截铁地回答。

罗越不说话了，像是在思索着，过来好一会，他才开口："这我得和台领导商量一下，我不能自行决定。其他人可能我一句话就行了，但你的位置实在太特殊，是没有人能够代替的。而且三个月时间，有点长，真不是我能批的。"

"嗯，我理解。那还是我去和台长说吧，不为难您。"郑易觉得都到这个分上，还不如速战速决。

罗越看着眼前这张桀骜不驯的脸，突然一下子笑了："这倒不用，我等会儿和台长打个电话，你就放心吧！"

事情看来已没有了回旋余地，一切只能等待。如果不成，棋子还只能在原地，怎么走，什么时候走，还是别人说了算。

郑易向罗越告辞，走出了办公室。空荡荡的走廊里，只有他一个人的脚步声孤寂地回响着，一会儿连成了线，半晌之后，化成了碎末。

人生如棋，每次的选择都是一次落子。落子的方向无非三种，一曰攻、一曰守、一曰逃，然而落子的地方却分局内和局外两种。之前自己离开《超级周末》，在局外落子创办了《人生若只如初见》，这次自己又何尝不是一样？只是，落子跳出了棋盘而已。

"郑易辞职了！！！"

消息不胫而走，传遍了整个电视台。身为娱乐频道冉冉升起的新星，才子制片人，新城电视台未来的娱乐一哥，居然抛下刚打造成功的《人生若只如初见》节目辞职了，所有人都觉得十分突然。

从宋婵、沈娜，到王灿、李东然，每个人都找他谈心，想劝他回心转意。

"你真的就这样走了？"宋婵有些抑制不住自己的情绪。

"小婵，人生若只如初见。对我来说，这个节目已经不是初见的时候了。我走了，记得有好茶的时候，一定要叫我！"

"唉，如果你决定好了，我只能接受。希望你一切都好！"薛小磊看来已经有了准备。

"没事，我们以后还有合作的机会。"

"你如果真想走，有好的主持人选推荐吗？"周鹏程问道。

"女主持的话，只要有宋婵，就不用太担心。至于男主持人，其实杜宇是最佳人选。可惜……"

"真是可惜！高飞走后，我本来想着，你还能接力下去，成为新一代的金牌制片人。"王灿感叹。

"只要台里的独立制片人制度能继续下去，就一定还会有人才出现的。"

"我尊重你的决定。有一次,我问你假如真不做主持了,你会做什么,你说你要做制片人。你做到了,因为你尊重自己内心的声音。"李东然意味深长地问道,"我现在再问你,你离开了,准备做什么?"

郑易思考了一下,道:"我想试试新媒体。"

李东然眼睛一亮,欣慰地看着郑易道:"好,希望你继续尊重内心的声音。就像做制片人,每一步都是新的起点,也是新的机会。你要记得你是从新城台出去的,新城台是你的娘家,随时欢迎你回来!"李东然的话似有所指。

郑易点点头,没有说话。台长也许是懂我的,他对自己说。

"各位同事,我走了,江湖再见!"郑易抱着自己纸箱,与节目组的同事们打了个招呼,潇洒地转身离去。

走到电梯口,张扬正等在那里:"易哥,我送送你吧。"

"易哥,你真的要走?"电梯里,张扬眼睛里闪现出复杂的神色,他辛辛苦苦争夺的东西,郑易却轻易放弃了。

"嗯,外面有我想要的东西。"郑易笑笑。张扬虽然跟自己慢慢疏远了,可他还是记得初见时那个年轻帅气大男孩儿的形象。

"还会回来吗?"对郑易的走,张扬有些不舍,又有些庆幸。

"你希望我回来吗?"郑易笑笑,不答反问。

"我……"张扬一时语塞,他不知道怎么回答。

"你要加油啊!很多事要慢慢来,不要留有后遗症。"电梯到底楼了,郑易拍拍张扬的肩膀。

迎面却看到沈娜、思思、杜宇三人,同样在电梯口等着自己。

"你们也来送我?"郑易笑道。

"错了,我跟你一起走……"杜宇笑道,"我也辞职了!"

"什么?你也辞职了?"郑易有些意外。

"嗯!这段时间我一直想跳出来,只是没有勇气。既然你出来了,我们干脆一起,做点事。"杜宇笑道。

"成啊,一起做点事!"郑易一拳捶在杜宇的胸口。

"郑易,对不起!我……"沈娜有些低落。

"娜姐，不用说对不起，这是我自己的决定！"郑易微笑着，笑容依然灿烂，可是少了几分肆意，却多了几分男儿的坚定。

"我知道，电视台留不住你，跳出来是早晚的事，只是没想到这么早。"沈娜轻声道。

"娜姐，你明白我的，我想趁着还有锐气，跳出来闯一闯。在里面，我怕自己会身不由己，就像……其他人一样。"不知怎的，郑易想起了高飞。

"我明白。你的才华，若是受到约束，早晚会慢慢泯灭。"沈娜点点头，"娱乐频道原本只是你的阶梯，既然已经到时候走了，就去吧。"

"嗯，我有数的……"

"我跟思思请了半天假，送行也好，庆祝也好，大家聚聚。也正好一起帮你们俩想想接下来的打算。"

"好，那就走吧。"郑易也没再矫情，带着三人向电视台大门外走去。

张扬看着门外阳光下郑易潇洒的背影，紧赶两步大声叫道："易哥，有需要叫我！"远远地看着郑易摇了摇手，消失在电视台门外的人流当中。

没有一帆风顺的创业故事

创业好比江湖闯荡。小说中的江湖，波澜壮阔，轻裘长剑，烈马狂歌，谈笑间名扬于世，犹如诗篇一样浪漫。可是只有真正开始创业的人，才会慢慢明白，浪漫背后，并不如想象的那么美好。

当一个人失去了体制内的名片抬头时，剩下的或许才是真正属于自己的东西。而这剩下来的，或许远远少于自己以为的。

注册公司、场地装修、置办物资、人员招聘、银行开户等一系列琐碎的事宜折腾完后，"易宇工作室"终于轰轰烈烈地成立了，以两人的专业老本行，电视节目策划运营为主要业务。

然而，当郑易和杜宇踌躇满志地正式开始运营时，现实的残酷却如一盆冷水般浇在了两人的头上。

原本在电视台内，只要节目的策划创意提交上去，得到频道的认可，便会拨下资金进行样片制作，通过后，就能获取所有预算完成节目。而现在，要想和电视台或网站合作，需要自己先完成样片，而样片制作的高昂成本，都需要郑易和杜宇两人自行投入。

投入的经费，原本在电视台时看来只是小数目，甚至只需要其他部门配合一下就行，而对于易宇工作室而言，却是不小的负担。即便工作室不需要制片人和主持人，但场地、器材、现场、后期等，林林总总加在一起的费用，让郑易恨不得将一块钱掰成两半来用。

好不容易做成了节目的样片，寄给各大电视台或网站后，却大都如石沉大海。好不容易有地方电视台喜欢他们的策划方案，请两人前往洽谈细节，却发现他们的目的并不是购买，而是邀请两人加入地方台。

郑易与杜宇两人，原本就是因为受不了体制内的官僚作风和人事斗争才跳出来的，又怎么可能再次委身于一个地方的小电视台？失望之余，两人回到新城，却发现没多久这个地方台推出的新节目，无论是构思、环节、场景、音乐都与他们的策划样片有七成相似。

在理论无效之后，杜宇一怒之下将样片放上视频网站，曝光那家地方台的抄袭，却发现虽然引起了网民的谴责和评论，但是反而给地方台的节目送去了更高的收视率，让两人郁闷不已。

几次折腾下来，原本就不充裕的工作室储备金，在不知不觉中已经用得七七八八了。不得已，两人咬牙解雇了原本的助理、前台、编辑，退掉了办公室，将工作室搬到了郑易家，成了 Soho 一族。

郑易坐在自己家的客厅里，看着刚从写字楼里搬回来的凌乱的办公桌、办公椅、电脑、书架、稿子、文件夹堆得到处都是，原本宽敞的客厅变得杂乱无序，心情有些低落。他站起身，走进厨房间，想喝瓶啤酒，打开冰箱却发现空空如也，只剩下几个干瘪的水果。

他用力合上冰箱的门，拿起一个玻璃杯，想喝点热水，又发现饮水机上的桶装水也喝完了。这段时间，没日没夜地工作，根本没有时间采购物资。

郑易胸中涌起一股焦躁之气，让他只想将心中的烦闷都吼出来。他忍不住，一把将杯子砸在地上摔得粉碎，靠在墙上，用力地呼吸着。

良久，郑易的呼吸才平静下来。他走进卫生间，用冷水洗了把脸，看着镜子中的自己，强行振奋起精神，剑眉上挑，嘴角上翘，努力将自己的表情恢复成原本自信、平静、充满斗志的样子。

"你是谁？"郑易问镜子中的自己。

"镜子里的人是谁？新城电视台的明星主持人！人气节目《人生若只如初见》的制片人，拥有两百多万微博粉丝的大V……"

突然，郑易脑海中灵光一闪：没错！自己是微博大V，人气网红。想起自己离开电视台时，李东然问自己的问题："……我现在再问你，你离开了，准备做什么？"

"新媒体！"

其他网红能做到的事，自己没有道理做不到啊！既然传统媒体这条路走不通，为何不先做好一个新媒体项目？

如果不一定要完全创新，而是做一档已经成型的节目在新媒体上推出，岂不更务实些？拥有了一定的品牌累积以及粉丝基础，那么作为一个成型的项目，无论是融资赞助，还是转型线下，都不成问题。

郑易猛地推开洗手间的门，走向电脑桌，一把将堆在桌上的书本文件推到一边，打开"毒舌Baby"的微博主页，迫不及待地开始研究"毒舌Baby"是怎么红起来的。

如果说在体制内工作，最重要的技能是合理并更高效运用自己岗位带来的资源和权限的话，那么创业就是去获取原本没有的资源。最难的是原始积累，从零到一，之后从一到十，十到百，百到千，便如雪球一般的滚动起来……

"老郑，你都整理好了？"

第二天下午，当杜宇走进郑易家的时候，前一天晚上还乱如储藏室的客厅，现在却是整整齐齐，办公桌椅、电脑、书架、黑板、沙发都是清清爽爽，甚至在靠窗的地方，郑易还用屏风隔出一个小茶座，茶具，铁壶，杯子一应俱全。

郑易正在茶座上煮水泡茶，看杜宇来了，咧嘴一笑，露出雪白的牙齿："昨晚睡不着，都理好了。怎么样，还可以吧？"

"太可以了！"杜宇一屁股坐在茶座上，一脸惊喜地打量着四周。他也是一晚没睡好，工作室的困境和未来走向，同样沉甸甸地压在他的心上。但看到小而精致整齐的新工作室，心情也大为舒畅。

"以后这里就是我们的新根据地了。"郑易给杜宇倒上一杯茶，"来，以茶代酒，我们庆祝一下新的起点！"

"成！"杜宇见郑易兴致大好，举杯相碰，一饮而尽，问道，"心情这么好，是有什么新的想法了吗？"

"那是！昨天跟'毒舌 Baby'聊了一个晚上，有了新想法……"

郑易话还没说完，突然门外响起门铃声。"谁啊？"郑易与杜宇两人对看一眼，现在正是工作日下午，谁会来找他们？开门一看，却是沈娜和林思思。

"你们怎么来了？"郑易有些措手不及。他们二人退租写字楼搬工作室的事情，郑易没有告诉过任何人，毕竟这也不是什么有面子的事。

"娜姐，思思，你们来啦？进来吧！"杜宇听到沈娜来了，连忙起身将两人迎进房间里。

"我跟思思今天原本想去你们之前的工作室看看，到了才知道你们已经搬走了。"沈娜和思思走进房间，一边打量着新工作室，一边道，"搬家怎么也不叫我们一声？也好过来帮帮忙。"

"又不是什么……难事，我们自己就能搞定！"郑易将两人引到茶桌边上，拿出两个新的品茗杯。

"动作挺快的嘛，布置得也比以前漂亮。"沈娜道。

"是呀，易哥，我更喜欢现在的工作室。"林思思扶了扶黑框眼镜附和道。她陪着郑易连夜交流新媒体项目的想法，好在年轻，一夜没睡也没有什么大碍。可是，在网上知道郑易工作室搬家的消息之后，当天上午就计划请假来帮忙。没想到,沈娜知道后,二话没说便一起过来了。

"还不是为了省钱嘛?"郑易自嘲地笑了笑,给几人注上茶,"出来之后才知道,自由的代价呀!"

"创业本身就是在摸爬滚打中出来的。"沈娜看了看四周,"这样挺好,麻雀虽小,五脏俱全,而且接地气,不用浪费在路上的时间了。"

"师兄,我也支持你在家办公,现在都流行轻资产创业嘛!"

"哟,思思,你也知道轻资产这个词啊?"

"我也是在网上看到的。"

"接下来有什么打算?"沈娜问道。

"确实有个想法,大家来了正好一起讨论!"

"好呀!"

"昨天晚上,我跟'毒舌 Baby'讨论了一个通宵,我们觉得现在做项目,一定要打破传统媒体的思维,必须跟新媒体结合。我想,我们可以参照现在几个成功的新媒体项目,来打造一个属于我们自己的品牌项目。"郑易一边说一边整理思路。

"新媒体确实是个好的方向,充分利用你们现有的粉丝资源进行导流,而且你之前和'毒舌 Baby'做过一些电视和网络互动的策划,也有一定经验了。"

"是的,我跟'毒舌 Baby'讨论了一些现有的新媒体项目的商业模式,其实跟传统媒体非常相似,都是通过文字、视频、图片来吸引粉丝关注,当有了一定体量的影响力和粉丝数量,自然会有赞助、广告的合作。"

"嗯,现在这个还蛮流行的。其实如果新媒体项目做得好,无论是自己继续运营,还是与传统媒体合作,都可行。"

"思思,我记得你也说过,网络媒体渠道,给了内容制作方更大的空间和无数的可能,创造出现实世界资源被垄断后不可能出现的机会。"

"是的，师兄，你还记得啊……"

"当然！"

"如果师兄你要做新媒体项目，有什么需要帮忙的，一定要和我说哦！"

"一定！不过，易哥可没钱哦。有钱了，一定来挖你！"郑易笑道。

"不用，够吃饭就行，我很好养活的！"思思做了个萌萌的姿势。

"老郑，这个方向不错！我们完全可以按照自己的思路，策划一个新闻栏目，将我们当年的设想在网络上实现！"杜宇一直对之前的提案没有被电视台接受而耿耿于怀，"上次我们说的新闻热点直播点评，正好可以用这种方式来操作。"

原本有些兴奋的杜宇，却没有发现当他提出这个创意的时候，郑易、沈娜、思思都不说话了。

"老杜，你的想法是很好，不过恐怕没那么容易。"郑易摇摇头道，沈娜和思思也跟着点头表示同意郑易的意见。

"哪里有问题？"杜宇有些不开心，没想到自己说了那么多，却得不到大家的认可。尤其看到沈娜站在郑易这边，更是让自己心头有点发堵。

"不是你的创意不好，而是……怎么说呢？"郑易仔细斟酌着说辞，"这样的项目，就算做成了，也很难卖给电视台。"

"确实如此。杜宇，你也知道，电视台为了保证新闻的真实性和舆论管理，是不会外包或者购买自媒体新闻节目的。"沈娜补充道。

"是的，上次你做的提案，电视台那边也是这个意见。你还记得吗？"郑易道。

"这个肯定的，电视台有电视台的顾虑。"沈娜道。

看着沈娜和郑易一搭一唱，全盘否定自己的想法，杜宇心中愈发不服气："那就我们自己运作啊！只要我们做的节目好，看的人多，我们可以自己拉广告、找赞助。"

这些都对。可是多年体制内工作的经验，让郑易更清楚地知道，即便是在新城电视台，新闻节目再优秀，要找到广告赞助也非常不容易。即便是有，赞助的体量和娱乐节目也是没法比的。

"我明白大家的顾虑。"见众人沉默不语，杜宇继续道，"但老郑，你还记得你去娱乐频道的初衷吗？是想通过锻炼，最终做一档有立场、有思想、有深度的新闻评论栏目，保证新闻的客观性，也维护公众的知情权。我们之前在电视台里都在为这个方向努力，现在我们出来了，能够自主地做自己想做的事情了，你怎么反而退缩了呢？"

"老杜，这不一样！"郑易有点急了。

"有什么不一样？"杜宇不满地打断道，"还是说你觉得做娱乐更能赚钱？"

"老杜，我明白你的想法。但我们现在做工作室，从某种意义上说跟电视台一样，自负盈亏是我们要考虑的重点问题。就好像新城台，也是提出'新闻立台，娱乐强台'的口号，我们需要先生存，才能更好地做自己喜欢的事。"

"说到底，你还是觉得新闻节目不能盈利，是吧？"杜宇有些失望，"之前我们也聊过，新城的娱乐强台已经将整个媒体的责任感带歪了，形成了娱乐至上的风气。现在我们有自己的工作室了，可以打造自己的媒体项目了，就应该做到自己立身正心！"

"杜宇，郑易不是这个意思。"沈娜见杜宇有些激动，想要替郑易解释，还没说几句，却见杜宇摆摆手，道："我明白他的意思，无非是希望项目能赚钱。但是我想问，且不论我们做新闻项目能不能吸引粉丝，能不能赚钱，就说娱乐节目一定可以吗？我们之前提案的项目，不也没赚到钱嘛。"

郑易听杜宇这么说，有些语塞，心里也有些不舒服。之前的几个项目失败，虽说制片人是自己，可是被杜宇拿来说事，也不禁有些来气："老杜，之前那几个项目，是在摸索阶段，都是在尝试，而且也是大家一起同意去做的。"

"是啊，之前几个项目是你提出的方案，我全力配合。这次我提出的方案，你是不是也应该配合支持呢？而且，之前的方案，要投入那么多成本，我也没说什么。这次方案，能有多少成本？就算不成，又能亏多少钱?"

说到这里,郑易和杜宇两人都有些情绪激动,互不相让。

"郑易,杜宇,你们都别激动,大家都是为工作室好,好好讨论。"沈娜赶紧劝开两人。

"娜姐,工作室前几个项目亏那么多钱,我也没说什么。现在做这个新闻主题的新媒体项目,其实也没有太多的投入,我们试着做做也不会有太多损失,用得着就这样直接否定吗?"

"老杜,投入不只是经费,还有人力、物力、心力、时间成本、机会成本。做一个新媒体节目,不是你想象的那么容易。网络媒体上,几乎没有看到新闻类栏目成功的,至少我没有看到!"

"谁说的?我看微博中很多新闻主题的大号,粉丝也上百万的。"

"那些大号,都是有后台背景支持的,电视台或者政府。"沈娜补充道。

"娜姐说的对,新闻类大V,真的不是那么容易做的。"

"那是因为,他们没找到合适的点。如果我们来做,完全可以策划一个有态度、有立场、有碰撞、有情怀的节目。你也说了,网络的尺度远比传统媒体宽松,我们可以做一个不一样的节目。"

"很难的!之前我跟'毒舌Baby'一起策划的时候,很重要的一个宗旨就是让所有的新媒体受众都能参与到项目的传播、评论,甚至打造中来。新闻节目确实比娱乐时尚类节目难传播。"

"张口闭口'毒舌Baby',那你干脆跟她合伙算了……"

杜宇这句略带赌气的话一出,整个房间都安静了,沉重压抑的火药味,充满了整个房间。而思思更是眼神闪烁,被这句话触动了。

"杜宇,你怎么说话呢?郑易说的,也是他研究下来的新媒体的一些特色,大家一起讨论而已!"沈娜略带责怪地说道。

"呵呵……"杜宇见沈娜一直维护郑易,心里更加不舒服。他努力将酸涩压下去,说:"娜姐,我知道你一直觉得郑易是对的。没关系,只要我觉得自己的想法是对的就行,大不了我们各做各的项目。我不干涉郑易的项目,你们也不要干涉我的。不用担心成本问题,我自己会承担的。"

说着,杜宇深深地看了沈娜一眼,站起身来,头也不回地离开了工作室。

"杜宇……杜宇……思思,你陪着郑易……"沈娜见叫不住杜宇,连忙跟了出去。

看着离去的杜宇和沈娜,郑易颓然靠在椅背上,一晚没睡的疲劳浓浓地涌了上来。平静下来之后,郑易有些后悔,或许杜宇说的对,一直以来自己已经习惯了有杜宇、沈娜、思思在背后支持,但确实从来没有考虑过,当作为工作室合伙人的杜宇提出想法的时候,自己应该更多地以支持性的角度去探讨,而不是一味地否定。

"师兄,"思思的手轻轻搭在郑易胳膊上问道,"你没事吧?"

郑易睁开眼睛,看着思思黑框眼镜下的大眼睛充满着关切的眼神,也透着少许的疲倦。看来思思最近也休息得不好,郑易想道。

"没事,就是一晚没睡,有点累。"

"昨晚跟'毒舌 Baby'聊天吗?"

"是呀,她给了我很多启发,可惜不愿意加入我们工作室。"

"易哥,你就那么欣赏她?"

"嗯,有想法,有执行力,而且视频编辑能力也很强,正好是我们工作室所缺的。现在我们团队解散了,只有我跟杜宇,而编辑能力并不是我们的强项,所以,这是个很大的难点。"

思思心里欢喜,低头想了想,下定决心似的道:"易哥,我也会视频编辑,要不,我过来帮忙吧。"

"你也会?"郑易诧异地看向思思。

"嗯,我学校里是学编导专业的,自己平时也玩这个。"思思点点头,"如果可以,我也想加入工作室帮忙!"

"思思,只知道你策划和导演不错,原来你还会做后期编辑?真是个小才女!"郑易笑着摸摸思思的臂膀,惹得思思一阵脸红,"不过,易哥可没什么钱请人啊。"

"我刚才说了,不需要多少钱,我很好养的!"思思心里一阵激动，脱口而出，却发现有些歧义，脸更红了，解释道，"我是说，我的要求不高的，够交通费和吃饭就行了。"

"那么好养活啊？！"郑易笑道，摸摸头，"心意易哥领了，你还是跟着娜姐在电视台，有更好的机会和平台。等易哥这里发展起来了，再请你吧。"

"易哥，我是说真的！我回头把自己的视频编辑作品发给你看看。如果你觉得好，就让我加入呗。我觉得跟着易哥，更能学到东西！"思思认真地说。

"行啊，那你就先发给我看看。"郑易人有些疲倦，没有当真，随口说了一句，却没注意到思思脸上那掩藏不住的喜色。

而在另外一边，沈娜赶上了杜宇。

"杜宇……杜宇，你站住！"略带薄怒的叫声，终于止住了杜宇的步伐。

"娜姐……"杜宇看着走近的沈娜，心里突然有点发慌。

"跟我来，我们需要谈谈！"沈娜径直从杜宇的身边路过，留下一句，带着杜宇向路边的咖啡馆走去。

当服务员送上咖啡和果汁后，沈娜深深地看着杜宇，直将杜宇看得浑身不自在："你有什么要跟我说的吗？"

"啊？说什么？"杜宇眼睛有些不敢跟沈娜对视，强作镇定地拿起咖啡喝了一口。

"真的没有？"沈娜眼神略带希冀，再次问道。

杜宇觉得沈娜似有所指，张了张嘴，最终只是回答："啊……没有啊！"

"好！"沈娜有些失望，靠在椅背上道，"你今天怎么情绪那么激动？"

"有吗？"杜宇讷讷地说。看沈娜盯着自己点头，只好说："我只是想做一个理想中的新闻节目，这一直是我的心愿。但大家都反对，我觉得有些……失望。"

沈娜点点头："想做项目是好的，无论是你，是郑易，或者是思思，如果想清楚了，我都会支持。问题是，你想清楚了吗？还是说……"沈娜顿了顿，继续道，"……是一时赌气？"

"当然想清楚了！"杜宇头一抬，不满沈娜说自己是赌气。

"好，那我们把你刚才的想法过一遍吧。"沈娜淡淡地说，"就好像之前我跟郑易说的一样，我不是很懂新媒体。但是有几个问题，如果你能说服我，我就会说服郑易支持你！甚至，即便郑易不同意，我也会支持你。如何？"

"好啊！"杜宇一口答应。

"我不说这个新闻节目的内容，这方面你是专家，我想听听这个项目如何持续运营？商业模式是怎样的？"

"类似之前《我在现场》的模式。我们通过现场采访，与相关社会热点的当事人和目击者对话，并且收集不同人的看法，产生碰撞，探索持有不同立场的人对待同一个社会热点的价值观差异。可以是出生年代不同带来的差异，可以是利益冲突带来的差异，可以是集体和个人的差异……"

杜宇一提到新闻项目，便浑然忘了刚才的不快和局促，滔滔不绝地说起了自己对于节目的创意想法。大量的排比句，渗透着一种难以阻挡的激情，沈娜看得出，这个想法已经在杜宇的心中成长、发酵良久。她静静地听着，频频点头表示明白，直到杜宇说得口干舌燥，拿起咖啡的空当，才插嘴道："杜宇，你说的想法，非常好！不过，我刚才问的问题不是节目的策划，而是，你怎么运营？说简单点，怎么造血，怎么盈利？"

"呃……"杜宇微微一滞，道，"就是将节目做起来，放在网络上，吸引粉丝关注和转发，只要粉丝数量上去，那我们便可以找企业赞助或者广告了。"

"好，这是新媒体节目的通常模式。那么接下来，对于赞助方而言，他们会问几个问题：一是节目的影响力，也就是有多少粉丝、多少转发量，我们怎么回答？二是，我们的受众是怎样的人群？跟企业品牌的目标人群是否一致?"

"这个……娜姐,我觉得是这样,这个项目需要一步一步地发展,无论是粉丝还是转发数量,都是需要累积的,到了一定规模之后,自然就有广告商或者品牌商注意。我们只要有粉丝数量,他们就会找到我们的。"

"我明白你的意思。那这个项目,你觉得大致什么样的人群会成为粉丝呢?"

"我觉得是有一定思想的、比较关注社会热点的大众人群。"

"这个描述太宽泛。这样说吧,女性化妆品肯定会关注女性受众,汽车会关注有一定经济实力的都市人群,碳酸饮料等快消品关注的是年轻人群,食品公司关注以家庭为单位的人群。那么新闻类的节目,会吸引什么样的关注人群呢?"

"这个……"杜宇头上有些冒汗,他从来没有想过这样的问题,可是面对沈娜却不甘承认,脑海中快速运转,回答道,"娜姐,我觉得我们刚做这个项目的时候,没有办法那么快确认我们的粉丝,目标人群也不是说我们想吸引就能吸引的。我们更应该做的是,根据我们的想法去做好我们的节目,自然会吸引到喜欢节目的知音,那么品牌公司可以看节目中有没有他们的目标受众,而不是由我们来告诉他们。如果他们觉得有价值,自然就能成为我们的赞助。"

"你的意思是,先以我为主做好节目,引领市场和粉丝,而不是追逐,是吧?"

"是的,就是这个意思。"

"这也是一种模式。我们需要摸着石头过河,推进速度需要根据实际情况来调整,是这样吗?"

"没错,我们可以随时调整,就跟打磨璞玉一样,慢慢磨,不能急的。"

"好的,如果是这样,那我们在资源有限的情况下,如何量力而为地控制成本,就成了重中之重,对吗?"

"嗯……是的,我想过了,成本不是很高的。"

"好，那你觉得会有哪些成本？"

"我觉得，没有什么成本啊。就是跟'毒舌 Baby'一样，我们拿着摄像机去采访，然后做后期剪辑，放到网上传播。摄像机，我们有现成的。"

"好，这也是新媒体模式的特质，门槛低。我们现在暂时不提节目在网络上的推广成本，这个其实不低的。我们只说制作成本，现场采访你可以完成，摄像机，有现成的，但节目制作，我们还需要一个摄影师，一个后期剪辑，这个都需要成本。是准备自己做，还是外包，还是招募监制？预计费用是多少？"

"这个……"

"所以，无论是什么节目，娱乐类还是新闻类，其实都有一定的成本。这个，你同意吗？其实除了刚才所说的硬性成本，还有一些软性成本，你知道是什么吗？"沈娜见杜宇面现尴尬，没有继续提问，只是温言道。

"时间成本？"杜宇试探着问道。

"没错，时间成本，这是其中之一。"沈娜点头表示正确，"另外一个，是机会成本。有的时候，机会只有一次。"

"所以，你也认为新闻项目，其实没有什么机会？"杜宇有些沮丧。

"杜宇，说实话，我也不知道。"沈娜见杜宇的样子，有些不忍，回道，"我在新媒体方面也不是专家，所以我也无法判断。不过，相对于电视台，新媒体行业有更大的宽容度，我们可以一起试试。"

创意和执行，就好像阴阳的两面，只有创意没有执行则是空中楼台，只有执行而没有创意则如同苦力，变得廉价。然而两者也需要"阴阳平衡"，一流的创意遇到三流的执行，甚至还不如三流的创意配合三流的执行。

同样，项目和资源，也是一阴一阳，项目是对资源的合理利用和累积。然而创业者与打工者的区别是，创业者需要在使用资源的同时，考虑资源的汇集，而打工者往往只需要考虑更高效率地利用好资源。

只是，并不是所有人在踏出创业这一步之后，都能迅速改变自己的工作习惯和思维方式，毕竟人更习惯于在自己擅长的领域思考问题。

"忘机小筑"里，宋婵因郑易的到来正在泡茶。虽然郑易离开了电视台，但两人因为没有了同事关系，反而更加亲近，郑易时不时便来宋婵这里蹭茶闲聊。看着眼前这个美丽的女孩儿，郑易有时候说不清两人的关系，虽然相互关心，但似乎总缺少点什么。

"今天看起来，有心事？"

"也没什么，在准备新媒体的节目，跟老杜有些分歧。"郑易接过宋婵递过来的碗盖，深深地闻着，随口回答。

"他可是你的死党，你们也会分歧啊？"

"可不是。别看他平时挺二的，其实是头倔牛，估计就沈娜能穿他的牛鼻子，把他牵着走。"

"呵呵，我看你也差不多倔。"宋婵见郑易说得有趣，笑道。

"那我可比他帅多了。"

"哈哈，是啊，是啊……"宋婵抿嘴微笑道。她很喜欢跟郑易这样聊天，也很珍惜这种感觉。

"小婵，我们想做个新媒体节目，你觉得如果做网络新闻热点主题，怎么样？"郑易问道。

"这个我也不熟悉。是杜宇想做？"宋婵想了想回答。

"是呀，但我心里没底。"郑易道。

"投入大吗？"

"还成，成本还是可以控制的。"

"那就试试看呗。"

"嗯，也是……"

有时候，人就需要这么轻轻一点，就通了。郑易是明白的，杜宇的这份坚持，做有思想有深度的节目，何尝不是自己心底最深处的梦想?可是现在的自己,竟然是如此的世俗,迫于生存的现实,连这份初心也丢掉了。一时之间,郑易陷入了深深的愧意……

"哎,说说你吧,最近怎么样?"郑易沉默了会儿,轻轻问道。

"我还不是老样子,做好本职工作就好,忙一点。倒是《人生若只如初见》,你走了之后,就跟以前不同了,张扬和方亚楠如今在想办法,还想叫我去帮忙。"宋婵泡茶的手,微微停顿了下。

"你又要兼顾两档节目了?"

"嗯,除了这两个,还有几个娜姐的新节目,也需要带一带。"

"那挺辛苦的,注意身体啊!"

"还不是那样,习惯了。"

"方亚楠那里,没对你怎样吧?"郑易突然心里有点过意不去。他是离开了电视台,而宋婵却还需要跟方亚楠一起工作,之前方亚楠可没少为难宋婵。

"没什么,"宋婵也察觉到郑易的歉意,温柔地对他笑笑,"现在她已经是电视台里最火的制片人了,我们没有冲突,你放心吧!我也就是做好自己的工作,他们怎么争都与我无关。而且,现在有娜姐在,方亚楠也不敢做得太过分。"

"那就好。"郑易犹豫了一下,装作不在意地问道,"我听娜姐说,你现在经常去参加赞助商的饭局?"

"嗯……"宋婵没有立刻回答,只是将第一道茶的茶渣倒干净,清洗之后,重新烧上一壶水,"……我们换茶吧。"

"好。"

"冰岛手工?"

"好啊!"

正当郑易以为宋婵不会接这个话茬的时候,她却幽幽地说:"一方面是工作需要,另一方面,我觉得也是时候为自己考虑一下了。"

郑易心里一突,有些不是滋味,勉强道:"哦,也对,是时候了。"

"女孩儿嘛,总得面对现实的。家里人一直说,女孩儿工作好,不如嫁得好。以前一直不以为然,现在年纪到了,也开始明白了。"

两人都沉默下来，只听到热水翻滚的声音。

"你想找个啥样的？帮你留意一下。"郑易笑道。

"好呀！那拜托你了！"宋婵提起水壶开始泡茶。

"那你喜欢什么样的？"郑易问道。

"对我好的，谈得来的，过得去的就行，我要求不高。"宋婵笑笑。

"真的假的啊？那符合要求的太多了……"郑易回答。

"好啊，那就有劳你了！"宋婵不再言语，专心地控制着水温和出汤速度。

新媒体节目成功法则

"大家好，我是杜宇，这里是《热点现场》。最近的微博里有一条热点，称经过调研，大学生月均生活费1212元，94%的学生生活费由父母或亲戚提供；24%的学生偶尔生活费不够用，8%经常不够用；39%的被调查学生反映身边有人用校园贷类的借款。而这些包括'裸贷'、'劳力贷'等名目繁多的校园贷款，引发了很多危及学生安全的问题。那么今天的热点现场，我们选择了新城的几所高校，进行实地采访，看看大学生们对此怎么看……"

易宇工作室的新媒体项目《热点现场》，在郑易的支持下终于启动了。而思思也不顾家人和同事的反对，毅然辞去了电视台的工作，加入了郑易的团队，负责整个《热点现场》项目的拍摄和剪辑，使得整个项目能够在极低的成本下进行探索尝试。

"老杜，你又胖了！"

"胡说，哪有？"

"不信，你问思思。"

"思思，你说……"

"宇师兄，你真的胖了！不信，我可以将第一期视频调出来，我们比较一下。"

"喊，我也就是微胖，属于微胖界的帅哥。"

"呵呵，你想多了……"

"滚走!"

三个月来,杜宇很开心!因为终于可以按照自己的意愿,打造属于自己的新闻节目。而没有了电视台对上镜形象要求的约束,体重也不可逆地上升了。

然而,郑易心里却沉甸甸的。他们创办自媒体公众号已经三个月了,但关注的粉丝依然不到一万。而微博的转发量,除了一开始几个微博大V在郑易的请求下,帮助转发过几次,阅读量比较高之外,其他视频的转发量依然上不去。

郑易心里急,但在杜宇面前却没有表现出来。这段时间,他越发体会到,做新媒体节目,制作不难,难的是如何推广出去。虽说网络世界可以利用粉丝的力量进行传播和推广,可是只有引起粉丝兴趣的才能做到。而即便感兴趣,也不代表愿意分享,分享了也不代表自己能够影响到身边的人。

所以,若需要快速的传播,需要的是一个平台。电视台的频道,报纸杂志等传统媒体,本身便是一个具有公信力的主流传播渠道,这也是为什么杜宇当时的新闻节目《我在现场》能够迅速成为热点的原因。但这些媒体的管控很严,上节目需要严格的审核,内容制作有着很高的门槛。

相比之下,新媒体平台上播出节目内容很容易,几乎没有什么门槛,但在海量的视频中如何被发现,成了最大的难题。当然,微博、微信、优酷、爱奇艺等也拥有巨大的推广能力,可是这些都需要昂贵的资金,才能买到宣传资源。郑易虽然通过自己的明星或者大V朋友帮忙转发,可是一次两次还成,次数一多,他自己也不好意思开口。因此要想快速发展,资金的支持迫在眉睫。

他去找了几家品牌公司市场部的朋友尝试拉赞助时,对方说的话却如一盆冷水泼在头上。

"郑老师,这个视频内容我看了,做得很专业。不过你们的关注度和影响力现在还不太够,对我们而言还是太早期了,恐怕现在帮不了你。"

"郑易，你怎么会想到做新闻节目的？这个很不容易的。"

"你们的受众人群，跟我们品牌关注的精准人群不太一样，恐怕我这边很难说服公司支持你们节目的。"

"老郑，这个节目，你就别为难我了……"

一次又一次的拒绝，直接的或者婉转的，郑易虽然心理早有预料，可是依然十分头疼。其实，郑易设想自己站在品牌商的角度，也会是一样的选择。但是，他又能怎样？如果是他自己主导的项目，会当机立断地停下。但是现在的杜宇，就好比当初在打造《人生若只如初见》时的自己，《热点现场》如同他亲手抚养的孩子，再有这样那样的缺点，在父母眼中依然是最好的。

郑易真不知道该如何处理。从工作室的角度来说，他应该让杜宇知道眼前的困境。可是站在兄弟朋友的立场来说，却又应该在他最需要的时候支持他的梦想。

"我先去踩点了，回见！"杜宇打了个招呼，兴冲冲地离开工作室。

"回见！"

"宇哥再见！"

工作室里只剩下郑易和正在忙着做前期文字编辑的思思。一时间整个工作室安静下来，只听到噼啪的打字声和鼠标按键声。

"嘟……"思思的手机突然响了一声，在工作室里尤其清晰。思思拿起来一看，赫然是近在咫尺的郑易发送给"毒舌Baby"的私信。

"Baby，在吗？"

思思偷偷地看了郑易一眼，将手机放回去，没有回复，准备回到家后再处理。却不想郑易又发了一条私信，手机提示音又响了一下。思思吓了一跳，见郑易往自己这里看来，慌慌忙忙地说了一句："易哥，我去下洗手间。"走进洗手间，迅速将手机换成静音，才松了一口气，仔细看郑易发来的私信。

"这几期的视频，谢谢你帮忙转发！"

"易哥，不用客气！"

"你觉得这几期节目怎么样?"

"剪辑挺专业的。"思思想了想,嘴角一弯回答道。

"是呀,我们新来的助理,以前就在电视台的同事,她过来帮忙,挺能干。"

"女孩儿?"

"是的。"

"漂亮不?"思思觉得自己脸红红的。

"呵呵,挺漂亮的,性格也挺好。"

思思看到郑易的文字,想着他就在外面,又羞涩又欢喜,编辑文字:"你喜欢她吗?"想想不合适,删掉这句话,写道,"那你怎么不追她?"还是觉得不妥,又编辑道,"辞去电视台工作过来帮你,是不是喜欢你啊?还不赶紧追人家?"反复查看觉得没有问题,鼓足勇气,发送了过去。

思思关上手机,只觉得自己脸颊发烫,紧张得心都快跳出来了。过了好一会儿,她略微平复下来,偷偷打开手机屏保,瞄了一眼,果然郑易回复了。

思思深吸一口气打开手机,只见郑易回复道:

"怎么可能,我比她大那么多!"

"而且,说不定她早就有男朋友了!"

思思一见,心里好生失望,刚想回复,却见郑易又发来一条私信:"不跟你八卦啦。我想问一下,最近我们几期节目,你那里的反馈怎么样?"

思思见郑易开始说正事,回答道:"新闻类节目,你懂的……"

"评论转发数量多少?"思思明白郑易的问题,但她这里的转发和评论都不多,只能婉转回复,"易哥,我这里的粉丝,大都是喜欢玩闹的人,对新闻的兴趣确实不大。不过,不能拿我这里做标准的。"

"那你个人觉得这个新闻节目怎么样?"

思思想了又想,回答:"这方面我也不懂啊!"

"哈哈,这回答,都不像你了!"

思思见到郑易的回答,心里一跳,回头看看两人的对话记录,的确不像以往的风格,心想,易哥不会怀疑我吧?还在想着怎么回答,却听到郑易在大厅里说了一句,"思思,我出去了。"然后传来一声"砰"的关门声。

思思打开卫生间门,看着空荡荡的工作室里郑易的位置,不由得有些痴了。

Jasmine 是新城的一家中国餐馆,地处市中心绿地公园内的人工湖中央,屋顶有空中花园,湖面有亲水平台,宛若水中央的私人天地。由于餐厅的老板是演艺圈某天后的闺蜜,因此成为以该天后为核心的圈中密友和有钱人的聚集地。

宋婵一身湖蓝色长裙坐在餐厅内,发髻高高梳起,露出修长的脖子,正微笑着听对面一位三十多岁衣着体面的男子谈着对股票和经济的看法。这是宋婵在某次饭局上认识的青年才俊 Charles,美籍华人,现在一家香港律师事务所担任高级合伙人,主要负责一些项目的并购,常年在国内外做着空中飞人。在饭局上认识宋婵之后,便对她颇有好感,多次邀约吃饭而未果。这次,没想到佳人竟然赴约,为表诚意,他就选在 Jasmine 请宋婵共进晚餐,一来 Jasmine 供应的是中国菜,二来更是因为宋婵的英文名就是 Jasmine。

宋婵看着眼前侃侃而谈的男子,成熟、稳重、事业有成、幽默风趣、彬彬有礼,从各个角度上来说,都称得上优质男士。虽然,根据 Charles 的诉说,他感情经历受国外文化影响,比国内的男子要丰富,但是她很欣赏对方的坦承,并且 Charles 表示他已经过了猎艳的年龄,准备经营一段认真的关系,这反而让宋婵觉得更加安稳。

只是,不知道是因为文化差异的问题,还是别的什么原因,宋婵就是没有心动或者欣喜的感觉。

"Jasmine,这家店有魔都最大的葡萄酒窖,收藏了来自世界各地的葡萄酒和香槟,有一百多款,有兴趣挑一瓶吗?"Charles 热情地建议。

虽然宋婵并不爱喝酒，但是面对男士真诚的邀请，也不便扫兴，笑着道："好呀，不过我不懂酒哦。"

Charles 瞬间闪过欣赏的眼神。往常他见过的女孩儿，往往在这种情况下会假装懂酒，以免让人觉得自己无知，却不知道言谈中，懂酒的人一听便知道真假。反倒是宋婵坦然承认自己不懂酒，让他觉得真实。

"没关系，我们先去看看，然后我帮你选一瓶。"

"嘟嘟……"宋婵正要将手伸入 Charles 的臂弯，手机响了，打开一看，是郑易的微信："在小筑吗？"

宋婵有些迟疑，Charles 看着宋婵的犹豫，关心地问道："Jasimine，有人找你？"

宋婵想了想，关上手机，笑了笑："没事儿。"

Charles 点点头，侧过身，伸过臂弯道："Shall We?"

宋婵刚想点头，手机又响了，她赶紧朝 Charles 说了声抱歉，打开手机，只见郑易写道："有些事，很头疼，想过来听听你的意见。"

宋婵皱了皱眉，还在想是不是要去，却见 Charles 问道："是不是有什么要紧事？"

"一个朋友，好像有点事找我。"

"要紧吗？有什么我可以帮忙的吗？"

"这倒不用，只是……"

"没关系，如果有事，我们可以下次再约。"

"那真是不好意思了！"宋婵抱歉地笑笑。

"哪里，正好给我一个再约你出来的理由。"Charles 有风度地笑道，"去哪里？需要我送你吗？"

宋婵连忙摇头道："不用，我自己叫车去就好了。"

小筑门口，出租车停了下来，郑易已经等在了门口，见宋婵下车，连忙迎上去："不好意思，临时找你，没打扰到你吧？"

"没事！"宋婵笑笑，一边拿出钥匙打开铁门。

郑易见宋婵今天的打扮优雅精致，还喷了香水，心中一动，笑道："今天好漂亮！不会是去相亲约会了吧？"

宋婵转过头瞟了他一眼："你说呢？"

"是真的？"郑易胸口莫名一酸，强笑道，"就不知道是哪位青年才俊？要是我影响到你的约会，可就罪过了。"

宋婵看了他一眼，淡淡一笑，没有接口，径直走上小楼。郑易摸摸鼻子，跟了上去，暗暗骂自己多事，宋婵约会相亲跟你郑易有什么关系？

老样子，宋婵摆好茶具，铁壶里烧上水，两个人坐定下来。

"怎么了？什么事那么急找我？"宋婵问道。

"真不好意思！下次再来找你，一定早点跟你说。"郑易抱歉道。

"没事，看你那么急，怎么了？"

郑易看着精心装扮后的宋婵，更是美得惊人，如秋水般的眼睛，让他感觉心里特别安宁。他突然有点分不清自己来找宋婵，到底是因为杜宇的事想听她的意见，还是只想找个借口来见宋婵。

"怎么了？"宋婵见郑易怔怔地望着自己，问道。

"哦，没什么，还是关于老杜的事。"郑易缓过神来，干咳一声回道。

"你们又不开心了？"

"那倒不是，他现在起劲着呢。"

"那是好事啊！"

"是好事，不过问题也就在这里。现在我们做的网络新闻栏目，是杜宇一手策划的，不过效果并不理想。"

水开了，宋婵一边泡茶一边道："哦？我看过几期，其实做得还不错啊。"

"嗯，老杜和思思都挺给力的，大家就着有限的资源，确实算做到最好了。"郑易点点头。

"赞助商不满意？"宋婵侧头问道。

"是啊，其实我也明白，关键是节目影响力不够，无论是粉丝、评论、点击量、转发都离我们的预计差得挺远的。如果我是赞助商，我也会谨慎一些的。"郑易无奈地回答。

"嗯，那现在有什么打算？"宋婵将茶放在郑易的桌前。

郑易一口喝干，已然不知茶味，满心苦恼："其实，我也是头疼这个事。从项目角度上来说，新媒体节目涉及新闻领域，并不是一个好的选择。网络受众习惯用碎片化时间来进行娱乐，要让他们在最短的时间里获得高峰体验。让网民静下心来深度考虑社会热点，要做好挑战很大。"

"是啊，现在大家可选择的节目和消遣方式也多，要像当年一个综艺节目做到万人空巷，几乎不可能了。"宋婵感叹道，伸过手给郑易满上，"慢点喝，小心烫……"

"哦……"郑易轻轻举起眼前的茶杯，啜了一口，滚热的茶汤滑过舌尖："是的，新媒体尤其是这样，有太多的选择。《道德经》里说：'五色令人目盲，五音令人耳聋，五味令人口爽，驰骋畋猎，令人心发狂'，这完全符合现在的社会状态。"

"是啊！"

"从某种意义上说，我挺佩服杜宇的，能在这种情况下坚持自己的目标，做自己觉得对的事。"郑易自嘲地笑了笑，有些苦涩。

"但你就比较辛苦了！"宋婵看着眼前这个男子，眉头紧锁，有些为他心疼。当人在追求梦想的时候，并不会觉得辛苦，真正辛苦的，是跟在他背后支持他、关心他的人吧，就好像当时的宋婵对高飞那样。

"是啊！还是你明白我。"宋婵的共情深深打动了郑易，他轻轻举杯示意，如喝酒般，仰脖一饮而尽，表示感激。

"慢点，又不是喝酒……可惜了我的茶了！"宋婵嗔怪地给他又添上一杯，"知道我今天给你泡的是什么茶么？"

"呃……"郑易一时语塞，赶忙再喝了一口，才发现原来喝的正是那次酒醉宋婵泡的单丛。

"那你有什么打算？继续支持？还是……"

"我不知道。作为多年的兄弟，这是他的梦想，我应该撑他。可是，做好工作室，做好新媒体是我的梦想。从项目的角度上来说，生存下来，然后健康、持续地发展，却是我要做的……我不知道……"郑易用力搓揉着自己的脸，似乎想让思路更加清晰些。

"可以兼得吗？"

"如果是在电视台，有足够的资源当然可以。但是当资源有限的时候……或许，即便是电视台，在资源调配上也是有倾斜，也有轻重缓急的吧。我现在越来越明白为什么以前是新闻立台，后来出现娱乐强台，而如今越来越偏重娱乐了。我以前和杜宇没少吐槽过，现在发生在自己身上，也一样变得俗了。"

"不是俗了，而是更加接地气了。"宋婵安慰道。

"或许吧。"郑易听宋婵这样说，心里舒服多了。

"我在想，你是不是可以跟杜宇谈一下，暂停这个节目，先做一个能盈利的项目，等做起来了，再回过头支持他做新闻栏目，如何？"

"我也想，可是之前他已经情绪很激动了，现在他又很投入、很开心，我实在开不了这个口。我不知道怎么说，难道跟他说，你这个项目不来钱，不要做了？我怕跟他一说，不要说拍档，连朋友都没得做。"郑易摇摇头。

"我明白的……"宋婵也是过来人，以前跟高飞一起工作的时候，也有过类似的感受。然而回过头来看，却只是身处局中而顾虑重重。

"但我觉得，其实或许你想多了。"宋婵道。

"哦？怎么说？"郑易本已举到嘴边的茶杯停在半空中，诧异地看向宋婵。

"我觉得，你完全没有必要现在就去跟杜宇提这个事。就算现在杜宇同意结束这个新闻项目，你们还是需要重新策划一个新的。与其因为这个事闹矛盾，不如你自己先做一个你想做的新媒体项目。如果项目效果好，你再跟杜宇谈谈，是不是会更好一些？"

新城电视台演播厅，正在准备着改版后《人生若只如初见》新的一期录制。方亚楠站在演播室大厅内,看着忙忙碌碌的工作人员,眉头紧锁,身边的助理刘辰安静地站着,不敢轻易出声。

自从郑易和杜宇走后,《人生若只如初见》由方亚楠接手,虽然投入了大量的人力物力,可是作为节目灵魂的郑易走后,收视率是一路下跌。这次,是《人生若只如初见》被勒令改版后的第一场录制。

"张扬呢?都几点了,还没有到。"方亚楠不满地问道。

"之前没有看到,我去看看张老师来了没有。"刘辰想要离开,却被方亚楠叫住。

"等等,你再去几个嘉宾那里看看,确认台本已经熟悉了,再过一遍,不能出错。另外,再重申一下他们的角色,代入点感情进去。"

改版后的《人生若只如初见》,方亚楠为了更好的节目效果,特地为每一对分手嘉宾都设计好了故事情节、人物个性和对话互动。方亚楠知道,录制期间,王灿和罗越会在播控间现场观看,所以她绝对不能出错。

化妆间里,张扬刚刚从外滩游艇会回来,他被邀请担任一个奢侈品公司举办的小型派对主持。他摸着随身的背包,从里面的信封中拿出一张支票,他再次数了数后面的几个零,心里颇为满意。即便最近参加了不少这样的活动,但出手这么阔气的公司却也不多见,不愧是做奢侈品的国际公司。

"张老师,您来啦。这是台本,要不我跟您对一下?"推门进来的刘辰看到张扬,连忙问道。

张扬快速将支票和信封放回到包里,不满地看了看冒冒失失闯进来的刘辰,慢条斯理地拿起台本快速地翻阅了一遍,道:"不用了,台本我已经看过了,没问题。"

"我还是跟您对一下吧。"刘辰有些犹豫。虽说台本早就给了张扬,但是毕竟还没有真正对过。

张扬抬头挑了挑眉毛,默不作声。刘辰连忙补充道:"亚楠姐说,这次改版很重要,王副台和罗总监都会来。要不还是跟您对一下吧?应该很快的。"

张扬眉头一皱,心里有些不耐烦,勉强道:"好,那我再看看。你先去帮我倒杯咖啡吧,意大利浓缩。"

"好的……"

待得刘辰走后,张扬拿起手提包,想了想,放在了自己的椅子上,用衣服盖住。其实,张扬对于接手《人生若只如初见》并不是太感兴趣。自从他成名后,不少广告商、品牌商找过来,想让他做广告代言、拍电视剧甚至电影,开出了不菲的条件。张扬非常心动,只是作为电视台的员工,他并没有自主选择的权利,一切都需要台里批准。他只能私下里接一些婚礼、派对、年会等主持的私活,杂七杂八加在一起,收入要远远高于电视台的那点绩效奖金。相比在领导鼻子底下辛辛苦苦地做节目,他更享受在电视台外,做受人追捧尊敬的明星主持。或许,这也是郑易想要离开的原因吧,张扬心里暗想。

舞台上,一对对分手嘉宾分别走了上来,一个个精心设计过的故事,在嘉宾口中诉说。张扬主动的提问和煽情,更是让一个嘉宾情绪激动,泪水突然夺眶而出,声音哽咽,惹得旁边的女孩也跟着抹起了眼泪。张扬一开始还能够镇定地看着她们,可是很快情绪翻涌,眼泪在眼睛里不停打转。

导播间里,王灿皱了皱眉头:"这种煽情以后要尽量少,没有真实行动,只靠一张嘴说出来的煽情故事,就好像调查新闻里没有当事人的踪迹一样,何来可信度?所以,首先要做的是克制加理性,即便不能,也得适可而止。"

一旁的人纷纷点头,镜头里,张扬终于让哭泣的场面又重新回到了正常轨道。可是,当轮到另外一对分手情侣时,又一轮的煽情开始了……

对于一个节目而言,主持人的风格决定了节目的气质。郑易在的时候,《人生若只如初见》是勇敢地直面过往的无奈后找到更好的自己,而新版的节目,则如肥皂剧一般为了煽情而煽情。

如果说传统媒体中,每一个电视台如同一个个林立的诸侯国,那么每次新栏目的推出,便是成立一个新的军团,来争抢收视率市场的地盘。每一个制片人都好比军团的指挥官,更需要做的是合理地调配资源,做到令行禁止,减少不必要的损耗和错误。

反观新媒体领域,就好比一片漫无边际的大海,每一个新媒体的栏目就像是一艘艘扬帆出航的小船,希望在大海中找到一片尚无人知的陆地,有可能是岛屿,有可能是大陆,当然前提是小船能生存下来。在这片自由广阔的领域中,流传着的是找到宝藏大陆的传说,但是更多的小船会就此消失在大海中。

对于郑易想另外做一个新媒体项目,无论是杜宇、沈娜还是思思,都表示支持。然而只有当真正开始筹备的时候,郑易才发现自己知道的还不够多,远远不够。

"老郑,你想做个什么样的节目?"对于郑易的支持,杜宇其实心知肚明,所以当郑易提出要再做一个新媒体项目的时候,虽然他更希望两人可以专注做新闻项目,但也不好反对。

"我是有一些想法,但是还没有完全想清楚,所以想跟大家碰一碰。"郑易摸摸鼻子道,"我最近看了不少网络节目,发现原本成功的案例,现在未必能用。"

"此话怎讲?"

"你们有没有发现,微信虽然很强大,但是因为注重私密性,只有相互添加朋友,才能看到对方的信息。但是微博,我只需要关注某人,就可以看到对方的动态。所以从某种意义上来说,微博更适合传播。"

"不过微信有公众号啊!"杜宇道。最近他的新闻项目,主要是以微信公众号的方式来发布,投入了不少精力。

"对,"郑易点点头,看着杜宇的眼睛道,"不过老杜,你有没有发现,现在微信公众号的发展,不如以前那么容易了?"

"是不容易,但这本来就需要时间,坚持下去,慢慢会起来的。太容易的事情,是个人就能做了,还需要我们做什么?"杜宇反驳道。

"是的,这个我同意。"郑易解释道,"我研究了一下微信公众号,发现跟以前比起来,因为订阅号太多,已经过了黄金时期。我问一下，如果你们现在打开微信，都关注了哪些微信订阅号?"

"呃……我看看……"杜宇、思思拿出手机，打开自己的微信。

"超过十个吗?"

"我就八个。"

"我十五个。"

"是什么内容呢?"

"我基本都是打车、订餐、订票，还有台里的。"

"我也差不多，还有些电影、动漫、购物。"

"嗯，我基本也是这些。那这些信息你们会转发吗?"

"不太会!"

"我也很少。"

"是的! 这就是我想说的……"郑易总结道，"微信其实慢慢变得更加私人化：一、朋友圈看到转帖，未必会点进去；二、点进去未必转发；三、转发后，也未必会继续关注。"

"这些跟你说的新媒体项目，有什么关系?"杜宇虽然觉得郑易说得对，但心里还是有些不舒服，毕竟他的微信公众号已经做了三个月了。

"我现在跟大家讨论，也是为了理思路。"郑易再次强调，"所以，新媒体项目架构的形式，我觉得宣传渠道还是应该以微博为主。"

"然后呢?"

"既然以微博为主，那么我们需要按照微博的文化氛围来策划新项目，充分利用微博的分享和传播模式，才能更好地发展粉丝和赢得关注。"

"你就直说，想做什么项目吧……"杜宇有些不耐烦。

郑易看看杜宇，其实他说了这么多，名义上是理思路，其实也是说给杜宇听的，但见杜宇有些抗拒，只能心里暗暗叹息。

"我想做一档节目，叫《校花来了》。"郑易没有再兜圈子，直接说出自己的想法，"这个节目主要就是通过与微博博友的互动，寻找不同大学中的校花，进行访谈。"

"这个节目的立意呢?"杜宇问道。

"其实,新媒体节目重要的不是立意,而是能够抓眼球,让观众参与微博互动,成为传播的一分子。校花本身是美和青春的代名词,也是许多人心中的情结,这些访谈,将校花真实的一面放在大家面前,会吸引到很多人的关注。而寻找身边的校花,更是让很多高校学生参与互动,他们是微博的主要使用人群,并且市场上关注大学生或者年轻人的企业、品牌很多,包括英语、留学、时尚、食物、饮品、服装、旅游等行业,可以为我们将来的广告和赞助带来更多的可能。"

杜宇听着郑易侃侃而谈,他承认说得确实有道理,从项目的角度和营利性而言,肯定比他的新闻栏目更有发展性,可他就是不想开口赞同。他想起了前几日沈娜对他说的话。

那次,他去找沈娜一起讨论最新一期节目的编排,想听听她的意见。沈娜没有第一时间回答杜宇,反而问道:"郑易怎么说?"

杜宇有些不高兴:"不用每次都问郑易怎么想吧。"

沈娜微笑着看了杜宇一眼,温言道:"我没有其他的意思。说实在的,如果你现在还在电视台,我可以说就节目本身的创意和执行方面,都没有问题,甚至是很出色。可你们现在毕竟是在创业。杜宇,你在新闻专业上很强,可是在运营上,还是多听听郑易的意见吧。"

杜宇心里有些不安,有些惶恐,有些沮丧,更有些不服,他不想承认郑易的说法是正确的,因为这也代表自己的想法是走不通的。他不相信,自己投入诚意、心血的项目,会得不到观众的认可。

郑易察觉到了杜宇的沉默,问道:"老杜,你觉得怎么样?"

"挺好的,那就试试吧。"

《校花来了》,一个介于娱乐和纪实之间的网络节目,随着第一次上传,正式在优酷、微博等新媒体平台上传了。

视频中,原新城电视台著名主持人,一身便装出现在摄像头前:

"大家好,我是郑易,我现在身处新城最著名的高校新城大学。这里文史哲、法律、管理系的师资力量十分雄厚,同时也以女同学的高质素闻名全国。大家跟着摄像头可以看到，校园里充满了青春的气息，而路过的女大学生们更是为校园增添了靓丽的风景。我们《校花来了》节目组，得到了微博上大学生们的热情推荐，得知新城大学的校花是文学系二年级的一名同学，网络上更是流传了不少她的照片。那么今天我们将一起去采访这位传说中的校花，看看真实生活中的她是否与网络流传的一致呢？"

郑易参考纪实的方式，自己做主持人，带着摄像机深入高校，探访在各大论坛和同学们口中的校花，在镜头前真实还原校花的生活和学习。这种模式做法，原本只是为了节约成本，但却因为其真实性，满足了诸多高校学生和年轻人对于校花的好奇和关注。在第一期视频推出后，《校花来了》的官方微博凭借着郑易私人账号和各路大V的转发，收获了数万的粉丝数量。

眼见节目开门红，郑易又连续做了两期，都得到了极好的网络反响。他决定加快节目的更新速度，从每月一期改为每周一期。然而郑易没想到的是，网络世界，粉丝的关注度来得快，去得也快，雷同的环节，相似的问题，使得《校花来了》的粉丝数量慢慢停止了增长。

"Baby，想请教个问题。"

"啥？"

"《校花来了》貌似出现瓶颈了，粉丝量上不去，你有什么建议吗？"

"呃……这个我也碰到过，也是有时候好，有时候差的。"

"那你是怎么应对的呢？"

"我没有想过唉，我做这个也是为了好玩。"

郑易默然。他突然发现"毒舌Baby"的成功有一定的偶然性。与其他网红不同，她并不以做网络视频为自己的职业，所以可以按照喜好做各种尝试。但是郑易却不行，《校花来了》是他的项目，是他的工作，他需要更多地思考如何让这个项目存活运转起来。

而微博对面的思思，见郑易长时间没有回复，仿佛看到了他的沉思。工作室的情况，思思很清楚，虽然大家很努力，甚至《校花来了》引起了不错的反响，但是要说有足够的商业回报，似乎还离得很远。

到底，自己还能做点什么？

思思突然想起上个月收到的一封邮件，是一个国内著名的天使投资机构发来的，表示对"毒舌Baby"的视频自媒体很感兴趣，有投资的意愿，只是思思当作诈骗邮件没有回复，直接删除了。

思思迟疑了一会儿，打开邮箱的垃圾箱，找到这封邮件，又放回到收件夹中，想了想，回了一封邮件。

新城电视台18楼，方亚楠回到自己的办公室，冷着脸对助理说了一声"叫张扬来一下"，便气冲冲地走进会议室。整个办公室顿时安静了，同事们都知道，最近方亚楠心情不好，生怕因为什么小事而惹得她大发脾气。

"她又怎么了？"

"好像罗总叫她去开会了。"

"又是《人生若只如初见》的事？"

"好像是的。"

"也难怪，改版之后收视率还是上不去，罗总肯定要说话的。"

"罗总怎么说？"

"这谁知道，肯定没好话。"

"这样下去不是办法。"

"这档节目会不会取消啊？"

"应该不会吧，这个是当时独立制片人的中标栏目。如果取消了，李台那里也不好说话吧。"

"那时是郑易老师做的，现在换了人，肯定就不一样了。"

"那肯定，当初郑易、杜宇在的时候，整个风格跟现在完全不一样。"

"就是，而且宋婵也回《超级周末》了，只剩下张扬。"

"可不是，不过张扬好像也不是很在意。"

"是吗？你怎么知道？"

"我当然知道了！"

"怎么着了？说说呗！"

"我听说啊，张杨其实原本不想接这个节目的，他已经有《星光现场》和《超级周末》，这个节目对他来说可有可无。"

"那也是新锐节目啊。"

"那是郑易在的时候。如今他不在了，这个节目的收视率根本上不去。"

"对的。而且这个节目录制时张扬经常迟到，每次叫他对台本，他都很不情愿的样子，其他两个节目他可不是这样的。"

"对啊对啊，你也碰到过？"

"那当然，女编导还好些，男编导他从来都是板着脸的。"

"还有啊……"

"嘘……张扬老师来了！"

一身名贵西装的张扬，梳着油头，戴着墨镜，一边施施然走进会议室，一边算着下班时间。今天张扬心情很好，又有一个女粉丝约他在酒店见面。看对方发过来的照片，无论是脸蛋还是身材，都是他喜欢的类型。只希望没有 PS 过，张扬心里想着。

一进会议室，见方亚楠冷着脸看着自己，张扬一边拿下墨镜坐下来，一边调整好自己情绪和表情，咳嗽了一声道："咳，亚楠姐，找我？"

"是，你去哪里了？"

"我刚午饭回来啊。"

"午饭？现在三点了，你吃那么长时间？"

"亚楠姐，我正好跟一个赞助商吃了个工作午餐，聊了些事情，所以晚了。"

"哪家呀？"

"齐力电器李总。"

"哦，是吗？"

"嗯。"

"刚才罗总找我开会了,说改版后《人生若只如初见》收视率还是没有改善,问我们有什么计划。"

"这个啊,我都听亚楠姐的!"

"如果我问你呢?有什么计划?"

"这个……亚楠姐,我只是个主持人,又不是制片人,我不擅长唉。"

"那你擅长什么?擅长泡粉丝?泡女客户?"

"亚楠姐,这话可不能乱说啊!"

"好,不说这个。你节目录制时能不能准时点?对台本能不能认真点?跟着台本设置走,不要自己乱发挥,会打乱节奏。可以吗?"

"亚楠姐,我这不也是为了节目效果嘛?"

"效果?如果效果好,收视率会上不去嘛?"

"亚楠姐这是怪我的意思吗?如果您要这么说,我也没办法。我一贯的风格就是这样,我的粉丝也喜欢我这样。您要是不满意,有比我更适合的主持人选,我不介意退位让贤!"

"你真以为,没有别的人能代替你吗?"

"哪里,我知道有。亚楠姐如果找到合适的,通知我和李总一声就好了!"说着张扬站了起来,"我后面还有事,亚楠姐,我先忙去了。"

说着,张扬不咸不淡地走出会议室,毫不理会房间里铁青着脸的方亚楠。方亚楠看着张扬离开的背影,不由得捏紧拳头,好一会儿才放松下来,冷笑着自言自语:"喊,还真把自己当个人物了……"

"毒舌 baby"的真实身份

愚园路飞马巧克力吧,是飞马天使投资机构经营的一家休闲巧克力吧。在这里,不但有巧克力、咖啡、简餐和鸡尾酒,也经常举办各种创业项目的路演和论坛。来这里的创业者,经常能看到一些金融投资机构的大佬在此小聚。

郑易从车里出来，再次打开手机，看了看"毒舌 Baby"与自己前天晚上的对话。

"易哥，在吗？"

"在。"

"你周三下午有时间吗？"

"现在还没安排，怎么了？"

"或许我们是时候见个面了！"

"好呀！你终于愿意跟我见面了！！！"

"就怕你见到我会失望。"

"不会的。你说，我们哪里见面？"

"愚园路飞马巧克力吧，你知道吗？"

"我应该知道。"

"好，那我们周三下午四点，在飞马巧克力吧见面。"

"好，收到！"

……

郑易看了看时间，心里有些期待，有些激动，他想当面认识这个熟悉的陌生女孩很久了。郑易的脑海里翻过认识"毒舌 Baby"的点点滴滴，从星光现场代班，到白若音的表白事件，超级周末视频，到后来一起策划"毒舌 Baby"的视频节目以及创业后她给自己的各种建议和意见。郑易总觉得脑海中隐隐约约有她的身影，却又看不清摸不着。

这次"毒舌 Baby"主动约自己见面，郑易在惊喜之余，不知道为什么又隐隐有些不安。他看看手表已经三点五十五分了，便理了理衬衫领子，推开巧克力吧的玻璃门走了进去。

飞马巧克力吧不算大，正前方有一个小讲台，后面挂着投影幕布，想来是做路演时用的。讲台的两侧悬挂着电视机，分别放着股票信息和新城电视台英语频道的财经节目。

大厅里，坐的人不多，但大都西装领带、衣冠楚楚，要么三三两两地低声交谈，或者一个人一台电脑一杯咖啡处理着文件。

男士居多，女士也就两位。一位穿着灰色的小西装，袖子捋到手肘的地方，梳着发髻，正独自一人看着书，三十岁不到的样子，但是美丽中透着干练。而另外一位，与两位中年男士坐在一起，郑易只能看到她的后脑勺梳着一条马尾。

郑易拿出手机，给"毒舌Baby"发了私信："我到了！你在哪里？"却见那个正在看书的女孩儿手机也亮了。她拿起手机看了一眼，抬起头往门口扫来，见到郑易时停了下来，点头微笑示意。

郑易也朝她微微一笑，轻轻走到她的面前，伸出手："Baby，你好！我是郑易……"

那女孩儿显得有些诧异，坐在那里没有动，只是条件反射地伸出手与郑易握了握："您好，郑易老师！我知道您，《人生若只如初见》的主持人，我是Joanna。您……见过我吗？"

郑易微微一愣，却听到身后传来熟悉的声音："易哥，你来啦！"郑易转头一看，却是林思思。

"思思？你怎么也在这？"郑易看看林思思，又看看眼前另外一个女孩儿，感觉有些不对劲。

"易哥，是我约你来这里的。"思思道。

"你？不对啊，我是……啊？……你？"

郑易看着林思思，突然明白过来了，为什么"毒舌Baby"那么了解自己，为什么"毒舌Baby"那么支持自己，为什么"毒舌Baby"怎么都不肯见自己，为什么那次在卡拉OK，思思来了而"毒舌Baby"没有来……现在，一切都理顺了！

"是啊，易哥，我就是'毒舌Baby'。"林思思轻轻理了理自己额前的发丝，有些羞涩，有些期待。

"原来是你！！！"郑易看着眼前颇为不同的思思，心里有些怪怪的。白色T恤衫外面套着黑色小西装，七分裤下是细巧的高跟鞋，化着淡妆，显得成熟专业，他原本心中小女孩儿似的思思，突然长大了一样。

"易哥，怎么了？我这样打扮不好看吗？"思思咬了咬下嘴唇道，

"我们年龄也没差那么大吧？"

"没有，挺好看的……"郑易愣怔道。

"好了，易哥，今天来是介绍两个朋友给你认识的。他们已经在等你了！"思思看出了郑易的尴尬，心情格外的好。

"哦，好好好……"郑易赶忙对另外一个女孩儿投以抱歉的微笑，"对不起，刚才认错人了！"

"没事，不打扰郑老师见网友了。"那个女孩儿笑笑道。

"呃……不是网友……嗯……也确实是网友……嗯，好吧，谢谢！"郑易还有些蒙，连一向利索的嘴皮子也吃螺丝了。那女孩儿笑笑，没有说话。

林思思领着郑易来到之前坐的位置前，两个男子站了起来，略微年轻的一个穿着西装衬衫，但没系领带，而年长的一个却穿着长袖羊毛衫，显得休闲随意。

"易哥，我来给你介绍，这两位是飞马天使投资的 Leo 和 Tony。"思思给双方介绍道，"Leo、Tony，这位是我的老板，易宇工作室的联合创始人郑易，也是原新城电视台《人生若只如初见》的制片人。"

"久仰大名！幸会！"

郑易接过两位的名片，仔细看了看，Leo 是飞马投资的副总裁兼合伙人，也是年长的一位，而年轻的那位则是他们的投资经理。

"不好意思，我今天没有带名片！"郑易抱歉地说。

"没关系，郑老师，我们都认识您。回头我们加下微信就好。"Tony 笑着道，"您要喝点什么？"

"易哥喜欢意大利浓缩咖啡。Leo、Tony，你们先交流，我去给易哥叫喝的。"说着，思思喊过了服务员，为郑易点了一杯咖啡。

"思思，要不你先讲讲什么情况吧，我还稍微有点不明白。"郑易对坐在自己身边的林思思道。

"郑老师，还是让 Tony 来说吧，林小姐还有些不好意思。"Leo 笑道。

"哦？好啊！"郑易看看思思，又看看面前两位投资人。

"是这样，可能林思思小姐一直没有跟您说，其实她就是微博上的'毒舌Baby'，不过想必您现在也知道了。"

"嗯，我也是刚知道……"郑易苦笑着点点头，对思思说，"你……我也没想到，'毒舌Baby'就一直在我身边啊。"

"呵呵，其实林小姐我们一直在关注，对她的'毒舌Baby'自媒体视频很感兴趣。我们觉得，如果有我们飞马投资的支持，她会发展得更快，并且延展出更多的模式出来。不过直到现在，林小姐才答应与我们见面。说实在的，郑老师，对她的真实身份我们知道得不比您早多少。"

"是啊，我也约过她很多次了，都没约出来。"

"这次我们跟林小姐见面呢，主要是两件事：一件是关于'毒舌Baby'自媒体的投资项目，这个在您来之前，我们跟林小姐已经有了初步的沟通和共识。"Tony道。

"哦？"郑易回头看下思思，却见林思思不敢看自己的眼神，只是低着头扯着小西装的纽扣。

"其二呢，是林思思也向我们推荐了您的工作室，并且大致讲解了您这里的情况，所以我们也想跟您认识一下，看看有什么大家可以进一步合作的地方。"Tony见林思思有些不自在，赶紧解释道。

郑易听到这里，看着身边不断拿余光瞥自己的思思，心里有些激动、有些生气、又有些感激，想说什么，却又不知道说些什么。

"刚才，林小姐已经将您做的几期《校花来了》的节目视频给我们看了，我们觉得非常不错，有很大的发展空间。所以如果您有融资打算的话，我们的名片您已经有了，有意向可以随时联系我们。我们可以约个时间，再去您的工作室看看，并了解一下详细情况。"

Tony和Leo互相看了一眼，道："我们接下来还有一个会议，就不打扰您了，保持联系！"说着两人站起身来，与郑易握了握手，便转身离开了。

送走两人，郑易与林思思重新坐了下来。两人之间弥漫着沉默与尴尬，郑易看着思思不知道说些什么，而思思也只是低着头不说话。

好半响，郑易摇头苦笑道："思思，我应该早点猜到你是'毒舌Baby'的。"

"易哥，其实上次去 KTV 的时候我就想告诉你的，不过一直没机会说出口。总觉得一旦你知道了我就是'毒舌 Baby'，我们的关系会变得怪怪的。"

"嗯，我明白。"郑易点点头道，"那我……我都不知道应该怎么叫你了？思思还是毒舌 Baby？"

"都可以。"

"那我还是叫你思思吧。"

"好。"

两人又沉默下来。郑易在杜宇和思思面前，永远是自信满满，而在"毒舌 Baby"面前，却毫无保留地跟她讨论工作室的状态和现状。他知道林思思给他介绍天使投资人，是为了帮他的忙，心中虽然感激，却不知道怎么表达。

"恭喜你啊……"

"对了，易哥……"

两人异口同声道。

"哦，你先说。"

"哦，你先说。"

"易哥，还是你先说吧。"

"好，思思，他们愿意投资你了吗？"

"是的。"

"挺好的……恭喜你啊！"郑易虽然为思思开心，但是也有点遗憾，他知道林思思一旦有了更好的机会，也就到了离开自己工作室的时候，"……你有更好的机会，我也为你开心！"

"易哥，其实我也不想……"思思想要解释什么。

"我明白的，而且我也要谢谢你帮我介绍投资人。"

"没什么，那也是因为易哥你本身就有能力，我只是牵线搭桥而已。而且……"思思声音微微低沉下去，"……如果可以，我也不想离开工作室，离开易哥。"

"思思，这是你的机会，易哥支持你！不用担心，我也会跟杜宇说的。"

"易哥，我想问你一个问题。"思思犹豫了一下，看着郑易问道。

"什么？"

"你对'毒舌 Baby'，或者对林思思，有过心动吗？"

"啊？这……"郑易对林思思直白的问题完全没有准备，看着眼前双颊泛红羞涩但是坚定看着自己的女孩儿，一时没有缓过神来。脑海中突然闪过 KTV 那次，思思第一次换上淑女服拿下眼镜的画面，又想起在微博上陪伴着自己思考、苦恼、兴奋的毒舌 Baby，郑易尴尬地避开思思的眼神，干咳了一声，"思思，你怎么突然这么问？"

"易哥，这也不是我第一次问了哟，虽然那个时候是在微博上，以'毒舌 Baby'的身份。"思思看到郑易没有第一时间否定，甚至有些躲闪的眼光，反而放松下来。

郑易脑子里有点乱，被一个小自己近十岁的女孩儿表白，不得不承认心底深处有点得意，有点窃喜。他收敛了下情绪，抬头对思思微笑着说："思思，你是个漂亮可爱的女孩儿，是个男人都会欣赏你的。不过，我实在大你太多了……"

"年龄不是问题，而且现在流行美大叔哦……"思思扬起自己的笑脸，让郑易看得一阵晕乎，好似原本文静的思思被"毒舌 Baby"附体的感觉。到底哪个才是她的真性格啊？

"美大叔？……"郑易摸摸鼻子，有些哭笑不得。

"而且，之前易哥你觉得线上没有见过面的网恋不真实，那现在我们见面咯。如果你觉得办公室恋情不合适，我下周就会将辞职信上交。如果，你看你还有什么顾虑，说呗……"

"咳咳……"被"毒舌 Baby"附体的林思思，气场异常强大，噎得郑易说不出话来，"思思，我怎么感觉这是被逼婚啊？"

"易哥，你是不喜欢我太强势吗？"林思思突然回复到原本文静的声音，"我只是不希望听到拒绝……"

郑易见到林思思无缝切换的表情，目瞪口呆。

"还是说，你更喜欢娜姐或者婵姐这样的？"思思幽幽地来了一句。

"蛤？"郑易老脸一红，"不要胡说，娜姐跟我就是同事关系。"

"哦，那就是喜欢小婵姐咯？"思思立刻抓住郑易的话头，慢慢低下头去，声音也越来越轻……

"这个……思思，你别误会……"郑易有些不忍，却不知说些什么。

"原来易哥从来没有喜欢过我……"林思思一副泫然欲泣的样子。

"思思，我没有不喜欢你，我只是……"郑易的话还没说完，就见思思一抬头，一脸灿烂地道："那就是对我有好感啦！成，那就行了！"

"蛤？"郑易递纸巾的手僵在半空中，哭笑不得。思思笑嘻嘻地接过纸巾，在自己的眼角点了两点，道："我知道现在易哥工作为重，我不会逼你的。不管是娜姐还是小婵姐，公平竞争就行了。对了，易哥，要公平哦！这次记得给加分哦！"

说着，思思站起身来，甩给郑易一脸灿烂的笑容，转身离去，只留下一句话："今天的咖啡，你请哦！就当我们第一次约会。"

等思思走了好半天，郑易才回过神来，苦笑着摇头。他想起了思思的话，宋婵、思思、沈娜……娜姐也对自己有好感？应该不会吧！他一直将沈娜当作同事、当作前辈、当作朋友，但从来没有往男女方面想过。

嘟嘟……郑易的手机上微信一闪，一看是宋婵发来的微信，想到刚才思思的表白，心里不由自主地一虚，犹豫着打开微信。

"今晚有空吗？有一个饭局，优酷网的频道总监也来参加，有兴趣的话过来，大家认识一下。"

霸气表白之后离开的思思，随着气势退去，羞涩又涌了上来。思思在出租车里捂着自己滚烫的脸，心想：好丢人啊！居然就这样没皮没脸地表白了？不是应该在更好的环境下表白的吗？今天都没有好好化妆。不过这样的职业装,郑易应该更喜欢吧?男生不是都喜欢制服的吗……

脑子里乱七八糟的思思,心情却是大好,虽说离开了易宇工作室,但是再也不用一人分饰林思思和"毒舌 Baby"两个角色了,让她感觉格外的轻松。她拿出手机,给沈娜发了一条微信:

"娜姐,今晚有时间吗?一起聚聚吃个饭不?"

位于城中区的一条小路上,开着大大小小的特色餐吧。其中的 The Refinery 是一家由比利时人开的餐厅,经营比利时的特色食物和酒。

餐吧里大都是住在周边的外国人,是这里的老客户。在这里,能听到各种国家的语言,却少有中国人。

"思思,这个地方不错啊!你怎么找到的?"沈娜在一个靠窗的双人座找到了正在呆呆出神的林思思。

"娜姐你来啦!"回过神来的思思,连忙起身招呼她坐下,"我来过几次,这里中国人少,我有时候喜欢来这里发呆。"然后,递过菜单给沈娜,"娜姐,今天我请客哦!可以试试这里几个套餐,挺不错!"

"这么好?郑易给你加薪了?"沈娜接过菜单,笑着问道。

"没有啦,你先看呗!"

"我也不懂,听你推荐吧!我都可以。"沈娜翻了翻菜单,英文的菜名和解释,即便翻成中文依然云里雾里,笑了笑递回给林思思。

"好吧!"林思思接过菜单,略微看了几眼,叫过一位外国的服务员,用流利的英语交代了需要的食物。

"思思,你英语居然这么好?我都不知道!"沈娜有些诧异。她觉得今天的思思有些不一样,像是换了一个人似的。

"还好啦,平时用得也少!"思思谦虚道。

"今天怎么请我吃饭啊!"沈娜微笑道。眼前这个女孩儿,是自己看着成长起来的,但似乎还有很多她不知道的内在。

"娜姐,今天是特地向你请罪,坦白一件事的!"

"哦，什么事啊？"沈娜有些好奇。

"娜姐，你也知道'毒舌 Baby'吧？"

"知道啊，杜宇和郑易可没少提。"沈娜点点头。

"其实呢，'毒舌 Baby'，就是……我的新浪微博 ID。"说着，林思思拿出手机，翻出自己的新浪页面，给到沈娜手上。

"啊？真的是你啊！！"沈娜不由地惊讶出声来，一边翻看着微博一边道，"没想到，你就是'毒舌 Baby'！'毒舌 Baby'就是林思思！太出乎意料了！居然就一直在我们身边，我们都不知道！"

"你太会藏了！"沈娜将手机还给林思思，感叹道。

"对不起，娜姐，我不是有意隐瞒的。"林思思连忙解释道，"之前在新城电视台，我不能让大家知道，领导们知道我就要挨批评了。后来到了易哥的工作室，我也一直没有找到讲的机会。"

"我明白！"沈娜点点头，问道，"那杜宇和郑易他们知道了吗？"

"易哥知道了，宇哥还不知道！"

"郑易也知道了？"

"嗯，今天下午刚告诉他的！"

"他怎么说？"

"也没什么，之前飞马创投的投资人找到我，希望能投我的节目，那我想着易哥宇哥的工作室，也需要经费，所以就介绍给易哥认识了，这样他才知道的。"

"飞马创投？"

"对的！他们这两年主要投资方向是自媒体和网红，所以就联系我了！"

"不错诶，思思！恭喜你！"沈娜为林思思高兴，举起杯子为她祝贺。

"谢谢娜姐！"

"那工作室那边……"

"嗯！"思思点点头，"他们确定投资之后，我就需要全职做'毒舌 Baby'的自媒体了，易哥宇哥那里我下周会递交辞职信的！"

"哦,明白!"沈娜看着年轻的林思思,不由感叹后生可畏,不到25岁的年纪,就得到了创投基金的投资,前途不可限量。

"另外……"思思吞吞吐吐地道,"娜姐,我今天还做了一件事。"

"什么呀?"沈娜好奇道。

"我……我跟易哥表白了……"思思又羞涩又激动。

"什么?"沈娜瞪大眼睛,似乎比听到林思思是"毒舌Baby"更加吃惊。

"我跟易哥表白了!"思思肯定地重复了一遍。

"哦……"沈娜早知道思思喜欢郑易,但一直以为就如同粉丝看到偶像一般,不会代入到生活当中,却没想到思思如此直白,"那么,他怎么说?"

"易哥没说什么……"

"会不会太直接了?"

"不会啊。我原本也想找个好机会跟他说的,不过现在觉得,说也就说了!我马上要离开工作室了,我希望离开之前让他知道!"

"思思,恋爱这方面也不是我擅长的。"沈娜心情有些复杂,有些佩服,有些失落,有些震惊,"不过,你不担心如果表白失败,大家可能连朋友都没法做吗?"

"娜姐,你想多了!"思思笑道,"我觉得,既然我喜欢一个人,就希望那个人知道;如果那个人也喜欢我,那我们就在一起。如果对方没有感觉,我会继续去努力,无论成功不成功,至少我努力过了,不留遗憾!就像易哥的节目,人生若只如初见,我不想错过那心动的初见。"

"我不是不赞同去追求……"沈娜努力组织着语言,"我的意思是,我们是女孩儿,是不是应该婉转一点?用一些方式让对方明白自己的心意,会不会更好?这样就算没有成功,双方也不至于太尴尬。"

"那如果,对方不明白呢?"

"慢慢来,会明白的。"

"那要多久?"

"这个不能急的吧！"

"娜姐，我觉得你是不是顾虑太多了？爱就应该表达出来呀，就算婉转，也得让对方明白才行啊。我认为感觉是很容易消退的，该说出口的时候就不能犹豫。有人怕丢面子，或者矜持，但是这样更容易错过！我之前也想等一个合适的机会，不过，如果我们理想中完美的机会一直不出现，我们是不是就这样一直等下去呢？时间和缘分，都是不等人的……"

听到思思的这番话，沈娜沉默了。她不正是那个一直在等待理想中的机会，却一直等不到的人吗？自从沈娜选择了事业，而没有在那个人职业生涯的转折点上站在他身边，虽然这种选择在职场上没错，但是她知道，已经再没有了与他亲密地并肩作战的可能了。

人可以等待缘分，而缘分却从来不曾停止过脚步……只是，错过机缘的人，往往是大多数。

沈娜有点羡慕思思，羡慕她的大胆、她的直接、她的任性以及她的年轻。如果自己与她一样年轻的话，或许，选择又不同了吧……

"马总，再见！很荣幸认识您，有机会在微信上多沟通！"

"好的好的，一定！宋婵，要不要我送你回去？"

"不用，郑易送我就行了，他顺路。"

"好，那一路顺风！郑老师，下次一起喝酒！"

"好的，马总，路上小心……"

跟优酷网总监及其他聚会朋友道别后，郑易带着宋婵来到自己的车前。

"郑易，你今天喝过酒了，我来开吧。"

"嗯，好！"

路上，路灯的光辉照进车的天窗，一闪一闪的。郑易酒气有些上涌，闷闷的有些头晕，然而心里却格外清醒。他用胳臂支撑着自己的脑袋，看着身边宋婵半边美丽的脸颊，怔怔出神。

"怎么了？"宋婵低声问道。

"没什么。"郑易回过神来，努力坐正身体，将脑袋靠在车座枕上说道，"今天下午，林思思来找过我。"

"哦？"

"她告诉我，原来她就是'毒舌 Baby'。"

"什么？她就是'毒舌 Baby'？"宋婵也好生诧异，回头看了眼郑易，摇摇头，"真想不到啊！"

"是啊！"郑易叹了口气，"谁也没想到……"

车内一阵沉默。郑易又道："而且，这丫头竟然还跟我表白了……"

"啊？是么？"宋婵低声惊道，过了一会儿又问，"你怎么回答的？"

"我也不知道怎么回答，从来没有往这方面想过。而且，我比她大那么多，也不知道现在女孩儿怎么想的。"郑易闭着眼睛嘟囔着。

"女孩儿嘛，"宋婵轻轻地说道，"被比自己年长，成熟，有更多阅历的男士吸引，产生崇拜感，很正常……"

郑易听着宋婵的话，不知怎么突然想到了高飞，忍不住问道："你也是吗？"宋婵侧头瞟了郑易一眼，没有说话，侧着的脸随着车外路过的灯光一明一暗。

吸引投资是正确选择吗？

飞马创投的介入对于易宇工作室而言，意味着重大的机遇和转折，也让郑易一下子陷入了繁忙的工作节奏。虽然投资人对郑易本人和《校花来了》这个节目非常感兴趣，但如果要获取对方的正式注资，需要更详细的提案策划和数据测算。为此，郑易找到了沈娜帮忙，请她以顾问的身份，一起撰写《校花来了》这个项目的商业计划书。

"娜姐，老郑，来停一下，吃碗面。"杜宇把两碗泡好的方便面端上来，放在沙发旁的茶几上，叫了一声。他回过头一看，只见沈娜凑到郑易的身边，一起对着电脑屏幕讨论交流着看法。

杜宇心里有点发酸，这两日沈娜每天下班后都会来工作室，与郑易一起加班到深夜。插不上手的杜宇也留了下来,给两人弄点吃的喝的,做点后勤工作,晚上再送沈娜回家。

见两人旁若无人地专注讨论,杜宇心里有点耐不住,走上前凑到中间,搭着两人的肩头探到电脑面前,笑道:"在说什么呀?那么专注,连我叫你们吃面都听不到。快点吧,要不就冷了!"

"知道了,我们一会儿就来……"沈娜头也不回地答道,又将准备离座的郑易扯回来,"郑易,先将这个成本数据核对完吧,否则一会儿就乱了。"

杜宇走回沙发,打开一个杯面,吃了两口放下,回头看了一眼专注工作的两人,顿时没了胃口。

"老杜,马上好!"郑易朝杜宇叫了一声。

"哼……"杜宇不满地站起身来,"嘭"的一声摔门离去。沈娜闻声抬头,从工作状态中清醒过来,想张口说什么,却已经看不到杜宇了。

杜宇离开工作室大楼,户外清新的空气,让他头脑为之一醒,想就此离去的冲动也随之淡了下来。回头看看透着灯光的窗户,想着郑易和沈娜单独共处一室,心里如火烧一般,恨不得立刻转头回去。咬了咬牙,他火速跑到小区外的夜宵摊位,买了些炒河粉和烤串,又赶了回去。

回到工作室,见郑易和沈娜已经坐在沙发上开始吃泡面,杜宇心里一松,将手上的炒河粉和烤串放了下来,一屁股坐在两人中间的位置道:"好几天夜宵都吃泡面,也腻味了。我买了点炒河粉和烤串,吃这个吧!"

沈娜看了杜宇一眼,默默接过炒河粉,在杜宇殷切的关注下吃了一口,笑道:"嗯,味道不错!"杜宇大喜,拍掉郑易伸向烤串的手,端起来送到沈娜面前,"再吃点烤串吧,冷了就不好吃了!"

"老杜,这么明目张胆地重色轻友啊!"郑易笑道。

"娜姐过来帮忙,当然应该吃点好的!"杜宇头也不抬地回答。

"好吧……"郑易摸摸鼻子。

"郑易,这个你吃吧!"沈娜递过一根烤串。看着一脸不爽的杜宇,沈娜也递过一根给杜宇,"你也吃吧……"

杜宇大喜,一把接过烤串狠狠咬了一口,烫得满嘴冒泡,一边吹着冷气一边道,"谢谢娜姐!"

沈娜递过纸巾,摇摇头:"怎么像小孩子一样?"

"郑易,你准备什么时候去见投资人?"沈娜一边吃一边问道。

"嗯,如果计划书这两天能完成,就下周吧。"郑易想了想回答。

"如果需要,我可以一起去。"

"那太好了!我定好了提前跟你说。"

"好的!"

中信泰富是新城最高档的商务楼之一,飞马创投的会议室内,郑易、杜宇、沈娜所做的项目介绍顺利地通过了投资人刁钻的提问。郑易锐意创新的策划方案,沈娜冷静专业的执行计划,都给了投资人深刻的印象。双方最终签署了 2000 万的投资计划。

"郑总,祝贺你们!希望我们合作愉快!"

"感谢你们的支持!合作愉快!"

"一定!"Leo 握着郑易的手,又转身跟沈娜笑道,"沈小姐才貌双全,郑总有您协助,真是他的福气啊!您这么帮郑总,你们应该是……"

"您过奖了,我们是老同事,老朋友,也是老搭档了!"沈娜接口道。

"哦,"Leo 点点头,与杜宇握完手后,朝着郑易点点头道,"那我们保持联系,期待项目新的成果!"说着转身离开会议室。

虽然易宇工作室成功融资,但是看着旁边激动、欣喜的郑易和沈娜两人,杜宇心里却有些失落。虽然杜宇也是工作室的联合创始人,可这次的投资都是冲着郑易和他的《校花来了》,与杜宇没什么关系。虽然投资人说话很客气,但是杜宇也清楚地感受到,其实对方对自己并不关注,就好像他只是郑易的员工一般。

而随着易宇工作室的扩张,杜宇的这份疏离感越来越重。拿到这笔投资之后,为了升级项目,工作室再次招兵买马,并且搬到了一家新开的创意园区中。尽管杜宇有了自己的独立办公室,可是他也清楚地知道,根据飞马创投的合作协议,无论是人员配置还是资金资源,都将围绕在以郑易和《校花来了》为核心的项目中。虽然,郑易交代所有的员工,也积极配合杜宇项目的工作,但是他总有种寄人篱下的感觉。

有了资金的注入,《校花来了》一下子突破了之前的瓶颈,原本每月更新一次的节目,更是变成了每周五定时更新。在原先探访校花的基础上,郑易又打造了一个全国校花综艺秀的节目,将全国各大高校的校花请到镜头前,在舞台上比赛 PK。优酷、爱奇艺等视频网站,纷纷将这个节目分推,成为炙手可热的新媒体创新节目,吸引了大量的粉丝。

在强烈的横屏推广和快速更新下,《校花来了》成为全国最受年轻人欢迎的知名节目,在半年内直逼 100 万的粉丝数量。而新媒体独立制作人郑易的名字,也再次受到了媒体的关注。

"才子郑易,独闯新媒体"
"人生初见,郑易来了"
"从电视台进入新媒体,郑大胆再次大胆出击!"
……

作为原本新城电视台的明星主持人,《人生若只如初见》的创始制片人,郑易跳出体制,转战新媒体的故事,一时成为家喻户晓的创业成功案例。更有不少电视台,邀请郑易担任嘉宾或者评委。

然而一切光辉的背后,都有阴影。人们展示在其他人眼前的,永远都是最灿烂光鲜的一面,而将背后的辛苦、压力、焦虑吞进自己的腹中。原本给飞马创投的项目计划书中,郑易是参考新城电视台娱乐频道的招商价格体量来测算收入的，却未曾想，新媒体和传统媒体相比，广告营收体量要小很多，这便造成了与计划中的收益巨大的金额出入！

易宇工作室的会议室里，郑易、杜宇以及新请来的市场拓展总监Matthew和助理豆豆，正在开着紧急会议。

"Matthew，这次《校花来了》第二季的冠名有合适的意向客户吗？"

"对我们节目有兴趣的不少，但是一看我们的赞助费用，大都表示太贵了。还有几家没有明确表态，我会继续去确认的。"

"好，有可能的话，给我安排一下见面会谈。"

"好的。"

"豆豆，下一期节目的校花联系好了吗？"

"联系了，不过她对我们的板块有些疑问。"

"什么疑问？"

"我们有一些采访问题，涉及她家人和个人感情的，她说希望保持隐私。"

"那她还想不想参加我们活动？"

"她……肯定想的……我们那么火。"

"就是了，跟她再确认一下，如果她不愿意面对这些问题，那就换一个吧。"

"但是这位校花是他们学校粉丝极力推荐的，人气很旺。"

"换学校，或者换人都可以，想办法解决，第二季的第一期节目绝对不能出错。"

"好的。"

"水军那里呢？"

"都已经联系上了，不过今年价格有调整……"

"好，将比较过的几家报价和预测效果发我邮箱，我看一下。价格高一点没问题，但是一定要将我们的评论、转帖和点击量提上去……"

会议结束，郑易正要宣布散会，一直坐在那里默不作声的杜宇突然道："郑易！会后有时间吗？有点事，想跟你聊一下。"

看着杜宇有些严肃的表情，郑易一愣，站起身来："有啊，那我们去办公室？其他人散了吧，今晚邮件给我工作进程。"

"什么事啊？老杜？"郑易将杜宇放进自己的办公室，关上房门，给杜宇倒了杯水，坐在杜宇身边的沙发上问道。

"郑易，我有件事，想了很久了，一直想跟你说。"

"什么事？"看着杜宇严肃的态度，郑易感觉有些不太对劲。

"我……想退出工作室！"杜宇缓慢但坚定地说。

"什么？！"郑易有些震惊，自从工作室有资本注入之后，发展十分迅速，但是压力颇大。郑易留意到杜宇的游离，但却从没想过会提出退出，"老杜，这个玩笑可不好玩啊！"

"郑易，我没有开玩笑，我想得很清楚。"杜宇平静地说道，"当初，我们一起从台里出来，我是真的想和你一起做点事，做些我们都认为有价值的事。不过，自从开始做自媒体，我们的想法就慢慢有了分歧。我不是说谁对谁错，只是我们都有了自己的选择，我们的路已经慢慢变得不同了。"

"老杜……"郑易想要解释，却被杜宇摇手打断，"郑易，你听我说完！现在，你的自媒体项目得到了投资人的资金，重新有了办公室，建立了更大的团队，项目也越做越大，慢慢上了轨道，我也非常为你开心，你的路得到了大家的认可。但是，那毕竟不是我想走的路。"

杜宇顿了顿，继续说道："我可能比较固执。你之前跟我说的关于新媒体的操作方式，现在都在《校花来了》这个项目上得到了体现。可是，我还是不想放弃我的主张。"

"老杜，我知道你的意思，但是我从来没有要改变你想法的意思，你还是可以继续做你的项目啊！而且就好像新城电视台的新闻立台，娱乐强台，我们可以用做娱乐项目盈利的钱，来支持新闻纪实的新媒体项目啊！"郑易有点急了。

"我知道,你确实从来没有要改变我的意思。但是,郑易,你难道没觉得,现在已经不是以你我意志为转移的时候了吗?俗话说,拿人钱财,与人消灾。既然有了资本方的介入,那么你就有责任为自己向对方做出的承诺而努力。这个工作室,已经不是你我刚创办时候的样子了。"

"有什么不同?都是为我们的理想而努力啊!"

"是啊,可是做法已经完全不同了。"

"有什么不同?"郑易有些生气地问道。

"以前的你,会花钱买水军吗?"杜宇的声音也高了起来。

郑易的话一下子被噎了回去,好半响才道:"就是为了这个?这我们可以沟通,我可以向你解释这个做法的原因。"

"老郑……"杜宇摆摆手,圆圆的脸上,显出异常的坚定,"其实你不用跟我解释的,我相信你这么做一定有你的道理。只是,我有些失望,你已经不是当年在新闻频道时候的郑易了,至少那个时候的郑易,是不会选择去找水军的。"

郑易知道杜宇说的是实话。如果自己没有去娱乐频道,如果自己还只是新城电视台新闻频道的主播,如果自己没有接触过制片人的工作,现在或许还是跟杜宇一样吧?如今自己的变化,是进步了,还是妥协了?

"即便这样,你也不需要走啊!这工作室是我们一起创办的,即便做的项目不同,但是这里的设备、人力、资金,你都可以使用。"

"不用了。"杜宇笑了笑,"我知道你总想着我,但是我担心自己也守不住那条底线,也变得跟你一样。我还是希望自己的项目能够纯粹一点,大家都比较轻松,不用谁说服谁,谁影响谁。如果我们还是像现在这样下去,我担心连兄弟都没得做了!"

"唉……"郑易长叹了一口气。

"好了,就这样吧。"杜宇站了起来,"记得有什么需要帮忙的,随时找我!"说着,杜宇拍了拍郑易的肩膀,转身往门外走去。

"老杜……"郑易站起来要追,却不想助理豆豆就在门口,不识时务地截住他："郑总，这是这次调研下来几家性价比不错的水军，您要不要看一下？"

"郑易，不用送了，你先忙吧！人在江湖，身不由己啊！"说着，杜宇便在郑易的注视下离开了公司。

郑易的眼睛有些模糊，脑海中突然又浮现出了那句"人生若只如初见"。

离开了工作室的杜宇，走出大楼，看着街上来来往往的行人，心中空荡荡的，似乎身边的一切都与自己无关。刚才的坚定和从容，化为苦涩和失落，他漫无目的地走在路上，不知道应该去哪里。

正走着，手机突然震动起来，杜宇拿出来一看，正是沈娜。

"喂，娜姐！"

"嗯，是的！"

"我在哪里？呃……我看看……"

"嗯，好吧，哪里？"

"成，那一会儿宝莱纳见！"

杜宇收起电话，心想："看来郑易将我离开的事告诉沈娜了。又要为郑易作说客了吧？"想到这里，杜宇变得有些意兴阑珊，随手将电话调至静音，放进口袋。

宝莱纳，沈娜早早到了。一得知杜宇离开了工作室，她打完电话就来到餐吧等杜宇。可是整整两个小时了，杜宇还没有出现，连续电话短信，都没有回应，不由有些着急。正在她纠结着要不要出去找杜宇的时候，杜宇终于来了。

"娜姐，不好意思来晚了！"

"没关系，怎么这么晚？"

"看今天天气不错，就走着来的。"

"那怎么不接电话啊？我还以为你出什么事呢。"沈娜有些生气。

"哦……"杜宇从口袋里拿出电话，看着五六个未接听电话，不以为意地说，"……电话静音了……"

"怎么了？"沈娜深深吐出一口气，稳了稳情绪问道。

"没怎么啊？我只是不好意思再去用郑易的办公室，毕竟是人家创投机构投资给他的栏目的。"杜宇笑笑道。

沈娜没有说话，只是一双眼睛仔细地看着杜宇，直将杜宇看得心里直发毛："娜姐，你干吗这样看我？"

"也好！"沈娜点点头，靠回沙发背上，拿起桌上的果汁喝了一口。

杜宇一愣，原以为沈娜是来为郑易当说客，让自己回去，却没想到只是一句"也好"就结束了，让他反而有一拳打在棉花里的感觉。杜宇试探着问道："娜姐，你也觉得这样好？"

"嗯，虽然可惜了点，但是你能坚持走自己的路，我也支持你！"沈娜对着杜宇笑了笑。

"真的？"杜宇有点不相信自己的耳朵。

"真的。你们两个关系很好，但其实一个个都有自己的主见，都不会轻易动摇。尤其是你，平时笑呵呵的，其实倔得要命，否则也不会从新城台出来了。你跟郑易两个人，如果目标一致是最好的搭档，但既然你们想做的事不同，独立出来也好。否则，真说不定连朋友都做不成！"沈娜点点头。

"娜姐……"杜宇突然心里有想哭的冲动，沈娜说的话完全是他的感受，不由有些感动，"你真的……"

"不过，"没等杜宇说完，沈娜又问道，"你出来以后有什么打算？总不会以后就在外面逛着吧！"

"当然不是！"听到沈娜的质疑，杜宇一挺胸，"郑易可以做到的事，我就不相信按照我的方法做不到！我已经有一个项目的初步想法了。"

"哦，是什么？"

"我还是想用新闻纪实的方式来做一档自媒体栏目。"

"哪方面内容？"

"这阵子的创业，我有很多的感受，甜酸苦辣，聚散离合。我相信有过类似体验的，不止我一个。我想做一档以创业者为主题的自媒体项目，分享创业过程中的成功和失败以及他们的心路历程……"

"不错啊！如果需要我帮忙出主意，随时叫我。"

"你帮我？"

"你不用我帮啊？"

"没有没有……但你不是一直帮郑易吗？"

"他有需要我也会帮，不过我觉得你更需要我……盯着。……不盯着你，我不放心！"

"啊？"

"怎么，不愿意？"

"愿意愿意……太愿意了！哈哈……"

> 你是不是身边人眼中的毒舌？
> 你是不是常常能发现身边的槽点？
> 你的吐槽方式，会不会让身边的人哭笑不得？
>
> 没错，就是你
> 跳出凡人的世界
> 欢迎加入毒舌 Baby 的《毒舌说》
>
> 颤栗吧凡人！

由飞马创投投资，"毒舌 Baby"创立的自媒体平台《毒舌说》上线了，在自媒体世界中顿时掀起了滚滚热议。作为第一家被著名金融投资机构看中的草根自媒体，顿时成为了互联网的新贵和成功案例。而林思思也从幕后走到了台前，成为众多草根创业者学习的榜样。

然而对于林思思而言，这一切却并没有想象的那么有趣。

虽说对外《毒舌说》是林思思创立的自媒体品牌，但对于投资人而言，又怎么可能让一个不满 25 岁的女孩儿主导一个品牌项目的发展走向？与其说林思思是《毒舌说》的创始人，倒不如说是高薪聘请的形象代言人兼产品经理。上班、下班、加班、做视频、刷微博变成了林思思每日的主旋律。每每回到家里，她就会怀念在新城台和易宇工作室工作的日子。而每日高强度的忙碌，却让自己与大家渐行渐远。

"易哥，在吗？"

"还在工作室加班呢。"

"我也是。"

"看到你们的宣传了，相当不错！"

"就那么回事，还是跟易哥一起工作好玩。"

"呵呵，我可给不起那么高的工资哦。"

"没事，我重色不重财。"

"哈哈，嘴巴还是那么毒……"

"易哥，你那边怎么样？我看到几期节目点击率都很高哦。"

"还成吧。思思，不跟你多说了，我在赶一个报告，明天要跟 Leo 开会。"

"好吧，易哥小心身体！"

"好的，你也是……"

中信泰富的停车场中，郑易一身西装革履地从车上下来。今天要做易宇工作室的述职报告，报告的好坏直接决定飞马创投是否会继续下一轮投资。

然而，郑易心里一点底都没有。虽然已经做到第二季的《校花来了》声势浩大，达到了预期的粉丝累积，但是这一切都建立在大量经费投入的基础上，加上第二季的招商不理想，再次导致财务账目有点难看。如果拿不到飞马创投的下一笔投资，工作室将变得十分艰难。

郑易走进电梯，看着不断攀升的楼层，有种失重的错觉。无论是谁，都是上去容易下来难。郑易心里想到，如果他不是靠着资本运作乘电梯直上云霄，而是一步步地爬上楼梯，会不会更踏实一点呢？

打江山难，守江山更难，郑易现在更加体会到这句话的意思。如今的《校花来了》已经在飞马创投的资本支持下,走到一个高度,只要对方一松手,自己便会如失重的电梯一样直接坠落下来吧。

"郑总,你的报告我们都看了,跟之前预想的差距很大啊!"听完郑易的PPT报告后,飞马创投副总Leo,拿下眼镜摇头道。

"Leo,虽然收益方面确实与预想有一定的差距,但是这个节目的点击量却是全国排行前五,无论是品牌性、娱乐性、影响力都在自媒体节目中名列前茅的。"郑易强调。

"郑老师,从节目的策划和制作方面,我们一直尊重您的专业和经验,我们也不否认您节目的效果和影响力。可是,我们是投资公司,一切都是需要用数字说话的。如果项目无法达到我们预期的话,可能我们的合作就只能告一段落了。"

Leo一如既往地笑容可掬,可是笑容背后却藏着如数字般的冷静,似乎不会被任何激情和热血所打动。郑易一时语塞,不知道如何回答了。

"这样吧,"Leo如同看到猎物的狮子一般,看出了郑易的彷徨和失落,轻声说,"我们还有一种合作方式,如果郑老师能接受,也可以尝试继续合作。"

"请赐教!"郑易嘴里问道,心里却浮现出不祥的预感。

"这里有一份新的协议书,郑老师可以看一下,若有兴趣,我们可以再细谈。"说着,Leo递过来一份文件。

深夜,易宇工作室的员工都已经走了,郑易一个人留在工作室里,眼前放着飞马创投的协议书。这是一份让郑易转让工作室项目股权的协议书,大致条款是,飞马创投将全部接手公司的运营管理,而郑易将只负责节目的制作和策划,虽然允许郑易保留10%的股份,却不再拥有公司的决策权。

郑易知道,一旦他签了这份合约,公司将不再属于自己,自己等于卖身给飞马创投,变成实际的打工者。当然,或许有人觉得这也没什么不好,可是对于郑易而言,这跟之前在新城电视台担任制片人,并无不同。

郑易有些烦躁，站起身来，打开自己办公室的门，看着外面空荡荡的办公区，如同新城电视台和自己家简陋的工作室一样，有着茶水间、会议室和会客室。只是，身边没有了杜宇，没有了沈娜，没有了思思。

"啊……"胸口充斥的一股抑郁之气，似乎随着吼声宣泄了出来。郑易觉得头晕晕的，空空的办公室都回荡着自己的吼叫，心底深处蔓延出一种深深的疲惫感，他前所未有地无力。虽然以前在新城电视台很辛苦，到处明争暗斗，在自己家的小工作室，对于未来的路如何前行有过迷茫，但从来没有像现在这样，感觉不堪重负！

电视行业是一条不归路，郑易脑海中跳出来王灿副台长常说的话。或许，创业更是一条不归路吧！郑易这样想。

郑易走到办公室的落地大窗口，看着窗外的创意园区，黑漆漆的一片，只有人工绿地里的路灯放射着昏暗的灯光。这个时候，别人或许都回家了吧，郑易想。

打工的人都羡慕创业者，觉得这些人有权力，有自由，还有财富。可是人只有创业之后才知道，打工的人，工作的时候是工作，下班后和节假日便都是自己的时间，他们才真的幸福而自由。而创业者，一旦走上创业路，工作和生活便再难区分了，从此就是无穷无尽的责任。

郑易看着桌子上这份协议，自己只要签了字，就可以回到过去的状态，可以从公司的运营和责任中解脱出来，无须再为每月的房租和员工的薪水、社保负责，也无须再为公司的发展方向苦恼，只需要简简单单做自己最擅长的节目即可。虽说，公司不再由自己管理，但是好歹自己还有一部分的股份，属于公司的股东，这样似乎也没什么不好。

郑易几次拿起笔想要签字，可是强烈的不甘又让他放了下来。是的，只差一点了！公司的项目运营到现在，就如同原本小树苗已经开出了花朵，只要再等一等、跳一跳、熬一熬，便能摘到成熟甜美的果实了。

正在洽谈的几家赞助商中，只要拿下一家品牌冠名，即便没有飞马创投的资金，也足够支撑公司继续运营下去。

郑易犹豫了……

人生如棋，每一次的选择就好比在棋盘上落下的一枚棋子。然而，在人生的那么多次选择中，只有几次会无比重要。正如拿定江山的一子，只要一步错便步步错，再也无法挽回……

回归不是对往昔的复制

新城电视台，台长李东然，副台长周鹏程、王灿，娱乐频道总监罗越等人都聚集在一起，就新城电视台三大王牌节目《超级周末》、《星光现场》、《人生若只如初见》不断下滑的收视率，召开紧急会议。

"正式开会之前，桌子上的这份文件，想必大家都看过了，是这半年我们新城三大王牌节目的收视率曲线图。"李东然没有绕弯子，直接开始今天讨论的主题，"这段时间新城娱乐频道主持人和制片人变动很大！非常大！大到已经严重影响我们节目收视率了！今天叫大家过来开会，想听听大家的意见，并研究出实际的解决方案。"

李东然板着的脸，让会议室陷入短暂的沉默。自从高飞、郑易相继离开后，虽然有方亚楠、张扬替代他们的工作，但是两人无论是能力，还是人气，都不如高、郑两人，使得台里损失了大批受众。

还是周鹏程最先发言："这段时间，对新城台，对大家来说，都是比较艰难的。是的，高飞走了，郑易也走了，这是我们新城电视台的损失。大家需要点时间过渡，这个我们都理解。但是，已经半年多过去了，我们却无法摆脱这种影响。那么，这个过渡时间到底是多长？如果还无法将收视率提升到原有的高度，我们应该怎么办？有什么措施？这是我们都需要考虑的！"

"你有什么好办法？"李东然点头同意，继续问道。

"如果现在三个节目的主持人和制片人无法满足收视率要求，那么找到适合的人，是重中之重。但是，如果重新选拔，时间上已经来不及了,春节档储备的节目一播完,新节目就要播出,也就短短一个月的时间。更何况我们已经搞过一次新人选拔了,再这样,就落入了窠臼,观众也会觉得不新鲜了……"

周鹏程还要往下说,突然听到门开了,宋婵走了进来。

李东然招呼宋婵坐下来:"我叫宋婵也来为我们的人选做做参谋,毕竟,无论是《星光现场》、《超级周末》还是《人生若只如初见》,她都熟悉。"

众人连连点头。

周鹏程忙顺势把话接过来:"我们正商量着呢。宋婵,你有什么好人选?"

宋婵撩了撩头发,摊手表示无能为力。

会议室里再次陷入了沉默。周鹏程皱着眉,把玩着手里的茶杯,王灿在桌上的会议纸上画着奇怪的符号,宋婵仍旧靠在座位上,一脸平静,只是定定地看着罗越。李东然有些烦躁,站起来走到窗口,点了一支烟。

"我倒有一个人选。"罗越的声音从一边传过来。

"你说说。"李东然回过头,吐出烟圈,示意他继续说下去。

"郑易。"罗越说道。

"郑易?"王灿皱起眉头,"他不是已经离开我们台了吗?"

罗越没有回答,只是看着李东然。李东然想了想,掐灭还有大半支的烟,走回到办公桌前,对罗越说:"既然是你提出来的,说说你的理由。"

"现在娱乐频道三大节目《星光现场》、《超级周末》、《人生若只如初见》,主要由方亚楠、宋婵、张扬三人负责,确实任务很重。但是如果要在短时间内另外选拔新人或者重新请人来分担,是很难磨合好的,而且即便熟悉了,效果也未必会比现在好。所以……"

"所以你觉得,应该让郑易回来?"李东然凝视着罗越道。

"嗯,"罗越想了想,道,"至少在成名的电视台男主持中,目前我暂时想不到比郑易更好的了。与其让不熟悉的年轻主持人不断试水,还不如让郑易这样的熟手来做。他现在自己做新媒体,跟我们也没有冲突,我们可以用兼职或者外包的形式让他回来。"

"话是这么说,可这几个节目都是我们台的王牌节目,都让台外的人来主持,实在说不过去。我觉得我们还是需要再仔细权衡比较一下才好。"周鹏程显然还是不同意。

罗越没有反驳,只是低着头。

李东然转过头,对罗越问道:"你怎么说?"

罗越回答:"我也同意周副台长的想法,我只是针对娱乐频道的收视率状况,提出一个建设性意见,更多的考量还需要领导们来权衡。"

李东然点点头,脑海中回想起了郑易离开新城的情景。

似乎他现在新媒体做得也不错啊!李东然心里想,转过脸问宋婵:"这个问题你觉得怎么样?"

"从节目角度来说,郑易是最适合的人选,对收视率一定会有帮助。"宋婵回答。

自从郑易放弃了将公司的股份出让给飞马创投,为了维持公司的运作,他将自己房子抵押了,用以支付公司的房租和人员薪水。

这半年来,郑易虽多方奔走,想尽各种方式希望拉到赞助,为此还出席各种酒会饭局,可是效果依然不理想。不是数额太小,就是醉翁之意不在酒。为了填补公司财务的亏损,郑易不断以个人名义参加各种走穴活动,从活动主持到讲座、演讲,甚至婚礼司仪,如果费用合适,他都愿意接受,赚到的钱都填入到公司这个无底洞中。

所幸,宋婵和沈娜时不时地会介绍一些大大小小的活儿给郑易,从剪辑视频的小项目,到活动策划,广告拍摄,都不无小补。在外人看来,郑易光彩夺目,带着明星主持人的光环,是流行的斜杠青年,集制片人、媒体人、主持人、策划人等各种头衔于一身,但只有郑易自己知道,这些只是为了多赚钱供养公司而已。

他记得曾经采访过宝岛一位知名的主持人兼制作人,他曾经培养出多位歌坛天王。在采访时,这位著名主持人说,其实他有一度十分落魄，身上一分钱都没有，反而欠着几千万的债。这个时候，他不但没有选择逃避或者节省，反而如同往常一样选择最贵的酒店总统套房，每天订最好的酒，点最好的餐。酒店也从来没有急着要他结账，因为大家都认为他不差钱。他每天带着光环出没在明星荟萃的高档场所，因为他知道，只有继续撑着才有机会撑过去，一旦露出弱点，他将再也没有翻身的机会。事实证明，他撑过去了，终于拿到了一笔项目的预付款，解了他的燃眉之急，并且逐步缓了过来。

郑易当时在做这个采访的时候，十分震惊。然而此时，他更能体会到这位宝岛制作人当时的感受，创业如逆水行舟，本是不归路。

只是，那位宝岛制作人撑过去了，郑易自己呢？

"人生若只如初见，何事秋风悲画扇。

"等闲变却故人心，却道故人心易变。

"大家好！我是郑易，很高兴又回到了这个节目的舞台上，参加《人生若只如初见》的特别节目……"

伴随着梁静茹的歌声，郑易又一次出现在了《人生若只如初见》的镜头前。受到宋婵的邀请，郑易友情参加这次特别节目，心情格外激动！

一样的舞台，一样的台词，一样的音乐，甚至连工作团队几乎都是自己认识的，而当台下的现场观众看到郑易出现的时候，同样激动地挥舞着"郑大胆"的标牌，让郑易仿佛回到了初创这个节目的录制现场。

"郑易，欢迎回来！"宋婵笑着对郑易说。

"谢谢！"郑易面对宋婵的笑脸，轻轻地抱在一起，更引起台下观众的尖叫。

"有没有想这个节目？"宋婵问。

"有啊！"郑易略显激动，笑道。

"有没有想热爱你的观众粉丝们？"宋婵的问题引起台下粉丝们的大声欢呼！

"有啊！太想了！"郑易看着台下的观众，眼眶湿润。

"那……有没有也想我？"宋婵歪着头，一副满是期待的样子，看似俏皮的眼睛深处，却藏着让郑易怦然心动的凝视。

"呃……"郑易有些语塞，却引起台下观众一阵起哄！

"不要害羞，说实话哦。"宋婵笑着给台下观众使了个安静的眼色，让所有人屏息凝神等着郑易的回答。

"有……"郑易略一迟疑，回答道，"小婵你，娜姐，小妮，蕾哥，还有摄像吴大哥……我都很想念，非常想念！还有现在不在现场的林思思、杜宇……真的很想念大家！因为当初这个节目，就是我们，我们大家一起打造出来的……"

沈娜一边控制着自己激动的心情，一边指挥摄像师捕捉郑易、台下观众以及被郑易点到名的工作人员的表情。当郑易提到他们的时候，有的热泪盈眶，有的表情凝重，有的眼圈泛红，有的甚至已经流出眼泪……这一切都被真实地记录在摄影机里。

而监控室里，李东然看着荧幕前郑易的表现和观众的反应，微微点头，沉思着；而站在李东然背后的罗越，看着宋婵与郑易亲密的互动，眼中却闪过恼怒的神色，只是所有人都被荧幕前的真情吸引，无人注意到。

"人生若只如初见，那郑易我问你，现在你看到的，与当初有什么不同吗？"宋婵问道。

"初见和现在？"郑易想了想到，"说真的，之前在家里看这个节目，确实觉得有很大的不同。主持人变了，板块变了，形式变了……但是，今天这期特别节目，非常感谢节目组邀请我回来，并且重新回到当初一样的板块，感觉就像初见一样，并无不同。如果说唯一不同的话，或许就是杜宇这个毒舌不在现场了吧！"郑易有些遗憾道。

"这倒是，当初杜宇老师和你的点评，到现在还流行呢，你说杜宇是毒舌，你也不差呀！"宋婵笑道。

"是呀……"郑易点头，露出怀念的神色。

"既然本次是人生若只如初见的特别节目，节目组请你回来，那又怎么会让你遗憾呢?"宋婵对着满脸惊喜的郑易嫣然一笑,看向后台道,"现在,让我们有请特别嘉宾,杜宇老师!"

音乐响起,灯光闪烁之下,杜宇缓缓走了出来。

"老杜!"郑易看着杜宇熟悉的身影,有些说不出话来!

"老郑!"杜宇微笑着走向郑易,两人一把抱在一起,相互拍打着。两人好不容易才分开,相视一笑,之前的分歧和冲突,似乎瞬间便无影无踪。台下的沈娜,见到两人的神情,也欣慰地笑了。

"好了!"宋婵等两人好不容易分开,对着观众笑道,"大家可能不知道,郑易和杜宇,两人不但是同事,生活中也是好朋友。"

"怎么样,郑易!我知道你们都在忙自己的项目,也好久没见了!今天一见,是否宛如当初呢?"

"嗯……"郑易笑着打量着杜宇,对宋婵说,"我看看,好像不一样了,好像……瘦了!"

"是哦!"宋婵转过头打量着杜宇,道,"确实瘦了,也更帅了!杜老师能分享下减肥成功的方法吗?"

"啊?方法?也没有什么特别的,就是我女朋友管着我,不让我吃土豆片、炸鸡之类的……"杜宇有些不好意思,吞吞吐吐地说。

"啊?老杜,你有女朋友了?"郑易有些惊讶。

"对呀……"杜宇老脸一红,带着些许得意些许担心,目光瞥向台下的沈娜。

郑易顺着杜宇的眼光往台下看去,只见沈娜轻轻摆手,面色微红,顿时明白过来。一把搂过杜宇的肩膀,笑道:"原来你们终于走到一起了,你居然不告诉我!"轻轻捶了一下嘿嘿直笑的杜宇。

"人生若只如初见!当下的我们,或许十年前是初见,但是十年后的现在,又何尝不是初见呢?欢迎来到《人生若只如初见》,让初见与当下对话!"

随着杜宇落座,《人生若只如初见》特别节目正式开始。录制过程中,无论是郑易、宋婵、杜宇,又或者说是沈娜带领的现场执行团队,配合得都无比默契,就好像郑易、杜宇从来没有离开过,节奏缓急适度、轻重得体，没有丝毫的生疏，仿佛古琴大师弹奏的名曲一般。

随着一对一对嘉宾上台，节目也过了大半了。

"郑易，今天还有最后一对嘉宾会来到我们的节目。"

"哦，是吗？"郑易有些奇怪，因为给到他的台本中，所有的嘉宾都已经上来了。

"节目组经过反复讨论，在征得女嘉宾的同意后，我们最终将男女双方都请到了这个节目。"宋婵说话的时候有些迟疑，有些担心，更有些惴惴不安。

"哦？他们是谁？"郑易察觉到了宋婵的情绪，隐隐觉得与自己参加的这期关系特别密切。

"好的，那我们就有请下一对嘉宾。"

随着灯光闪烁，一位身材曼妙的女子，轻轻地走上了舞台，但是阴影中郑易看不清是谁，只是觉得身形体态非常熟悉。

> 那一年　那一天
> 就种下了前缘
> 第一次　第一眼
> 已注定了怀念
> 爱上只需要一瞬间
> 遗忘却要多少年……

随着梁静茹的歌声淡去，灯光亮起，郑易顿时愣住了，原来站在女嘉宾位置的，赫然是——白若音！

白若音穿着当初第一次参加郑易主持的节目时的服装，七分裤，白衬衫外罩着一件黑色的小西装，长发挽起露出长长的脖子，一缕青丝从鬓角垂下，知性中依然透露着妩媚，更让人心动。

郑易突然想起宋婵邀请自己时欲言又止的神态以及刚才担心的眼神，心中顿时明白过来，一种被利用的憋屈涌了上来，他连忙转过头避开摄像机，强行将心中的怒火压下去，调整好自己的心态。

"嗨，好久不见！"白若音站在台上，神情复杂地看着郑易。自从那次电影节郑易陪她走了红地毯之后，两人便再也没有了联系。虽然，娱乐八卦杂志没少问到两人的关系，但是他们都默契地闭口不谈，慢慢也就淡了下去。随着那部电影拍摄的结束，白若音也与那位男演员结束了关系，而郑易却在白若音的心中留存着淡淡的影子，挥之不去。

这次《人生若只如初见》节目组联系自己经纪人的时候，当她知道特别节目的嘉宾是郑易，原本坚决不答应，因为心有歉疚。然而白若音的新戏即将推出，她在电影中的角色，正好是一个重新遇到十年前分手男友的女孩。但影视公司却给了她很大的压力，认为这次节目可以为即将上演的电影带来巨大的宣传作用。在不得已的情况下，她答应了节目组的邀请，同意参加这次节目的录制。

"白老师，好久不见！"郑易转过头，冷冷地看了宋婵一眼，礼貌地对白若音笑道。

白若音对于郑易礼貌而疏远的称呼，心中又是难受又是无奈，一时间不知道说些什么。而宋婵却因为郑易那冷漠的眼神，心中一疼，也沉默下来。一时间，整个舞台安静了，充满诡异而尴尬的气氛。

还是郑易先调整过来，笑着寒暄道："没想到能在这里见到白老师，最近还好吗？"

"挺好的！你呢？"

"也挺好的。听说你又有新戏要上了？"

"嗯……"白若音本该借机谈论一下新的电影，可是郑易淡淡的不屑，让她怎么也开不了口。

"好吧！"郑易见状，朗声一笑，自嘲道，"有一句古话说，夫善游者溺，善骑者堕，各以其所好，反自为祸。没想到节目组那么坏，把这报应我自己身上了……你们是不是也很想看我站到男嘉宾的位置上去啊？"

台下的观众顿时八卦地热闹起来，掌声和起哄声此起彼伏。郑易摸摸鼻子，笑骂道："你们都是坏人！算了，伸头一刀，缩头一刀，郑某人豁出去了！"在哄笑声中施施然走到了男嘉宾的位置上，然后对着杜宇道，"老杜，那啥……嘴下留情哈！"又引来台下观众的一片笑声。

《人生若只如初见》特别节目录制完了，当意犹未尽的现场观众都离开演播厅后，郑易的笑容顿时收了起来。

"郑易……"白若音走上前，想对郑易说些什么，还没等她开口，郑易道，"白老师，今天节目效果不错，辛苦了！早点回去休息吧！祝电影大卖！"

"好……谢谢！"白若音只觉得满嘴苦涩。郑易客气地点点头，转身离开，如陌生人一般与白若音擦肩而过。

在化妆室，郑易找到了宋婵，对旁边的助理道："麻烦你先出去一下，我跟宋老师说几句话。"郑易遣走了助理，转身关上门，沉着脸问道，"白若音来，你是不是早就知道？"

"郑易，我……"宋婵想要解释却被郑易打断。"我不想听解释，我只想知道，你是不是事先知道？是，还是不是？"

"是……但是……"宋婵心里委屈。

"行，我知道了。为了节目效果嘛……我懂的……"郑易有种被自己信任的人利用的凄苦，"这还真是——人生若只如初见！"说完郑易头也不回地离开了化妆间。

白若音，作为风头最劲的当红女星，无论出现在哪里都会引起媒体的关注，当传统媒体、新媒体记者得知她作为《人生若只如初见》特别节目的嘉宾，再会郑易的消息，更是一个个如鲨鱼闻到了血腥一样围了过去。而白若音经纪公司被采访时半推半就说出的模棱两可的话，更是让记者们如打了鸡血一样，脑补出无数的版本。

  白若音化身女嘉宾，欲挽回郑易
  若音有心续前缘，郑易无意显疏离

人生若只如初见，回首难续郑白缘
　　白若音，郑易，真假情缘
　　……

　　白若音和郑易，这个旧话题随着白若音现身《人生若只如初见》的消息，再次被人翻出来，编辑出了不同的版本。两人曾经是否交往过？是如何分手的？是因为白若音与有妇之夫的婚外情，还是郑易移情别恋？又或者两人交往本身就是为了娱乐炒作？林林总总的说法出现在各媒体娱乐版块的首页。

　　正当读者们看得津津有味，茶余饭后讨论事实真相时，又有一家以爆料明星八卦著称的网络媒体，号称得到电视台内部消息，获取了真正内幕。这家网络媒体宣称，白若音和郑易当初确实在一起过，但是分手的真正原因，是因为电视台主持人宋婵第三者插足。该媒体甚至宣称，荧屏上美丽知性的宋婵，看似洁身自好，连男朋友都没有，其实是专业小三，跟前新城电视台综艺一哥高飞、娱乐频道总监罗越，甚至电视台高层都有暧昧关系，被电视台内部员工称为"王的女人"。为了增加爆料的真实度，这家网络媒体还在网上爆出宋婵与高飞、郑易、罗越和李东然的照片，大都是宋婵与相片中的男性相伴前往各种高档餐厅或者酒吧的情景。

　　这篇网络报道一出，顿时引起了轰动，各种报道和照片被无数媒体大号、自媒体小号、纸媒体转载刊登，如病毒一般瞬间出现在大大小小媒体渠道的头条。

　　知名女主持，实为专业小三
　　白若音不忿宋婵第三者插足，上节目欲挽回郑易
　　白若音郑易分手的关键人物，新城电视台王牌女主持宋婵

　　当绯闻八卦传得沸沸扬扬满大街都是的时候，最重要的当事人郑易却不知所踪。无论是郑易的家，还是郑易的公司，各大八卦媒体记

者们都找不到他，电话、微信都没有回音，甚至定期更新的郑易私人微博，也停在了郑易的最后一条记录，上面写着：

"《人生若只如初见》特别节目即将录制，又要回到这个熟悉的地方了，好怀念啊！"

郑易去哪儿了？

不但各大媒体在找郑易，连杜宇、沈娜也在找，但郑易却好似凭空消失了一般。

尾声　人生若只如初见

　　朝阳寺，是一座从明清时期便遗留下来的小寺庙。由于规模小，而且地理位置偏远，又没有历史名人的遗迹墨宝，才有幸逃过了现代旅游业的关注，保留了原汁原味。朝阳寺的土山下有一片桃林，是几家农户共同种植的，每年蜜桃成熟后，山下的农户都会送上几筐给寺里的僧人。

　　朝阳寺的僧人不多，也就不到十位，简单打理着寺庙，接待偶尔来小住或者禅修的香客。寺里依旧保留原有的晨钟暮鼓的生活作息和简单的斋食习惯，这里没有电脑，没有网络，只有最简单的供电，连沐浴都是用冷水，没有电热水器。每日只食两餐，过午不食，对香客们也没有额外照顾。但如果香客晚上肚子饿，可以自行使用厨房，做一些简单的食物。

　　正值午时，僧人排成两排坐在木桌椅边，而另外的一排木桌椅坐着来这里禅修的香客。有趣的是，香客们大都是金发碧眼的老外，他们是来这里禅修的。而只有一位中国人，正是娱乐媒体众人遍寻不到的郑易。

　　郑易以前也是跟着老外才知道朝阳寺这个地方的。来过几次，虽然环境清苦，但却是世间难得的清静地方。他安静地与来这里禅修的老外们坐在一起，每个人只有两个碗和一双筷子，一个用来盛饭一个用来盛菜。负责分饭的两位僧人依次走到木桌前，用餐时因为需要止语，所以只能用筷子比着，来告知分饭僧人需要的饭量是多少，并且需要确保自己能吃完而不能遗留一粒剩饭。

　　寺庙的菜虽简单，是用白菜、青菜、豆芽、黑木耳、香菇、莴笋、菠菜等十几种蔬菜，用菜油清炒出来，并加上些许香油，喷香鲜爽，让人胃口大开。只是数量不多，僧人们只是根据自己原本的食量，增加香客人数而多炒了一点，分饭僧走过几轮也就分光了。

吃完午膳，每个人排队走到水池边，将自己用的碗筷洗干净摆好，再走到膳堂边，可以随意取用农民们供奉的蜜桃。蜜桃并不如市场上的个大味甜，但是新鲜多汁，充满自然的野味。

郑易拿了个桃子，走出膳堂，散了一会儿步，沿着山间小路走到寺庙的广场，见那群老外正聚在一起，跟着一位高大的外国师父学习太极拳。郑易驻足望去，只见这些外国友人虽然动作僵硬机械，汗流浃背，但是面色沉静，显然十分认真投入。

郑易有些感叹，当中国人为明星、时尚、流行文化而沉迷的时候，越来越多的外国友人却意识到中国传统文化的宝贵，并且努力学习。

郑易觉得太阳有些晒，便离开了广场，沿着小路一拐，看到寺庙宿舍边的小亭子里正坐着一位大和尚在泡茶，身前的石桌上摆着最简单的茶具，桌子边的红泥小炉上，铁壶的壶嘴已经隐隐冒出热气。

郑易缓步走上前去，合上折扇双手合十一礼，大和尚回礼后，没有说话，只是左手轻轻一摆，默请郑易坐下。

水开了，大和尚泡好茶，送到郑易的面前，郑易屈指为礼，端起茶杯。这不是什么好茶，只是乡民们供奉给寺庙里僧人最普通的炒青，略显粗糙苦涩，但是伴随着山风和草木清香，却生出返璞归真的味道。郑易原本波动的情绪，也慢慢平和下来。郑易看着茶杯中倒映的自己，原本刻意忘掉的身影又出现在脑海里。或许该回去了？需要面对的总要面对吧。

从朝阳寺回到家的郑易，打开门窗，吹散屋中晦气，也打开了被自己关机好久的手机和电脑。手机还在系统启动，就"嘟嘟嘟嘟"如同电报一般，短信、微信的提示音不断传来。

郑易拿起手机一看，大都是陌生号码和短信，要求对自己进行访问邀约。同时也有杜宇和沈娜的多条短信，郑易点开一看：

"郑易，你在家吗？"

"郑易,你去哪里了?找不到你人,看到打个电话给我吧。"

"郑易,有急事,怎么不回电?"

"宋婵出事了,她也辞职了,准备出国移民,看到请回电。"

"老郑,宋婵准备出国了,我跟沈娜去机场送她,你来吗?"

"郑易,台里准备将《人生若只如初见》外包给你做,你有时间的话,来一次电视台吧。"

……

郑易看着杜宇和沈娜两个人的短信,还没来得及反应,突然电话铃响了,正是杜宇,郑易接通电话。

"老郑,你还活着?你去哪里了?把哥们儿都快急死了!……"

"我啊,我去……"

"你现在在哪里?"

"刚回家啊。我之前没带手机,刚看到……"

"在家是吧?别走开,我们马上过来!"

"啊?……喂……喂……"

"嘟嘟嘟……"

郑易还没来得及问什么,杜宇就风风火火地挂掉了电话,耳边传来电话忙音。郑易微一沉思,打开微博,略一浏览,顿时发现自己在朝阳寺闭关的七天,微博上已经闹翻天了。

翻看着微博历史记录,郑易的脸逐渐黑了下来,报道中对宋婵的抹黑和照片,让郑易简直不敢相信。

"咚咚咚!"门口传来敲门声,郑易开门一看,是沈娜。

"娜姐?杜宇呢?"郑易一边将沈娜让进房间一边问道。

"他在路上,一会儿到,我先过来了。"沈娜是接到杜宇的通知,第一时间从新城电视台过来的。

"什么事那么急啊?"郑易给沈娜倒了一杯水。

"你不在的这个礼拜,发生了太多的事情。不过这些都可以慢点说,现在最关键的是一件事。"沈娜说着从包中取出一份文件,上面写着《人生若只如初见》项目委托制作协议书,"这份协议你可以先看看。"

"这个……"郑易眼前一亮，打开合同，原来新城电视台希望回聘郑易成为《人生若只如初见》的制片人兼主持人，全权负责这个节目的策划、制作和运营。

"这个机会不错的！"沈娜在一边道。

"我知道。"郑易合上协议书，深吸了一口气，平复一下自己略有激动的心情，回过头看着沈娜问道，"不过，怎么会想到来找我的？具体怎么回事？还有，宋婵怎么会辞职出国的？"

沈娜沉默了一会儿道："这个跟你是否回来有关系吗？"

"有！"郑易斩钉截铁地回答道。

"好……"沈娜看着郑易不容置疑的眼神，叹了口气，"这份协议是小婵帮你争取回来的。"

"宋婵？"郑易心里有种说不出的滋味，迟疑地问道，"她怎么帮我争取到的？"

"听说是她说服罗总，向李台建议的。"

"罗总、李台？"郑易想到之前看到的新闻八卦，心里愈发不舒服了。

"郑易，这是宋婵好不容易帮你争取来的机会，千万不要浪费啊！"沈娜见郑易只是低头不语，劝说道。

门口又传来沉重的敲门声，进来的正是杜宇。看到沈娜、郑易和放在茶几上的外聘书，杜宇急问道："怎么样？外包协议书签字了吗？"

"还没有！"沈娜摇摇头。

"老郑，还不赶紧签字？等什么呢？"

郑易迟疑了一会，最终咬牙问道："老杜，娜姐，宋婵的事是真的吗？"

"老郑，八卦杂志写的你也信？"

"我只是不明白，罗越为什么会帮我？"

"你以为你谁啊？"看到郑易这样的态度，杜宇顿时来气了，"如果宋婵真是那样的人，她还会帮你？"

"我知道……"郑易没有因为杜宇的话生气,只是缓缓地道,"我只是想知道,到底怎么回事?"

"唉……好吧!"沈娜看郑易那么坚持,叹了口气,"其实,我们知道的也不多,只是我们去送小婵的时候,小婵让转告你,要你小心罗越和方亚楠。上次邀请白若音也是他们的意思,事先小婵也不知道。因为那次录制李台也在,如果效果好,台里就会同意让你回来继续担任《人生若只如初见》的制片人。"

"她……还说了什么?"

"她还说,其实她很累,早就想辞职了,原因你知道的。离开之前,也希望你能回《人生若只如初见》,不但是帮你自己,也是帮台里。"

"嗯……"郑易点点头,可是心里已经翻江倒海、五味杂陈,有些愧疚,有些感激,可是也有更多的疑惑,抬头望向沈娜和杜宇,"她去哪里了,你们知道么?"

"好像是去欧洲,具体哪个国家,她没有说。"

"你们和她还有微信、微博联系吗?"

"电话停机了,微信给她留了言,不过没有回复。她的私人微博也没有再更新过……"

郑易闻言打开微博一看,最后一条更新还是《人生若只如初见》特别节目前一天,微博上写着:"欢迎回来!期待……"明显指的是郑易。

沈娜见郑易呆呆地发愣,轻轻地将委托制作协议书往郑易身前推了推:"我不知道发生了什么,但是宋婵离开前好不容易帮你争取到的机会,不要错失。"

郑易抬起头,看了沈娜和杜宇一眼,拿起协议书,盯着封面上《人生若只如初见》几个字出神了……

> 人生若只如初见,何事秋风悲画扇。
> 等闲变却故人心,却道故人心易变。

大家好，我是郑易，欢迎来到《人生若只如初见》，让初见与当下对话！

随着郑易的回归，《人生若只如初见》的收视率又一次回升了，甚至由于郑易、宋婵、白若音的八卦绯闻事件，让更多人了解和关注到这档节目，白若音出现的那一期，更是打破了新城电视台娱乐节目的收视纪录，似乎正应了出自《道德经》的老话"祸兮，福之所倚，福兮，祸之所伏"。

而郑易本身的影响力也水涨船高，成为全国公认的金牌制片人和明星主持人。更由于他是自由身，不再受电视台的约束，所以广告、形象代言、影视剧、演讲、主持、项目策划等各种合作机会也找上门来，让郑易公司从原本的不死不活，变得生机勃勃，迅速发展起来。繁忙的工作和高强度的节奏，让郑易加班成为了常态，而经历过困境的郑易不以为苦，反而投入更多的热情，抓紧重新回到手中的机会，尽一切可能将公司和项目发展起来。

而受益人，除了郑易还有杜宇，他的新媒体项目《在路上》，不但受到了创业者的关注，还得到了投资方的青睐。创投机构找到杜宇，希望合作举办创业项目大赛，用路演的形式寻找到好的创业项目。

"老郑，你觉得怎样？"背靠在宝莱纳卡座上的杜宇懒洋洋问道，往嘴里灌了一口啤酒，完全狂放不羁的样子。

"杜宇，好好坐！"沈娜见杜宇这副样子，没好气地嗔道。杜宇温言应答，连忙身体坐正，一副妻管严的样子。

郑易好笑地看了眼杜宇，想了想道："有资方介入是好事，不过一定要想好怎么合作，不要被人家牵着鼻子走是关键，这点我跟思思都深有感触。"

"是呀，宇哥，说真的，我都不太想做了。"

"怎么了？思思？"杜宇问道。

"我就是觉得没意思。现在的《毒舌说》，都不是我想要的样子了,他们有他们的想法,基本都是他们在管,好在事没那么多,我就当打工了!"

"思思,你这还打工啊?事儿少,钱多,这么好的事儿哪儿找去?"

"但是心里不踏实啊!说不定哪天我就失业了,到时候易哥可得要我哦!嘻嘻!我还是喜欢当初跟易哥、宇哥一起工作的时候。"

"到底是易哥呢,还是宇哥啊?"杜宇笑道。

"当然是易哥……"思思嘻嘻笑道,"……和宇哥啦!"

"那如果你出来,是准备去易哥那里,还是来宇哥这里呀?"

"那当然是……易哥啦,宇哥你都有娜姐了,小心娜姐不开心哦!"

"哈哈哈……"

"言归正传。老杜,我正好想问问,你这里有做APP的创业团队吗?"郑易问道。

"确实有不少,现在挺流行。你怎么要做APP?"

"嗯,我在想一个新的商业模式,将《人生若只如初见》跟手机APP对接,做一个和婚恋有关的O2O项目。"

"这个想法倒是不错!用电视节目来推广APP,那肯定能火。"杜宇经过这段时间《在路上》的选题研究,再也不是只知节目,不懂创业的纯媒体人了。

"想法很好,不过有一个问题。"沈娜道,"毕竟《人生若只如初见》的版权是属于新城台,能否和APP对接,需要电视台的授权。"

"嗯,这倒是。但老罗能答应吗?"

"去聊聊看吧……"

罗越这段时间非常焦躁。虽然他成功地将高飞、郑易先后踢出局,但他培养提拔的张扬,却一心想着接私单、干私活,沈娜有能力却跟郑易他们走得近,而方亚楠虽听话,却无法真正取得能证明实力的成绩,导致他所管理的娱乐频道的整体收视率受到了很大冲击,面对台领导的责问,他承受着不小的压力。而宋婵的离开,更是让他十分生气。

作为一个曾经非常优秀的主持人，罗越也曾设想自己会成为一个有全国影响力的主持人，可是他没有。后来，他慢慢改变了规划，希望能有一个自己喜欢的人站在舞台上，来实现自己的美好愿望。但是这个人必须是真正属于他的，他想到了宋婵。

所以，罗越利用职务之便，或旁敲侧击或以公谋私地频繁追求宋婵，话里话外都表示宋婵要成为他罗越的"宋婵"。然而这个荒谬的要求被宋婵多次拒绝了，但即便如此，也给宋婵带来了很大的压力，是造成宋婵精神抑郁的最大原因。

虽然，罗越一直没有得到宋婵，但任何与宋婵交好的男性都被他敌视和打压，因此他散布了宋婵和台长的绯闻，高飞也被他找到机会挤出电视台。

当看到郑易的才华以及与宋婵日渐亲密的关系，充满了嫉妒的罗越，又一次将郑易逼走。这次邀请郑易加入，是因为罗越猜到了李东然的心思，郑易是这个时期收视率的救星，但他还是以此为条件，想让宋婵做出妥协。却没想到，郑易的表现得到了李东然的认可，重新成为《人生若只如初见》的制作人，而宋婵却直接辞职，远赴国外，让罗越枉费了多年的心机。

郑易回归《人生若只如初见》，收视率的上升，再次奠定了其金牌制作人和王牌主持人的地位，得到了电视台领导的认可和表扬。如今，他想要再动郑易，短时间内已经不可能了。

看着眼前愈发成熟老到、但依然意气风发的郑易，罗越心中充满了嫉恨，却又不好表现出来，只是简单地给郑易倒上一杯热水，连原本日常的红茶也没有泡上。

"郑易啊，你的想法我明白了，但是台里暂时没有这样合作的打算。这样吧，你的想法我会找机会跟领导汇报，看看领导怎么说。好吗？"

"罗总，我明白。我是觉得，如果台里能够授权的话，这个APP的研发和制作，可以由我们来操作。"

"这个比较难，虽然《人生若只如初见》是你一手创办起来的，但是毕竟是属于新城电视台的版权和资产，我们不能随意授权台外的商业机构操作，会牵扯到太多的问题。如果台里有这个需要的话，我们再找你吧，好吗？还少不得向你多请教呢。"

说着，罗越站起来，对郑易客气地说："非常感谢你的建议！如果领导有兴趣，我会联系你的。"

郑易看得出罗越的敷衍和不耐，只得无奈地起身告辞。

他突然明悟，或许这样的 APP 还是需要跟属于自己的节目结合，才能达成效果。而自己手上成气候的自媒体节目只有《校花来了》，如何才能利用好这个项目呢？只是，虽然《校花来了》在网络节目中有一定的知名度，但是与主流媒体电视台比起来，依然有一定的差距，若要真正成为可以与电视综艺节目媲美的栏目，还必须有一个对等的推广平台。

能够与电视台媲美的平台并不多，优酷可以算一个。相对于传统电视台的高门槛，优酷对于内容提供商，来者不拒。郑易的《校花来了》最早便是利用优酷的平台上载传播，只不过上载的平台不限于优酷而已。当郑易前来接洽，并提出希望进一步深度合作时，优酷表示非常欢迎。作为新媒体综艺节目，《校花来了》无论是质量、人气、创意都是首屈一指的，优酷能成为《校花来了》的独家播出平台，无论是对节目本身，还是视频网站来说，都有着非比寻常的意义。

郑易以非常优厚的条件，与优酷签订了独家播出协议，《校花来了》将在 6 个月内成为优酷综艺板块首推的节目，满六个月后，达到优酷需要的点击数量，还可以续推。因此，在庆祝与优酷签订独家播出协议之后，郑易更是立刻召开了公司会议，在原有的基础上，对《校花来了》进行全面改版升级。

新版的《校花来了2》被定位成校园明星孵化才艺秀，让有潜质的校花校草，通过才艺比拼、个性展示，成为人气旺、高颜值、艺能出色的校园明星。

为了提高节目人气，郑易团队纷纷通过各自渠道去邀请明星担任评委，但是有限的经费和网络节目略显不足的影响力，使得邀请频频受挫，即便是当年从郑易《超级周末》和《星光现场》中走红的艺人，也用各种借口推诿。

走过花灯，君在何处？人一走，茶就凉。这个世界就是这么现实！听了这些被拒绝的消息，郑易不禁连连感慨。

这一天，困顿中的郑易，百无聊赖，干脆早早地让同事下班，自己则留在公司，关上办公室的门，点起一炷线香，打开音箱，让古琴曲悠悠地飘着……他太累了！现在只想放空一下。

是不是自己对第二季节目的要求太高了？即便在演艺圈有很多人脉，但也许这样等级的网络节目，考虑大牌明星根本不现实？或许，请明星这个执念，自己就该放下？

"滴答滴……"微信的提示音响起，郑易懒懒地摸过来手机，打开一看，竟然是白若音。

"易哥，在？"

"在的。"郑易很惊讶白若音怎么想起来联系自己。

"好久没联系了，现在怎么样？"

"正常，有个项目在做。"还是没猜透白若音的意图，郑易平淡地回复。

"辛苦啊！对了，之前听经纪公司的 Kevin 说，你们公司有人联系过他，说是你做的《校花来了2》要找明星做评委，有这事儿吗？"

"嗯，是的，确实是在邀请。"

"那么现在已经确定人选了吗？"

"还没有。"

"哦，那易哥你看我能行吗？做评委。"

"啊？我记得我们小伙伴说，Kevin 已经把他回绝掉了，怎么……"

"Kevin 当时是代表公司说的，并不代表我的态度。现在，我是以个人的身份请求加入你们的节目。"

"可是这样的话，公司会不会找你麻烦？"

"我会和公司谈好条件的。如果连这个事情都不答应我，明年我就不和他们续约了。"

"使不得啊！这又何苦呢？"

"经纪公司的事你就别管了。怎么样？要我来吗？"

郑易突然鼻子一酸，眼睛就有点模糊了。他没想到在自己最难的时候，白若音会如此仗义！现在看来，自己当初对白若音并没有错爱。

"我都不知道该说什么好了！真的吗？你真的会来吗？"

"当然是真的！只要你一句话。"

"太好了！求之不得啊！若音，真不知道怎么谢你了……"

"易哥，咱俩还要这么客气吗？就这么定了！"

"那好，我叫同事明天拟一份协议给你，看看有什么条件？"

"易哥……还这么见外啊？不要协议，没有条件，没有费用，请给我一个机会支持你。就这么简单！"

此时，郑易的手指在键盘处悬停良久，却不知道该怎么回复了。他真不明白，自己后来对白若音一直冷漠以待，也应该让她很是难受了，为什么现在又会这么不管不顾地回来帮自己？

心中所想，手指不由自主地就滑出去一句话："若音，为什么帮我？"

一发出去，郑易就有点后悔，为什么还要去揭这层伤疤呢？犹豫了一下，就错过了撤回的时间，他只能惴惴不安地等对方的回复。

但接下来的，只有静默。

等了很久，郑易觉得不会再有回复了，便怏怏地起身收拾东西回家了。到午夜，依然没有回音，郑易放弃了，带着懊悔睡去。

第二天早上起来，郑易习惯性地拿起了手机，一条微信留言蓦然跳出，时间显示凌晨3点多。

易哥，之前的问题我真不知道该怎么回答你，所以一直没有回复，勿怪！我想了一个晚上，试图用一句话说明问题，但显然办不到。思前想后，又把过去和你在一起的场景都回忆了一遍，我觉得我还是倒过来说比较好。首先，易哥，之前是我对不起你！我也许无法求得你的原谅，但请你相信，我是真心爱过你的。其实，和你在一起的那段时光，是我长这么大以来，感觉最美好、最充实的日子。在那之前，我在浮华的演艺圈里，从来没接触过像你这样的男人。和那些形形色色、外表光鲜却内心贫乏的人相比，你的阳刚，你的理想，你的学识，你的才华，都远在那些俗人之上。就如我在接受采访时对你表示的欣赏，都是发自内心的。那时候，我真的非常庆幸能遇到像你这样内心纯美洁净的人，甚至在后来，我让你陪我参加演艺界朋友的聚会太多了，都很担心会玷污你纯洁的心。其实，那次在KTV唱歌，你后来先走了，我已经感觉到你反感的情绪了。这也是为什么之后我不再找你陪我去那些场合的原因。说真的，我很想好好呵护这段感情，但却不知道用什么样的方式才好。我想完全成为你生活的一部分，可干演员的却总是身不由己；而把你拉入我习惯的生活中吧，我知道你又不屑……这么说吧，你是我梦中的那个美好世界，而我却只能活在现实中。这就是我的无奈！易哥，说了这么多，也不知道表达清楚了没有？现在，我想我可以回答你的问题了。我知道我们不是一个世界的，但我只是想用我这个世界很廉价的一点名气，来支持一下你的世界；我知道你看不起我，但我只想做一件让你看得起我的事情。……

白若音强势加盟《校花来了2》，在优酷网站的首推导流之下，点击量一举超过原先占据综艺排行榜首的节目，成为新科冠军，引起了无数人的关注。来自不同高校的校花校草，带着自己学校的粉丝，在镜头前尽情地挥洒青春的激情。

而作为主评委的白若音，面对带着梦想的年轻人，许诺将从参加艺能比赛的校园明星中，推选一男一女参演自己的新电影，更将整个节目推向了一个新的高潮。

在优酷、白若音、郑易本身的多方面推动下，《校花来了2》连续三个月蝉联网络综艺节目排行榜冠军，真正成为在年轻人中家喻户晓的王牌网络综艺节目。

《校花来了2》取得了巨大成功！但这世界上的事，一到极致，就会向另一面转化。所谓"木秀于林，风必摧之"，接踵而至的，是来自于学生家长质疑的声音。

《误导学生的网络综艺——校花来了2》
《让学生无心就学的综艺，是否合适？》
《网络综艺，歪曲大学生价值观》

一系列的报道，对《校花来了2》造成一定负面影响，但拍摄现场的一次意想不到的事件，更是将郑易推向了风口浪尖。

在《校花来了2》第五期的拍摄进行到一半时，一位学生选手的父母突然出现在现场，不顾工作人员的阻拦，强行上台要将自己的孩子带回家，造成现场的一片混乱。

事后，当有记者采访时，两位家长对着镜头痛斥郑易节目组，让自己的孩子无心学习，不顾家长反对，偷偷离家出走参加节目录制。现场的混乱视频和家长的投诉信，通过互联网迅速传播开来，引起了更多家长的反感。

面对社会舆论压力，优酷提前中止了与郑易的合作计划，将《校花来了2》撤下了榜推的位置。没有了优酷的支持，节目的点击量大幅度下降，郑易也不得不在赔偿了赞助商的损失之后，暂停了原有的播出计划。

人生总是起起落落，大起则大落，小起则小落。起落犹如过山车，考验的就是人的承受力。屡屡受挫的郑易，即便再坚强，此时也不由得生出疲惫的感觉。他看着公司里忙碌的员工，突然发现不知何时，他早已经不是为自己活着了。无论是获得的荣耀、名气、影响力，又或者周边的员工、同事、赞助商、朋友对自己的期待，都压得他喘不过气来。创业是条不归路，一旦踏上去，似乎便没有了尽头。

若为铁锤当奋力敲击，若为铁砧当稳如磐石。

看着贴在电脑屏幕下方的两句话，郑易呆呆出神。记得自己刚进入新城娱乐频道的时候，面对高飞的压力，自己也是靠着这两句话撑过来的。原想着，撑过去就好了，没想到前途山峦叠嶂，每每以为自己已经度过了最陡峭的山路，却发现眼前又出现了更险峻的山峰，层层叠叠，无穷无尽。

天地为炉、阴阳为炭、造化为工、万物为铜。人们不断努力着想要摆脱当棋子的困境，成为执子之人。然而，每当跳出原有棋盘，却会发现自己无非是从一个小棋盘跳到一个大棋盘而已，最后还是棋子的角色，命运依然不受自己掌控。

到底值得吗？郑易突然有些疑惑。他想起了朝阳寺的和尚们，每日早课、吃斋、念佛，过着最简单的生活，却似乎没有什么烦恼。如果当时自己安安心心做一个新闻频道的小主播，会不会比现在更加无忧无虑呢？

金秋十月，国庆假期后的第一周。公司里都是忙碌的员工，而郑易一个人待在办公室里，给自己沏上一壶茶，看着窗外的落叶，在后面和美国著名的视频网站 UChannel 的商务会议开始前，静静地享受着一个人的独处。

喝完一壶茶，郑易也懒得清洗茶具，缓步走到自己的琴桌前，轻轻拨动琴弦，让浑厚的琴音震动自己的心弦。两年前开始学古琴，郑易的琴艺已经略有小成，《鸥鹭忘机》也已经学完。

这两年来，在朋友们和员工眼中，郑易变了，少了几分锐气，多了几分随意。他不再刻意求新求变，只是顺其自然地做着水到渠成的项目。公司虽然不咸不淡，倒也因为郑易的名气和专业度，稳稳地发展着，成为业内有名的影视内容创意制作公司。

沈娜和杜宇结婚了，还生了个孩子，生活重心也更多转移到了下一代的身上。思思在半年前，跟飞马创投的合约到期，转让了公司股份后，加入了郑易的公司，担任媒体总监。

公司里所有人都知道林思思喜欢郑易，可是两人依然那样，处在朋友以上，恋人不到的状态。

郑易正襟危坐在琴桌前，略微调了调琴音，《鸥鹭忘机》的旋律随着郑易熟练的双手流淌出来。全身心投入琴韵中的他，没有注意到自己的房门开了，林思思站在门口，看着悠然抚琴的郑易，神色复杂。

"易哥，美国 UChannel 的代表来了！"

"好，请进来！"郑易止住琴弦，理了理领口，站了起来，转过身来，却呆住了。

"郑总，您好，我是 UChannel 的宋婵，好久不见！"一身西装长裤的宋婵，微笑着伸出了手……

人生若只如初见！

图书在版编目（CIP）数据

王牌主持人/今波著.-上海：上海文艺出版社.2019.7
ISBN 978-7-5321-7109-5
Ⅰ.①王… Ⅱ.①今… Ⅲ.①长篇小说－中国－当代
Ⅳ.①I247.5
中国版本图书馆CIP数据核字(2019)第118422号

发 行 人：陈　徵
责任编辑：方　铁
封面设计：DarkSlayer

书　　名：王牌主持人
作　　者：今　波
出　　版：上海世纪出版集团　上海文艺出版社
地　　址：上海绍兴路7号 200020
发　　行：上海文艺出版社发行中心发行
　　　　　上海市绍兴路50号 200020 www.ewen.co
印　　刷：苏州市越洋印刷有限公司
开　　本：890×1240　1/32
印　　张：13.5
插　　页：2
字　　数：376,000
印　　次：2019年7月第1版 2019年7月第1次印刷
Ｉ Ｓ Ｂ Ｎ：978-7-5321-7109-5/I·5681
定　　价：55.00元
告 读 者：如发现本书有质量问题请与印刷厂质量科联系　T:0512-68180628